暗夜与黎明

翁良平

原作

文靖

改编

浙江文艺出版社
Zhejiang Literature & Art Publishing House

图书在版编目（CIP）数据

暗夜与黎明 / 翁良平原作；文靖改编. -- 杭州：
浙江文艺出版社，2024. 10. -- ISBN 978-7-5339-7746-7

Ⅰ. I247.5

中国国家版本馆 CIP 数据核字第 2024BF7396 号

图书策划　柳明晔　　许龙桃
责任编辑　张　可　　陈兵兵
营销编辑　宋佳音
责任印制　吴春娟
版式设计　吕翡翠

暗夜与黎明

翁良平 原作 文靖 改编

出版　浙江文艺出版社
地址　杭州市环城北路 177 号
邮编　310003
电话　0571-85176953（总编办）
　　　　0571-85152727（市场部）
制版　浙江新华图文制作有限公司
印刷　浙江新华印刷技术有限公司
开本　710毫米×1000毫米　　1/16
字数　386千字
印张　18.75
插页　1
版次　2024年10月第1版
印次　2024年10月第1次印刷
书号　ISBN 978-7-5339-7746-7
定价　69.80元

第一章
溃败前的阴谋

1949年，上海。

5月的清晨，天气不再像早春那样湿冷，但连日的雨水让这颗20世纪以来东方最闪耀的明珠仍然笼罩在一种说不清道不明的阴霾中，这是盛夏阳光来临前，春天做出的最后的无谓挣扎。昔日熙熙攘攘的马路，此时已没有多少人影，取代各色摊位的，是随处布置的麻袋、路障。这座城市是一座堡垒，一座被丢弃的堡垒。

军车呼啸驶过，去往几十公里外的吴江。码头上，在美国军队的监督下，一队队的国民党士兵正将转运物资送上前往海峡彼岸的轮船。昔日风光的军官们剃光了头，脸上没有喜悦也没有悲伤，只有整齐划一的麻木。

苏州河畔，太平里，一条还算平静的巷子，老黄不顾老婆的阻拦，将门板拿下。黄家阿嫂轻声抱怨道："都什么时候了，侬还要开门做生意。"

老黄叹了口气："没办法，就算明天天塌了，咱们这样的平头老百姓还是要吃饭的。"

老黄将大锅支起来，烧热了豆浆，又将蒸糯米上了屉子做粢饭糕。热气从锅里冒出来，客人们也闻着香气稀稀拉拉地来了，大多都是些弄堂里的老邻居，彼此知根知底，低声讨论着解放的号角已经越过长江，由北而南、由远及近地响起了。老黄心里也难掩激动，附和着说，也许这一次苦日子真的要到头了，可外头突然冲进来几个人，打断了他的话。

三个国民党士兵，抢了别人的桌子，一屁股坐下来。其中一个瘦点的士兵将手枪掏出来往桌上一拍："老板！四大金刚！"

"各位老总，对不住啊，现在物资紧缺，材料难买，四大金刚请不齐了，但豆浆和粢饭糕都是新鲜热乎的。你们稍等，我马上端上来。"老黄不敢得罪他们，赔着笑说。

瘦士兵往地上啐了口痰："他妈的，瞧不起老子，怎么大饼油条你们城里人都吃得，到老子来了就吃不得了？"

"对不住老总，我哪敢难为您啊！您看看我这后面，但凡能凑出半锅油，我也不敢不给您做啊！"

另一个矮个子士兵一拍桌子："他妈的，你个卖早点的，连个油条都没有，还做什么买卖？抓起来！"说着和瘦士兵一起上前扭住了老黄，从口袋里掏出一张皱巴巴的纸，在老黄面前晃了一下，说道："工兵征用！现在征用你去街上抵御共匪！"

旁边本还站了几个看热闹的人，一看是抓壮丁，呼啦啦全散了。

老黄哭丧着一张脸哀求道："老总，阿拉一个做点心的，哪能做得来打仗的事……"

"不想去可以，拿银圆和值钱的物件来抵吧！"矮士兵拍了拍身上鼓鼓囊囊的口袋，露出一条缝儿，里头装着各式各样的钢笔和手表。

黄家阿嫂听到动静从后面赶忙跑出来，看到自己男人被两个士兵扭着，连忙扑上去边拽边向矮士兵哀求道："求求老总，您放过我们吧，我们自己都活不下去了，上哪里给您找钱啊……"

瘦士兵一脚把她踹开："出不了物，那就只能出人了，拉走！"说着，和矮士兵一左一右薅起老黄就往门外拖，刚拖到门口，就被一个人拦住了。

"放开他。"

三个兵匪循声看去，只见一个二十多岁的年轻人，穿着条纹睡衣，外罩一件天鹅绒晨袍，脚下穿着便鞋，看上去像是刚起床，但油头却梳得一丝不苟，标准的上海小开打扮，拦在了三人前面。

"你他妈什么人？管闲事敢管到老子头上来？"瘦士兵道。

这小开眼睛一转，倒也不恼，自顾自倒了碗豆浆，顺势坐到了一旁的桌子边上，指着老黄说道："带走他，你们会后悔的。"

小开的举动惹恼了瘦士兵，瘦士兵抄起枪比画着："老子抓什么人还用你来教？！还敢管老子的闲事，一块带走！"

小开瞥了一眼瘦士兵左胸前的编号，一口喝完了豆浆，从口袋里掏出手帕擦了擦嘴角，慢悠悠地说道："54军291师，刚从前线撤下来，师长吴世英。"

"我们师长的名讳也是你叫的？"

"民国二十六年，淞沪会战，54军就是在这里成军，熟人肯定是有的。你们吴师长的二姨太是我大姨的牌友，通宵麻将后就爱喝这一口甜豆浆。你们敢动这个店，二姨太输了麻将又没有豆浆喝，可是要发脾气的。"

小开的话，让三个士兵面面相觑，他趁势拔高了嗓门："你们搞搞清楚，这里是上海！一块砖头从天上掉下来，砸到十个人，八个都是你惹不起的。"

说着,他忽然站起来,凑到最嚣张的瘦士兵面前:"尤其是你,脸上还有块胎记,好认!"

瘦士兵明显怯了,而小开则面不改色心不跳,昂起了下巴。

"不相信,你们就试试。"

看着三个士兵灰头土脸地走远,老黄这才一把抓住小开的手。

"谢谢林少,谢谢林少!今天要不是你……"

"行了行了,好好做你的生意。"林少白摆了摆手,又掏出两个食盒,"赶紧的,我家两位妈妈还等着吃早点呢。"

"林少,您说共产党来了,会比他们好一点吗?"

林少白叹了口气:"谁知道呢?城头变幻大王旗,谁来了,日子该过还是得过。"

这句话,林少白既是说给老黄听的,也是说给自己听的。

老黄点了点头,黄家阿嫂这才想起来林少白刚才说的话,好奇地问道:"林少,你还给师长的二姨太买过咱们的豆浆吗?"

林少白哈哈一笑:"我瞎编的!"

黄家阿嫂瞪大了眼睛,这种掉脑袋的事,敢瞎编的,恐怕也只有林少白了!

太平里弄堂位于石库门里弄口,除了林家是独门小栋,其他都是杂居分隔的小平方亭子间。随着日头渐升,弄堂里开始吵嚷起来,邻居们有的在电线和竹竿间晾着衣服,有的在老虎灶前排队打着热水。自从打仗了,满大街都是撤下来的溃兵,他们在光天化日之下拉人修地堡,抓壮丁充兵,大家都不再出门,只从林少白那里打听外头的动静。

林少白有时候庆幸自己的死鬼老爹留下了这点物业,一家人才能靠着租金勉强度日,但随着物资紧缺、通货膨胀,日子越过越难,都是一辈子街坊,林少白也不愿意将租金逼得太紧,偶尔收点吃的喝的,就当作房租了。

林少白家里有两个太太,大太太是老爹的原配,书香门第的上海小姐,一辈子没生过孩子,这些年已经不怎么出门,多关在屋里吃斋念佛,而二太太则是林少白的生母。这些年三人同住一个屋檐下相依为命,虽说两个太太的性格天差地别,但相同的是她们都真心疼爱林少白,这个林家三代单传的血脉。

林少白刚把食盒放在桌上,林母就听见动静出来了,一脸嗔怪道:"不就买个早点,怎么去这么久?"

林少白神秘一笑,将一袋面粉放在桌上。

没人知道共产党来了会怎样,反正只有两种可能,要么更好,要么更坏,平头百姓只能往坏了去想,未雨绸缪总比临渴掘井强。这些天林少白也通过各种关系囤起了物资、粮食、饼干、罐头……多有多囤，少有少囤，连胡萝卜、土豆都不放过。老黄是卖早点的，多少有些货源渠道，这才拜托他帮自己购置了十斤面粉。林少白把面粉交给林母，这才说自己要出去一趟。

"侬脑子坏忒了，这都什么光景了还出门，不要命了？"林母一听儿子要出门，顿时急得嗓门也拔高了几度。

"上头通知今天发薪水！妈你放心，那帮兵痞胆子再大也不敢动你儿子的，你儿子可是警察！"

林少白不等母亲阻拦，换上警服就出了门。

林少白蹬着自行车穿过上海的街头。有人说黑暗是黎明的前夕，但身处黑暗的人永远不知道黎明究竟何时才会到来。街上的大喇叭里传来党国领袖斗志昂扬的声音，鼓吹着军民连心，奋起抵抗，不让共产党部队进入上海，可街头巷尾，都是被国民党士兵践踏的民众。那些士兵挥舞着手枪和棍棒，如抢红了眼的强盗，企图从血水中榨出油脂，从苦不堪言的百姓手中将他们最后的价值剥削殆尽。而那些美国佬，则坐在豪华的轿车里冷眼旁观这一切，他们掏出上等的牛肉和巧克力，喂着怀里的哈巴狗。林少白本以为自己已经对这一切麻木了，哭声、喊声和大骂声，他已经听得够多了。

但他还是把自行车停在了一个孩子的面前，挡住了一只正要打下来的手。

那是一个流氓，正要抢走孩子手里装米的袋子，那些米是这个孩子从米店门前的泥泞里，一颗颗捡起来的。

流氓狠狠剜了林少白一眼，转头离去，而那个孩子连一句感谢也没说，转头趴在地上，将林少白脚边的米粒捡起来塞进嘴里。

麻木的不止他林少白一个。

林少白看了看自己身上的警服，他今天能救这个孩子一命，明天呢？

他不过也就是一个凡人，又能救多少个？

林少白不愿意再想，重新蹬上自行车，朝警察局驶去。

5月的上海乍暖还寒，灰蒙蒙的天空下，梧桐树早已悄悄长出了新叶，但除了林少白之外没人注意到。

警察局正部署着最后的反抗，组织人手垒着沙袋。尖锐的警报声从四面八方不间断地传来，那是国民党上海市警察局的特种镇暴队发出来的，他们开的装甲防弹车，也称"飞行堡垒"，美军装备，打着抓捕罪犯的幌子，实则专对共产党人和进步学生下手。林少白绕过"飞行堡垒"，原本打算静悄悄地溜进警察局，拿了工资就走，没想到冤家路窄，迎面就撞上了自己最不愿意见到的人。

叶士武，上海刑警处处长，林少白的上司。按理说这两人官职差了一大截，理应没什么交集才对,但偏偏林少白去年查案,开枪打死了一个倒卖烟土的流氓,没想到那人竟然是叶士武的小舅子,连烟土生意也是在这位姐夫的授意下进行的。林少白不但毙了叶处长的亲戚,还咔嚓断了人家的财路,这梁子就算结下了。叶士武对林少白恨得牙痒痒,尽管明面上抓不住这滑头什么把柄,但私下的小鞋可没给他少穿。

"林少白!怎么又迟到?!"叶士武一见是林少白,脸一黑问道。

"叶处长,我这不是路上遇到个抢米的小贼……"

"少来这套!平常有事的时候见不着你,一发工资就露头了,你当警察局是养闲人的?"

林少白不搭话,赔着笑脸,心想着赶紧把这个瘟神送走为上策。

叶士武大约也是猜到了林少白的想法,斜嘴一笑道:"忘了知会你,最近财政吃紧,为了开源节流,我让人事处给你的薪水调了一下。"

"调了一下?!"

"扣两成。"叶士武皮笑肉不笑。

这回轮到林少白不淡定了,工资压了半年多没发,这一发还得扒层皮,不明摆着欺负人嘛!

"有意见?有意见找上头说去。"

叶士武说罢扬长而去,只留下林少白在风中凌乱。

"少白!你怎么还在这?"

林少白抬头看去,只见徐巍在院子里朝自己招手。

徐巍和林少白同一期进的警局,年龄也差不多,所以被分到了一组。两人搭档了几年,已经是出生入死的兄弟,再加上都是上海人,私底下也无话不谈。自从党国节节败退,徐巍跟林少白一样很少回警局了,今天回来的目的也显而易见。

"嫂子咋样?"林少白迎面问徐巍。

徐巍消瘦的脸露出了一丝红润:"挺好的,就是人总是饿。"

徐巍的老婆怀孕了,大夫把脉说胎元不稳,一定要卧床静养,徐巍心疼老婆,那点积蓄都拿出来买补品了。

"今天就发工资了,一会儿我跟你去趟老黄那儿,匀两斤鸡蛋,给嫂子整点好的。"

林少白拍了拍徐巍的肩膀,两人刚想往人事处走,就看见两辆卡车开进警察局,防水布下面盖着一大堆麻袋,里面装的全是金圆券,林少白一看就变脸了。

"发什么不好,发这玩意!"

金圆券是国民党继法币之后出台的另一种货币,原本的目的是为了抑制法币的通货膨胀。要知道当时的法币,从发行初到1948年末,已经贬值了几百倍,连钞票本身的面值都比印刷的成本低了,蒋介石这才推出了金圆券这个币种。可没有充分的现金和外币储备,金圆券出台才三个月就开始和法币一样,大幅度贬值,最高面额也从最开始的一百元,突破到了五百、一千、一万……到达了一百万元。

而这一百万元一张的金圆券,能买到一个馒头都算不错了。

这会儿用金圆券给大家发工资,别说花出去了,连留下当草纸都嫌硌屁股。

林少白翻了个白眼,拉住哭丧着脸的徐巍。

"走,这钱谁爱要谁要,咱们不领了。"

"那岂不是白白辛苦大半年,竹篮打水一场空?"

林少白趁着身边没人,转了转眼睛,低声道:

"谁说的? 该给我们的,一样也不能少。"

林少白说着,朝警察局二楼看去。

警察局二楼的东边有个库房,平常一直上锁,对外说是存放赃物的,但钥匙却只有叶士武一人有。林少白深知这人的德行,蚊子飞过都要留下两只脚,这屋子里藏着的多半是他收缴回来的物资,乱世下的硬通货,藏哪都不如藏警察局来得安全。正巧今天这叶士武带着刑警队出门扫街了,林少白的机会就来了。

林少白几乎没怎么费力,就跟值夜班的同事换了班,和徐巍两人装模作样巡到半夜,眼看局里空了,就赶紧溜到了二楼,撬开了库房的锁。果不其然,里面堆着大小不一数十个箱子,随手打开,都是罐头、皮鞋、皮带、香烟等硬通货,徐巍惊得嘴都张成了"O"形。

"这里随便一箱,拿去黑市都能抵得上咱俩两年的薪水。"

"叶士武不给咱们发,咱们自己给自己发! 赶紧的!"

两人又打开了另一个箱子,只见里头都是巧克力和麦乳精。林少白抓起两袋麦乳精塞到徐巍手里。

"这玩意得多拿几盒,嫂子正好补充营养,记得小鬼头生下来,得认我当干爹!"

徐巍感激地看了一眼林少白。

两人很快把麻袋装得满满当当,之后林少白重新把门锁好。徐巍的自行车停在了警察局后院的车棚里,两人把麻袋绑在车上,正准备偷偷溜出去,突然一个熟悉的呼啸声从前门响起,眼看远光灯就要扫射过来,林少白眼疾手快,连忙把徐巍拽到墙角。两辆"飞行堡垒"从大门口开了进来,叶士武从车上押下来八九个犯人。这些犯人衣衫褴褛,脸上身上都是干涸的血迹,一看就是受过重刑,可他们的背却挺得笔直。

徐巍小声问道:"叶士武不是去扫街了吗? 怎么半夜突然抓这么多犯人回来?"

林少白轻轻摇了摇头。

"他们不是罪犯,估计是共党。"

"共党?!"

叶士武带着这几名共产党员来到墙边,让他们站成一排,又命人蒙住了他们的眼睛，而此时，一辆吉普军车也开了进来，随后局长毛森和他的秘书刘贵珩从车里钻了出来。

毛森是今年3月接任的上海市警察局局长。淮海战役结束后，大家心里都很清楚，长江守不住了，共产党打下上海是迟早的事，为了给予共军沉重打击，这才让毛森临危受命。此人是军统老牌特工，手段狠辣，他不但疯狂挖掘潜伏的共产党员，还用铁腕手段加强内部控制，设立了一套"警察处严密监视警察"的制度，更用美金收买警员，让他们互相检举，一时间整个警局都人心惶惶。

林少白早就见识过毛森的狠戾，自然是能躲多远就躲多远，可没想到今晚正撞到枪口上了。

徐巍也慌了神："怎么连他都来了，我们怎么办？"

林少白咬了咬牙："等会儿他们办事的时候，我们找机会出去。"

毛森不紧不慢地走到叶士武面前，叶士武敬了个礼："局座，这是今晚最后一批共匪了！"

毛森点了点头："验明正身，就地枪决。"

一句话说得云淡风轻，但林少白心里却打了个寒战。

特务们掏出手枪上了膛，几个共产党员抬起了头，像是互相看了一眼，也不知道是谁最先开始，从残破的喉咙中哼出了断断续续的音符。

是《国际歌》。

沙哑的独唱，很快变成了合唱，每个共产党员都用尽最后的力气张开嘴巴，高唱着同样的歌词。

他们没有一个人流泪，脸上洋溢着一种林少白无法理解的表情，明明身处阴暗的警察局院子内，却仿佛置身旷野，旁若无人地将这首歌唱给自己听。

很多年之后，林少白才明白，那就是气节。

他们对死亡没有一丝恐惧，是因为他们已经完成了自己庄严的誓言。

一声又一声枪响，林少白别过脸，不愿意再看。他在心里跟自己说，林少白，你就是一个普通人，你管不了这么多人的死活，想想你的母亲，想想大太太，想想你的家。

正在胡思乱想，林少白突然瞥见毛森和刘秘书正朝自己走来，他连忙拽住徐巍往暗处缩了缩。

毛森倒是没发现异样，认真地听着刘秘书的汇报。

"潜伏名单都办妥了，都是党国的骨干，忠诚方面绝无问题……另外炸毁电信局、国际电台、火车站、招商局造船厂的事都安排妥了，只有闸北电厂还没来得及派人过去。"

毛森满意地点了点头："还有，把监狱里那些犯人，尤其是罪大恶极的都放出来，留给他共产党好了。"

两人低声交谈着,越走越远,林少白这才喘了口大气。毛森毛森,名副其实的毛骨森森,他是要上海大乱呀! 这里是一刻也不敢留了,林少白抓起徐巍的衣服就想开溜,没想到自行车上的麻袋不合时宜地开了,一个罐头滚到地上,发出了清脆的响声。

"谁在那儿?!"叶士武听到声音,抄着枪就跑了过来,一把将林少白和徐巍从墙角里拽了出来。

"你们怎么在这儿?!"

林少白面不改色:"报告处长! 我们正在加班执勤!"

叶士武推开林少白,一脚踹翻自行车,顿时麦乳精和罐头滚了一地。

"好你个臭小子! 敢偷我……偷仓库的物资?!"

林少白还想争辩什么,但徐巍已经沉不住气了,索性破罐子破摔大喊道:"这不是仓库的物资,是我们的工资! 我们白白干了大半年,局里却拿一堆废纸打发我们,我们也是要活的呀!"

"侵吞党国财产,还跟我在这狡辩?! 来人,给我押下去关进大牢!"

几名特务得令,上来就押住了林少白和徐巍。

林少白一跺脚:"叶士武! 得罪你的是小爷我林少白,一人做事一人当,你把徐巍放了,你亏了多少我来赔!"

叶士武一声冷笑:"赔? 你拿什么赔? 拿命赔吗?"

冷冷的枪口顶住了林少白的额头,他从叶士武的眼睛里,看出了杀心。

"叶处长,什么事这么吵?"

毛森的秘书刘贵珩冷不丁地出现在几人身后,原本他已经跟着毛森上了楼,听到楼下的动静,这才又折回来查看。

林少白怎么会放过这么好的机会,扯着嗓子就喊:"刘秘书! 叶士武监守自盗、公器私用,私吞了局里的物资……"

叶士武一巴掌甩在林少白脸上:"刘秘书,你别听他胡说,这两个人是我的属下,趁夜盗取党国物资,被我抓个现行,还想恶人先告状!"

"他俩一直躲在这?"

叶士武点点头,故意凑过去低声说道:"他俩看到我们处决共党了。"

"你胡说! 我们明明是来加班执勤的!"林少白还想争辩,被刘贵珩摆了摆手打住了。他用长得像老鼠一样的眼睛,狡黠地打量着林少白,突然露出了一丝晦涩的笑。

刘秘书道:"行了叶处长,大家都是自己人,党国目前正是用人之际,既然这两位都是你的属下,又看到了,那就见者有份,我看还有两个共党没处决,就交给他们俩吧,也算是将功补过了。"

林少白还没缓过神来,一把冷冰冰的枪就被递到了他手上,特务推上来仅剩的两名共产党。

叶士武道:"刚好,一人一个。"

徐巍也被塞了枪带到了林少白身边,他迷茫地看着林少白,不知道该怎么办。枪在林少白的手里被攥出了汗,仿佛有千斤重,怎么也提不起来。

"不着急,我帮你一把。"叶士武说着,率先举起了枪,对准林少白的后脑勺,"我数三个数,是要活命还是立功,你自己选。"

林少白看向面前的共产党,他身上没有一块好肉,全是一条条触目惊心的血痕,两只手的指甲全被拔光,只剩下血肉模糊的双手,可他的神态,却如同雪山上的湖水一样平静。林少白突然把枪一把扔在地上,大叫起来。

"我要见毛森局长!我有重大敌情要向毛森局长汇报!"

空气仿佛凝固了,一秒,两秒……一分钟过去了,一个低沉的声音从楼上局长办公室里传出来。

"带他进来。"

办公室里,林少白第一次如此清楚地观察这位警察局局长。

他的年纪不大,精瘦白净,手指纤长,斯斯文文的,倒有几分书生气质。若是只看外表,任谁都想不到他会是杀人如麻的军统头目。

"局座,这就是叶士武的下属,林少白,刚才在外面吵闹的就是他。"

毛森放下手头的文件,用一双细长的眼睛打量着林少白:"是有点初生牛犊气,听说你有重大敌情向我汇报?说吧。"

林少白刚想张嘴,毛森又补充道:"不过我这个人,最讨厌别人跟我撒谎……想清楚再说。敢说一句大话,谁都救不了你。"

林少白背后的衣衫已经被汗濡湿,毛森锐利的眼光就像刀尖一样刺在林少白的身上,短短数秒就像过了一个世纪。

林少白的大脑飞速运转,他知道眼前这个军统老特工可不是叶士武那么容易忽悠的,所有的谎言都瞒不过他的眼睛,与其这样,不如孤注一掷!

"局座,我要向你交代我自己!其实……我对党国并没有那么忠诚。"

毛森一愣,刘秘书愠怒道:"这就是你要对局座交代的重大敌情?!"

"对!这就是我要说的。局座要我的命易如反掌,不过是扣个扳机的事,但我跟徐巍,手上不沾血才会对您更有用!"

刘秘书还想说什么,毛森抬手示意他等一等,眼里多了两分兴趣。

"一个对党国不忠诚的人,还能对我有用?"

"现在这个局势,您肯定也已经在布局潜伏了,但凡您看得上的人,应该都是绝对忠诚的,但您想过没有,他们手上只要沾染过共产党的血,就一定会留下破绽和痕迹,以共产党刨根问底的手段,把他们挖出来,是早晚的事。"

毛森没有接话,但林少白看出他在思考,一咬牙接着往下说。

"而我跟徐巍就不同了!我俩身家清白,不仅没有抓过共产党,更没有杀过,跟保密局也没有任何联系,连国民党员都不是!只要我和徐巍不开今晚这一枪,那绝对是经得起共产党任何审查的,我们俩,才是您留在上海最完美的潜伏者!"

刘秘书冷笑:"就你一个小警察,潜伏下来有什么用?"

"看似不重要的人,往往才是最大的撒手锏。我们今天是小警察,将来可未必是,一旦我们坐上某个位置,对局座的价值,肯定比今晚处决两个共党大吧?再加上我们是土生土长的上海人,对本地情况了如指掌,做很多事都比别人有优势。"

林少白一口气说完,这才发现自己已经大汗淋漓。

毛森盯着眼前这个面红耳赤的小警察,良久,哼了一声。

"歪理邪说,狗屁不通。"

林少白的心跳都漏了半拍,毛森却又突然笑起来。

"不过胆大心细,临危不乱,也算你过关了。"毛森摆了摆手,示意刘秘书收起枪,"你说得对,就算是个臭虫,也能顶点屁用,只要你能继续为党国效力,你俩的脑袋就先保管在我这,保不准,日后我还能送你一份大好前程。"

林少白也没想到,自己这么容易就过关了,他还不放心,试探着问道:"那,局座,我要不要写个字据,按个手印?"

毛森摆摆手:"像你这么会谈条件、能谈条件的人,任何字据,远远没有给你的条件有效。你说对吧?"

林少白大喜过望:"对对对……哦哦不不不,我的意思是,我与您是君子之约,不在乎这些形式。那我和徐巍是不是可以走了?"

毛森道:"你很聪明,但你的那个朋友,就未必了。"

林少白还没明白毛森话里的意思,就听到窗外砰砰两声枪响,林少白的心顿时如坠冰窟!他转身冲出办公室,一路狂奔到警局大院,大呼道:"徐巍!徐巍!"

"少白……"

看到徐巍还活着,林少白的心才勉强安定下来,可转眼看到大院里的景象,他的心再次跌到谷底。

徐巍瘫倒在地上,手里握着枪,而他身前不远处,是两具共产党员血淋淋的尸体。

而叶士武站在旁边,露出邪恶的笑。

"巍子!巍子!"林少白疯了一样跑过去搀扶起他的朋友,徐巍的身体还在微微发抖,好半天才挤出一句话。

"少白,你没事吧?"

林少白摇摇头,徐巍这才深呼了一口气:"太好了,叶士武说,只有杀了他们,我俩才能活着走出去……"

"还真是一对好兄弟啊。"刘秘书跟了出来,朝叶士武摆了摆手,"他俩可以走了。"

林少白挽着徐巍,在叶士武充满恨意的目光的注视下离开了警局。

两兄弟推着车走过福州路,冷风一吹,人也清醒了不少,徐巍还是先开了口。

"少白,一人做事一人当。"

"我们兄弟不说这个,这么多年搭档办案子,你欠我几条命,我欠你几条命,算得清楚吗?只能说是事摊上了,是我们倒霉。"林少白安慰着徐巍。

"我就知道我们这种小人物,怎么可能跟毛森谈条件!少白,要是我不开枪,今天我俩都走不出来。"

毛森和林少白的谈话,徐巍并不知情,他只觉得是因为自己杀了两个共产党,毛森才放了他们俩的。林少白看了眼徐巍,犹豫了一会儿,还是没把自己跟毛森谈条件的事说出来。巍子做了这么大的牺牲,如果这时候说了,他心里肯定更难受,可这人杀了,血就沾上了,血沾上了,就洗不掉了。林少白又想到今夜得知的毛森企图大规模破坏上海的阴谋,已然在心中做出了决定。

"巍子,我们不能再在上海待了。无论是共党、毛森还是姓叶的,都不会放过我们的。跑路去香港吧!我们分头回家收拾东西!"

徐巍一愣,看着手上还没干透的血迹,把心一横,也点点头。

"我去找人弄船票!"

徐巍刚想走,林少白突然想起什么,一把拉住他。

"等会儿!这个你带着!"

林少白从怀里掏出一个平安符,那是母亲早几日在静安寺求的,一个给儿子,一个给徐巍,保佑他们俩在这乱世平安顺遂。

徐巍接过平安符,眼睛一红:"明晚码头见!"

林少白拍了拍徐巍,自己也转头蹬着自行车跑回了家。他一刻也不敢耽误,开门就叫醒了两位林太太,连夜收拾起细软。林母和大太太一头雾水,这怎么头一天还好好的,说要备足物资死守林宅,今天说变就变要去香港了?再说走得这么匆忙,之前囤的东西怎么办?

林少白不敢说真话,怕吓坏了两位林太太,只好硬着头皮解释他们是去避难的,不是搬家,过阵子就回来,只要带上银圆首饰就行。架不住这唯一的孩子软磨硬泡,又听说巍子也一起去,两位林太太这才匆匆收拾了东西,跟着林少白来到码头。

上海黄浦码头,放眼望去一片混乱,铁丝网和挥着棍棒的治安员拦不住装满货物的黄包车,道路被黑压压的人群挤得水泄不通,连引桥上和厕所里都人满为患,金圆券被撒在江水上来回漂荡,如同废纸,小贩售卖的稀粥里半是泥泞,离港的船走一只就少一只,躲难的人从渡轮的边沿一直堆积到船顶,连桅杆上都扒着人。

四周混杂着汗液与尿的气味,恶臭难忍。林少白给白汗巾上滴了花露水,让两个太太捂住鼻子。等了又等,眼看船就要开了,这才看到徐巍带着怀孕的妻子赵兰从人群中挤了过来。

"怎么样,弄到票了吗?"

"弄到了,快走!"

徐巍领着众人,一直挤到了登船口,先让林母扶着赵兰上船,又接过大太太。林少白刚要跟着往上挤,回头一看,徐巍还站着原地不动。

"发什么呆,快点啊!"林少白催促道。

"你们先走,隔一天我就来。"徐巍眼神闪烁。

"是不是票出了什么问题?"林少白意识到不妙,强行掰开徐巍的手,这才发现他只握着四张票。

"不是说好五张吗? 怎么只有四张……"林少白忽然明白过来,"还差多少钱?"

徐巍咬咬牙:"没差多少钱,我已经买了明天的票了,你们先走,隔一天我一定到。"

林少白眼睛一红,他的兄弟他了解,一个从来不会撒谎的人,可他没想到,在这种生死关头,徐巍竟然会如此轻易地牺牲自己,把票让给他们全家。

"你骗得了别人,骗不了我!"说着,林少白把票塞回徐巍手里,推着他上船,"你们先走!"

徐巍不肯,两个人拉扯着,林少白眼看船就要开了,只能安慰徐巍。

"你听我说,我脑子机灵,而且我没杀过共党,他们不会难为我的! 再说了,不就是去香港,能有多少水路? 我林少白什么人,游我都能游过去! 你带着她们先走!"

林少白使劲把徐巍推到船上,随着关闸,自己被拦在了外面。

"嫂子怀孕了,你得陪着,我妈她们把你当亲儿子,有你照看我也放心! 快走吧!"林少白故意做出一个轻松的表情。

徐巍这才郑重地点点头,向林少白大喊道:"少白! 那说好了,我们香港见!"

林少白刚想挥手与徐巍道别,突然人群中一阵骚乱,几个警察冲了进来,将林少白双手一扭,按在了地上!

徐巍蒙了,林少白也蒙了。

叶士武皮笑肉不笑的脸出现在林少白面前,他不紧不慢地薅起林少白的头发:"局座听说你要溜,千叮咛万嘱咐地叫老子赶来码头留下你这个栋梁之材,幸亏赶得及时,要不然局座那边我就没法交差了。"

林少白还嘴硬:"叶处长,我怎么会溜,我是在帮局座执行秘密任务……"

叶士武一巴掌拍在他脑袋上。

"还真拿自己当棵葱了,带走!"

林少白不顾一切地朝船上大喊:"你们快走! 不要管我! 一定要去香港!"

等徐巍反应过来的时候,林少白已经被架起来了。码头的喧哗声引起了林母的注意,她这才看清自己的儿子还在码头上。

"少白! 少白!"林母这一喊,大太太也看到了,两个人一下慌了神。

"巍子,巍子,你要救救少白,求求你救救他。"大太太不顾自己的身份,扑到徐巍面前,一弯腰就要跪,被徐巍一把扶住。

轮船的汽笛声响起,马上就要驶出码头。看着哭花了脸的大太太,林少白往日的点点滴滴浮现在徐巍的脑海:给他带平安符的林少白,将船票塞给他的林少白,被抓住还朝自己喊着快跑的林少白……徐巍把心一横,咬着牙说道:"两位太太放心,你们先走,我不走了,我一定会把少白救出来!"

林母与大太太相视一眼,也下定了决心:"没有少白,我们哪也不去,我们也留下!"

与此同时,林少白被叶士武的保卫员老董塞到了卡车后车厢中。车厢里塞满了各式各样的木箱。林少白透过破了的防水布,看出卡车开往的并不是警察局的方向。

"叶士武,你要带我去哪里?!"

林少白大喊,可是坐在前座的叶士武根本听不见。眼看卡车越开越偏僻,林少白急得直跺脚,之后眼珠一转,决定从老董下手。

这个老董,说得好听是保卫员,说得难听点就是叶士武的狗腿子。他以前是混帮会的,仗着是叶士武的远房亲戚,尽管大字不识一个,也进了警察局,官职比林少白还高。老董喜欢赌钱,整个警局都知道,输了钱他就去街上收保护费,还是做老本行,只是个披了件警服的流氓而已。

林少白故意挤到老董身边:"兄弟,尿急,憋不住了,容我上个厕所呗?"

老董一看就明白林少白想伺机跳车,不耐烦地说道:"滚回去!"

林少白摸了摸口袋,掏出几张美金,这还是他为了去香港准备的。

"行个方便呗。"

老董犹豫了一下,接过钱点了点,收进口袋。林少白以为自己得了机会,刚准备跳车,老董一拳就将他打倒在地。

"就这点钱,还想买你的命? 一会儿给你留个全尸就不错了!"

林少白摔在车厢地板上,撞倒了一个木箱,一堆C4炸药滚落在他身上。看着老董不怀好意的笑容,林少白的心直坠谷底。

下了船的徐巍,只身一人回到了警局。

此时的警局已经一片混乱,大家都知道上海守不住了,共产党不日就要进城,一时间搬东西的、烧材料的、运物资的,做什么的都有,警局里浓烟滚滚,宛如末日。

徐巍的心也七上八下,刚才下船是一时意气用事的决定,可英雄不是那么好当的。

安顿好两位太太之后，他也逐渐冷静下来，恐惧的感觉顺着脊梁骨往上爬，就凭他自己，一个连国民党员都不是的外编小警察，怎么救林少白？这警局里前狼后虎，只要毛森皱皱眉头，别说林少白一家，就连自己跟老婆也得折进去。这步棋，该怎么走？

徐巍正思前想后，这时一个人叫住了他。

"徐巍，你怎么在这儿？"

来人是老徐，两人一个姓，算是本家，但平常很少有交集。这个老徐算是毛森的心腹，平常只办事少说话，沉默寡言，大约是看着徐巍已经原地打转许久了，这才来问问。

"我……我有事想找局座。"徐巍鼓起勇气说。

"那正好，我也有事要找他，一起吧。"老徐领着徐巍走进了毛森的办公室。

毛森还是平常的样子，就算警察局已经乱成一锅粥了，他还端着手里的茶杯，有条不紊地看着报纸，问话时连头都不抬。

"什么事？"

老徐道："报告局座，荣工程师已经接到了。您不放心的话，我去电厂那边盯一盯？"

"你去吧，我也要走了，舟山明晚的船。"毛森接着向刘秘书招了招手，说："让报务员给我用明码发一份电报，告诉共产党的军委会，告诉他陈毅，还有粟裕，我毛森今天就走了，但总有一天，我们一定会重拾河山再回来。上海，迟早是要还给我们的。"

刘秘书领命退了出去，毛森抬头，看见老徐还没走。

"还有什么事？"

"警察局还有个小兄弟，说要见您。"

"哦？"

老徐退出了办公室，徐巍咬着嘴唇走了进来，他鼓起勇气大声说："局座！我……我有事向您汇报！林少白被叶处长抓了，我怀疑他会公报私仇……"

毛森扬了扬手，堵住了徐巍的话。

"叶士武是按照我的吩咐，到码头上去接林少白出任务的。林少白这个滑头，前脚刚答应我一些事，后脚就想跑路，当我毛森的话是儿戏吗？"

徐巍大脑一片空白，好不容易才憋出一句话。

"原来是……是局……局座的安排……那……那我申请去支援！"

毛森仔细打量着徐巍憋得通红的脸，突然认出他是昨夜开枪的那个小警察，也是林少白拼命想要保护的兄弟。毛森心念一转，扬了扬嘴角。

"你是昨晚那个警察吧？一连射杀两个共党，出手够狠，现在还急着救兄弟，很重情义嘛。叫什么名字？"

"徐巍。"

"不错，我喜欢有情有义的人，你以后就跟着我吧。"

徐巍一愣，眼珠子都快掉出来了。

"那……那林……"

"林少白有林少白的任务，你也应该接受我给你的命令。跟我走吧。"

徐巍呆呆地站在原地，半晌挪不动脚步。毛森走到门口，回头看了他一眼。

"还不快跟上，你小子的运气来了。"

徐巍不知道该如何是好，只好艰难地迈开脚步，跟着毛森离开。他还不知道，正是这一步，推着他的命运与林少白走向截然不同的两端。

而此时装载着林少白的卡车也驶进了闸北电厂，看到"商办闸北水电公司"的招牌时，林少白心里就已经明白了。昨晚听刘秘书向毛森汇报时说过，闸北电厂还没安排人去炸，想来是把这个立功的机会给了叶士武。而叶士武专门把他带到这里，显然也没安什么好心。

一路上老董跟车厢里的特务们侃侃而谈，估计也料定了林少白活不过今晚，根本没有避忌他。原来毛森布置的任务并不是毁掉电厂，而是炸掉核心机组，给共产党制造难题，让他们修个一年半载，拖住他们，等待反攻的时候再夺回来，重新启用。可电厂这么多车间和线路图，叶士武他们也搞不清楚，所以毛森专门安排了当年负责设计电厂的总工程师荣峥过来，指出关键机组炸毁。

林少白透过防水布，看着闸北电厂里还在推车拉煤的工人，他们穿梭于各个车间，一如既往地工作着，甚至没看驶过的卡车一眼，似乎毫不在意。

卡车很快停定在了电厂办公大楼的门口，叶士武跳下车，向来接应的心腹特务曹瑞问道："荣总来了没?"

"还没到。"

叶士武不耐烦地看了看表："这都快11点了，这么长时间还没到，荣总不会出什么意外了吧? 别被共党截了和。"

"处长会不会多虑了? 共党又不是千里眼顺风耳，怎么能知道我们要接荣老?"

另一个特务也跟着附和："是啊处长，荣总应该就快到了，我们可以先疏散工人。"

"疏散个屁!"叶士武更加不耐烦地说，"局座只让我们炸电厂，没让我们疏散什么人，我们干好局座交代的事就行。"

林少白听到这话，心里一惊，回头看了看明亮的车间，里头全是毫不知情的工人，他没想到，这些无辜的人，即将成为国民党溃逃之际的牺牲品，再也见不到明天升起的太阳。

"看什么呢? 有空担心别人，不如先想想你自己。"叶士武已经走到他的身边，用一双不怀好意的眼睛盯着他，对身旁的特务说道："一会儿引爆的时候，把他跟炸药绑在一起，回去就说是因公殉职了。"

林少白扭动着身体,他虽然预料到叶士武肯定不会放过他,但没想到他这么狠。

"叶士武!我可是局座的人!杀了我,你不好交代!"林少白大喊道。

"你觉得局座会在乎一个打算叛逃香港的人吗?"叶士武冷笑,"再说了,局座也不在这里,今天这里我说了算。你放心,回头我就会告诉局座,你为党国尽忠了。"

叶士武使了个眼色,老董拖起林少白就走,林少白拼命挣扎,电光石火之间,无数个念头闪过脑海,他也顾不得那么多了,胡乱喊道:"你惹错人了!叶士武!你根本不知道我和局座的关系!我,我还认识荣总工程师!"

"你认识荣总工程师?"

叶士武眼珠转了转,示意老董把林少白放下。

"那当然!我金昂昌金叔,你是知道的,上海最有名的棉纺大王,在这电厂也有股份,好几次他跟荣总工程师吃饭,我都在场!实话告诉你,荣老是我干爹!要是给他知道你们想害我,告诉我金叔,你一定吃不了兜着走!"

林少白这话说得真假参半。叶士武确实知道他家跟金昂昌有点关系,甚至林少白能进警局当差,也是金家从中帮忙打点的,而金昂昌也确实是电厂的投资人之一,但这层关系具体有多硬,他叶士武并不知道,当然林少白也就是赌他不知道。

"你要真跟金昂昌这么熟,他会只给你安排当个小警察?"叶士武反问道。

"那是我金叔想让我到基层锻炼锻炼!"林少白撒起谎来脸不红心不跳,"再说了,我跟金家的关系,我还用得着在人前到处显摆吗?低调!低调你懂吗?!"

"看来你还真见过荣总,很好,看来你也不是一无是处。但我也告诉你,今天别说你金叔,就算是天王老子来了,也保不住你,带走!"

老董把林少白带走没多久,一辆轿车就开进了电厂,里面走出一个西装革履的老人家,挂着拐杖,虽然头发花白,但眼睛炯炯有神。

叶士武连忙迎了上去:"荣老,万事俱备,就等您了。"

"是叶处长吧?抱歉来晚了。我下午临时被市政府叫去开了个紧急会议,这才耽误了。"

荣峥说着,正要跨步朝办公楼里走去,却被曹瑞拦了拦,示意要搜身。

荣峥面露不悦:"叶处长,这是干什么?是你们局座的意思吗?"

"您老别介意,这都是例行公事。"叶士武满脸堆笑地说着,又看了看荣峥的司机问道:"这位兄弟看着面生,哪个部门的?"

"黄浦刑警大队,外勤。"司机从口袋里掏出证件。

"黄浦刑警大队……听说你们吴大队长昨天送二姨太去了台湾?"

"前天走的,不是二姨太,是三姨太。"司机答道。

"啊哈哈,你看我这记性,没错没错,是刚找的三姨太,据说是个歌星还是……"

荣峥的拐杖在地上一杵，黑脸道："叶处长！大晚上请我来，就是来听你们警察局这点风流韵事的吗?!"

"您老别见怪，我一时多嘴了。里面请！"

叶士武这才将荣峥引进大楼。

电厂的办公大楼已经被特务控制了，狭长的走廊两侧，全是荷枪实弹的警察。一行人走进办公室，只见炸药箱已经被整整齐齐码在一起。

"看来叶处长已经准备妥当，就等老夫来了，那事不宜迟，咱们现在就开始布置吧。"

"不着急。"叶士武坐下倒了杯咖啡递给荣峥，"局座的命令是天亮前炸掉电厂，时间还早嘛。荣老是电厂的老人，想必一定知道这里咖啡不错，不如我俩先喝点咖啡，聊聊天，叶某也能跟荣老学习下电厂的历史。"

"电厂都要炸掉了，没想到叶处长还关心它的历史。"荣峥一声冷笑，"既然你信不过老夫，老夫告辞就是。"

荣峥刚要站起来，两个特务就堵在了门口。知道叶士武是不会放人的，荣峥反而平和下来，接过咖啡喝了一口。

"这么多年，人心都变了，只有这咖啡味道没变。你对我的这番招待，荣某必会详细地告诉毛森局长。"

叶士武也听出了荣峥言语间的嘲讽，但还是耐着性子做了个"请"的手势。

"局座此时怕是已经上了舟山的船了，这里只有我和你，还请荣老指点一二。"

荣峥坐下来，慢条斯理地述说着闸北电厂的前世今生，从清末建立，到民国十九年（1930年）搬家，有条不紊，如数家珍，说到最后叹了口气。

"当初是我一手将它建起来的，今天竟然要炸掉。要不是为了对付共党，我是万万舍不得的。"

"看来荣老很念旧啊，正好，我这儿有个故人要见见你。"叶士武给曹瑞使了个眼色，对方立刻会意，退了出去。

林少白此时正被关在厕所里，从门缝里偷看着外面巡逻的特务，分析着现况，想着逃出去的办法。

虽然刚才自己的谎话暂时稳住了叶士武，但他自己心里清楚，林家和金家的关系都是上一代陈芝麻烂谷子的事，和荣总工程师的关系，也是他信口胡诌的，一会儿叶士武见到荣峥问起来，那岂不是全露馅了？

想到这里，林少白突然心念一动。虽然厕所的臭气熏得林少白头晕脑涨，但他觉得叶士武把他关在这是有意为之。这个厕所不在要被炸毁的车间，而在办公大楼里，就意味着叶士武留他还有其他用途。回忆起下车前叶士武的话，他担心共产党会在荣峥身上做手脚,那极有可能留着自己就是为了此事。

一个小时前,林少白听到外面有动静,想必是荣峥已经抵达电厂,但叶士武那个狗东西十分多疑,一定会让他出来指认对方。而来的荣峥只有两种可能的身份,第一种,荣峥不是真荣峥,而是共产党,那如果他去指认,咬死对方就是荣峥,就能顺便卖共产党一个人情,把水搅黄,搞不好就能找到机会逃出去;如果对方是真的荣峥……那就只能靠胡搅蛮缠,见机行事了。林少白在心里祈祷,希望这真的荣总工程师是个心善的人,能让自己就坡下驴,走条活路,如果心不善,人蠢也行……

厕所门砰的一声,被曹瑞推开了,林少白灵机一动,慌忙抹了一把墙灰在脸上。

一进办公室的门,林少白就哀号起来:"干爹!干爹救我啊干爹!"

叶士武问:"林少白,这个人你见过吗?"

"怎么可能没见过,这就是我干爹,荣峥荣总工程师!"林少白一把抱住荣峥的大腿。

"荣老,你见过这个人吗?"叶士武问道。

荣峥神情微微一凝:"没见过。"

林少白也不含糊,干脆往地上一坐,抽起自己的嘴巴:"是我撒谎了,我不想死,才说您老是我干爹。但咱们是真的吃过饭,打过牌,在,在哪来着……哦对了!沙逊大厦!金叔金昂昌也在,您不会忘了吧?拜托您看在金叔的面子上,帮我跟叶处长求情,让他放了我吧……"

叶士武道:"荣老,一起吃过饭,总该有点印象吧?"

荣峥还是没有说话,林少白只好继续卖惨。

"您不会忘了吧,我就坐在金叔旁边,我还给您倒茶来着,您当时有事,吃到一半就走了……您再看看,看看清楚……"

林少白一边说,一边抹了抹自己的脸。

荣峥盯着林少白,沉思了片刻才说道:"你这么一说,好像有点印象。"

林少白听对方这么说,心里总算松了口气,但他同时也知道了对方绝对不是荣峥,毕竟刚才他说的全是胡诌的,如果是真荣峥早就露馅了。

林少白心想,管他真的假的,自己脱身才是当务之急!

"一会儿认识,一会儿又不认识,荣老您可要想清楚再说啊。"叶士武眯起眼睛。

"跟我荣某吃饭的人多了去了,我怎么可能每个都记得那么清楚?再说了,这个林少白进来的时候蓬头垢面的,也看不太清容貌。"

"那就对了,"叶士武露出如释重负的表情,"这林少白是金先生的秘书,荣老既然和金先生相熟,一定见过他。"

淡淡的一句话,却让林少白的心顿时跌到谷底,他暗骂叶士武这老滑头,谎话张口就来,要是这个假荣峥真跟着点头,他俩就都完了。

"金先生的秘书?"荣峥思索片刻,摇了摇头,"不,他那天是穿着警服来的。叶处长,他是警察,我说得没错吧?"

林少白听到这话,心中一愣,喜的是这个共产党还算聪明没露馅,但惊的是,这人怎么会知道自己的身份是警察,莫非,他也是胡诌的?

但此时已经容不得林少白细想,他连忙装出一个欣慰的表情:"荣老,您总算想起来了。"

叶士武也尬笑起来:"荣老说得没错,这小子正是叶某的下属,说起来都是家丑,上海还没沦陷呢,就贪生怕死,想溜之大吉……"

叶士武话还没说完,荣峥就生气地打断他:

"哼!这就是叶处长的待客之道!老夫今天算是见识了,先是搜身,又将老夫强行扣押,然后再欺骗试探,后面还有什么手段,尽可使出来了!"

叶士武见荣峥真的生气了,连忙打了个哈哈:"哎呀荣老,您别生气,如今党国正处在危难之时,共党分子又狡诈无比,叶某只能慎之又慎。何况这炸电厂是局座亲自安排下来的任务,如有闪失,叶某承担不起,还望荣老多多见谅。"

"那你如今相信老夫了吧?"荣峥哼了一声。

"当然,电厂一切布置尽听荣老指挥……"

"荣老!"林少白知道自己的时机到了,连忙插嘴道,"看在金叔的面子上,帮我说说情,让他们放了我吧!"

荣峥看了一眼林少白,眼神中却突然闪过一丝厌恶,搞得林少白莫名其妙,随即就听荣峥说道:

"临阵脱逃,按你们警察局的规矩,该怎么处理?"

林少白都呆了,怎么回事?!我上一秒还帮你打掩护来着,现在你身份没暴露,反而转头对付我来了?!

"叛逃者一律枪毙。"叶士武皮笑肉不笑。

"那就枪毙。"

林少白脸都黑了:"姓荣的你什么意思?!想害死我啊?老匹夫……"

两个特务上来就捂住了林少白的嘴,不顾他挣扎往下拖。叶士武一看荣老站在自己这边,不免眉飞色舞。

"荣老有这个觉悟,叶某佩服!佩服!听荣老的吩咐,把他带下去毙了!"

林少白急得直瞪眼,死死盯着荣峥,但嘴巴被塞住了也说不出话,他不明白,对方就算是共产党,自己也没得罪他啊。

眼看林少白被拖到门口,荣峥突然又说话了。

"等一下,他跟金家确实关系不错,真的毙了,怕叶处长也不好交代,还是先关起来,慢慢矫正,留着将来为国出力也好。"

话已至此,叶士武也不好说什么,只好点点头:"一切听荣老安排,先把他带下去关起来。"眼看林少白被押着走远了,叶士武才示意曹瑞把电厂的设备图拿了出来。

随着图纸一寸寸被摊开,设备间、材料室、传输带、动力间、输电管道……荣峥在脑海里迅速将这些平面的线性图拼凑成一座完整立体的建筑。

他确实不是真的荣峥,而他苦心筹谋,步步为营,在如此时刻孤身潜入行这步险棋,就是要阻止毛森的奸计,绝对不能让他们在解放前炸毁电厂!

"荣老,如何?"

荣峥拿起笔,在图纸上圈出几个地方。

叶士武不经意地和老董交换了一下眼神,老董点了点头。虽然他们对电厂不甚熟悉,但来的时候也做过一些调查,荣老画下的位置和他们猜测的大致一样。

为了得到叶士武的全盘信任,荣峥并没有虚与委蛇,所画之处没有丝毫作假,因为这次任务的关键点,不在核心机组位置,而在于为共产党争取时间,伺机攻入敌人包围圈,保住电厂。

特务们部署爆破,用的是美军的C4炸药,这种炸药也被称为"残酷口香糖",威力巨大,但安全性极强,就算用火柴点燃也不会爆炸,想要引爆,就须要用引线接到雷管,只有凭借雷管爆炸带来的强大冲击,才能触发C4炸药,换言之,只要雷管不引爆,C4炸药基本没有威胁力。

荣峥煞有介事地指导着特务们安放C4炸药和接引线,而眼睛却从没离开过装有雷管的箱子。

"荣老这是怎么了?"叶士武问。

"这些雷管先别动,"荣峥顺势朝装有雷管的箱子一指,"机组室温太高,雷管容易意外引爆,炸到自己人就不好了,等你们把所有炸药都装好,我再亲自指导安装。"

叶士武刚想再询问什么,老董走了进来,说局座打电话来了,让叶士武去接一下。

眼看叶士武走远,荣峥也借着去上卫生间走了出去。

离开办公室,荣峥快速走向走廊尽头的窗户,这是他跟司机虎子约定好的地方,如今雷管在办公室,敌人也被爆炸点疏散了,是共产党最佳的突破时机,只要荣峥发出暗号,虎子就会放出信号弹,潜伏在附近的共产党部队就会冲进电厂,将特务们一举拿下。

可让荣峥意料不到的是,虎子的车还在楼下,人却不见踪影。原来叶士武老奸巨猾,荣峥一进办公大楼,他就让特务将虎子带去会客室了,说是休息喝茶,其实就是软禁监视。

荣峥心中一沉,如果暗号没有发出去,全盘行动就有可能失败。他快速思索着,却突然看到有特务朝自己走来。

荣峥连忙收回视线,装作镇定地走进隔壁的卫生间。

可冤家路窄,荣峥一推门就看到一个人正趴在窗户上,不是别人,正是林少白!

原来老董要跟其他特务一起装炸药,无暇顾及他,又把他锁回了厕所。林少白戴着手铐,人已经爬出去一半,听到动静一回头,也看到了荣峥,吓了一跳,手一滑从窗沿上掉下来。

"你想跑?"荣峥厉声问道,但却反手关上了卫生间的门。

"没有,空气不好,打开窗户透透气。"林少白讪笑道。

"是吗?那我和叶处长说一声,让他带你到外面透透气。"

"荣老,你这样就没意思了。我家里还有八十老母,下面还有弟弟妹妹,几十口人等着我吃饭,我要交待在这了,他们怎么办?你就看在金叔面子上,行行好给我条活路……"

林少白哀求着就要去抱荣峥大腿,这招他之前用过,荣峥一脸嫌弃,刚抬脚要绕开,却没想到林少白突然向上蹿起,一翻手用手铐勒住了荣峥的脖子!

荣峥却并没有惊慌,而是冷笑一声。

"以为乘人之危就能跑掉?我要是喊起来,叶处长来了会立刻毙了你。"

"荣老,我和你往日无冤近日无仇,没必要帮着姓叶的把我往死里弄吧?"

"我就是瞧不上临阵脱逃的人。"

荣老话音未落,手肘却倏然向后一顶,撞向林少白的腹部,伺机一个闪身,挣脱了林少白的手铐!

林少白也没想到,看上去古稀之年的荣峥竟然如此灵活。说时迟那时快,荣峥一个侧步绕到林少白身后,反守为攻,用手杖勒住了林少白的脖子!

"你以为你逃得掉吗?"荣峥贴着林少白的耳朵问道,更诡异的是,他连嗓音也变了,上一秒还是沧桑的老者嗓音,这一秒却变成了一个年轻人的声音。

"逃……逃你大爷!那是小爷我不愿意助纣为虐,你懂吗!"林少白一咬牙,使出吃奶的劲推开拐杖,刚逃了没两步,脚下一滑,人就往前一倾,眼看就要撞到厕所门上,荣峥眼疾手快,一把拉住他,这才没发出任何声响。

林少白顿时明白,一边招架荣峥的攻击,一边露出得意的笑。

"原来你也怕露馅。"

荣峥一愣:"露什么馅?"

"得了吧,我早知道你不是荣峥,我根本没跟荣老吃过什么饭,你是共……"

荣峥一把按住林少白。

"再多说一个字就别怪我不客气!"

"疼疼疼……我不说我不说,但你瞒不了多久的。你放心,我知道你的目的不是炸厂,你要护厂,我肯定不会坏你的事的,我林少白不是那样的人!"

荣峥的力道有些松动,林少白赶紧接着表忠心。

"大伯、噢不,大叔、大哥,叶士武这个人就是条疯狗,你身手不凡、高大威猛,但俗话说得好,双拳难敌四手呀!你把我放了,我跟你一起对付姓叶的,他底下那些弟兄都是我的人,肯定听我的,有我帮你,一定如虎添翼,胜券在握!"

"真的?"

"真的!"林少白使劲点头。

"好。"

一分钟后。

林少白被荣峥五花大绑,还被用袜子堵住了嘴,关进了厕所的隔间里。他瞪大眼睛,呜呜呜叫着却发不出声音。

"你不给我添乱,就是对我最大的帮忙。乖乖在这等着,说不定我办完事后心情好,还回来放了你,否则无论是我,还是叶士武,都会立刻毙了你。"荣峥转身走出洗手间。

可没想到荣峥刚推开办公室的门,就发现桌上的雷管不翼而飞了!

荣峥的心跳都漏了半拍,一转头就看到老董迎面走来。

"雷管呢? 我不是说雷管先不要……"

"叶处长刚才离开的时候说,既然万事俱备,以免夜长梦多,提前爆破。雷管现在已经拿去机组室了。"老董如实回答。

荣峥暗道一声不妙,但表面还维持着镇定。

"你们干活也够快的,带我去看看。"

荣峥跟着老董离开办公大楼,穿过车间,朝机组室走去。看着一组组还在作业的工人,荣峥不免皱起眉头,而老董却误以为荣峥在担心爆破的事。

"荣老您放心,他们什么都不知道,不会起乱子的。咱们自己人装完炸药就会撤出来,只要雷管一好,立刻引爆。"

荣峥压抑着心头的愤怒,跟老董走进机组室,果不其然,几箱雷管已经摆好了。

"荣老,烦请指点一二?"

"装得不错,等叶处长来审查,没有问题就引爆吧。"荣峥嘴上虽然附和着,却突然捂住胸口,露出疼痛难忍的样子。

"荣老! 您怎么了?"

"老……老毛病又犯了,你帮我去找我司机,让他去我车尾厢里拿药,快……快去。"

怕老董犹豫,荣峥顺势栽倒在地上,对方一看,连忙放下雷管出了门。

这是荣峥和虎子备下的暗语,车尾厢是放信号弹的地方,无论如何,一定要通知到组织。

眼看特务离开,荣峥一骨碌爬起来,反锁机组室的门,拧开手杖,取出一把两寸长的瑞士军刀,将雷管逐一拆开,切除引线。万一组织没有及时赶到,至少破坏掉雷管,拖延时间,让爆破不能如期进行,哪怕……

……哪怕需要付出自己的生命。

一根、两根、三根……引爆这么多组炸药,少说也要两三百根雷管。汗从鬓角一滴滴地流下来,但荣峥却完全顾不得擦,手中的雷管容不得半点闪失,多拆一根,就减少一分风险,就能多救下一个工人……

眼看就剩最后十几根雷管了,砰的一声,机组室的大门被一脚踹开!

叶士武抄起枪就指在了荣峥的后脑上!

"别动!举起手来!"

"叶处长这是做什么,是不是哪里搞错了?"

"别再装了,"叶士武一把抢过他手里的雷管,"好手段,看来我那些安装炸药的兄弟们也去错地方了吧?"

荣峥庆幸叶士武的多疑,让他连真实的信息都开始怀疑,索性顺着他的话往下说。

"叶处长既已知晓,何必多问。"

"哼,管他真的假的,全炸了就没那么多破事了!剩下这几根也勉强够了。老董,你带着曹瑞把所有炸药都集中安置在厂房外面!把整个电厂炸掉!而你……把伪装卸下来!我叶士武今天倒要看看,你这个共匪到底长什么模样!"

荣峥转过身,用力一揪,银白色的胡子就被揪了下来,假发也随即脱落,抹去了脸上的易容妆,年迈的荣峥一下年轻了几十岁,变成了一个三十出头、剑眉星目的男人。

"叶士武,解放军早就已经把这里包围了,你们此刻放弃炸厂,还可以按戴罪立功处理,共产党优待俘虏,不会要你们的命。"荣峥恢复了自己的嗓音,铿锵有力地说。

"死到临头还嘴硬,好好看看,是谁要谁的命!"

叶士武正要扣下扳机,四周忽然陷入一片黑暗,机组室的电闸不知道被谁被拉了!

机组室陷入一片黑暗,荣峥率先反应过来,拼尽全力向前一扑,就要夺叶士武的枪,火花在黑暗的机电组四溅,应急灯再次亮起的时候,荣峥已经成功夺枪挟持了叶士武,勒着他的脖子退到门口。

老董和曹瑞带着特务逼近荣峥两人,双方僵持着,荣峥先开了口。

"叶士武,让你的人立刻放下武器投降!解放军优待俘虏!"

被枪顶在太阳穴上的叶士武早已没了气焰,只能附和荣峥。

"老董,曹瑞,先把枪放下,听这位共……老总的话。"

陆续有特务从四面八方赶来,眼看荣峥已成困兽之斗,老董、曹瑞等特务互相交换了一个眼色,谁的手都没放下。

"你们聋了吗?! 放下枪!"

"叶处长,对不住了,我们不能放弃局座给我们的任务,只能委屈叶处长了。"

"你胡说八道什么?!"听到曹瑞的话,叶士武脸一白,连忙转向老董:"别忘了你是怎么爬上来的! 救我!"

"大表哥,对不住了,"老董啐了口痰,"兄弟们手上都沾了共产党的血,做俘虏死路一条。"

"老董你个混蛋……"

砰! 曹瑞率先开了枪,紧接着其他特务的枪声接连响起,叶士武还没骂完,身上就被打成了筛子,荣峥只好以叶士武为盾,仓促躲避着找别的掩体。

可出了机组室就是广场,一片空旷,根本无处躲藏。曹瑞带着人从后面包抄,将荣峥逼到角落,荣峥开枪还击,但没几下就打光了子弹。

眼看荣峥就要落入敌人的手中,突然两道强光从后方亮起,晃得众人一时睁不开眼睛。一辆卡车轰鸣着疾驰而来,冲散特务们的包围,停在了荣峥旁边。

"上车!"

驾驶座上的林少白大喊着。

荣峥也不含糊,就地一滚跳上了卡车。特务们在后面一通乱射,子弹打在铁皮上火花四溅,林少白猛踩油门,驾驶卡车朝电厂大门飞驰而去。

"是你?! 你怎么逃出来的?"荣峥显然也没想到是林少白。

"要你管。"林少白咬着牙,猛打一下方向盘,将一个开枪的特务扫到地上。

"为什么救我?"

林少白懒得回答,实际上他也不知道为什么。荣峥虽然把他关在厕所里,但林少白当警察的时候也培训过逃生术,两三根布条是捆不住他的,上次撬门的铁丝他一直藏在鞋底,虽然有点费劲,但开手铐也并不是什么难事。林少白好不容易等到特务们全都去安放炸药,办公楼警备放松的时候,才从厕所窗户里钻出来。

他小心躲避着巡逻的特务,一路溜到了电厂边上,脱下自己的外套垫在钢丝网上,三两下就爬到了墙头。

他本可以翻出去溜之大吉的,可他也不知道是什么原因,竟然回头看了一眼。

墙头视野很好,明亮亮的月光洒在电厂的广场上,车间里还有许多工作的工人,煤炉里的火光映红了他们的脸,他们也跟林少白一样,有家人,有兄弟,甚至有妻子儿女,如果叶士武那孙子的奸计得逞,这些工人就再也见不到家人了。

明明再一步,再一步就能离开这里了,可林少白的脚仿佛灌了铅,怎么也挪不动。

林少白气得扇了自己一个大嘴巴,心想:林少白啊林少白,你自己都泥菩萨过江自身难保了,你还管别人,徐巍、母亲和大妈妈还在等着你呢! 国共战争死了多少人,上海街头死了多少人,你管得过来吗?

再说了,恶人自有恶人磨,不是还有那个共产党对付叶士武吗？也许他就是关二哥下凡,拔山盖世,能够以一敌百,干翻叶士武和所有特务,仅凭一人之力救下整个电厂呢……

"我就是瞧不上临阵逃脱的人。"荣峥对林少白说的那句话,突然又在耳边响起。

"我就要临阵逃脱！你能拿我怎样？"林少白不自觉回了一句嘴,这才发现四下无人,只有自己的影子,看起来不但卑鄙,还有点醒醒。

一阵骚动,林少白吓了一跳,以为自己被发现了,连忙缩在暗处,却发现是叶士武带着人马朝机组室跑去。

"荣老刚过虹口就被劫走了！那个不是荣峥！是共党！"

叶士武的声音传到林少白耳中,他的心也跟着向下一沉,看来那个共产党注定没戏了,电厂的工人都保不住了。

林少白一咬牙,缩回迈出去的腿,披着夜色,从另一头朝机组室跑去。

"电闸也是你拉的？"荣峥的声音将林少白的思绪拉了回来。

"你是问话机吗？问个不停。"林少白懒得搭理他,不管自己回来是出于什么原因,有一点是明确的,他既不想跟国民党有什么瓜葛,也不想跟共产党扯上关系。

"什么意思？"

"意思就是遇到你就没好事！"

万事最忌哪壶不开拎哪壶,好的不灵坏的灵,林少白刚抱怨荣峥是扫把星,就看见两排路障挡住了大门,数十名特务从两旁冲出来,举起手里的机关枪。

糟糕！这回真是煮熟的鸭子——插翅难飞了！

林少白恨不得在心里捆自己一千个大嘴巴子,让你管闲事,让你管闲事！这回把自己也管进去了吧！

"现在怎么办？"

"拼死一搏！"荣峥重新给手枪上了子弹,冷静地说。

"我听你的……听你个大头鬼！"

林少白说着,从驾驶座一骨碌翻下来,就地一跪,双手朝上一举。

"兄弟们！我投降！别开枪啊！我是被逼的！"

荣峥愣了,特务也愣了,见过投降的,没见过这么快的,老董和曹瑞此时也赶了来。

"现在投降已经晚了！"

老董正要扣动扳机,一枚子弹不知从何处飞来,打落了老董手里的枪。

只见三辆"飞行堡垒"冲开路障,驶进电厂,将特务们围在了中间。

荣峥看见司机虎子带着一队解放军从车厢里跳了出来,这才露出了放松的笑容。虎子果然听懂了自己的暗号,放出信号弹通知了组织。

解放军很快控制住了老董等特务们,一位瘦削的共产党军官走到荣峥的身边,他是这次任务领导后援大部队的张连长。荣峥向他敬了个礼。

"九兵团政治部,保卫科科长路正阳,报到!"

路正阳,这是林少白第一次听到"荣峥"的真名。

"辛苦了,要不是怕他们损毁电厂,早把他们收拾了,幸亏你路科长深入虎穴,帮我们解决了难题。"张连长握住路正阳的手,"但这次任务之所以能成功,还要感谢一个人。"

林少白以为这位张连长要谢自己呢,不由得胸口向前一挺,谁知张连长越过林少白,从"飞行堡垒"里引出了另一个人,正是警察局里毛森的跟班老徐。

"老徐?!你怎么在这儿!"轮到林少白震惊了。

"这是地下警委的老徐同志,电厂的情报就是他提供的。"张连长笑着向路正阳介绍道,又转向老徐:"老徐,这是路科长路正阳。"

"日盼夜盼,总算将你盼来了!"

老徐一把握住路正阳的手,他可是早就听过路正阳的大名了。林少白在旁边听着两人的寒暄,也摸出了点门道。

原来这"荣峥"本名路正阳,曾受训于延安七里铺,不但身手过人,而且心思缜密,精通乔装、侦察等特工手段,是共产党一手培养的人才。想起自己刚刚跟人家在厕所打了一架,林少白顿时尴尬得脚趾抠地。但他此时也顾不了这么多了,连忙蹭到老徐身边套近乎。

"可以啊老徐,平常看你在警局里默默无闻的,原来是共产党的人。搞了半天,都是自己人嘛!刚才我还配合这倒霉鬼……不不不,这位路长官,在保护电厂的行动中立了大功,都是同僚,你可得帮我记着!"

老徐这才看见林少白:"你怎么在这儿?"

"说来话长说来话长,你只要记得我的功劳就行,没功劳,也有苦劳嘛!"

老徐一时间搞不清状况,只好向张连长和路正阳介绍道:"这位是林少白,是我在上海警察局的同事。"

路正阳看着林少白,突然露出一个冷笑。

"不用介绍,我们很早就认识。"

林少白莫名其妙,却也第一次端详起路正阳的脸。之前在电厂一直没有机会看真切,这一看却把林少白吓了一跳。

火光冲天的福州路31号,四年前的那场爆炸,霎时全都浮现在眼前!!

可……怎么会是他?

林少白一时说不出话。

"把他铐起来。"路正阳脸色一变,指着林少白,朝虎子说道。

"喂!你怎么翻脸不认人?!"

林少白一愣，但虎子已经拿来了手铐，咔嚓将他铐了起来。

"冤枉啊！几位长官，啊不是，几位同志，你们冤枉我了，我真的有帮忙保护电厂！"林少白急得跳脚，转头朝路正阳大喊："我可是你的救命恩人！你怎么能恩将仇报？你明明知道我跟姓叶的不是一路人……再说了！你们共党就能乱抓人吗？办了冤假错案就是人命，上海的小道消息可发达了，你们刚进上海，对你们不好……"

"再吵就一枪毙了你！狗特务！"虎子怒道。

"你说谁是狗特务？你再说一遍?!"

"狗特务！"

"瞎了你的狗眼！我哪里像特务了?!"

"哪里都像!"

"我……"

林少白还要回嘴，突然张连长朝远处一指。

"大家看!"

林少白顺着张连长所指看去，只见红旗在电厂上空升了起来，迎着晨曦第一线曙光，迎风飘扬。

而在红旗之下，是电厂被解救的工人们，他们正露出劫后余生的微笑。

林少白心中，忽然多了一丝莫名的悸动。很多年后，他还会想起这一幕，那一抹破晓的微光，也将他的心照亮。

有的地方天亮了，而有的地方虽然日出东升，却还笼罩在黑暗之下。

毛森的警车穿过有些萧条的十里洋场，驶入昔日车水马龙的北京东路，最终在公共租界中区的一处小洋楼前停了下来。

这是毛森留在上海的最后一天，他还有一个不得不见的人。

刘贵珩给毛森开了车门，毛森微微环顾四周，洋楼附近一片祥和，小院中摆满了不算名贵的花草，但都经过仔细的修剪，正门上方挂着一个牌匾，上面用仿文徵明小楷写着"兰亭画室"，颇有风雅艺术之气。

一阵浓郁的鲜香，伴随着淡淡炊烟，从厨房一侧的窗户里冒出来。

刘秘书敲了敲门。

一个穿着旗袍的女人打开了门，看到毛森，露出略显惊讶的表情。

"局座，您来了?"

"伯劳在吗?"

"在厨房，我去叫他出来。"女人眼神里复杂的表情一闪而过，转身进了厨房。

洋楼的一楼被分割成两部分，前厅是工作的地方，后面是厨房，二楼才是夫妻俩生活起居的地方。

毛森走进客厅，里面挂着各类招贴和字体设计，书桌上还放着几张还未完成的招牌画稿，它们都出自同一个人，而这个人的身份，不只是画家，还是军统最狠辣的特工之一，郑兰亭。

伯劳鸟，因吞食猎物的瞬间迅如闪电，悍勇而残忍，也被称为"屠夫鸟"。伯劳最擅长隐藏在树枝和灌木丛中，隐蔽地接近猎物，直到发出致命一击，而郑兰亭也因此得名。二人相交多年，郑兰亭的手段和心机，让毛森都不得不忌惮，如果不是情非得已，他绝对不愿意再将这只猛禽重新起用。

穿旗袍的女人是肖云，郑兰亭的太太，此时已经进去厨房好一会儿了，但郑兰亭并没有出来。

刘秘书正准备去再唤，被毛森轻轻拉住，摇了摇头。他就想看看郑兰亭今天的架子要摆到什么时候。

"小云，糖用完了。"又过了一会儿，郑兰亭的声音从厨房传来。

"我去拿。"

肖云步出厨房，从架子上哆嗦地取下一罐糖。毛森走上前，接过肖云手里的糖，摘掉自己的白手套，往厨房走去。

厨房不大，郑兰亭正穿着围裙，在灶台上忙碌着。他虽然已经年过不惑，却长得文质彬彬，头发理得整整齐齐，洗得发白的衬衫口袋里，挂着一副金丝眼镜，像极了学校里教书的先生。

这地道的上海人，早点就好一口黄鱼面，如今面已经焯好，郑兰亭正料理着鱼。

几条黄鱼已经被他去头拆骨，掏去内脏，整齐地放进锅里煎着。郑兰亭拿着锅铲，抬头看到毛森，露出一个自然的笑容，就像普通人见到了老朋友一样。

"是局座呀，您看我这儿，鱼下锅了，离不开人。"

他的演技，早就已经深入骨髓，毛森不禁在想，也许连他最亲近的肖云，也分辨不出哪个是真的他，哪个是假的他。

"就在这儿吧，客套话就不多说了。"毛森没理会郑兰亭的虚伪，"你我都是军统的老人了，对党国是有使命的，现在上海城破在即，急需有人把担子挑起来。这几年局里雪藏你，不是有意要冷落你，而是做全盘的考虑。伯劳，现在该你出山了。"

"局座太高看我了，我现在就是卖卖画，做做鱼，闲云野鹤而已。"

"你可不是闲云野鹤，你是猛禽伯劳。"

郑兰亭专注地看着锅，却不着急给鱼翻面，而是加了把葱花，等着毛森开口。

半响，毛森叹了口气："有什么要求，只管提。"

看着砧板上还没来得及扔掉的鱼头鱼骨，郑兰亭突然微微一笑："哎哟，您看我这两只手，都沾满了腥气，要求嘛，就劳局座给我的鱼加勺糖。"

毛森面露愠色，但还是拿起糖罐，往锅里添了半勺糖。

"要想这黄鱼闻不出腥味，糖一定不能少。"

"我已经向上面申请，举荐你做保密局上海特别站的站长，少将头衔，官升三级。"

郑兰亭露出一副谦卑的表情："局座是了解我的，向来不爱做什么官，更不在乎什么虚名。"

"那就再加一个，让你兼任警备总司令部二处处长！"毛森一咬牙，"糖多了可是会齁的。"

"好了好了，该收汁儿了，"郑兰亭拿起勺子尝了口鱼汤，"哎呀，最关键的黄酒还没放，这味道就差点意思。"

"伯劳，你想要的是上海所有潜伏人员的名单吧？"毛森终于生气了。

"到底是局座，要做事就得有人，"郑兰亭这才收起之前的戏谑，"就像做条鱼，没这葱姜蒜，没有糖，没有黄酒，就做不出这个味，白白浪费这几条黄鱼。"

"局里的规矩你是知道的，得向上面请示。"

郑兰亭莞尔一笑，将鱼盛进盘子里。

"理解，这鱼出锅了就得趁热吃，不然就不好吃了。条件简陋，局座赏光一起吃一口？"

"我看你这黄鱼刺没剔干净，我怕塞牙。"毛森哼了一声，走到门口，又不甘心地停住脚步，"临走前，我想提醒你一句，民国三十四年，你在一次针对日本人的行动中，截获了一张王牌，这几年你一直攥着它，不就是等着有一天能上牌桌吗？"

郑兰亭没有接话，而是侧头倾听着窗户外的声音。

"解放军又开始攻城了，啧啧。局座，船还等着您吧？"

毛森走出大门，刘秘书恭敬地将手套递给他。

"伯劳同意了吗？"

"有些人跟局里不一条心，贵珩，也只有你留在上海我才信得过了。"毛森眼里的寒光一闪而过，"有机会把他手里的王牌，拿过来！"

"明白。"

毛森与郑兰亭聊了多久，肖云就在柜台前站了多久。她在抽屉的暗格里藏了枪，如果没谈妥，今天就是一场血战。直到毛森离开，肖云的身子才软下来。

"老师，谈成了吗？"

在别人面前，郑兰亭是肖云的丈夫，但私下里，肖云还是会叫他老师。

郑兰亭微微一笑，朝碗里的面条浇了一勺汤头，又夹了条鱼铺在面上，递给肖云。

"先吃面，至于吃鱼嘛，急不得。"

肖云接过面："老师不吃吗？"

"你先吃,我先打个电话。"

郑兰亭回到二楼,拨通了一个号码,对面传来一个慵懒的声音。

"宏达商行。"

"鹰隼,水已经浑了,通知其余人,我们也要开始行动了。"

第二章
黄金大劫案

1949年5月27日，上海解放。

接连半个多月的炮火，已经让上海的老百姓们人心惶惶，但共产党用自己的行动给了他们一个答案。

上海解放后，进城的解放军纪律严明，坚决不拿群众一针一线，不越民居一步，这是解放军送给上海市民的见面礼。许多市民邀请解放军进家都被婉拒，街面上躺满了疲惫的解放军，甚至他们连休息的声音都非常安静。看着这些年轻的战士在细雨中休憩，市民们更是自发拿出雨具为他们挡雨，这让每个人的心里都是热乎的。

当《中国人民解放军布告》张贴在南京东路的时候，终于彻底打消了所有人心中的疑虑，这份布告中提到最多的一个词就是"保护"。

保护全体人民的生命财产，保护学校和民族工商农牧业，保护城乡治安社会秩序，保护上海这颗璀璨明珠。

1949年6月2日，上海市人民政府公安局宣告成立，一块全新的人民公安局的牌子，挂了昔日福州路185号警察局的大门口。新上任的杨副局长也在这一天发表了讲话，宣告从今日开始，上海警察进入人民公安的时代，除劣迹昭著为市民所不容者，凡愿意继续留任供职的，一律欢迎，而保卫城市、服务人民自此成为新一代公安的职责与使命。

在保护上海电厂的任务终于告一段落后，本该回到解放军队伍的路正阳，却毅然决然地做出了退伍的决定，他向自己的领导和杨副局长提交了报告，希望能够加入上海公安的队伍。

上海虽然顺利被接管，但形势却没有明面上乐观。国民党撤离上海时，留下了至少八个特务组，共有五千多人，这些特务受命潜伏下来，伺机而动，跟新生的人民政权叫板。为了便于开展抓捕工作,上海市公安局单独成立了社会处,将它作为专门的反特及情报机构,由杨副局长兼任处长。如今社会处人才紧缺,而路正阳是延安七里铺出来的,多年的地下斗争,积累了很多锄奸反特的经验,正是杨副局长急需的人才。

由于反特情报干部身份要隐蔽,因此社会处没有在公安局机关内办公,而是选择了一处洋楼作为不挂牌的办公地点。社会处设有三个科室,其中负责情报收集与侦破的二室即交由路正阳负责,还将老徐和虎子分到了他手下。

路正阳脱下军装,穿上了公安制服,跟他一起来社会处报到的还有一盆茉莉花和一个铁饭盒。社会处的洋楼位于多福里一片石库门里弄,路正阳办公的地方在二楼,打开窗户,就能看见远处车水马龙的福州路。

"哥!吃不吃红薯?我从食堂打的,可甜了!"虎子没心没肺地跑过来。

路正阳看着虎子,这孩子年纪不大,却也是跟着自己枪林弹雨过来的,虽然几经九死一生,却还有着一份没有退却的少年心性。

路正阳微微一笑,接过红薯咬了一口。

"你知道我吃过最甜的红薯,是在什么时候吗?"

"什么时候?"

"长征路上,过草地的时候。那会儿我又瘦又干,还生着病,眼看要掉队了,就不管不顾地往前赶,结果一脚踩进沼泽里,越扑腾越往下陷,眼看人就要被吞没了,有个人冲过来把我拽了上来,他还把他仅有的半个红薯给了我,一点一点地喂我吃……真的很甜很甜。正是因为那半个红薯,我才撑下来,否则我早就交待在长征的路上了。"

"那个人……是文添大哥?"

"嗯。"

路正阳抬起头,久久看着窗外的福州路,四年前被爆炸摧毁的洋楼已经重建,但那一日的惨烈对路正阳来说仍然历历在目,文添夫妻身上的鲜血还未干透。

留在上海,路正阳不是没有私心,文添哥不能就这么不明不白地死了,只有抓住当日的真凶,为自己的战友报仇雪恨,才能摆脱这四年来萦绕不去的梦魇。

而林少白,则是侦破这场屠杀的关键人物。

"林少白现在怎么样了?"想到这里,路正阳轻声问道。

"在监狱里,晾了几天,可以审了。"虎子吞了嘴里的红薯,"哥……路主任,别说你放不下,我都放不下。当初就是林少白这个坏蛋,耽误了我们的时间,才没有及时赶到,让文添大哥白白牺牲,连小仓都没抓到!按我说,他肯定是特务!"

"把他带过来。"路正阳收回目光,对虎子说道。

半小时后,社会处审查室。

林少白戴着手铐，跷着二郎腿。

"气色不错。"路正阳不动声色。

"劳您关照，长官……哦不，同志。"林少白一见路正阳来了，立刻坐好了姿势，还套近乎般朝他靠了靠，一脸讨好，"我们新政府就是好啊！监狱里还好吃好喝，不打不骂，跟我们当时，呃，我是说旧时代的警察局还真不一样。"

"那就好，咱们好好聊聊。"

"一定配合！这两天我已经深刻反省过了！"林少白改了张正经的脸，"我坦白！我有罪！姓叶的逼我开枪杀你们的同志，虽然我最后没杀，但我确实动摇过。还有在电厂，虽然我救了你，但之前我还是贪生怕死想逃跑，没有觉悟，我惭愧。"

林少白故意把两个"虽然"说得很大声。

"照你这么说，我该给你颁个奖状？"

"那倒大可不必，我还是有罪的，最大的罪就是当过旧警察，但我现在已经知道新政府的好了！以后必然洗心革面！重新做人！只求领导念在我护驾有功的分上，放我一条狗命。"

这一套林少白估计也想了几天了，说出来脸不红心不跳。

"四年前福州路的事，再帮我们回忆回忆？"

"什么福州路？"林少白开始装傻。

"四年前，福州路31号洋楼，爆炸案，十多名死亡人员，你不会一点印象也没有吧？"

林少白还想狡辩，路正阳把档案往桌上一拍。

"你，和你的搭档徐巍负责处理这件案子，上面还有你的签名，但对于爆炸和死伤人数却只字不提，最后以自焚结案。"

"哎呀，那是叶士武逼着我……我们签的。他当时是调查组长，不签我小命都保不住。要不我怎么会那么恨他呢？路同志你可以给我做证，他跟我的过节可不是一两天的事，要不在电厂他咋想要炸死我呢，对吧？他对我恨之入骨，凡是黑锅都让我背，脏水都泼我身上，这就是其中一件而已。"

"你没经手，当时怎么会在现场？"

"我没有啊！你也知道警察的样子都长得差不多，我又是大众脸，您一定是记混了！"

"我记混了？"

"对啊！场面那么混乱，一下子记错了，也是有可能的嘛！我在警察局这么多年还会认错同事呢！"

"场面混乱……有意思，你没在现场，但知道场面混乱，而且，你没去，怎么知道我也在？"

林少白一愣，这才品出来，路正阳是在诈他！

这下真是百口莫辩了。

"看来你是不打算跟我们如实交代了。既然你喜欢这儿,就在这儿一直待着吧。"

路正阳盯着林少白的眼睛,而林少白也第一次露出他伪装下的情绪,收起胆怯,迎上了路正阳的目光。

他在用眼神告诉路正阳,我不会给你抓到把柄的,就算你把我关在这儿一辈子也没用。

虎子把林少白带到门口,路正阳突然想起来了什么:"今天有人来保释你。"

林少白一愣:"是谁? 不应该啊,他们都上船了……"

"不是你的家人,是个女同志,姓金,说是你的朋友。"路正阳想了想,"还有,你的两位母亲都没有离开上海,如今已经回家。你的朋友徐巍,我们也查过登船记录,他和他的妻子也没有走。"

"你说什么?! 他们没走?"林少白的心一下沉到谷底,"我一人做事一人当! 他们跟这些事没关系!"

"有没有关系,我们自会判断。"路正阳沉思片刻,又对林少白说道,"我们共产党是有纪律的,不会屈打成招,更不会连坐,这你可以放心。"

林少白这才缓了缓心神:"希望你说到做到。"

"我也希望你能再好好回忆下,想好了我们再交流。"

"我能见一见我朋友吗?"

"暂时不能。"

林少白如同泄了气的皮球,被带了出去。虎子义愤填膺:"这个林少白! 简直就是旧社会的渣滓! 我看不给他上点手段他是不会招的!"

"胡说八道什么,我们是新时代的公安! 不是军统! 屈打成招,跟毛森他们有什么区别?"路正阳正色道,"办案要讲证据,合法合规,虎子,我们不是土匪,要对得起身上这套制服。"

虎子委屈巴巴地闭上了嘴。

"那个金小姐的身份查得如何了?"

"她叫金妍,是金昂昌的独女。"

金昂昌,这个名字路正阳在进上海前就听过了,上海巨富,企业家,手下有金氏棉纺厂等民族工业,时局混乱,却依然混得风生水起,从生意头脑到手段,都不只是一个普通商人。可他的女儿为什么又会跟林少白扯上关系呢?

"她现在人还在局里等消息。"虎子补充道。

"走,我们去会会她。"

路正阳大步流星来到公安局,果不其然,看见接待室有一个女孩,二十四五岁的年纪,身材纤瘦,和想象中的富家女子不一样,她只穿了一件简单的棉质衬衫,干干净净,一头长发被简单地扎在了脑后,看上去十分干练。

虎子介绍路正阳是负责林少白案子的领导,金妍开门见山道:"我什么时候能保释林少白?"

"金小姐应该已经知道军管时期的规定了,就算是金家申请保释也不行。"

"那我就申请探视。"

路正阳刚想拒绝,金妍就从包里拿出了解放军的《约法八章》宣传单。

"这份材料是你们的毛主席和朱总司令亲自颁发的,第五条明确写道,除怙恶不悛的战争罪犯和罪大恶极的反革命分子,所有国民党政府大小官员,凡不持枪抵抗、不阴谋破坏者,一律不加俘虏,不加逮捕。这份文件是作数的吧?"

"当然。"

"林少白既不是战争罪犯,也不是反革命,却遭到了你们的逮捕和关押。按照国际惯例,无犯罪证据的嫌疑人临时羁押不应超过二十四小时。如果你们不放人,我是不会罢休的,我会让全国人民都知道,这份东西就是废纸!"

"林少白牵扯的案件很特殊,我们对他的关押、审讯都合理合法,与《约法八章》并不冲突。"

"那你告诉我,他到底犯了什么案子,有多特殊?"金妍不依不饶。

"他涉的什么案,能是你一个富家小姐懂的吗? 要是每件案子都要跟所有人解释,那案子还办不办了?"虎子急了,反驳道。

"解释不了,就放人!"

路正阳连忙拉住虎子。

这时门外突然进来一个人,看到金妍,激动地大喊:"金医生?! 你怎么在这儿?"

这个人一拐一拐地走了进来,是人事科的老郭。他跟虎子、路正阳一样,曾是解放军,因为在解放上海的时候受了伤,这才转到了公安局从事人事的工作。

"金医生,幸亏有你,我这条腿才保住了。一直想当面谢谢你来着。"老郭激动地握住金妍的手。

"你就是金医生?"轮到虎子惊讶了。

上海解放的时候,在中国红十字会的带领下,许多民族企业都成立了临时避难所救助伤者和难民,其中金氏棉纺厂的临时避难所最为人所知。大家都知道那里不但发放食物,还有一个妙手仁心的医生,无论是解放军还是受伤的百姓她都救。而老郭当时为了掩护难民,被流弹击中了腿,正是金医生及时进行了手术,他才免于被截肢的命运。这段经历总是挂在老郭嘴边,整个公安局的人都知道金医生在他心里堪比华佗再世,但路正阳也没想到,他说的竟然会是金昴昌的女儿。

老郭说到这,才反应过来路正阳也在,他虽然不知道是什么事,但心里也猜到了七八分,朝金妍点了点头。

"金医生,我们攻城的时候都会拼死保护老百姓,现在解放了,更加不会无缘无故栽赃陷害。路主任是我们的领导,他办案一定是公平公正的,请你一定要相信这一点。"

老郭的一番话,也确实让金妍的态度略有转变。

"我只是想见见他。"金妍眼底闪过一丝柔软。

"你放心,只要他不涉及重大案情,我们不会为难他的。"路正阳说。

"希望你说到做到。"

看着金妍离开公安局,路正阳对虎子说:"收拾一下,跟我去一趟林少白家。"

夜幕深沉,林少白坐在牢里,想起自己的家人和徐巍一家都没走成,顿时心神不宁,坐立难安。

这么多年,他在叶士武手底下,也见识过不少屈打成招的例子,动他林少白一个人不要紧,可谁能保证共产党不拿自己的亲人和朋友开刀?谁能保证路正阳对他的承诺,不是缓兵之计呢?

林少白闭上眼睛,思绪回到了四年前。一切的起源,都来自那个百无聊赖的下午的一通莫名其妙的电话。

电话是徐巍接的,有人报警说福州路发生了车祸,车上还有人携带了枪支弹药。林少白以为遇到了大案,徐巍却认为没多大事,自己一个人去就行。

林少白没听老友的话,执意一同前往,如果不是这样,他不可能遇到路正阳,更不可能差点命丧当场。

两人来到了福州路,街面却一切如常,根本没有什么车祸。林少白正觉疑惑,突然一声巨响,两辆车就在主路口撞个正着。

车祸还没发生,就有人提前报了警,这也太奇怪了吧?

林少白和徐巍赶紧扒开围观的路人冲上去。其中一辆车上开车的就是虎子,而坐在后面的就是路正阳。

当时的林少白不知道路正阳是什么人,却瞥见了他腰上别着的枪。林少白吓了一跳,掏出警棍让他们下车检查。

本来是照章办事,可没想到路正阳指着另一辆车大吼了一声:"糟糕!中计了!"

林少白这才反应过来,另一辆车上已经空无一人,原本开车的司机不知所终,只留下一台车挡住了十字路口。

路正阳突然暴跳如雷,冲下车就朝人群里跑,徐巍却反手就抓住了他的衣领。

"想去哪?!"

"放开!"

两人正在拉扯，一阵激烈的枪响却从不远处传来。

"死人啦！死人啦！"也不知道谁先大叫起来，福州路上的行人顿时乱成一锅粥，场面完全失控。

撞车案肯定没有枪击案严重，林少白只好暂时放弃逮捕，抓起警棍朝枪响处跑去。声音的源头来自福州路上的一所洋楼，可林少白还没赶到，突然"轰隆"一声！

洋楼爆炸了！！

巨大的冲击把林少白震倒在地上，他好不容易爬起来，抹了一把眼睛上的灰，迷迷糊糊看到几个人从洋房里冲了出来。

其中一个男人，一米八上下，一手提着一个保险箱，另一手扶着一个女人，女人明显受了重伤，鲜血染红了整件旗袍，顺着大腿往下流，看样子是活不成了。而在他们后面，还跟着几个特务，围成一圈，保护着中间一个矮小的中年男子，虽然穿着西装，却还是能看出来是日本人。

这些人匆匆跳上车，根本没注意到后面的林少白，林少白眼看车已经追不上了，只好转身进了洋楼。

洋楼里遍地狼藉，墙面焦黑，玻璃也几乎全部震碎，一看就是爆炸的"功劳"。林少白走进正厅，看到满地的尸体，还有一些散落的照片。

林少白捡起来几张，上面拍的是同一个实验室，墙上挂着日本旗，一些戴着口罩的医生正在给躺在手术台上的中国人注射着什么。林少白心里一沉，日军的人体实验他也略有听闻，可这些照片怎么会出现在这儿？

林少白接着往里走，只见有一男一女躺在地上，除了爆炸的痕迹，两人身上还有不少刀伤，应该是在爆炸前就遭遇了袭击，当时已经活不了了。这两个人在死前牢牢拉着对方的手，似乎是做好了共赴黄泉的准备。林少白有些动容，低头查看，才发现在他们身侧不远处，有一把闪着寒光的蝴蝶刀。

林少白蹲下身，刚捡起刀，就被人从背后狠狠踹了一脚！

偷袭他的是路正阳！

"怎么是你？"林少白忍着疼问道。

"小仓在哪？！"路正阳红了眼，出的一招一式让林少白无法招架。

"什么小仓？！"

"日本派你来的，还是重庆派你来的？！"

"你说什么我听不懂！"

"不说，就去死吧！"

路正阳一把夺过林少白手里的刀，刀尖逼近他的喉咙，眼看就活不成了，林少白索性两眼一闭，准备受死。就在此时，外面突然响起军车的警报声，大量日本宪兵赶到，子弹从破碎的玻璃窗外射进来。

路正阳为了躲避子弹,只好松开了林少白。日本宪兵冲进来的时候,路正阳已经跑了。

看到林少白的警官证,日本宪兵也没怎么为难他。被释放后的林少白第一时间就跑回了警察局,将所有案发细节报告给了叶士武,可他也没想到,几天之后,叶士武竟然以"自焚"结案,所有他上报的内容在档案里根本没被提到,为了平息舆论,叶士武还从牢里捞出两个死刑犯充当凶手,草草行刑了事。

林少白去找叶士武理论,却只换来了一个大嘴巴子。

"你他妈的当你自己是谁? 要是你和你家人还想活命,不该管的事就不要管!"

叶士武那一巴掌,也彻底打醒了林少白。是啊,他不过就是个连自己命运都掌握不了的小警察,这种时局,泥菩萨过江自身难保,拿什么来保护别人?

在乱世下,本就没有公道可言。

谁知道共产党得了江山,会不会比他叶士武更黑?

林少白正想着,牢门被路正阳推开。

"还没睡?"

林少白立刻装出那副啥都不在乎的嘴脸:"我这正跟蚊子聊得热火朝天呢。"

"我下午去你家了。"

"你说什么?!"林少白一下跳起来,"说好的跟她们没关系! 我两个妈妈要是少了一根毫毛,我都不会放过你!"

"她们给你收拾了一些衣服和被褥,"路正阳没理会他,在地上放了一大包东西,"她们很担心你,本来还要给你带吃的,但我说你在这儿不愁吃喝。"

林少白一愣,目光垂下来,良久才道:"她们还好吗?"

"她们很好,这是她们给我的。共产党有纪律,不收这些东西,但我如果不收,她们俩估计会更担心,所以我告诉她们,所有东西我都会转交给你。"

路正阳塞过来一个布包,林少白打开一看,里面全是银圆,突然有些动容。

"徐巍呢?"

"他失踪了。"

林少白一愣:"失踪了?"

"林少白,你想清楚,帮我们,也是帮你自己,搞不好也能帮上徐巍。误会解开了,你早点出去,或许就能早点找到他。"

"……我说。"

路正阳打开笔记本,林少白深吸一口气,将四年前福州路爆炸案的前因后果娓娓道来。

路正阳一直下笔如飞,不曾抬头,直到林少白说完了,他才缓缓问道:"你说整件案子最终以自焚结案,所有证物全部销毁,但据我所知,当时还有警局其他的人参与了专案组调查，他们在一年的时间里，不是被革职就是人间蒸发，只有叶士武、你和徐巍没受牵连，这是为什么？"

"你什么意思？"

"日本人不会杀自己人，叶士武是军统的部下，他们都有活着的理由，可你跟徐巍，为什么也没事？"

这才是路正阳心底的问题，林少白的讲述和自己在现场的经历大差不差，但这不是他想听的。

在得知共产党已在赶来的情况下，仍能杀死文添夫妇，光天化日之下绑走小仓，这是一起需要严密部署、多人执行的行动，为了计划成功，主谋必然在整个案件实施的过程中安插了其他暗针，想要抓住主谋，就要先把这些暗针一根根揪出来。

"你怀疑我们也是军统的人？"林少白被气笑了，"我就知道，即使我说了真相你也不会信！你太高估我和徐巍了，像我们这种底层警察，平常就是端茶递水和当枪使，根本掌握不了什么机密，他们为什么要在乎我们的死活？"

"你所谓的真相，真的是全部，还是有所保留呢？不着急，再想想，想通了我们再聊。"

"我知道的我全说了！你这个人怎么回事……"

路正阳没理会林少白的抱怨，转身离开监狱。

南京路上，到处挂着"欢迎解放军进入上海"的标语。在时髦的先施百货公司斜对面有家钟表维修店，原本的老板在淞沪会战的时候就逃到香港去了，后来店面被转手了两次，落到一个自称从安徽来沪的老师傅手里，此刻他正戴着放大镜，小心翼翼地给手表套上最后一块齿轮。

"学着点，好东西也要常保养，否则就会成为一堆废铁。"师傅上完链，将表交给旁边的徒弟。

"是。"

"伯劳那边怎么样了？"

"都是生意上的往来，和往常一样。"

"继续监听，一定要找出他的底牌所在。"

刘秘书摘了放大镜，对徒弟小四说道。

"你看一下店，我出去一趟。"

刘秘书换了件粗呢外套，脸上挂上特有的憨实，朝门外走去。

他在南京东路买了点水果，又打了一辆黄包车到北护塘路，穿过中美火油公司，又换了辆车。在海鲜社码头下了车，闪身进入正交易海鲜的鱼贩子的渔船上，再走出来的时候已经换了一身灰色长袍，短身布褂，与一般市井泥流别无二致。然后第三次换车,朝远处驶去。

刘秘书的这条路线,看似漫无章法,却是刻意为之。毛森离开上海的时候,不但把他留了下来,还留给他不少安插在群众之间潜伏的特务供其差遣。这条路线的每一个转驳口都是精心选出的,或熙攘闹市,或地形复杂之处,并且都有他安插的人给他把风望哨,若是发觉异常,则能迅速掩护他躲避跟踪,安全撤离。

黄包车带着刘秘书来到英商蓝烟囱码头,四周无人,唯独一条机动渔船停在岸边。船夫是自己人,此时正在甲板上做饭,刘秘书跳上船,不耐烦地抖了抖衣袖。

"跟你说了多少次别张扬,驶到岛上再生火,快开船吧。"

"不着急,先喝口鱼汤。"

刘秘书一愣,船夫转过身来,正是他日防夜防的郑兰亭!

刘秘书刚想往外撤,船尾却也走上来了一个人,穿着西服套装,脚蹬尖头皮鞋,梳着油头,一手把玩着蝴蝶刀,一手拽着被五花大绑的船夫。

"何必走得这么急,江风吹得舒服,正好叙叙旧。"郑兰亭盛了一碗汤,递向刘秘书,"趁热,凉了可就不好喝了。"

刘秘书盯着郑兰亭,犹豫着要不要伸手去接,可下一秒,西装男就接过汤直接灌进了船夫嘴里,船夫被烫得发出一声声惨叫,刘秘书顿时脸色发白。

"伯劳,你到底想干什么?"

郑兰亭从兜里掏出一个窃听器。

"四年前你们借着修电话装的东西,如今该完璧归赵了。"

刘秘书自知理亏,一时间说不出话。

"外商码头果然名不虚传,能钓到大鱼。这越大的鱼啊,就越自以为聪明,以为捕到了猎物,殊不知是咬了饵,上了钩。"

"算我栽在你手里了,随你处置。"刘秘书一咬牙。

"自己人,说这话就见外了。"

郑兰亭微微一笑,示意西装男放开船夫,然后递过去一盒茶叶。

"仙霞化龙,局座老家的好茶,帮我带给他,就说……我祝局座在舟山逢云化龙!"

郑兰亭站起来,朝船尾走了两步,突然想起什么,又转过头来对刘秘书说道:"对了,还有一份大礼,过几天毛老板会在报纸上看到的。"

刘秘书面色铁青,却只能咬碎了牙齿往肚里吞。

看着刘秘书的船驶远,几个人从四面八方钻出来,聚集在郑兰亭身边,其中就包括肖云,他们都是郑兰亭的学生,也同时是他的手下。

"就这样放他走?"

西装男露出一个不爽的表情,他正是"鹰隼",真名王力群,是郑兰亭的撒手锏之一。

"就算除掉他,还会有第二个第三个,毛森一天找不到我的王牌,一天都不会罢休的。"郑兰亭无所谓地笑笑,"还不如敲山震虎,从此也叫他收敛收敛。"

"是,老师。"

"老师,我们真的要劫金库吗?"肖云压低声音。

"既然我们选择留下来,就得有人有钱,最关键的,恐怕还是得有钱,有了钱自然会有人。所以这步棋无论如何都得走。"

"可我调查过,金胜银行的大门用的都是防爆特种钢,能抵御七十五毫米山炮的炮击,很难打开。"

"放心,鹰隼已经找到开锁的人了,如果他都打不开,全上海就没人能打开了。"

"可……"鹰隼却面露难色,"我们已经找同样的锁模拟过,最快也要二十分钟才能打开,还不包括行动中有可能出现的各种意外。"

"二十分钟?!"肖云听了直摇头,"不行,远远不够,金胜银行离驻军只隔了五公里,三条街的路程,他们最多十五分钟就能到,太冒险了!"

"你们只管按计划行动,其他的,我自有办法。"郑兰亭朝几个学生摆了摆手,自顾自朝远处走去。

送报员的自行车刚在董家渡民立小学门口停稳,就听到身后有人唤道:"给我吧。"

送报员有点疑惑地看着面前这个文弱的中年人。

"我是这学校的老师,顺路带上去,就不麻烦您跑一趟了。"

郑兰亭笑着说。

他拿着报纸,上了二楼,推门走进校长办公室,正看到黄老师和沈校长闲聊。

"校长,今天的报纸我给您取来了。"

黄老师翻了翻眼睛。虽说这郑老师才入职没两个月,看起来老老实实的,但黄老师总觉得他身上有些说不出来的不对劲。

"我看看! 这时候啊,看报是很重要的,关键是风向,"沈校长赶紧接过报纸,"有什么是跟咱们教育相关的吗?"

"没什么特别的,就是有些小学组织慰问了解放军,"郑兰亭说,"但现在都要期末考试了,咱们学校就别去凑这个热闹了吧!"

"谁说的? 正因为他们都去了,咱们更不能落后!"沈校长正了正脸色,"郑老师,光埋头搞教学可不行,你的政治觉悟还是差了点!"

"我只是觉得,大家这么千篇一律地去慰问,人家解放军也要烦的。"

郑兰亭表情透着七分认真三分蠢,一切都恰到好处,这是他最擅长的伪装。果不其然,沈校长被他的以退为进鼓动了。

"那就弄点新花样！每个孩子都做个手工礼物送给解放军同志，再弄点鞭炮、横幅什么的。还有你，把学校的照相机带上！照得好一点，你可是美术老师！"

"我这照相技术，可远远不及专业的好，要不我再去联系一些报社的记者，争取给我们学校也上上报？"

"那最好了！"沈校长满意地点头。

直到郑兰亭退了出去，黄老师才撇了撇嘴："这个郑老师，刚才还说不去，拍起马屁来一等一。"

沈校长的命令没人敢含糊对待，慰问日期很快就定在了三天后。郑兰亭提议最好不要提前知会营区，由于近期前往慰问的学校很多，怕解放军体恤师生辛苦而拒绝，沈校长深以为然，到了军营门口，才开始敲锣打鼓拉横幅。

学生们又是唱歌又是送礼，沈校长胸前别着大红花，嘴巴笑得都快咧到耳根了，简直比上海解放了还开心，根本没注意到连长和战士们的尴尬。

这还没完，演到一半的时候，从外面又拥进来一批记者，不由分说上来就一顿乱拍，沈校长连忙拉着几个长官合影。之后礼花齐放，炮仗齐鸣，混乱的噪音，则顺利将不远处的爆炸声盖了过去。

路正阳带着虎子等人赶到金胜银行的时候，金库已经被洗劫一空了。根据初步调查，是有敌特分子冒充解放军，伪造了军管会的通行证，以接管的名义进的金库，随即发起突袭，杀死金库里的警卫十七人，打开金库，劫走金条后不知所终。此案案情重大，行为猖狂，下手更是惨绝人寰，中央高度重视，必须一周内破案！

路正阳戴上手套，默默检查这金库大门，发现上面没有暴力破坏痕迹，甚至没有指纹，说明这个人，要么有钥匙，要么就是精于开锁之人。

很快，路正阳在锁孔附近，发现一只耳朵的纹路。

听音开锁，是一种古老又专业的技巧，第一需要听觉十分敏感，能听到保险柜里面轻微的声音，第二则需要反复练习，才能从声音识别出弹簧机括的前进后退。

这个开锁的，不是一般人。

路正阳让虎子用粉末把耳纹拓下来，在锁匠、惯偷和熟悉金库的工作人员里比对，又让老徐带人到淮海路、曹家渡和十六铺等地的黑市重点摸排，看看有没有人兑换金条。

而他自己，则决定亲自去一趟董家渡民立小学。

金胜金库和解放军的驻地距离并不远，而军管会在接到报警的第一时间就通知了他们，理论上驻军会在十五分钟内赶到，可偏偏案发当天，他们用了整整二十多分钟才到，就是因为董家渡民立小学突然来军营慰问，还找了不少报社记者，将入口里外堵得水泄不通,这才耽误了驻军的支援。

这是巧合吗?

路正阳边想边走进小学,正巧看到郑兰亭穿着工装在画海报,海报画得栩栩如生,不免让路正阳停步注目。

郑兰亭也察觉到了路正阳,露出一个不好意思的表情:"画得不好,见笑了。"

"不,画得很好。"路正阳掏出一张记者证,"我有事想找一下沈校长,能带我过去吗?"

"当然。"

沈校长一听是报社的记者,顿时喜上眉梢,拉着路正阳,从学生们发自内心对解放军的深厚感情,聊到精心筹备慰问大小事宜,简直是知无不言,言无不尽,当然了,谁的感情都不及他沈校长的深,谁的付出都不如他沈校长的多。

"那这场慰问是谁提出的?"

"当然是我提出的!"

沈校长答得斩钉截铁。

"那为什么会想到下午四点半这个时间去慰问呢?"

"嗯……"沈校长一时卡壳,"郑老师,刚好你也在,为什么我们要选这个点去慰问?"

"校长你忘了? 我担心耽误上课,你就说干脆选下午快放学的时候,正好是一节体育课。体育课嘛,占了就占了,慰问结束大家直接放学,也不耽误正常学习。"郑兰亭的回答滴水不漏。

"对对对,就是这样! 教书育人嘛,就爱操心,这点你们在新闻稿上也可以强调一下。"沈校长满意地点点头。

路正阳没找到什么突破点,起身告辞。郑兰亭一直把他送出校门,恭敬地看着他离开的背影,然后,脸上的笑容逐渐凝固。

路正阳的脸,郑兰亭这四年来,没有一刻忘记过! 那天的爆炸,如果不是他们这些共匪,自己真正的妻儿,又怎么会死!

路正阳刚回到处里,就看到虎子朝他迎面跑来。

"让你抓的人抓到了吗?"路正阳问。

"抓是抓到了,但他们的耳纹都对不上,案子还是没进展。"

"那就再去抓!"路正阳刚想走,虎子又叫住他,欲言又止。

"路主任,那个林少白……"

"林少白怎么了? 他想明白要招供了?"

"不是,他说,他能帮你破案。"

路正阳一愣。

数分钟后,林少白被带到了审讯室。

"谁告诉你金库被盗了?"路正阳开门见山。

林少白把脚一跷,露出一个趾高气扬的表情:"我是神仙呗,能掐会算……"

"浪费时间,押回去。"

"哎! 就让我嘚瑟一下不行吗?"林少白赶紧收起脚,"我说就是了。"

"我平常在牢里,营养太好,营养一好吧,脑子就好,脑子好了,善于思考……"

"说重点!"

"今天你们抓回来三个人,第一个,光头李,上海有名的大盗,只做大案,是1943年新新百货保险柜盗窃案、1946年黄公馆失窃案的要犯,去年收买提篮桥的看守成功越狱,自此不知所终。第二个,马面仙,本名马千里,青帮学字辈,幼年被拐,毁容乞讨,随江湖中人学习盗窃,开锁技术一流,后拜入青帮门下,专偷高楼富商,被剁掉三根手指。我没说错吧?"

路正阳没想到林少白对这些犯人这么了解。

"继续。"

"第三个,小金子,他就是个毛贼,没什么真本事,最多扒个荷包之类的,不过他跟我倒是挺熟的,一见着我就大喊冤枉,说北四川路的事跟他没关系。光头李、马面仙、小金子,不是大盗就是惯匪,加上北四川路,那就只有一种可能,这路上唯一的银行——金胜银行被盗了!"林少白胸有成竹。

"有点分析能力。"

"这可不是分析能力,也不看看我林少白是什么人,上海百事通! 给你个建议,想从黑市捞线索,捞不着的,金条都带着银行的戳,没有黑市敢收,这是其一。其二,你们想找的人,也早就躲起来了,根本不会在黑市上瞎转悠。"

"你已经知道是谁了?"路正阳问。

"告诉你可以,但我有三个条件。第一,放我出去,这样我才能帮你找到人。"

虎子刚要发作,路正阳拦住了他。

"放你是不可能的,但你可以跟我一起行动。"

林少白眼睛一转,点头同意,随即举起戴着手铐的双手挑衅地看着虎子。

"狗子,听到你领导的话没,给我开开,戴着它我可破不了案。"

虎子一听差点没气炸,路正阳再次拦住了他。

"第二呢?"

"第二就是我帮你破案,四年前的事拜托你早点查清楚,还我清白,别老缠着我了。"

"前提是你是清白的，"路正阳盯着林少白，"第三呢？"

"这第三嘛，我吃不惯牢饭，烦请路主任载我去吃一顿好的！"

"把他铐回去。"路正阳转头就走。

"喂！你等会儿啊！这么小气怎么当领导！"林少白叫起来，"我也不是白吃你的！鬼手罗三就爱吃黄老板家的早点，我是要带你去找他！"

天才蒙蒙亮，黄老板就开摊了。林少白也不含糊，点了一大桌，自顾自大快朵颐起来，边吃边看着隔壁只要了一碗馄饨的路正阳。

"我说，你一个当官的，有必要对自己这么抠吗？早上吃这点吃不饱的，"林少白吞掉最后一口饼，"既然来了就应该尝尝，大饼、油条、粢饭糕、豆浆，这四样凑起来，就是名震江湖的'四大金刚'，那叫一个绝！"

"到底是鬼手罗三爱吃这口'四大金刚'，还是你爱吃？"

"路同志！要破案脑子就要灵活！我只说鬼手罗三爱吃'四大金刚'，可没说他就会杵在这等你来捉。"林少白一抹嘴，"当初在电厂的时候，你不是还问过我怎么逃出来的吗？要说还跟鬼手罗三有关，这小子是我见过盗匪里面，开锁技术最好的，我虽然也抓过他两次，可每次他都能全身而退。他身后是有大人物罩着的，至于是什么人，我也不知道。后来我看开了，干脆不抓他，卖个人情，还能学两手开锁的绝技。"

路正阳刚想再问什么，林少白眉头一紧，用眼神示意他看向后方。

"嘘！注意，右手第二桌，靠墙坐，戴帽子，罗三的同伙，瘦子。"

"你确定？"

路正阳打量着那个人，是个瘦子，确实贼眉鼠眼。

"没错，我在罗三那见过他，你看他进门就找靠墙的位置，那是怕背后遭人偷袭，脸朝门，是为了随时跑，贼都这样！"

"但他穿的是大头鞋，看上去像溃兵。"

"那还不简单，他偷的呗！"

路正阳怀疑地看着林少白，可就在这时，瘦子身形移动，趁旁人不注意时将手伸向对方口袋，夹出一只钱包。

"动手了！快，我们左右包抄！"

路正阳一步冲上前，将瘦子控制住。

"瘦子是吧？罗三在哪？"

"什么罗三？谁是瘦子？"小偷一脸蒙。

路正阳回头，林少白已经不见踪影。

林少白跑进小巷，用最快速度朝家的方向冲去，一路上已经盘算好了，他的死鬼老爸在花园里还埋了三根"小黄鱼",回去第一件事就是刨出来,两根给妈妈,自己拿一根,随即兵分两路,立刻出发,在香港会合。他上船之前还要找到徐巍,如果找不到,最不济也要带上嫂子。

"这么着急忙慌的干什么?"

"当然是跑路啦……"

话音刚落,林少白才发现不对,路正阳端端正正坐在他家天井里,不紧不慢喝着老妈端来的茶。

"你……你怎么在这儿?"林少白差点一口气没上来。

"我在你家等你,有问题吗?"路正阳反问。

大太太走出来,露出鲜少的高兴的神情,夸赞林少白:"哎呀,我们少白有出息了,还能帮上新政府的忙,真是光宗耀祖!"

"就是,少白你要好好感谢路同志。上次你被关起来,就是他来给我们报的平安,只要有路同志,我和大太太就放心了。"林母附和道。

林少白无计可施,只能指着路正阳:"你,算你有本事。"

"把茶喝了,接着去找罗三。"

眼看被路正阳这块狗皮膏药彻底粘住了,林少白只能自认倒霉,纵使心中一百个不愿意,但找人总比被关回牢里强。林少白转了转脑筋就有了主意,带着路正阳来到了好莱坞俱乐部,十里洋场有名的赌场。

林少白知道罗三最大的爱好就是赌博,是好莱坞俱乐部的常客,如果他真参与了劫金库的案子,手头上一定赚了钱,憋不住一定会来玩几把。

林少白找到了好莱坞俱乐部的顾老板,一顿忽悠,一会儿说自己在新政府里有大靠山,一会儿又说自己在公安局做主任,还故意把跟他一起进来的路正阳说成了自己的小弟。林少白这一通操作下来顾老板果然露了口风,这罗三昨晚果然来赌钱了,出手就是几条"小黄鱼",不知道谁家又遭了殃。

但罗三玩到半夜,手风一直不好,不但输光了钱,还倒欠了一大笔。罗三给赌场打了欠条,说好两天后再还,可顾老板怕他跑路,差人盯着他,这才知道他住在不远处的一家旅馆里。林少白不仅忽悠到了旅馆的地址,还顺走了顾老板的两盒雪茄。

可是当两人赶到旅馆,一打开门,就发现罗三已经死在房间里了。

公安局的老法医给罗三进行了尸检,耳纹和金库门上采集到的一致,死者全身脏器均出现重度损伤,并在胃部发现了大量未消化的硼砂,基本能断定是硼砂中毒而死,而且这些硼砂颗粒较大,不是普通的药用硼砂,而是工业硼砂。

"工业硼砂是冶炼厂用来冶炼金属的原料。"路正阳突然灵光一闪,"从金库被劫走的金条上有银行的戳,不经过重新熔炼,没人敢直接销赃,而要熔炼,就需要有冶炼厂。

虎子,赶紧查一下上海哪里有没被政府接收的冶炼厂!"

路正阳风风火火地制定着方案,林少白弱弱问了句:"那……那我算立功了呗?"

"确定了才算。"

经过虎子和老徐的排查,很快锁定了上海郊区的吴氏铁厂。这里本在解放前已经荒废,可近期突然有疑似特务的人员在周边活动,不但如此,虎子还在工厂里发现许多熔炼所剩的化工垃圾。

路正阳迅速展开行动,亲自带队包抄了吴氏铁厂。林少白也死乞白赖地跟来了,一路上软磨硬泡地要装备。

"我好歹也算半个警察,又是大功臣,抓贼我可擅长了,你好歹给我点装备吧?"

"装备,哦,对,"路正阳转头对虎子说,"把他铐上。"

"喂! 你太不够意思了!"

部署已就位,路正阳正要下车,就被林少白一把揪住。

"好好表现! 你要是耽误了破案,我……"

路正阳还没说完,林少白眼睛骨碌一转,在他耳边低声说:

"呆子! 你就没觉得这么大的案子,破得太过顺利了?"

"我当然知道。"

路正阳低声回答林少白,眼睛却盯着天空中飞过的一群乌鸦,它们正飞向铁厂边上一座废弃的大楼,却在即将落到楼顶的时候仿佛受到了惊吓,再次升空。

"既然是敌人挖的陷阱,那就看看到底最后是谁掉下去。"路正阳大步流星地朝前走去。

"哎,我不是说这个,你放了我,我可以帮你的。喂,喂,别走啊!"

路正阳领着老徐和虎子进入吴氏铁厂,只见一些铁杵、硼砂和坩埚散落在地上,炉温已凉。虎子带人搜寻四周,却没有找到一个人影。

"他们应该已经走了一段时间了。"

老徐说着,突然听见工厂休息室传来了电话铃声。

王力群此刻已经架好狙击枪,趴在铁厂对面废弃大楼的楼顶,将枪口对准休息室的电话。这台电话下已经装好了炸药,只要路正阳一接电话就会爆炸。郑兰亭交代过,路正阳这条命必须留在这儿,炸不死就补枪,绝不能让他活着离开。

没错,从鬼手罗三的死开始,一切都是郑兰亭做的局,盗金库是送给毛森的大礼,但郑兰亭由始至终想要的,是路正阳的命。而王力群之所以代号鹰隼,正是因为其出色的狙击能力,没有一只猎物能逃过鹰的眼睛。

瞄准镜里,路正阳已经走到电话边上,只要他接起电话,王力群的子弹就会毫无悬念地击穿他的头。

可下一秒,路正阳抬起头,顺着窗口看去,正是王力群所在的方向。

被发现了!

王力群只愣神了一秒,就立刻扣动扳机,可爆炸比他的子弹更快,整个工厂轰隆一声,一团烈焰腾空而起。

王力群笑了笑,正要收拾狙击枪离开,就听到从不远处的楼梯那里传来紧促的脚步声,虎子和老徐带队冲了上来!

王力群这才反应过来,路正阳早就识破了他们的诡计,他之所以故意走到电话旁边,是为了给老徐和虎子争取时间。

幸好王力群在挑选此处为伏击点的时候就想好了备选的后撤路线,他一边掏出手枪与赶来的公安对抗,一边撤向室外消防梯。突然,一颗子弹顺着他的肩膀擦过,王力群吃痛,回头一看,满头是灰的路正阳正在对面的工厂,瞄准自己。

"投降吧!你逃不了了!"路正阳大声吼道。

王力群暗骂了一声,一咬牙,掏出手榴弹朝追来的虎子等人扔去,趁着他们卧倒的乱势,从消防梯一跃而下,等路正阳追过去已经没了踪影。

"其实你一开始就发现那个狙击手了,是吧?"路正阳办公室里,林少白揶揄地问。

"连鸟都不敢落的楼顶,肯定有埋伏。"路正阳说,"电话响的时候,我就已经猜到他们要干吗了,所以干脆将计就计,让特务松懈,再趁机实施抓捕,可是没想到还是让他跑了。"

"看来我是白担心你了。"林少白一摊手,"接下来怎么办?"

"他们既然已经熔了金条,一定会将其出手,兑换成银圆,保证流通。"

"兑这么大笔钱,去正规银行就等于自投罗网,且上海明面上的钱庄在解放前就只剩下一个个空壳子了,因此他们就只剩一条路。"林少白接过话头。

"地下钱庄!"两个人异口同声。

夜幕降临,街道萧瑟,只有好莱坞俱乐部门口仍然闪烁着老式的霓虹灯。林少白西装革履,油头梳得锃亮。

而边上的路正阳虽然也换了件苏联夹克,但仍然一脸别扭。

"你拉链都拉到脖子根了,不知道的以为你闹风湿呢!"林少白一脸嫌弃,给路正阳松了松夹克拉链,"我们是去潇洒的,不是去开会。还有,别忘了,今晚我才是主任,你啊,是我的小跟班。"

林少白丢给路正阳一包火柴,示意他给自己把雪茄点上。

"你确定是这儿?"

"当然,别小看我上海百事通。顾老板出了名的只认钱不认人,谁的买卖都敢做。这个世道,也只有赌场的现金流能撑得起地下钱庄。"林少白说完,随即提起音量,大吼一声,"看好了,今晚本主任可要大杀四方!"

林少白说完,提着公安局拨的调查费,径直朝赌场正中的贵宾桌走去。

半小时后,输得连鞋都不剩。

林少白求助似的看着面色铁青的路正阳。

"要不,再跟赌场借点钱?"

"把你西装脱下来。"

"你要干吗?"林少白赶紧护住胸口,"这可是培罗蒙的,我就穿过两次……"

"培罗蒙的,那起码值五块大洋。"

路正阳一把揪下来林少白的西装,坐到赌桌前面:"这次我来,玩牌九。"

"你开什么玩笑? 你还玩牌九,牌你认得全吗?!"

路正阳没理他,从容摸牌,一会儿一套天牌配九点,一会儿一套双虎头,筹码越叠越高,路正阳越赢越大,林少白眼都直了,最后一把还开出了至尊宝。庄家不肯发牌了,赔着笑说道:"二位要不今天就先到这,你们已经赢了六千多大洋了,我们也是要做生意的。"

"哈?! 这就要赶人了? 你们这么大赌场,输不起啊?"林少白把袖子一卷,开启无赖模式,扯着嗓子喊道:"大家伙儿评评理,好莱坞只许大家输钱,不许大家赢钱啊! 赢钱还不给兑,下回谁来啊?!"

场子被林少白这么一吼就乱了套,连二楼经理室的顾老板也被吸引了出来,看到是林少白在起哄,心想怎么又是这倒霉鬼,硬压着怒火道:"林少,谁说我们不兑钱了,不就是六千大洋吗? 拿上来。"

庄家和保镖得令,不一会儿就端上来了一大箱子钱。

"您点点对不对?"

林少白也不含糊,掏出一把大洋,突然怪叫一声。

"顾老板,你好莱坞这么大一家店,竟然给假钱?!"

"放你娘的屁! 我们从来不给假钱!"

"大伙来看看,这钱是真的还是假的?"林少白顺势跳上桌,将箱子一脚踹在地上,顿时赌场里的人都拥上来,捡的捡抢的抢,掀翻了赌桌,场面乱作一团。

"住手! 都给我住手!"顾老板带着保镖冲了过来,好不容易才镇住了场面。

"林少白! 我不管你什么身份,新政府也得讲理! 今天看我不跟你好好算算账! 林少白人呢?"

"这儿呢。"

林少白的声音从二楼传来,只见他慢条斯理地从经理室走出来,手里拿着两块熔过的金条。原来他早就料准了顾老板一定跟抢金条的人接过头，和路正阳搞这一出大戏，就是为了调虎离山，吸引顾老板的注意，好潜进经理室找赃物。

被揪住了尾巴，顾老板也没了气焰，只好将整件事和盘托出。原来前几天有个暗杠介绍过来一个点子，说有批黄金要兑换成大洋，为表诚意先带来了两根，兑走了两万大洋。只要有利可图，顾老板也不会管对方是不是特务，随即对方跟他约定，过几日的下午六点，在先施百货公司楼下的咖啡馆碰头。

"那不就是明天？"林少白和路正阳互相看了一眼。

"你照常去交易，剩下的事交给我们。"路正阳对顾老板说道。

回去的路上，林少白对路正阳简直好奇死了，尤其是那一手牌九的技术，要是他林少白能学会，以后在上海岂不是能横着走了！

"你开个条件，怎么样才能教我？"林少白打算就此赖上路正阳。

"你想学，以后有的是机会。但明天的行动，你不能参加。"路正阳停下脚步，正色道。

"什么意思，你要过河拆桥？"

"你的事还没查清楚，参与不合适，这也是你自己说的。"

林少白还没反应过来，就被路正阳戴上了手铐。

"我他妈的啥时候说过？"林少白气得大骂，"老路你真行！以后你说的话，标点符号我也拿本子给你记上！"

第二日下午六点，天色已经暗淡下来，顾老板忐忑不安地开着一辆黑色福特车，从南京路驶向浙江路的路口，那里也是先施百货公司的所在。

路正阳已经在四周安排好了，百货公司的内外侧都有乔装的便衣，各人员从顾老板下车的那一刻起就已经就位。

天色暗淡，先施百货一楼咖啡馆的霓虹灯牌亮了起来。顾老板走进咖啡馆，点了杯咖啡，刚喝了没两口，一个戴着鸭舌帽穿着夹克的人坐到了顾老板的对面。两人对了暗号之后，夹克男低声问道：

"大头备齐了？"

"按您吩咐，备好了。"

"车钥匙。"

"我要验验货。"顾老板佯装镇定，按路正阳吩咐的话说道，"这次量大，我是跑得了和尚跑不了庙，你们的货要是有问题，我到哪找你们？"

夹克男犹豫了一下："跟我来。"

两人出门，周六的行人比往常都多，在夹克男的带领下，两人迅速穿过熙熙攘攘的人群,绕进浙江路的一侧路口,路边停着一辆和顾老板的车一样的黑色福特车。

夹克男打开车尾厢,露出里面的金条,顾老板也掏出自己的车钥匙。

"我的银圆你也可以随便验。"

"谅你也不敢使诈。"夹克男接过钥匙,刚走两步,只见不远处咖啡馆的霓虹灯一灭,十多名便衣一拥而上,从四面八方朝夹克男包抄。

夹克男刚想上车,就被路正阳用枪顶住了头。

"你逃不掉了。"

"砰"的一声。

路正阳没开枪,但夹克男却应声倒地,脑袋上多了个窟窿。

路正阳连忙抬头看去,但四周高楼鳞次栉比,阴沉晦暗,像是敌人无声的嘲讽。

第三章
不愿觉醒的鸟儿

"没想到他们那么快拿下了顾老板,又是那个路正阳,早晚得除掉他。"

兰亭画室,王力群灰头土脸地走进去,郑兰亭还没说话,就赶紧先给自己找台阶下。

"学生没完成任务,请老师责罚。"

"怎么责罚?"

"郑兰亭"抬起头来,笑眯眯地看着王力群,王力群这才看清楚,在画画的不是老师,而是杨辉。这个杨辉,年纪比自己大一点,这么多年都没什么成绩,却仗着自己能画上两笔画,在兰亭画室打个下手,帮着画两张宣传画,借机跟老师走得很近。王力群老早看他不顺眼了。

"怎么是你,老师呢?"

"知道你任务失败了,所以一早就出门了,刘秘书带他去见局座了,估计现在在回来的路上。"杨辉不咸不淡地应着,手上却没停,在郑兰亭留下的那张雄鹰图上添了两笔,"老师说了,不会怪你的,毕竟你是鹰隼嘛,没道理丢了两次猎物就成麻雀了,是不?"

"我呸,老师和我之间,还用不着你来传话。"

杨辉手一抖,雄鹰图的尾羽就劈了个叉。

"哎哟,你看你把我吓的,好好一张雄鹰图,这下可真变麻雀了。"

"你!"

王力群刚要发火,郑兰亭推门进来。

"你们在这儿吵什么呢?"

王力群吃了个哑巴亏,只好闭嘴,狠狠剜了杨辉一眼。

"没吵没吵,力群跟我开玩笑呢。"杨辉憨憨一笑。

"老师……金条被缴的事,毛森没有怪罪您吧?"王力群问得有些心虚。

"他需要的不是钱,是士气。我们在上海弄出的响动越大,他就越高兴。这次的行动上面也看出来了,如今在上海坚守的,说到底还是我们保密局的人。"郑兰亭微微一笑,"所以我也借此机会,要到了我最想要的东西。"

杨辉和王力群都是一惊,脱口而出:"难道是潜伏名单?!"

"有了这个,往后我们的行动,如虎添翼。"

"恭喜老师!"

"不但如此,我这次还带回来一个小伙子,原来是毛森手底下的一个小警察,被毛森看中,本想带去台湾好好培养的,但这小子跟毛森八字不合,铁了心要回上海,在我跟毛森会面的时候,偷偷杀了看守他的警卫,还藏在我的船上。我本来想把他交还给毛森的,但看他是个可造之材,又于心不忍。"郑兰亭转头看着鹰隼,"所以我想把他交给你,好好锻炼一下。"

"我?"

"说起来,你俩四年前就认识了。"

蓝烟囱码头的仓库里,一盆冷水哗地被泼在徐巍脸上,他幽幽转醒,这才看清王力群的脸。

"鹰隼!是你?!"

徐巍的脸顿时扭曲起来,四年前的那通报警电话就是鹰隼打的!要不是因为他,自己和少白根本不会卷进那次爆炸案,更不会险些把命搭进去。

"哎哟,记忆力还不错。"王力群嘲笑道。

"化成灰我也认得你,你个骗子,当初说让我对付的是日本人,结果洋楼里炸死的是共产党!"

"事都做了,这还重要吗?而且金条你可是一根都没少收。"王力群拍了拍徐巍的脸,"最重要的是,我答应没动你兄弟,最后他可是一根毛都没少,我的大恩大德,你还没好好感谢呢。"

"呸!"

"行了,我大人有大量,也不计较这些了。从今往后,你就继续做我的下线,好好替我办事,该你的好处不会少了的。"

"做你的梦吧,我不会再跟你们搅到一起的。别以为我不知道,你们已经完蛋了,在上海你们就是见不得光的老鼠,只配躲在下水道里!"

寒光一闪,王力群的蝴蝶刀已经架在徐巍的脖子上。

"你他妈再说一句试试?"

"我就是死,也不会再被你们利用! 去害人!"

啪,啪,身后响起了清冷的掌声,郑兰亭佝偻着身子,慢慢地踱了进来。

"很好,我欣赏有骨气的人,放开他吧。"郑兰亭示意鹰隼给徐巍松绑,然后对徐巍说道:"你可以走了。"

徐巍不可置信,这转折来得让他措手不及。

"你这就,放过我了?"

"嗯,可是我放过你,别人呢?"郑兰亭从怀里掏出一支笔,递给徐巍,"这东西你应该很熟悉吧?"

一支派克钢笔,蓝色笔帽,银色笔杆,在月色下闪闪发光。徐巍脸色一变,派克钢笔在上海只有一处柜台有得卖,就是上海先施百货公司文具部,而他老婆赵兰,正是文具部的销售员。

徐巍一把抢过钢笔,拔掉笔帽,将笔尖顶住郑兰亭的咽喉!

"你要是敢碰我老婆,我……"

"我不会动你老婆,但你觉得共产党会不会? 你别忘了,你可是杀过共产党的人。"郑兰亭话风一变,喝道,"醒醒吧徐巍! 共产党统治下的上海,没有你的立足之地! 你的赵兰,你未来的孩子,将一辈子都抬不起头,活在你枪杀共产党的阴影里,这会是他们一辈子的噩梦!"

郑兰亭推开徐巍的钢笔:"我给你指条路,一条明路,加入我们,跟我一起完成覆海计划,等到凯旋之时,你就不用躲躲藏藏,而是光复的英雄! 你的妻子,你的孩子,将会永远活在阳光之下。"

"我……凭什么相信你?"

"那你还能相信谁?"

徐巍犹豫了,良久,他缓缓放下手里的笔。

"鹰隼会安排你接下去的工作,现在你暂时先去码头做工,很快会有新的身份。"

郑兰亭回到家,肖云有些忐忑地迎了上来。

"老师,他毕竟不是我们保密局的人,能信得过吗?"

"我很喜欢他,是个重情重义的人,"郑兰亭突然抬起头,眺望着虚无的远方,"为了保护自己的妻儿,不惜一切,赴汤蹈火。"

肖云的手一哆嗦,差点将郑兰亭的外套掉在地上。

"老师……"

"你累了一天,休息休息,我去趟地下室,回来再给你做鱼吃。"郑兰亭柔声说道,留下内心复杂的肖云站在原地。

地下室唯一的门不在别处,就在厨房里。郑兰亭当初之所以挑了这栋洋楼,也是因为看上这个设计，厨房的油烟味能够很好地掩盖地下室偶尔传出的怪味。

穿过狭窄的地道，另一头是一个不到二十平方米的单间。这个单间被一条帘子简单地划分成实验室和起居室，说是起居室，其实就是一张行军床和一个马桶，而实验室这边，小仓正站在瓶瓶罐罐中捣鼓着不知名的液体。由于没有通风设备，他的汗已经浸湿了防护服。

小仓看到郑兰亭下来，连忙放下东西，深深鞠了一躬。

"研究进行得如何了？"

"郑桑，想要研究出超级细菌并没有那么容易……"

话音未落，郑兰亭一脚将小仓踢翻在地，把枪口塞进他的嘴巴，隐忍多年的愤怒再次如洪流般倾泻。

当时不应该让她去的。

那时他得到线报，共产党抓到了细菌战的研究员，准备押往苏北根据地，作为日军侵华使用细菌武器的铁证。

他想要这个研究员，而她为了实现他的目标，亲自去执行了这个任务。谁都没想到，那对共产党夫妇，竟然会宁愿与炸药同归于尽，也不让他们带走小仓。

她被炸药炸得遍体鳞伤，还没来得及送去医院，血已经流光了。

跟她一起离开这个世界的，还有他们不足三个月的孩子。

他跪在她的尸体前，流光了这辈子所有的眼泪。

她走了，带走了他在这个世界上唯一的爱和理智。

郑兰亭狠狠盯着小仓，良久，才慢慢松开了扣着扳机的手。

小仓连滚带爬跪在地上，一遍一遍谢罪。

"郑桑，我知道四年前要不是因为救我，你的妻子也不会……可眼下的研究，实验器材和人手都很缺乏，实验场地连通风和排污的功能也没有，当然，还需要足够的实验品……"

"如果这些都解决的话，还要多久才能研制出来？"

"最多半年。"

郑兰亭终于露出一抹笑容。

"你要知道，就算是本党内，也有不少人希望我把你交出来，毕竟保下你，只是我的个人行为。"

"郑桑放心，我一定会全力以赴的。"

公安局食堂里，林少白看着桌上的大饼、米粥、青菜和花生米，一脸嫌弃。

"不是说请我吃顿好的嘛！这也太不够意思了吧？"

虎子白了他一眼："啐！刚才你可不是这样的。我说带你去吃顿好的，你流着鼻涕眼泪拉着我的裤腿,说你不吃断头饭,求我放过你,怎么这时候又能耐了?"

"谁让你说得没头没尾?!我还以为你要拉我去枪毙呢!哎呀,不过不戴手铐,还真有点不习惯。"

"那,再铐上?"路正阳问。

"不不不,别别别,我开玩笑的。"林少白有点不放心,又问,"吃完这顿饭,我真能走了?"

"嗯,我们查过,电厂那件事,你是被意外卷入的。"路正阳喝了口粥,"我还看了你的档案,挺奇怪的,你祖上就是清朝巡捕,三代都当警察,说起来还出过有名有姓的大警探。至于你,四年前那场爆炸之前,你破过不少案件,还得过表彰,怎么之后就完全偃旗息鼓了?"

这句话似乎戳中了林少白的软肋,他吧唧了两下嘴掩饰尴尬。

"破什么案啊,当时的案子多是黑吃黑,最黑的就是警察局,老百姓都骂我们是黑皮狗。我一个小警察,能吃上饱饭,顺便关照下街坊邻居就了不起了,人微言轻的瞎折腾什么?"

"你说的那是以前,现在解放了,跟以往不一样了。你在办案方面的能力有目共睹,不如考虑一下,加入我们?"

"加入你们?那我什么职位?总不能比你这个主任小吧,给我个处长干干我或许能考虑一下。"

"社会处比较特殊,你只能按编外人员算,工资拿一半,但我可以保证,只要你好好干,以后大有希望。"

"拉倒吧!少学叶士武给我画饼!"林少白将手里的饼推给路正阳,"我也老实跟你说,你们对付的什么人我心里有数!跟着你混,我嫌命长吗?上海有你们保卫就够了哈,不差我一个。再说,强扭的瓜也不甜嘛!我能走了吗?"

"当然。"

"就等你这句话!"

林少白索性粥也不喝了,站起来就朝外走去,一下撞到一个人。

"金妍?!你怎么会在这儿?"

"局里的老法医退休了,正在招新的,我就应聘了。"金妍言简意赅,"你呢?已经没事了吧?"

"我的事稍后再说,你先跟我来!"

林少白抓起金妍就往外走,直到走出公安局,林少白才忍不住说道:

"金大小姐,你疯了吗?你做医生做得好好的,做法医干吗?!"

"少白,我俩是一起长大的,我为什么做法医,你心里不知道吗?"

金妍淡淡的一句话,怼得林少白哑口无言。

他怎么会不知道？金妍的亲妈死在了日本人的手里，死的时候一句遗言都来不及跟女儿和丈夫说，却留下一个遗愿——将自己的尸体捐给母校医学院做研究。

当时金妍百思不得其解，更是因为悲痛彻夜难眠，直到医学院的法医找到她，告诉她母亲的尸体就是她的遗书，金妍这才明白，母亲临死前悄悄吞噬了日本人的化学武器样本，就是为了让医学院的法医获取样品，研制药剂，在战争中救人。从那以后，金妍就立志要成为一名法医，让尸体把他们的遗言说出来。

"可你做法医，金叔不会同意的……"

"我爸要是真的在乎我，就应该懂，这是我一直想做的事。"金妍看向林少白，清澈的目光让林少白不敢直视，"你从小的愿望就是做警察。你记得你破的第一件案子吗？你救的第一个人，她说过，你就是这座城市的铜墙铁壁。你当时多自豪，你忘了吗？"

"可现实就是很残酷啊，明明有那么多条路，为什么我偏偏要挑最难的走？"

"是啊，为什么呢？那你应该好好问问你自己。"

金妍头也不回地走了，留下失落的林少白。

两个太太一看林少白回来高兴坏了，一个跑去厨房里忙活，另一个跑去跟菩萨磕头，只有林少白一人钻进了自己的小屋里。屋子不大，墙上挂着各式各样的照片，其中一张，是他当上警察的第一天拍的，身边是微笑的金妍，和跟他一样穿着警服的徐巍。

林少白叹了口气，打开抽屉，最上层放着一张版画，画上的林少白意气风发，后面是摩登上海。

落款处有一行娟秀的小字："谢谢你，林警官，你就是这座城市的铜墙铁壁。"

"还铜墙铁壁呢，豆腐渣还差不多。"林少白自嘲地笑笑，拿开版画，从底下掏出一份档案，上面写着"福州路爆炸案相关资料"，而空白处写着："徐巍？？"

四年前那件爆炸案，林少白不是没怀疑过，为什么当时徐巍要抢着去接电话，为什么接完电话后徐巍执意要自己去，为什么事后他不肯承认叶士武的调查结果，徐巍却偏偏替自己签了名字，为什么徐巍会突然有钱买了上海的房子？

可这个世界有太多无法回答的问题，比如为什么自己做不了这个城市的铜墙铁壁，为什么自己只是一个连命运都无法掌控的小警察。

林少白点燃资料袋，看着火苗将徐巍曾经留下的疑点燃烧殆尽。

他可以什么都没有，但他绝不能让自己的兄弟出事！

林少白趁夜离开了家。上海车站附近有许多卖烟卖报的孩子，他们都是林少白过往的眼线。林少白直接找到了孩子头头，给了他一些徐巍的照片和人民币，让他帮忙散一散，若是看到这个人，第一时间通知自己。

孩子们拿了钱很快散光了，林少白也紧了紧风衣离开，却没发现躲在暗处跟踪的路正阳，将这一切都看在了眼里。

金妍一进门,就看到金昴昌坐在客厅里。

"爸……"

"这么晚才回家,还是一个人,知道多危险吗?"金昴昌面露不悦,"再说,你不是普通的女孩子,你是我的女儿,被人绑架了怎么办?"

"共产党管制下的上海,比解放前安全多了。"

"再安全也有坏人!你还年轻,根本不知道社会险恶。你该不会去找林少白那个小子了吧?不是爸爸不愿意帮他,但他到底因为什么事得罪了共产党我们也不知道,有些事,是要避忌的。"

"他没事了,已经被放出来了。我累了,先上楼了。"

"哎,爸爸还没说完呢,爸爸的话你听进去没有……"

金昴昌还要再说什么,管家突然走了过来。

"老爷,有人在门口递了个东西,说是要给你的。"

金昴昌接过信封,打开一看,里面躺着一支白色的派克钢笔,顿时脸色一变。

他支开了管家,拧开钢笔,取出里面的字条,上面只写了短短一句话。

"白头翁苏醒,收到回答。"

金昴昌像触电一样,撕碎了字条,将钢笔扔进垃圾桶。

夜已深,兰亭画室里亮着一盏昏黄的台灯,郑兰亭一边喝着茶,一边翻动着手边的《迷人的鸟类》。鹦鹉、白鹭、夜莺、麻雀、鸽子……每只鸟儿,对应的都是一个代号,它们已经在钢铁丛林中蛰伏得太久,该振翅高飞了。

王力群推门进来。

"如何了?"

"绝大部分都唤醒了,但金昴昌选择继续沉睡。"

"你永远都叫不醒一个装睡的人。如今共产党正在拉拢他们这些产业界人士,他还做着美梦呢,哪会愿意醒来?"郑兰亭淡淡一笑,合上了书本,"共产党搭了台子,那就让他唱,唱得越大声越好。"

"我只怕他一朝得势,更加不愿意醒来了。"

"站得离光越近的人,影子越长。"郑兰亭拿起钢笔,写下一个名字,折起来递给王力群。

"商人,一定是无利不起早的,既然解放军能给他送礼,我们也能。"

"老师等我消息,我会让他这支笔在老师手里握着顺手的。"

王力群说完退了出去。

随着鞭炮炸响，"上海市支援解放先进集体"的牌匾上的帷幕在金氏棉纺厂大门上被拉开。在闪光灯和掌声中，金昴昌与市领导含笑握手。

"金老，你们棉纺厂赶制出的夏装，已经穿在了南下解放军战士的身上了，我代表市政府向你们表示感谢！"

金昴昌也连忙表态："刚刚解放，市政府就出了政策，对我们这些工商业从业者在原料供应、产品收购、银行信贷等方面给予强有力的支持！我们棉纺厂能复工复产，要感谢市政府的大力支持啊！"

"稳定和发展上海的经济，以带动华东乃至全国经济的恢复与发展，是党中央、华东局、中共上海市委、解放军上海市军事管制委员会和上海市人民政府在现阶段的重要任务！金氏棉纺厂带了个好头啊！"

"昨天在中国银行的座谈会上，陈毅市长已经给我们吃了定心丸！我首先表态，全力支持！市工商界劳军分会马上就要成立了，我准备把生意场上那些老伙计全都动员起来，争取月内全部复工！"

其实又是军民合作，又是揭幕仪式，金昴昌心里的算盘只有一个，就是坐上劳军商会长的位置，但如今除了他，还有远东贸易行的老板刘义盛这个竞争者，为了把刘义盛挤下去，自己必须表现得更忠诚、更配合。

他金昴昌，最擅长的就是搭什么台子唱什么戏，不但要唱，还要唱得满堂喝彩。

送走了市领导，金昴昌刚回到办公室，就发现刘经理在等他。

金氏企业遍布各行各业，经理也有许多，但一直跟在金昴昌身边的除了制糖厂的李经理，就是棉纺厂的刘经理了。

"老刘，让你帮我走动走动，拉拉会长的票，办得怎么样了？"

刘经理没吭声，转头把办公室的门锁上了。

"你没听见我说的话吗？"

"金老，恐怕你不适合做这个进步商人的代表吧？"

刘经理掏出一份账目，将它摆在金昴昌面前。

"这些账，都是你巧设名目，暗中资助你那些军统和中统朋友的，我怕丢了，一直都替你保管着。"

刘经理一心以为金昴昌会发怒，没想到金昴昌却笑了。

"有什么条件，说吧。"

"这家棉纺厂本来就是我的。1945年你勾结军统，打着没收汉奸资产的旗号硬从我手里抢走，现在国民党都逃到台湾了，也该完璧归赵了吧？"刘经理说道。

金昴昌腹诽，是不是汉奸资产大家心里能没数？但嘴上还是说道："什么金氏、刘氏，不都是你我兄弟之间一句话吗？这样，等劳军会的事情落定了，我立马叫人给你办了。"

刘经理一愣，他没想到金昴昌这么好说话，自己也有些心虚，慌乱地抓回了账目："那……金老，就都依您吧，这材料我先收着，等事情办妥了再还你。"

直到刘经理离开办公室，消失在走廊尽头，金昴昌才猛地站起来，一把将桌上花瓶狠狠摔在地上！

没过多久，一个帽檐压得很低的清洁工扫走了花瓶的碎片，并小心移除了花瓶底座下的监听器。

徐巍换掉清洁工的衣服，离开工厂，叫了辆黄包车去宏达商行，把监听到的情报告诉了王力群。

"刘经理已经急不可耐，跟金昴昌摊牌了。"

王力群点了根烟，顺便烧掉手里写着刘经理名字的字条。

"还有呢？"

"他每天的活动，都很规律。"

徐巍把自己的笔记本递给王力群，里面有他连续一周盯着刘经理的记录。可以看出，每天刘经理都是上午八点半到工厂，晚上九点回家。此外，他和老婆的电话往来也被记录在内。

"刘经理一直怕夜长梦多，所以跟他老婆提过好几次，想把公章先攥在手里，以免金昴昌转移厂里的财产。我想他忍不了多久就会下手的。"

"他下手的时候，就是我们下手的时候。你这几天接着盯着他，什么时间，干了什么，都记好，一分都不能差。"

林少白还没在家待几天，已经快被两个妈妈烦死了。

"你到底啥时候找工作？"

"到底啥时候去上班？"

"这么年轻的小伙子，一天天地躺在家里，坐吃山空，也不是个事呀！"

林少白一把扔下手里的《影戏杂志》："哎呀，我说两位妈妈，就咱屋里这些家当，这一时半会的山还空不了！"

"现在都和平解放了，什么东西大街上买不着？你没回来的那段时间，我和你大妈妈已经把家里囤的东西都卖给街坊了，尤其是那些蔬菜，不吃可是会烂掉的呀。"

林母一边絮叨，一边把林少白从床上拽起来，将一套熨烫得服服帖帖的西装扔在他身上。

"你大妈妈已经跟金叔约好了今晚一起吃饭，有你金叔在，搞不好还能安排你个经理当当呢！"

林少白脑袋嗡嗡，抓住被子捂耳朵，刚想拒绝，林母就像看穿了他的心事："你要是不去,可就见不着金妍了哟。"

"什么!"林少白一瞪眼,噌地从床上跳起来。

一进金家大门,林少白就看到金妍从楼上下来。她换掉了平日里的工作装,穿了一套束腰的海派洋服,简单而庄重,让林少白一时有些恍神。

"哟,林少爷早呀,您这是刚丢了饭碗,跑我爸这儿走后门来呢?"

林少白一听,立马气势矮一半,小声咕哝着:"这不是金叔让我来你家相亲吗?"

金妍嗔怪着一拳捶在林少白背上,又低声道:"你可别跟我爸说我做法医的事,他还不知道。"

两家人饭桌上其乐融融。金昂昌兴致很高,特意开了瓶好酒,一边吃饭一边和两位林太太叙着家常,唯独林少白和金妍两个都像做了亏心事,低头不语只顾吃饭。

金昂昌举起酒杯:"两位嫂子,当年要不是多亏林大哥的关照,我那点小买卖哪能支棱得起来,更加不可能有我金某人今天,来,我敬两位嫂子一杯!"

林母见势,立马在桌底下踹了林少白一脚:"长辈讲话,我说你也别光顾着吃啊!"

林少白赶紧抹净嘴端起酒杯:"金叔,我祝您生意兴隆,健康长寿!"

金昂昌微微一笑:"少白啊,一家人不说两家话,当着你两位妈妈的面,金叔给你两个选择:一,给你本钱做点生意吧,我知道这点利禄财源还入不了你心,若想安稳工作,来金叔这儿,领个闲差,拿份丰厚薪水,那也不成问题;二,你小子人机灵,心性也不错,我看好你,过来公司帮我,给叔当助理。既然不干警察了,就踏踏实实跟在我身边学东西。"突然,他话锋一转,"这个,你和妍妍……咳,你金叔闯荡江湖几十载,这些个傍身的本事将来还不都是你的?"

两位林太太顿时眼里有光,互相对视一眼,原本只想来为儿子讨个工作,没想到金昂昌却给了这么大的人情,这是多少人求都求不来的机遇啊!

"少白,你倒是说话呀!"林母一着急,瞪着眼又踹了林少白一脚。

"金叔,做生意我是外行,以后就跟着您好好学,好好干!"

林少白昂首执杯一饮而尽,林母顿时松了口气,心花怒放,可还没开心两秒,林少白却朝金昂昌鞠了一躬。

"不过金叔,入职之前,我还有件事要办。"

"少白!"

"大妈妈,您先听我说完。徐巍大哥至今没有下落,嫂子还怀着孕,我不能不管。我刚入警局就跟他凑到了一起,七八年了……"

大太太听到林少白这么说,也不好再反驳,倒是金昂昌以赞许的眼光点了点头。

"重情重义,这个要求金叔同意了。不过明天你先去厂里报个到,我也算是对你两位妈妈有个交代。人你接着找,两头不耽误。"

"谢谢金叔！"

"既然少白的事情说定了，妍妍，也该说说你的事了。"金昴昌收起筷子，目光灼灼地看着这个唯一的女儿。

"别的不说，做法医，爸爸是绝对不会同意的。"

金妍一愣，下意识看向林少白，林少白则低头颔首向着金妍摇头。

"爸爸，现在是什么年代了？我可以自己决定我的职业……"金妍言语铿锵。

金昴昌面色一怒，"砰"的一声，一个拳头砸在桌上。

"别让我说第二次。"

"您说多少次，都改变不了我的决定。"

金妍平静地站起身，面无惧色，默默朝两位林太太鞠了个躬，转身离去。

九点过半，徐巍躲在阴影里，盯着金氏棉纺厂此时唯一亮着的一间办公室。

鹰隼冷不丁地出现在他后面。

"这么着急打电话给我，有情况？"

"他今晚应该会动手，"徐巍低声说道，"平常刘经理都是九点就走，但今天一直待在工厂，还有五分钟，清洁工一走，就没人了。"

两人借着夜色溜进工厂，王力群却没选择往经理室走，而是拉着徐巍一闪身，躲进了金昴昌的办公室。

"你要干什么？"徐巍压低声音问，"难道你想在金昴昌的办公室下手？"

"既然是送礼，当然要送到金老手里才行。他不得不领我们这个情，还能顺带提醒提醒他，别忘了自己的身份。"

很快，走廊外就响起了刘经理的脚步声。徐巍猜得没错，他果然不放心金昴昌，害怕夜长梦多，决定先把公章扣在手里，待到这么晚就是为了避人耳目，才好到金昴昌办公室里翻东西。

随着脚步声越来越近，王力群突然把手里的蝴蝶刀递给徐巍："既然选择了伯劳，你是不是该纳个投名状了？"

徐巍一愣，却不愿意接。

"怎么，事到临头想撒手？"王力群看徐巍还在犹豫，索性一刀顶住他的脖子，"徐巍我告诉你，这个投名状你纳也得纳，不纳也得纳！"

眼看刀已经在脖子上留下了一条细长的红痕，徐巍立即与王力群撕扯起来。厮打中，徐巍脖子上的护身符被王力群一把扯掉，掉到了沙发后面。

门忽然被推开，刘经理走了进来，把灯一开，看到两个陌生人出现在面前。

"你……你们是谁?!"刘经理一惊，就要往后逃跑。

王力群也管不了这么多了，放开徐巍，一把抓住刘经理的头发，对方还没来得及喊上一声,就被蝴蝶刀割开了脖子。

第二天,林少白赶了个大早来到金氏棉纺厂报到,他心里也清楚,金叔这份人情有多大的重量,而自己也不应该让他失望。

可不承想还没进厂呢,就听到里面传来一声惨叫。

"死人啦!"

林少白脸色一变,扔下自行车就往厂里跑,来到办公室门外,只见金昴昌呆呆地站着,旁边还围了一群吓坏了的员工。而办公室里面,刘经理死在了金昴昌的老板椅上,胸口、脖颈上的鲜血早已凝固成黑色。

"金叔!你没事吧?"林少白赶紧冲上去扶住金昴昌。

金昴昌摇了摇头:"快,快报警,厂里刚发生了一起命案,经理被杀了……"

"听到了吗?快去打电话。"林少白对其中一个员工吩咐道,又大声对其他人说:"所有人都不准进去破坏凶案现场!"

"对,少白以前是警察,大家都听他的,回到自己的岗位上去,在案件没定论之前,不得向外散播谣言,违者开除。"金昴昌也缓过来了一点,定了定神对大家说。

安顿好金昴昌,林少白向厂里员工要来了手套鞋套,走进了办公室。

刘经理已经死去多时,脖子遭人割喉,胸口还中了一刀。办公室门锁完好,不存在破门而入的可能,没有搏斗痕迹,唯独虚掩的窗户的窗台上有淡淡的脚印。林少白查看了一下沙发,突然沙发下的一条红绳引起了他的注意。

扯出红绳,林少白的心跳顿时漏了半拍。

这是他和徐巍决定离开上海的那一天,亲手送给对方的护身符。

可是巍子的护身符,为什么会在这里?!

"别动!不要破坏命案现场,无关人等请立刻离开!"

路正阳的声音在林少白身后响起,他来不及思考,将护身符藏进了袖口。

"林少白,你怎么会在这儿?"路正阳也发现了他。

"你这就怀疑上我了?"林少白恢复平常小开的表情,"我可是来工厂上班报到的。"

"路主任,少白现在是我的助理。"随路正阳而来的金昴昌也附和道。

路正阳看了一眼林少白,吩咐手下进入凶案现场取证,把刘经理的尸体送去尸检,并让虎子和老徐对厂区工作人员进行问讯。

笔录一直做到晚上,大部分工厂职员的证词都对案件没有什么帮助,但根据死者家属和一些老员工反映,金氏棉纺厂原来是刘经理刘明俭的,1945年抗战胜利后,金昴昌吞并了他的厂子,对此刘明俭一直颇有怨言。

而金昂昌对此也并不否认，但他也指出当时工厂的经营出现了困难，如果没有自己的入股，厂子就倒闭了，因此也是自己救了工厂和刘明俭。金昂昌还坦白，他在日军侵华时期，曾对军统在上海的秘密组织提供一些援助，走的是棉纺厂的账。但自己没想到，这些账目一直被刘明俭抓在手上，并且在这几天他突然拿出来要挟自己，提出要无偿拿回工厂，否则就去检举。

"会不会金昂昌就是因此恼羞成怒，一怒之下才杀了刘明俭呢？"社会处二室的办公室里，虎子问道。

"他有作案动机，但是也不至于大意到在自己办公室里动手吧？而且，"路正阳补充道，"窗台上的那些个脚印，在自己办公室杀人还用翻窗子？"虎子随即缩了缩脖子。

路正阳沉思道："重点是，了解过，金昂昌有不在场证明。"

"说到他的不在场证明，竟然跟林少白一模一样，他俩不会是串通好的吧？"虎子到现在还是看林少白不顺眼。

"现场我看过，作案手法干净利落，不是职业杀手一般没这个本事。再说，他们的人证还有金法医。"

路正阳来到解剖室外的时候，刘瑞正手忙脚乱地测量死者肛温。

这个刘瑞，说白了其实是法医助理，刚毕业还没到一年，碰过的尸体屈指可数，因为此案涉及金昂昌，所以金妍不得不避嫌，这才让刘瑞临时顶上。

一看到路正阳，刘瑞更紧张了，手一颤就把体温计摔碎了，着急找扫帚，又碰掉了尸检托盘，手术刀撒了一地。

"路主任，没金医生的帮忙，我一个人实在做不到。"刘瑞哭丧着脸哀求道。

在办公室里坐了半天的金妍走出来，看了一眼尸体，淡淡说道："路主任，我有个提议，解剖就让刘瑞来，我不动手，只在旁边指导他该做什么。如果你不放心，可以换上解剖服，进来监督，你看如何？"

路正阳犹豫片刻，还是点了点头。

林少白去工厂报完到后并没有离开，而是一直在工厂围墙旁晃悠。他一整天都在思考杀人凶手的事，他了解徐巍，徐巍绝不会平白无故地杀人，这里面必然还有隐情，无论是什么，徐巍都可能有危险。

从窗台上脚印的朝向分析，凶手在行凶后是跳窗逃跑的。办公楼的窗户朝北，正对着工厂的围墙，可他从早到晚在这里晃悠了一天，连鬼影都没看到一只，更不可能有目击证人了。

眼看时间已近晚上十一点，林少白离开工厂，沿着围墙一路晃悠。街上的商店已经打烊了，林少白逛了一会儿，看见路口有一盏小灯亮起来，原来是一个做消夜的小摊子，靠卖本帮面给附近工厂的夜班工人为生。

林少白顿时眼睛一亮,连忙拉住老板问,昨晚有没有遇到过什么奇怪的人。

老板吓了一跳,林少白赶紧掏出工厂的职工证,说自己有个哥们昨晚上夜班,一直没回宿舍,这才来打听一下,说完又掏出了徐巍的照片。

"好像有点眼熟。"老板娘凑了过来,在路灯下仔细看了看,"昨晚大约也是这个时候,他和另一个人在路上吵架。"

"吵架?他们在吵什么?"林少白追问。

"我没听清楚,好像是说什么东西落下了,要回去拿。"

林少白一听这话,更加笃定。

"您对另一个人长什么样,还有印象吗?"

"个头挺高的,穿了套西装,看起来老凶的……"

"阿姨,你再好好想想,他的五官……"

林少白一边问,一边掏出笔记本,在上面画了起来。

路正阳正在办公室啃着半个凉了的馒头,虎子拿着一沓档案推门进来。

"哥……路主任,我跑了所有报社,这些已经是全部了。"虎子有些不解,"但我们要这些照片有什么用啊?"

"你想想,我们在锄奸的时候,为了抓到特务会怎么做?"

"当然是先要搞清楚他的活动规律,然后就是牢牢盯着他,寻找最佳的时机。"

"杀害刘明俭的凶手也会这么做。"路正阳递给虎子一个放大镜,"为了万无一失,他一定会提前很多天就开始盯梢,掌握刘明俭的活动规律。挂牌仪式那天,刘明俭也在现场,十几家报社的记者,搞不好就拍到了凶手,现在我们就需要从这些照片里,找出有哪些不对劲的人。"

虎子恍然大悟,连忙接过放大镜和路正阳一起找了起来。

时间一分一秒地过去,报社的照片和底片加起来总共有一两百张,路正阳一张一张检查着,为了破案,哪怕再微小的线索也不能放过。

转眼就过去了几小时,路正阳的眼睛都快要花了,虎子突然大叫一声。

"哥!快看!这个人是不是徐巍?"

路正阳连忙来了精神,抓起虎子手里的照片,放到灯光下仔细辨认。照片里的金昴昌正在向记者介绍工厂缝制的军装,他的身后有个人站在一辆汽车旁,没有看向金昴昌,而是牢牢盯着另一侧刘明俭的方向,这个人正是徐巍!

"你看这辆车。"

路正阳拿过放大镜,仔细辨认着车上坐着的人,但却看不清楚,只能从倒后镜里,看见一道银光的虚影。

"尸检报告出来了。"

金妍在此时走了进来。

尸检报告显示，死者刘明俭身上有两处刀伤，第一刀是割喉，切断了声带和部分气管，而胸口的一刀是后补的，凶手刺进去后又用力旋转了一周，造成心脏大面积的损伤，这表示一方面凶手要让刘明俭必死无疑，另一方面，其杀人手法非常专业。死者的颈部伤口左深右浅，据此推测凶手是个左撇子，习惯性向左发力。

"左撇子？"路正阳的思绪回到了四年前，当他进入爆炸后的福州路洋楼查看的时候，发现倒在门口的同志被一刀割喉，伤口左深右浅，可当他找到林少白的时候，林少白握刀的却是右手。

"路主任，你还记不记得在我们探查吴氏铁厂时伏击你的那个狙击手？他也是左手持枪。"虎子突然想到什么，跟路正阳对视一眼。

"你说的不错，他们有可能是一个人。"路正阳转头问金妍："凶器能推断出来吗？"

"我大致画了下，和普通的匕首不太一样。"

金妍递来一张草图，路正阳从抽屉里拿出四年前他在福州路爆炸案现场从林少白手里抢的蝴蝶刀，两个形状分毫不差。

"我现在知道这是什么了。"路正阳拿起那张底片，指向倒后镜中一闪而过的银色虚影，"他不但是左撇子，还很会使蝴蝶刀。我现在推断，金库劫案，刘明俭凶杀案，还有四年前的福州路爆炸案，执行的大概率是同一个人。"

"不是大概率，而是肯定！"

路正阳转过头，只见林少白气喘吁吁地出现在门口。

"事情就是这样，这是我通过老板娘的描述画出来的。"

林少白把画像递给路正阳，又把自己查案的思路讲了一遍。

"你确定四年前福州路的爆炸案，你见到的就是他？"路正阳问。

"我确定。"

"那为什么之前审讯你的时候你没提过这个人？"

"当时调查组的警员不是突然离职就是人间蒸发，谁还敢查？但我不说不代表我没记住，我一直就怀疑这帮人还在上海。"

"那你现在为什么要说？"

"因为我想通了！现在是新时代了，不一样了，而且路主任你一定会保护我的嘛！"林少白话锋一转，"再说，看在你之前苦苦哀求的分上，我还是决定勉为其难，回来继续做警察，不，做公安，帮你破案！"

"心里话？"

"当然！"

"恐怕你心里还有别的算盘,"路正阳把照片扔在他手边,"是你说,还是我说?你的目击证人看到的不止一个人吧?"

看到照片上被红笔圈出来的徐巍,林少白自知理亏,但还硬着头皮忽悠。

"哎,什么事都较真可就没劲了哈……"

"你之前接受审讯的时候,就替徐巍隐瞒了实情。四年前福州路的那个案子,他其实已经有疑点了。如果我没猜错,当时是他接的警,是他要去福州路,也是他最后让你收手别查下去的吧?"

林少白这次没有接话。

"以你的聪明,事后一定怀疑过他,只不过你们是兄弟,所以你一直不肯相信,对吗?"

"没有证据,我凭什么怀疑人家?!"林少白反驳道,"我现在就想找到我兄弟,你们想抓到凶手,我们目的不一样,但我能帮你们,达到你们想要的结果,这还不够吗?!而且,我可是记住了他的样子!"

林少白用力一指桌上的画像。

天已经亮了,金妍才把手里的事情忙完。

看看时间,快八点了,金妍揉了揉眼睛,想着这时候爸爸应该也已经出门去工厂了,应该可以偷摸溜回去睡个回笼觉。自从上次吵完那一架,这几天她一直故意躲着金昴昌。

金妍看着镜子里自己有些憔悴的脸,不自觉拢了拢头发,突然发现左耳的耳环少了一只,就索性把另一只也摘了下来。

金妍重新换上自己的外套,刚走出公安局,就迎面撞上了家里的司机老周。

"小姐,不好了! 金老出事了!"

"你说什么?"金妍吓了一跳。

"老爷今早本来是去码头办点事的,路上碰到了熟人,也不知道怎么就聊到了小姐。老爷说起小姐做法医的事,越说越激动,一下就……就气得……"老周支支吾吾。

"他现在人在哪里?!"

"还在码头,老爷说心口疼,动不了,一直叫着说要见你。"

"快带我过去!"金妍加紧脚步跳上了车。

金昴昌坐在码头休息室里,看着外面停泊的渡轮和逐渐热闹起来的码头。他身边放着一只行李箱,里面装着的是金妍的东西。

船还有二十分钟就开了,一会儿不管女儿同不同意,哪怕是硬塞,也要把她塞进船去,离开上海这个是非之地。

金昴昌做了几十年生意,什么大风大浪都见过。生意没了可以再做,他唯一的软肋却不能出事。

一个人在他身边坐下。

"金老板,等人?"

金昴昌的脸色一变。

"你怎么会在这儿?"

"我听说白头翁,是一种很护崽的鸟。"王力群露出一口白牙,"但你想过没有,只要我们想动手,在哪里,都是一样的。"

王力群摊开手掌,上面躺着一只耳环,正是金妍丢掉的那只。

"你想干什么?!"金昴昌压抑着怒火问道。

"我当然是想帮你了,你不是一直都想坐上劳军商会长的位置嘛。"王力群从口袋里掏出一支派克钢笔,将它别在金昴昌的口袋里,"而作为交换,你的任务已经在里面了,这一次就不要再弄丢了,不要像你女儿一样不小心。我会再联系你的。"

王力群说完,吹着口哨走开了。金昴昌摸了下胸口的钢笔,叹了口气。

终归是逃不过了。

"爸爸!"

金妍在老周的带领下,一脸焦急地跑过来。

"你怎么样了,哪里不舒服,是不是心绞痛又犯了? 你不要动。"金妍攥住金昴昌冰凉的手,"手这么凉,不行,我现在带你去医院。"

"爸爸没事,"金昴昌摇摇头,"不用去医院。查来查去,无非就是让多休息,多锻炼。老毛病了,休息休息就好。妍妍,陪爸爸回家吧。"

金妍不好再说什么,扶着金昴昌上了车,两人一路无语。金妍咬着唇,半晌才吐出一句话:

"爸,我申请去做法医的事情,没有跟你商量,是我不对,对不起。但我……"

"行了,妍妍,你的性格,爸爸知道,想做的事情谁也拦不住,不想做的事情,谁也勉强不了。"金昴昌淡淡笑了下。金妍已经被盯上了,那她在公安局工作,对她而言其实是多了一重保护,既然如此,不如顺势给彼此一个台阶下。

"爸,你这么说,是支持我了?"

"谁说我支持了,谁家的爸爸支持女儿整天跟尸体打交道的? 但难道我不支持你就会改变主意吗? 现在爸爸只有一个要求,你一定要好好保护自己,行吗?"

金妍郑重地点了点头,金昴昌从怀里掏出一把小手枪。

"拿着这个,防身用。"

金妍犹豫了一下,还是接过了枪。金昴昌疲惫地闭上了眼睛。

没过几日，竞争对手刘义盛婚外情的消息就被刊登在了报纸上，金昴昌顺利坐上了劳军商会长的职位，他心里清楚这是谁的手笔。

白头翁被迫觉醒了，金昴昌按照钢笔里交代的任务，在糖厂挑选了一处相对独立的厂房作为糖业研究中心，并由自己亲自担任经理。这个厂房平常不让任何人进出，里面所有的设备和实验器械一应俱全，很快小仓就从地下室搬进了这里。

鹰隼不再避忌金昴昌，甚至大摇大摆地出现在研究中心。他知道只要白头翁觉醒，就跟自己是一条船上的人了，会尽一切努力保护自己。如果自己落在了共产党手里，白头翁也在劫难逃。鹰隼捏住了他的七寸，却太低估他金昴昌的手段。

服从只是一时之计，只为了让敌人得意忘形，让他能够找到破绽，反客为主。

夜色低垂，金昴昌坐车来到了浦东郊区的某个码头，独自一人下了车，走进一个仓库。

陈经纪显然已经等了很久了，看到金昴昌出现，立刻挤出一张笑脸。

"我让你找的人找到了吗？"

陈经纪点点头。黑暗中走出来一个稍显年轻的男子，约莫三十出头，一身陈旧衣衫，其貌不扬。

"这位是江洋，"陈经纪介绍道，"我代理的职业杀手里身手最好的，从没失手过。他还有个名号，荣社一匹马。黄金荣下台后，他们的日子都不好过，但金老板放心，他有江湖义气，无论你让他干什么，绝对守口如瓶。"

金昴昌点点头："还有什么优点？"

"认钱。"

"认到什么程度？"

"只认钱。"

金昴昌掏出一把钞票，对江洋说道："这里是一千美金，做掉他。"

金昴昌从仓库走出来的时候，陈经纪的惨叫声已经渐渐弱了下来。过了一会儿，江洋也走了出来，手里提着一根带血的钢丝。

"老板还有什么吩咐？"

"我要你把这个人找出来，无论如何，做掉他。"

金昴昌将自己的派克钢笔递给江洋。

第四章

舞女之死

　　林少白怎么也想不到,自己到社会处报到的第一天,等待他的不是欢迎仪式,而是一大堆半米高的档案卷宗。

　　"一个月不到,敌人就在我们眼皮子底下犯了两桩大案,可我们连对方是谁都不知道。"路正阳把王力群的画像与照片贴在黑板上,又指着桌上的卷宗说道,"这些是局里大案、要案的资料,对方参与的案子一定不止我们知道的这几宗,一定有别的蛛丝马迹,我们务必要以最快速度,把他的真实身份、过往经历和职务信息都挖出来。"

　　"这么多档案,看到猴年马月啊?!"林少白抗议,"就算再多一倍人也看不完!"

　　"就这点工作量,哪有那么夸张。"档案堆后面,一个扎着丸子头的年轻女孩抬起头来,一双清澈的眼睛看着林少白。

　　"你又是谁?"

　　"我叫岑小满,今天第一天来报到!"

　　"路正阳,你是不是有毛病啊,什么人你都招。"林少白翻了个白眼,"女人就算了,还是个小丫头片子,不会还没成年吧?"

　　"女孩子怎么了? 现代社会,人人平等! 凭什么瞧不起人!"岑小满气得提高了音量,"还有! 我才不是未成年,我毕业了!"

　　"小学毕业吗? 那我也毕业了。"林少白揶揄道。

　　"林少白,注意你的说话方式。"路正阳剜了一眼林少白,转身说道:"正式跟大家介绍一下,岑小满同志,是我从这一期公安培训班里挑选的,也是唯一挑选的。"

　　林少白有些惊讶地瞪大眼睛。

　　"岑小满同志是复旦大学的高才生,数学系毕业,成绩全科第一,速记能力更是培训班里最强的。她还有一个特长。"路正阳说到这里,微微一笑,转身问小满:"今早到现在,你看了多少了?"

岑小满拍了拍旁边堆得高高的卷宗:"这些,我都看完了。"

"不可能吧?! 上班到现在也就一个多小时,这么多你全看完了?"连虎子都露出不可置信的表情。

"岑小满同志的速读能力也很强,而且过目不忘。"路正阳点点头,"现在我们来分一分这些卷宗,小满,你觉得你能看多少?"

岑小满在办公桌旁绕了一圈,拍了拍其中一摞。

"这一摞……分给大伙儿看吧,其他的我都能看完。"

岑小满说完,又从那一摞文件上拿下几份薄薄的卷宗,递给林少白:"这是女同志专门照顾男同志的,听说你是编外人员,如果这点看不完,就别太勉强哈。"

"你这小丫头,我可是……"林少白正了正脸色,"我可是路主任哭爹喊娘求回来的,特聘懂吗? 以后你跟着我好好学习,搞不好我一高兴了,教你两招真本事……"

林少白还想说下去,被虎子狠狠踩了一脚,顿时疼得龇牙咧嘴。

先施百货五楼,赵兰站在柜台前,心不在焉地整理钢笔。突然一个熟悉的人影一闪而过,赵兰一惊,刚想说些什么,那人影就朝杂物间走去。

赵兰连忙借口上厕所,也跟了过去。进了杂物间,身后的人脱下帽子,赵兰一把抱住了他。

"巍哥,你这些天都去哪了,怎么也不回家? 我好担心。"

"这段时间有什么异常吗? 我叮嘱你的事还记得吗?"

"嗯,我每天按时上下班。一开始,总感觉有人盯着我,按你说的,我没有管,但最近似乎那双眼睛不见了。"赵兰拢了拢头发,整理了一下思绪,"公安局派过人来问过你的情况,我一律说我不知道。另外,少白也来了好几次,给我带了麦乳精和吃的,还送了林太太做的孩子的衣服,他一直在找你……"

"你什么都没说吧?"

赵兰摇摇头。

徐巍把一包银圆塞进赵兰的手里,这是上次刘经理死了之后,郑兰亭给他的"报酬"。

"拿着这些钱,尽快去乡下养胎,把孩子生下来。"

"这么多钱你哪来的?"赵兰这时才看到徐巍手上密密麻麻的新茧和水泡,"巍哥,你的手……你到底在干什么?"

"特殊任务,要保密。你记着,千万不要去麻烦少白,我的事我自己解决。"

徐巍叮嘱完赵兰,压了压帽子就从杂物间离开了。回到码头,换上短衫,混进手钩帮的队伍里,扛起沉重的货物往船上走。

郑兰亭除了要拿捏住上面的人，还想打通下面的人，如今上面有了金昴昌，下面的势力，他则看中了手钩帮。

手钩帮在上海码头的势力很大，但帮主一直很神秘，徐巍混进去打探了半月有余，却也只知道他们的帮主喜欢跳舞，在仙乐门有个包厢。

徐巍原本想跟王力群去一探究竟，但王力群根本看不上徐巍，只一心想着独占这份功劳，仗着自己是上级，单方面决定自己一个人行动。

最近这段时间，王力群更是音信全无。徐巍一想到他把自己独自留在码头做苦力，就恨得牙痒痒。

王力群的决定，也让徐巍再一次认清事实，这趟浑水，本来就是被逼着蹚的，而自己也不过是任人拿捏、随时可弃的棋子。但总有一天，他徐巍也要让王力群尝尝，今时今日的痛苦。

林少白百无聊赖地翻着手上的卷宗，上面的字儿潦草得像蚊子一样，在他眼前飞来飞去。

"发现了！"

岑小满大叫一声，差点没把昏昏欲睡的林少白吓得从凳子上掉下来，而路正阳则立刻上前。

"发现什么了？快说说。"

岑小满抓起小山似的卷宗里的其中两份："这两起案子跟疑犯的特征有重叠。第一起是1940年日据时期，伪上海特别市发布的一则通缉令，其中有一个叫'小鸟游坚'的破坏分子，持蝴蝶刀摆脱了日本人的围捕；另一起是1946年，中华路老西门赌场聚众斗殴事件，有一名叫'陈鹰无'的罪犯被指用蝴蝶刀伤人。"

"可这个小鸟游坚不是日本人吗？"虎子问道。

"小鸟游是日本的一个稀有姓氏，其读音对应的汉字正是'鹰无'。而且两起案件的罪犯都使用了蝴蝶刀。据此判断，嫌犯在日据时期化名日本人行动，抗战胜利后用老证件办理了假户口，将原来的日本姓氏改作了'鹰无'这个中文名。频繁更换身份，也符合特务的做法。"

"不错。"路正阳拿起档案翻阅了起来，"第二起案件里，'陈鹰无'被抓之后，是一名叫李谦的商人保释的。立即找到这个李谦，实施抓捕！"

虎子和老徐很快就从户籍科查到了李谦的资料。他是个机电商行的老板，商行开在金神父路63号，解放前就转手卖了出去，应该已经赚了不少钱，如今在租界边上买了套别墅，日子过得倒是挺滋润，平常就爱去西餐馆吃饭。路正阳毫不费力就在餐馆逮到了他。

李谦是军统的老人，但抗战胜利后就脱离了组织。原以为是共产党要翻旧账，被抓后一个字也不肯说，直到得知警察找上门是问陈鹰无这个人，坦白可以算立功，李谦才松了口。

李谦告诉路正阳等人，陈鹰无确实是假名，此人的真名是王力群，军统上海区行动六队队长，日据时期潜伏在上海，和李谦有过配合，但不算熟。1946年李谦脱离军统，自己办了家商行，有一天突然收到了他的保释请求。

"这种人，是不能拒绝的。当时我把他保释出来，他也没说什么，直接就走了。"

"后来还见过吗？"路正阳问。

"一直没有，我都快把他忘了。但今年年初，徐蚌会战——不对，你们叫淮海战役——结束的时候，他来找过我，喝了顿酒，试探问我有没有可能再回保密局开展潜伏工作，我婉拒了，后面就再也没有联系了。"

"你知道他的行踪吗？"

"他很谨慎，喝酒也是在我店里。但他喝完之后提议去洗个土耳其浴，我没去。"

"土耳其浴？他几点约你去的？"

"我不太记得了，但吃完饭已经很晚了。"

"那他应该住在普陀区一带。"林少白说道。

"理由？"路正阳问。

"1946年开业的土耳其浴室本身就不多，主要分布在普陀区复兴路附近。一般泡完浴会很累，吃饭结束本就很晚，再把澡泡完，大半夜山长水远走回家，不现实。所以我觉得他住的地方以普陀区为中心，五公里以内的可能性比较大。"林少白又想了想，"喝了酒还想去泡澡，看来这王力群也是个色胚。"

"什么意思？"岑小满皱着眉头，"你怎么说话云里雾里的，为什么泡浴就一定会很累？"

"不是泡浴累，是土耳其浴累，是因为……"林少白眼睛一转，"你问问路主任。"

路正阳一愣，连忙干咳了两声掩饰自己的尴尬。

"土耳其浴，这个，我推测，就是……一会儿冷水一会儿热水，冷热交替多，人就容易乏……"

林少白没忍住大笑起来，岑小满更是一头雾水。

"你笑什么？！不早了，抓紧回去休息，明天全体都去普陀区复兴路一带排查。"

宏达商行已经关门了，木根正在捣鼓着新配的电台。这是郑兰亭专门让刘秘书搞回来的，美国货，尺寸还小了一半。

"如此下血本，再不弄点大动作出来，都说不过去了。"

王力群换上西装，红帮裁缝西装品牌培罗蒙一等一的手艺和布料，最摩登的款式。

"老板您真是位福将，哪里有福享就往哪里去。"木根羡慕地看着自己的老板。

王力群对着镜子满意地笑了笑，梳好头油，直奔戈登路。远远他就看到了十里洋场标志性的霓虹灯牌，根据徐巍的打探，这就是戴月清的堂口之一。

酒色财气，是王力群最大的爱好，一想到仙乐门里花枝招展的娘儿们，他就莫名兴奋起来。

推开大都会风格的镏金旋转门，就像走进了另一个世界。金碧辉煌的装饰，熙熙攘攘的舞池，西洋乐队的演奏。王力群开了最贵的卡座，又叫了一瓶洋酒，配上一身行头，不让人注意都难。他已经连着两个晚上来这里了，点的坐台都是同一个叫林丽的女人。她在众多舞女中不算最漂亮，但神韵中流露的一抹清纯，就像丛林中的小鹿，让王力群内心的野兽蠢蠢欲动。

舞过三巡，王力群硬是把林丽拉到自己的卡座里。她明显有一丝惊慌，但王力群却没管那么多，死死贴着她纤弱的腰肢。

"陪我喝。"

"老板，弄疼我了……"林丽蹙眉。

"我这两天给你买的舞券可够你半年的数量了，就别装模作样了。"王力群贴着林丽的发梢，"今晚去我那儿吧。"

"我……我不出台的。"

"不出台，还是嫌钱不够？"

王力群将两张美钞塞进林丽的胸口，趁势狠狠一掐，林丽疼得一声低喘，拼命挣扎，却让王力群更加兴奋。

"是王先生吧？"一个大胡子男人走到卡座边上，"戴老板有请。"

"带路。"

王力群提起皮包，还不忘转头对林丽说道："你哪也不许去，等我回来。"

大胡子引着王力群进了包厢，一进去就搜了他的身。昏暗的灯光下，一个满脸横肉的男人正坐在沙发上。

"戴老板，终于肯见面了。在下王力群，代表党国，希望跟你们手钩帮合作。"

王力群伸出手，可沙发上的那个男人却没有回应，紧接着王力群听见身后传来一声娇柔的冷笑。

"你们国民党是拿我的帮派当夜壶了，用的时候端过来，用完又觉得脏，有多远扔多远啊。"

戴月清从暗处走出来，沙发上的男人立刻谦恭地为她让了座。她穿着一袭黑色旗袍，金丝流苏披肩，虽然已经三十多岁，但容貌姣好，脸上挂着一丝冷酷与不屑。

王力群也是一愣，他没想到大名鼎鼎手钩帮的帮主，竟然是个女人。

"这是你的伴手礼?"戴月清懒懒一指王力群皮包里满满的美金问。

"这是我们开的条件。"

"没见过世面,送客。"

"臭娘们,你黑吃黑!"

王力群话音未落,就被那个满脸横肉的男人扭住了手。戴月清的袖珍手枪抵在了他的喉咙上。

"我之所以答应见你,是要告诉你,以后别像狗皮膏药一样粘着我,滚。"

热闹的舞池中一声惊叫,王力群从包厢里被扔了出来,落在舞池中央,弄乱了油头,脏了西装,顿时颜面全无。

王力群哪里受过这种侮辱,一肚子邪火无处发,咬着牙爬起来往外走,没想却在门口遇到了正要离开的林丽。

"让你等我,想跑?"王力群一把拧住林丽的手腕。

"老板,你放过我吧……"

"贱婊子,少他妈给我装清高,别把我惹急了,我能毁了你!"

王力群拽着林丽上了车,回到了自己的住处。虽然他平常喜欢玩女人,却很少带女人回来,以免身份暴露,但今晚这通火不泄不行,这女人只是碰巧撞到枪口上了。看着反抗的林丽,王力群就好像看到了戴月清。这种三教九流的帮会贱人,敢如此羞辱堂堂军统官员,想到这里,他下手的力气就不免重了几分。林丽被百般凌虐,疼得哀号连连。

结束后,王力群往衣不蔽体的林丽身上撒了一把钱。

"滚。"

看着王力群走进浴室,林丽死死咬着嘴唇,用尽力气从床上爬起来,跌跌撞撞朝门外走去,却不小心撞跌了王力群的公文包。

一张印着"绝密"的证件掉了出来,上面写着编号、职务和一个名字。

林丽惊慌之间,王力群已经站在了她后面。

"老板,我……我什么也没看到……"

一块毛巾,被死死地捂在了林丽的嘴鼻上。

徐巍推门进来的时候,王力群已经把林丽装进麻袋里了。

"有必要吗? 杀一个手无寸铁的女人。"

"你他妈搞清楚,我叫你来是让你抛尸的,不是教我做事的。"

看着徐巍冷冷的眼神,王力群心里的火再次腾地升起来,举起的拳头刚要落在徐巍脸上,一个敲门声猝不及防地响起。

两人的心里都是一惊,王力群刚想抄起蝴蝶刀,一个女人就闪身进了门。

是肖云。

"你怎么来了?"

"老师让我来的,你跟戴月清谈得怎么样?"

"那娘们收了钱不办事,拒绝跟咱们合作。"王力群有些心虚。

肖云看了看地上的麻袋,里面露出几缕女人的卷发,凭着对王力群多年的了解,心里已经明白了七八分。

"老师早就警告过你,不要让女人坏了你的事,现在你不仅把人带回来,还搞出无关的命案。"

王力群自知理亏,不敢接话,肖云转头问徐巍。

"你一直在码头打探手钩帮的消息,你有什么想法?"

"手钩帮和水河帮矛盾很大,一直有火拼,如果我们能帮忙把水河帮拿下,戴月清就无法拒绝我们。"

"你是评书演义看多了吧? 水河帮上千人,我们怎么拿下?"王力群揶揄道。

"我倒觉得徐巍说的是个办法,我会转告老师的。"肖云点了点头,又看向王力群,"至于你,尸体处理好后,没老师的命令,不许再有任何行动。"

"那手钩帮……"

"戴月清的事,有徐巍,你无须再跟了。"肖云看向桌上那台崭新的电台,"如今风头正紧,联络站也要安排转移。"

"不就是个女人吗,不至于……"

"想要继续留在上海,留在老师手底下做事,就不要让我再说第二次。弃车保帅这么简单的道理,还要我教你?"肖云眼底露出一抹鄙夷。

"知道了。"

王力群咬着牙答应,不忘怨毒地看了徐巍一眼。

两人一直等到下半夜,才开着宏达商行的小货车出来,顺着武宁路往西,把林丽的尸体运到了垃圾场。徐巍把尸体搬了下来,刚准备往垃圾里埋,王力群就猝不及防地给了他一拳。

徐巍挣扎着从地上坐起来,蝴蝶刀已经架在他脖子上。

"以后做任何事,说任何话,都要先跟我汇报,少他妈在老师跟前显摆,搞清楚谁是你的上级!"

"……明白。"

徐巍摸了一把脖子上溢出来的血,对王力群露出讨好的表情,眼神中的杀意却在王力群转身时一闪而过。

这几天,路正阳带着人分成了几个小组,拿着王力群的画像,在普陀区暗查走访,收集信息。可普陀区这片的居民密集,商家众多,一直没什么进展。大家昼夜加班,也心力交瘁。好不容易到了周末,路正阳下令大家回去好好睡一晚,可没想到大清早就都被叫醒。原来是刑警队那边在安远路垃圾场发现了一具女尸,位置刚好在路正阳排查的普陀区内,所以也通知了社会处前去参与刑侦会议。

路正阳刚到警局没多久,林少白也睡眼惺忪地被虎子带进来。

"老路,你怎么说话不算话啊,明明说休息一天,这才几个小时又把人全叫回来。再说,普通的刑事案,跟社会处也扯不上关系啊。"

"这是一起恶性刑事案件,"路正阳更正道,"而且我们在普陀区有重要的暗查任务,已经到了关键的抓捕环节,要是两个案子打架,惊动了我们要抓的人,之前的努力就前功尽弃了。"

林少白还想抱怨些什么,突然看到金妍抱着一大份尸检材料走过来,顿时脸色又好了几分。

"妍妍!"

"死者女,年龄在二十二岁左右,死亡时间超过二十四小时。"金妍没理林少白,而是把尸检报告分发给在座的人,"死者死前有过性行为,下体有撕裂伤,但致命伤初步判断是脖颈处,很可能死于机械性窒息。尸体破坏严重,尤其面部已经很难辨认,疑似死后遭动物撕咬,内脏几乎被吃光。"

"尸体是在垃圾场被发现的,那里经常有野狗出没,应该是遭到了野狗的啃咬。根据调查,垃圾场不是第一现场,而是随机抛尸。"刑警队的章队长补充道。

"不是随机的,是特意选择的抛尸点。"林少白眼睛一转。

"为什么?"

"因为没别的地方好抛呗。现在码头、江边都有解放军巡查,去远郊路程太长,难保不会被注意,只有垃圾场是最好的选择。凶手一定对附近的环境很熟悉,他知道这里的垃圾,每隔五天就会被焚烧一次,只要尸体被焚烧殆尽,根本不会留下什么蛛丝马迹。只是他埋得不够深,这才被野狗扒拉出来。"

章队长将信将疑地听着林少白的分析,路正阳却微微点头。

"现场还有什么发现?"

"还有这个。"

章队长将一双大红色高跟鞋证物放到林少白面前,林少白看了一眼,又拨了拨尸体现场的照片,随即说出自己的判断。

"死者是舞女,漂亮,行情不错。"

"你这判断也太武断了吧?"章队长狐疑地看着林少白,"高跟鞋在上海也不是什么新鲜东西,稍微时髦一点的女人都穿,不过是颜色抢眼了一点,仅凭这一点说明不了什么。"

"我可不是仅凭这双鞋判断的,"林少白挑出几张死者的照片,"首先是她的足弓和大脚趾,严重变形,指甲外翻,她不是爱穿高跟鞋,而是无论多痛,都要一直穿着;其次是她的耳朵,虽然上面的耳环不见了,但可以看出耳洞非常大,被耳环拉得很长,什么女人需要一直穿着高跟鞋和戴着这么重的耳环?"

"那你是怎么看出来她行情好的?"章队长已经被林少白的分析说服得七七八八。

"要是行情不好,没客人点台,也不会天天跳舞导致双脚变形了。"林少白揉揉肩膀,"这种红舞女,俗称龙头,场子常常换,谁家出钱高就去谁家。老板就算发现她没回来,也不会报警,毕竟人往高处走,水往低处流嘛。"

"林同志对舞厅的事,了解得蛮通透。"

金妍冷不丁来了句,林少白顿时有些不好意思,倒是章队长被林少白的分析彻底折服了。

"哎呀! 我们刑警队就缺你这种了解上海的人才,脑子还特别灵光,小同志,考不考虑来我这儿? 我肯定重用……"

章队长还没说完,就感觉自己被路正阳的眼神戳了一下,赶紧闭上嘴。

"分析完了,我能回去睡觉了吗?"林少白偷偷瞅了眼路正阳。

"既然醒了,就继续去普陀排查。"

林少白只能愤愤起身,却突然看到其中一张死者照片,手臂内侧有块淡淡的胎记。林少白只觉得眼熟,却想不起到底在哪见过。

普陀区的暗查工作,林少白和岑小满被分到了一组。岑小满全程兴奋又激动,这可是她一直以来的梦想,参与大案一线的调查,而不是坐在办公室里对着一大堆档案。为了找到王力群的下落,岑小满到得比谁都早,问的人比谁都多,下班也比谁都晚。

相比之下,林少白一路上心不在焉,昏昏欲睡,一会儿要去喝咖啡,一会儿又要去喝汽水,从早到晚走不了两条弄堂,气得岑小满连连跳脚。

"林少白! 你到底要偷懒得什么时候!"岑小满抢下他手里的汽水瓶,"我们是公安,是上海的铜墙铁壁,而不是扶不起的烂泥,混日子的二世祖!"

"铜墙铁壁?"林少白沉吟着,突然想到了什么,不顾岑小满的呼喊,跳上自行车就往外骑。

他一路骑回家,冲进房间,从抽屉里拿出那张他珍藏的木版画。上面的自己穿着警服,背靠大上海,一脸正气凛然。画面的右下角写着一行娟秀的小字——你就是这座城市的铜墙铁壁。

"望菊,是你吗……"

林少白红了眼眶。

1941年,上海卖猪仔的人贩子十分猖獗,在一个月内有十多名女孩被诱拐。刚当上警察的林少白凭借蛛丝马迹,找到了一艘人贩子的船,救下了船上的全部女孩。其中一个叫赵望菊的女孩,为了感谢林少白,亲手画了这幅画送他。林少白清楚地记得,赵望菊手臂上的胎记,跟死者的一模一样。

整整八年,林少白无法想象,当初还是小女孩的赵望菊这些年经历了什么。但一想到那具倒在垃圾堆里的尸体,和尸检报告上触目惊心的文字,久违的愤怒如一团火焰,在林少白心中熊熊燃烧。

岑小满灰头土脸地回来后,把一天的排查报告交给了路正阳。

"这成绩对新人来说很不错了,林少白呢?"路正阳问道。

"要不是他拖后腿,半路跑掉,这片弄堂我们都能排查完了!"一听到林少白的名字,岑小满一肚子的委屈就爆发了出来。

"我就说他不靠谱!擅离职守,私自溜号,死性不改!"虎子气愤地说。

"行了行了,再多一句你都能作诗了,"林少白刚回到警局,就听见里面对自己的声讨,"谁说我擅离职守了? 我已经找到女死者的身份了。"

说着,林少白把拐卖妇女案的卷宗扔在路正阳的面前。

"这是我当警察办的第一个大案,里面有一个受害人叫赵望菊,当年不过十四五岁,我已经让金法医对过赵望菊和死者手臂上的胎记,确定是同一个人。"

"你想说什么?"路正阳盯着林少白,却没有翻动卷宗。

"还记得我们给王力群的性格推定吗? 个性冲动,手段残忍,好色。受害人的勒痕清晰完整,凶手手法老练,一看就是惯犯。受害人的下体有被侵犯的撕裂伤,案件又正好发生在普陀区,所以我认为,杀害赵望菊的凶手很可能是王力群!"

"这些只是你的推测,仅凭这些,根本无法确定两者之间的关联。"

"不是推测! 是直觉! 是我做了这么多年警察的直觉!"林少白辩驳道。

"你的档案我都看过。当年这个赵望菊,是你亲手救出来的,她对你的意义非比寻常,可以理解。但破案不是靠直觉,是讲证据。"路正阳敲了敲桌子,"舞女的案子现在章队长在查了,如果有王力群的线索他会跟我通气的。目前我们的首要任务,就是排查……"

"排查排查,就知道排查! 查了这么久,你老路查出什么线索来了?"

林少白敢公然跟路正阳叫板,大家都是一愣,路正阳的脸唰一下黑下来。

"你这是严重违反纪律! 要是不听命令,擅离职守,你就滚出二室!"

"滚就滚! 如果杀死赵望菊的凶手不是王力群,我立刻辞职!"

林少白把工作证件拍在桌上,扭头就走。

汇丰银行的长凳上，稀稀落落坐着些等待办理业务的人，其中一个拿着报纸，正津津有味地看着上面刊载的"无名女性惨死垃圾场"的新闻。

一个小掌柜打扮的人提着箱子走进来，径直走到取款柜台前。

"只要大洋，这是存折。"

看着存折上的一串数字，职员点点头，手一滑碰掉了玻璃水杯。

报纸后的江洋注意到声音，抬起头来。守了半天，果然等到兔子入笼。

今天凌晨，江洋接到金昴昌的通知，鹰隼今早又联系了白头翁，索要一笔两万五的经费。金昴昌将对方汇丰银行的账号告诉了江洋，而他则买通了柜台职员，让对方一旦见到这个账户就摔杯为号，只要江洋顺藤摸瓜，就能找到目标所在。

木根提着沉甸甸的箱子走出银行，乘着人力车往静安区走，穿过愚园路，回到宏达商行，将箱子交给正在阳台上吃饭的王力群。

江洋在远处看着这一切，随后找了个电话亭，给金昴昌挂了个电话。

"人找到了，要动手吗？"

"我要你干掉的不仅是他，还有他背后的上级。"

"那要加钱。"

"钱不是问题。"

江洋挂断电话，消失在街角的人群里。

功夫不负有心人，老徐那边的排查有了线索。

曹家渡附近的某个弄堂里，有人反映见过王力群，他化名杨军，是跑单帮的生意人，在老弄堂二楼租了个亭子间，但最近退了房，走的时候说自己要南下。

路正阳带人打开房门，里面一片狼藉，柜子里放着电台，还有一本笔记本，首页已经被撕掉了。老徐用铅笔在上面轻轻刮起来，很快浮现出来一行字：走水路去杭州。

"太刻意了。"路正阳摇摇头，"他不但跟房东说了自己的目的地，还故意留下这么明显的信息，欲盖弥彰，很可能是为了误导我们的调查方向。"

"但这很有可能是他的联络站，不然不会留下这么有价值的电台。"岑小满说，"要不要详细排查下其他邻居？"

"先去房东那儿查一下用电量。"路正阳道。

岑小满很快就拿着抄下的电表信息回来了，路正阳接过来一看，这屋里一个月只走了两度不到的电。

"这部电台是专门拿来放烟幕弹的，他们倒是挺舍得。"路正阳皱了皱眉头，"对方已经发现我们在排查普陀区，所以才用这种办法故意引导我们深入，浪费时间。他一定不会再回来了，再查这里也没意义了。"

岑小满失望地点了点头，刚要转身离去，路正阳突然俯下身闻了闻电台。

"等等。这上面有什么味道。"

岑小满也赶紧凑过来:"是活络油!"

"周边所有医馆,都去问问。"

弄堂周边的医馆不多,专做正骨推拿的只有两家,其中一家的账房果然认出了王力群的照片,可路正阳这回却碰上了硬茬,跟王力群有过接触的推拿赵师傅,是个瞎子,一听来了两位公安,反应很大,不但不配合调查,还出来轰人,骂得叫一个难听,半条街都能听到。

老徐找了邻居打听,才知道赵师傅的独子被国民党抓了壮丁,然后就再也没回来,都传被解放军在战场上给打死了,所以赵师傅才把路正阳等都当成了仇人。

"那也不能祖护特务啊! 赵师傅根本不了解解放军,应该把他带回局里,进行重点教育。"虎子刚被赵师傅浇了一盆水,擦着湿漉漉的头发说道。

"先把医馆周边监控起来,不要刺激老人家。"路正阳想了想,又问老徐:"赵师傅的儿子是什么时候失踪的?"

"赵自强是1949年3月被抓的壮丁,是汤恩伯在准备上海防御的时期。"

"上海战役……那时候我们俘房的国民党军有数万人。你回去向部队方面申请调查,如果能把这个赵自强找到,赵师傅就会开口了。"

花开两朵,各表一枝。此时的林少白正一间间排查着普陀区的舞厅。还没睡醒的舞小姐纷纷被叫了回来,慵懒地挤在卡座里打着哈欠。

林少白拿出赵望菊的照片。

"你们见过这个人没有?"

舞女们翻了翻白眼,一副爱搭不理的样子。眼看问不出来,林少白把钱包啪地拍在桌上,里面是他刚从路正阳那儿领到的薪水。

"谁认识,这钱包里的钱就归谁!"

舞女们一见到钞票,眼睛全都亮了,争先恐后说:"我认识,我认识。"

"那你们说,她叫什么?"

答不上来的,自讨个没趣,又缩回了沙发里。唯有一个舞女,仔细看了看照片:"这不是小菊吗?"

"你认识她? 有过联系吗?"

"之前还挺熟的,一起逛街来着。但她家里有十几口人等着吃饭,她嫌这个场子来钱太慢,去仙乐门了。"

林少白把钱包丢给她,转头就去了仙乐门。果不其然,从大班嘴里打听到了赵望菊的信息。大班回忆起几天前有个阔佬一直点林丽,也就是赵望菊出台,掏出来的都是美金,后来她就被他带走了。

"你还记得那个阔佬的长相吗?"

"客人这么多,怎么记得住?"大班摇摇头,"但他一看就是有钱人。我记得他那身洋服,是现在最摩登的款式,一看就是培罗蒙的手笔。"

"培罗蒙,你确定?"

大班听了这话,有点儿不高兴:"林少你是怀疑我的眼光啊,认长相我可能确实不如你,但我们这行看人下菜碟,一身行头值多少,可不带看错的。"

"培罗蒙早关了,你既然这么了解他家的手艺,告诉我怎么才能找到这个人?"

"虽然培罗蒙没了,但他们家的四大名剪现在都单干了。看在你林少的分上,我再给你一条信息。这四个人里面,只有沈老板一直在租界做,剪裁是最跟潮流的,而且呀,沈老板的眼睛比我还毒,出了名的对客户过目不忘!"

"没白疼你,要是这次破了案,我亲手送面锦旗给你。"

林少白说完,跳上自行车,朝租界的方向骑去。

赵师傅被接到了公安局,一路骂骂咧咧。

"别以为你们把我抓回来,我就会屈打成招,你们这些凶手!"老头哆哆嗦嗦抄着盲公竹,不让任何人靠近。

"赵师傅,我们不是要抓你,而是请你回来,正式通知你,你的儿子还在世。"

"放你娘的屁!我儿子被你们杀了!他要是还活着,为什么不来找我?!"

路正阳递过来一只话筒:"赵师傅,你可以不相信我,但你应该听听你儿子是怎么说的。"

赵师傅将信将疑地接起电话,虽然他眼睛瞎,但耳朵却比常人更加灵敏,只一声,就听出是儿子的声音,眼睛唰一下红了。

赵自强告诉老爹,自己虽然被俘房了,但一直积极接受改造,最近还受了嘉奖,上了报纸,用老爹传给自己的医术,帮了好多受伤的解放军。

"没人欺负你吧?"赵师傅忍住眼泪,犹豫了半晌问道。

"解放军的队伍里官兵平等,谁也不欺负谁。爸,我也要争取当上解放军!"赵自强的声音铿锵有力。

电话挂断,赵师傅泣不成声,要不是虎子搀着,就要跪下。

"你们都是好人,谢谢你们,以后有什么磕着碰着去我那儿,都给你们免费!"

"赵师傅,我们只想知道杨军的信息,希望您能配合我们,知无不言。"

赵师傅擦了一把眼泪,坐下来开始回忆。杨军今年陆陆续续来找他不下十次,一半是买药酒,一半是伤筋动骨找他治疗,出手一直很阔。赵师傅虽然看不见,可摸到杨军身上不少伤疤,有刀伤,更有枪伤,可干这行的规矩就是不能多嘴,所以从不多问。

"他身上总是有脂粉味,混合着酒味,想来女人是少不了的。"赵师傅补充道。

女人……路正阳脑海里闪过赵望菊这个名字,心想也不知道林少白那小子跑去哪儿查了。

"除此之外,还有什么特别的?"

"有那么一次,他喝多了,迷迷糊糊抱怨过生意越来越不好做,行情一天一变,什么香烟、肥皂,高买低卖,砸在手里头,亏了不少钱。"

路正阳和虎子对望一眼。

"听起来,对方很有可能是一家百货行的老板。"

"可上海的百货行有上千家,这无异于大海捞针啊。"虎子略有失望。

"我还想起来一件事。他跟我说过,我比振荣医馆的医术好,所以每次才大老远专程来找我。"赵师傅补充道,"可我小门小户,哪能跟振荣比啊。所以只好说各擅胜场,各有所长……"

"振荣医馆,在静安区,连我都听过,确实挺有名的。"岑小满也想起来了。

"所以他很有可能住在振荣医馆附近。虎子,你去把振荣医馆周边百货商行的登记表调出来。"路正阳吩咐完,又问赵师傅:"您老能认出杨军的声音吗?"

"您放心,我眼睛的灵光都跑到耳朵上去了,只要他开口,一定能听出来。"赵师傅很有信心地说。

虎子很快就从资料室找到了相关的百货行登记表,总共有二三十家,由老徐一个一个电话打过去,赵师傅就坐在旁边听着,只要他一摇头,就拨打下一家。

打了几个小时,名单上就剩下几家了,大家都颇为灰心,直到拨通了一个号码。

"喂,宏达商行。"木根的声音在另一头响起。

"是这个吗?"老徐低声问。

赵师傅再次摇了摇头,老徐刚想挂断,就听到电话那头传来另一个男声。

"看好店,我去买点酒,一会儿回来。"

赵师傅一怔,电话挂断,重重点头。

"就是他!"

宏达商行里,木根正无聊地看着小人书,一个穿着夹克衫的男人从门外走了进来。

"伙计,批发怎么算?进一批南杂去松江。"

"要什么,列个单子给我。"

"你们老板呢?我还是跟老板谈比较妥当。"

木根一愣,随即撒了个常用的谎:"老板出远门了,要什么跟我讲就行,我记一下。"

木根刚拿了纸笔,路正阳的枪已经顶在他脑门上了。

王力群正在阳台上喝着酒,突然听到楼梯吱呀作响。他敏锐地感觉到这个步伐跟木根的不一样，于是站起来就掏出了蝴蝶刀，侧身躲在了门后面。

路正阳也停在了门外，短暂的静谧后，一脚把门踹开！

王力群在外一闪身，不等看到人影已经蓄势冲出，对着门里就是一刀，正碰上路正阳抬手开枪，瞬间路正阳的手臂被蝴蝶刀划开一条血口，第一发子弹落空。路正阳顾不上流血的伤口，立马再次扣下扳机，又是"砰"的一声，枪膛就在王力群耳边炸响，枪火爆开，直接燎上了他的眉毛头发，王力群当即眼前一黑，耳朵嗡嗡作响。电光石火间已不容人思考，只见他借势一蹬一个翻身，王力群已从二楼阳台跳下，顺着阳棚跌跌撞撞地摔到了街面上，形象极为狼狈。他摸爬一阵后推开人群，拖着崴伤的脚就冲向马路深处。路正阳也不敢松懈，从阳台一跃而下紧随其后，前后没有三十米便把崴了脚又慌不择路的王力群逼进了一条窄巷，这是路正阳观察地形后提前就布好的局，正是瓮中捉鳖！王力群刚钻进胡同还想辨清方向，一恍神，那边老徐与虎子已从另一侧包抄进入，将他团团围住。

眼看逃不掉了，王力群长长舒缓口气，抬袖抹了一把还在滴血的眼眶，歪嘴一笑。

"你们不会开枪的，你们需要我活着。"

说着，他突然咬开衣领，将毒药送进嘴里。路正阳心里咯噔一下，也顾不得那么多了，上去就掐住王力群的嘴巴。

"吐出来！"

没想到毒药只是幌子，王力群嘴里只是一枚普通的扣子。路正阳刚看清楚，心中一叹"哎呀中计了"，不等张嘴，对方一拧身子，已经顺势将他挟持在蝴蝶刀下。

"让开！不然老子弄死他！"王力群已然是一头狂怒的雄狮，发抖的刀尖将将抵着路正阳的脖颈。老徐和虎子在几米外面面相觑，抬着枪，不知道接下来如何是好。

砰！

只听后方一声枪响，王力群肩膀中枪，身子一歪，应声倒地。路正阳被带倒前抬头望去，只见小巷上方的楼房阳台上，正站着气喘吁吁的林少白。

忍着疼痛，路正阳一把翻身趴在王力群的身上，立刻检查他的衣领，又掰掉他的后槽牙，直到把毒药握在手上才长舒一口气，此时正显示出来一名老敌工干部的谨慎老练。

"沈老板的手艺真不错，"王力群被押上警车之前，林少白摸了摸他的定制西服，"穿在你身上，糟蹋了。"

"你怎么会在这儿？"路正阳忍不住问。

"当然是查到这儿的。我说了我会找到杀害赵望菊的凶手。"林少白有些得意，"怎么，救你一命，连声谢谢都没有？"

"谢，自然要谢，但该赏赏该罚罚。你违反纪律，私自查案，就要接受处分。"路正阳擦了擦手上的血道。

"你这个人怎么就这么食古不化！"

林少白瞪了路正阳一眼。埋怨归埋怨，但还是搀起他朝前走去。阳光洒在两人的肩膀上，影子拖得很长很长。

中枪的王力群被护送至广慈医院，为防特务渗入，里外三层把守，连主刀医生都换成了金妍，就怕敌人伺机灭口。幸好王力群的伤势并不算严重，没有影响心肺功能，很快就取出了子弹。

大鱼落网，注定是一场风波。为免夜长梦多，杨副局长决定等王力群一醒过来就抓紧审讯，并且将章队长带的刑警队也调过来支援，由路正阳指挥，根据医院结构图层层布防，对整个院区采取严密的安保措施。而另一方面，路正阳也在苦苦思索着审讯策略，毕竟想让王力群这种级别的特务开口，没那么容易……而此刻在路正阳看不到的暗处，各方势力早已按捺不住，蠢蠢欲动。

金妍做完手术、交完报告已是傍晚，一回家，就看见金昴昌站在花园里，一枝枝地修剪着白蔷薇的花枝。

"爸，你这是?"金妍有些疑惑。

"明天是你刘叔下葬的日子，他给爸爸工作了许多年，如今走了，得去送送。"金昴昌露出一脸悲戚，将花交给下人。

"爸，你别难过了，杀他的凶手已经抓到了，刘叔可以瞑目了。"

"真的? 那太好了。他到底是为的什么仇什么怨，要这么害你刘叔?"

"凶手还没醒过来，路主任他们还没审呢。你放心，我们一定会还刘叔一个公道的。"金妍同情地拍了拍父亲的肩膀，"爸，节哀。"

金昴昌点点头，看着金妍上了楼，脸上的悲伤瞬间退去。

下午江洋把王力群被捕的事情汇报给他的时候，有一瞬间，他惊慌得像热锅上的蚂蚁。如果王力群把自己供出来，别说他金昴昌，整个金家都会万劫不复。

但金妍的话让他松了口气，只要王力群还没醒，自己就有时间。一定要让他在招供之前，永远闭上嘴。

金昴昌关上书房的门，给江洋打了个电话。

"江先生，无论付出多少代价，我都要你杀了他。一旦他招供了，不仅是我，你也同样脱不了干系。我不仅要他死，还要社会处、保密局两方，都不知道你我的存在!"

下班之后，郑兰亭就被沈校长抓到了家里。说是教师们吃饭聚一聚，其实就是让郑兰亭伺候着大家打麻将，做些端茶递水的工作。

"不是我说，这男人，果然是心粗一点的。郑老师切的这苹果，这么大块，怎么吃呀?"黄老师正输钱呢，一看到端上来的水果，就顺势把火发到了郑兰亭身上。

郑兰亭也不气恼，乐呵呵一笑。

"对不住了，我再去切小点。"

就在此时，肖云的电话打到了沈校长家里，只说胃痛，让郑兰亭赶紧回去。

"是胃疼还是心疼呀，"黄老师揶揄，"这女人呀，可不能把自己男人盯太紧了，兔子急了也要跳墙的。"

"可不能瞎说，郑老师一看就是个知冷知热的，会疼人。"沈校长的老婆有点看不过眼。

"那确实，郑老师一看就是个怕老婆的。"黄老师笑着塞了块苹果到嘴里。

郑兰亭一边抱歉一边往门外走去，在走出门的那一刻，他眼里的歉意转瞬即逝。

谁能想到，给自己削着水果皮的，是个拿枪杀人都不带眨眼的特工头头呢？

胃痛，是郑兰亭和肖云约定好的紧急暗号，一旦使用就代表有大事发生。郑兰亭匆忙回到家，得知了鹰隼被抓的事情。

"王力群不像金昴昌和徐巍，他没有亲人在我们手里，我们必须销毁一切文件，立刻转移。"肖云建议。

郑兰亭思考了片刻，摇摇头。

"我相信鹰隼对我的忠诚，我们要救他出来。"

"要在医院动手？可是那里一定被公安重点布防，我怕……"

郑兰亭从抽屉里拿出一张画像，那是他之前凭借一面之缘，画出来的路正阳。

"眉头紧锁，心思严密，喜怒不形于色，是个慎而又慎的人。但这种人往往很多疑，医院这种人多眼杂的地方，只会放大他的猜疑。"

"老师的意思，他会转移鹰隼？"

"机会只有一次。你去找徐巍，让他回到他来的地方，找他能用的人。"

"这些人你认识吗？"

路正阳把赵望菊、小仓、文添夫妻的照片依次展示给王力群，换来的只有对方嘴角一抹嘲讽的笑。

"你以为不说，就定不了你的罪吗？"

"激将法对我没用，"王力群看着路正阳，终于开口道，"别忘了，你我是同行，审讯的路数我懂。不怕告诉你，你的战友就是我杀的，是我用蝴蝶刀一刀一刀捅死的。你恨我入骨，这种恨让你的伎俩显得不怎么样。"

说完，王力群放肆地笑起来，显然他在激怒路正阳。路正阳握紧了拳头，身体微微颤抖。

"混蛋，我看你是不见棺材不掉泪！"

林少白挥着拳头就冲上去，谁知道路正阳一把拉住他。

"你干什么?！这种人给点颜色就开染坊,也就是你们把他搁医院供着。放以前,老虎凳、辣椒水通通来一遍,我就不信他还能这么硬气!"

"我们有纪律。"路正阳沉声说,"你先出去。"

"纪律纪律,就你路主任天天讲纪律,敌人跟你讲纪律吗?！王力群,你给我等着你……"

林少白被虎子架起来,王力群像看戏一样笑出了声。

"这么快就开始狗咬狗了? 还以为你们共产党有多厉害,原来也就是一群乌合之众。"

"你能说话是好事,"路正阳忍住怒火,"但你太高估你自己了。你不过是一颗棋子,我恨你没有任何意义。现在我们是给你重新做人的机会,别把你自己送上死路。"

"我杀了你们共产党那么多人,早就没想过回头。"

王力群随后闭上眼睛,不再吭声。

"狗子! 你给我放开!"

直到被架出病房,林少白还在骂骂咧咧。

"林少白,你要是再乱来,就别怪我也把你扣起来!"虎子被林少白蹬了一脚,也一下急眼了。

"你们那些审讯伎俩他门儿清,再拖下去也是浪费时间!"

林少白还要争辩,一只手轻轻拉了拉他,回头一看,竟然是金妍。

"你们去忙吧,我跟他聊聊。"

金妍给了虎子一个眼神,硬拉着林少白出了医院。外头的微风一吹,也让他冷静了几分。两人来到花园里,林少白垂头丧气,一屁股坐在长凳上。

"你今天为什么这么反常? 按平时,你不会那么冲动的。"

"……我就是觉得,望菊太惨了。"

林少白这才告诉金妍,抓了王力群之后,他去了赵望菊家里吊唁,这才得知她不得不做舞小姐的原因。望菊虽然没被拐到南洋,但日子却也没见得更好,家里本就入不敷出,父亲又得了肺痨,为了治病,几年下来已经欠了一屁股高利贷,这才一咬牙下了海,用了三年时间,没日没夜地跳舞,才勉强还清了债务。

"她画画真的很好。她还跟我说过,长大后最大的梦想,就是当画家。"

林少白取出一张皱皱巴巴的纸,金妍一摊开,是上海美专的录取信。

"她真的考上了,马上就要跳出火坑了,她才二十岁啊,要不是王力群……"

林少白红了眼眶。

"路主任一定有办法让王力群开口的,你要相信他。"

金妍拍了拍林少白的背，可林少白此时的心中，已经有了自己的盘算。

在两人身后的不远处，一个憨厚的中年人正跟着一个穿着白大褂的医生，穿过花圃，往医院的宣传墙走去。宣传墙上画着几个威风凛凛的解放军，与医护人员站成一排，旁边是"医心向党"的红色标语，但颜色略显黯淡。

"没想到你们画室还挺尽责的，才画完没两个月，就来补色了。"刘院长说。

"水粉画嘛，砖墙吃色，太久就容易发黑。我们也不能自己砸自己招牌不是？"杨辉露出一个讨好的笑容。

看着刘院长满意地走远，杨辉从画箱里掏出刷子和颜料，不紧不慢地在宣传画上补上颜色。画像上的解放军穿着军服，戴着军帽。杨辉蘸了点颜料，在军帽的牙线上稍微加工了一下，牙线就变成了长长短短的摩斯密码，而内容只有一句话。

"等待救援！"

而这面宣传墙正对着的，就是王力群所住的病房。

"这人也太奇怪了，刚醒的时候油盐不进，一副死猪不怕开水烫的做派，这才没过一天，突然就性情大变，开开心心吃起饭来，而且吃得还挺多。"

虎子站在病房外头，盯着大快朵颐的王力群，对路正阳说道。

"医院情况复杂，既然恢复得差不多了，就尽快安排转移。"路正阳沉思片刻，"你和我去找一趟杨副局长。"

两人前脚刚走没多久，林少白就来了。推开房门，只见老徐和另外两个公安民警都守在屋里。

"就他一人吃，你们光看着？"林少白有些吃惊，"一个犯人的待遇比警察还好？"

"少白？你怎么来了？"老徐问道。

"啊？是路正阳让我来的啊。他说大家审了一天辛苦了，让我给大家带点吃的。"林少白打开食盒，顿时一股子肉香四溢，"五芳斋买的肉粽，刚出炉的。"

王力群正眼都没给林少白，把最后一口汤喝下去，就假寐起来。可老徐显然是饿了，舔了舔嘴巴。

"行了，我替你们看着，赶紧去外头吃，再不吃就凉了。"

林少白不经意地一边说，一边将老徐几个引出了门。自己则闪身回到房间，轻声把门反锁，来到了王力群的床边。

"别装睡了。"林少白的脸沉下去。

王力群眼皮都没抬一下。

"你为什么要杀那个舞女？"

"你对她很上心嘛，怎么，是你妞头？"王力群冷笑，"玩挺花的，我还以为你的相好只有那个女医生呢。"

"她十几岁就被人当牲口一样转了十几手,差点被当猪仔卖到国外去,在黄浦江上漂了十几天,是我救的。我以为她已经吃够了苦,未来的日子该是甜的。"

"原来是天生的婊子命,难怪我抱着就舒服,让她死前还做了回婊子,尽了兴!"

王力群睁开眼睛,看着林少白的眼睛被怒火填满。

"你以为我不敢杀你吗?"

"死了好,我求之不得。"

"死,也有很多种方法。"

林少白突然从口袋里掏出一个玻璃瓶,拧开瓶盖,抓起一旁的针筒,抽出一管淡黄的溶液。

"这东西你应该比我熟。"

王力群看到瓶子上盐酸溶液的标签,里面橙黄色的液体泛着熟悉的光泽,心里顿时一惊。以前在军统的时候,没少用过这玩意毁尸灭迹。

"你想干什么?!"

林少白没有回答,而是一针扎在王力群的葡萄糖水里。

"我已经问过金医生了,只要20毫升,你的血管就会马上沸腾,随着盐酸遍布全身,你会从里到外地烂掉。"

王力群不可置信地看着林少白,好不容易反应过来,刚要张嘴大叫,就被林少白捂住了嘴。王力群全身被绑,却还是不顾一切挣扎,胳膊肘撞倒了桌上的饭盒,乒铃乓啷的声音立刻引起了门外老徐等人的注意。

"少白,你在干什么? 开门,开门!"

林少白知道自己时间不多了,按住注射器,眼里闪过孤注一掷的决绝。

"你说你不怕死,你要真不怕死就不会要求吃东西了! 给你五秒,你的上线是谁? 伪装身份是什么? 徐巍在哪? 说!"

"是路正阳找你来严刑逼供的是不是?! 他是共产党,不能违犯纪律,所以让你来,小子,你在给人当枪使!"王力群已经明显慌乱了。

"你就好好看看我这把枪是怎么把你打烂的! 说!"

眼看着盐酸正一滴滴沿着管子进入自己的身体,王力群终于顶不住了。

"我说! 我说! 是伯劳! 上海特别站的站长!"

"真名是什么? 掩护身份是什么?"

"我不知道,我真不知道!"

"撒谎! 你跟了他这么久,到底想干什么?!"

"覆海计划……颠覆上海!"

"覆海计划又是什么?! 看着我! 盐酸马上进血管里了!"

王力群刚张开嘴巴,路正阳带着人砰地把门撞开了。

"老路！快问他！覆海计划是什么?!"

眼看盐酸已经进入血管，王力群脸色煞白，一仰脖子倒在床上。路正阳一个箭步冲上去，把针管拔了出来。这才看到玻璃瓶上的盐酸标签，顿时脸色大变，一把薅起林少白。

"你疯了吗！你要杀了他！"

"我在帮你破案！"林少白无所畏惧，扯着喉咙跟路正阳喊道。

"快去叫人抢救！无论如何都要救回来！"

一时间屋子里乱成一锅粥，林少白反而冷静下来，甩开路正阳的手，不忘狠狠踹了王力群一脚。

"行了，抢救啥啊，死不了。"

"你给他注射了什么?"

"维生素……掺了点马尿。"

"你小子骗我?!"床上的王力群才反应过来。

"我可没骗你，我说过，赵望菊的事我不会放过你的。"林少白转头又对路正阳说："伯劳，覆海计划，你赶紧让人去查。"

"来人，"路正阳朝外头的几个公安人员挥了挥手，"林少白刑讯逼供，严重违反纪律，关禁闭。"

"路正阳你什么意思！你到底跟谁一伙的?!"

已经忘了是第几次，林少白骂骂咧咧地被架走。

"路正阳，你少跟他在这儿唱双簧了。仅凭两个名字，你们什么都查不到。从现在开始，无论你们用什么刑，哪怕杀了我，我也一个字都不会说。"王力群狠狠看着路正阳，从牙缝里挤出这几句话。

"那我就跟你打个赌，不需要严刑逼供，我也可以让你开口。"

路正阳朝老徐点了点头，老徐把门带上，屋里只剩下他和王力群两个人。

"你的蝴蝶刀耍得挺好的，哪里学的?"路正阳问。

"……"

"是你哥哥教你的吧?"路正阳从公文包里掏出一份档案，"王力衡，你的哥哥，也是左撇子，非常善用刀，八年前死在日本人手里。死之前，跟你都在军统杭州站工作。"

"……"

王力群还是没说话，但眼神有些许动容。

"你哥哥被捕的时候，你正在苏州的妓院里。本来你也是日本人的目标，可就在日本军警赶到的前几分钟，突然有人给你通风报信，还为了掩护你受了伤，你才躲过一劫，是这样吗?"

"……"

"而这个通风报信的人，不但是你的上级，还跟你哥是好兄弟，所以从那以后，你就把他当成了救命恩人，一直忠心耿耿地跟随他，到现在也不肯出卖他。"

"……"

虽然没说话，但王力群的眼神已经回答了路正阳的猜测。

"接下来我要说的话，你要有心理准备。"路正阳说着，掏出一张相片。

"这人你认识吗？不认识也没关系。你哥在苏州被抓，很快被送到了上海76号特工总部受审。照片上这个，是负责审讯的第一处第三行动大队队长马建奇，也是最后处决你哥的人。这两天我托人把他当年的审讯记录找到了。你想知道你哥从被抓到处死，中间都经历了什么吗？"

"我哥已经死了，你想用他让我松口，就别费劲了。"王力群冷笑道。

路正阳也没有解释，而是打开了审讯记录："记录里明确记载，王力衡对被抓很是不服，招供之所以被抓，是因为遭到了自己的兄弟，也就是你现在的上级伯劳的出卖，因为由始至终，只有伯劳确切知道他藏身的地方。"

王力群眼神中的震惊，被路正阳捕捉到了。

"但对于伯劳的真实身份和藏身地址，你哥却到死都没供出来，最后受尽酷刑被枪决。"

王力群突然笑了："接着编！我哥要是真认为是伯劳出卖了他，为什么不供出他，却还要保护他?!"

"你错了！他要保护的不是伯劳，而是你！你那时候已经成为伯劳的下线，一旦伯劳被抓，你也一样会被抓！伯劳正是利用了这一点，在你不知情的情况下，让你心甘情愿地成为他的人质！"

王力群显然没想到这一层，或者说他之前也没有这样想过，不禁怔住了，被铐着的手下意识攥成了拳头。

"你哥明知被伯劳出卖，但为了保护你这个弟弟，只能赴死。很遗憾，八年了，你王力群竟然把仇人当恩人一样供着。"

"说了这么多，不就是想挑拨我和伯劳的关系吗？凭这几张废纸就想说服我？证据呢？"王力群盯着路正阳的眼睛。

"马建奇就是人证。"

路正阳递过来一张电报答复函，上面写着：上海市公安局，你处调人的申请已收到，马犯将于明日(8号)被护送去沪。苏第三监狱。

"你是老军统了，跟76号没少打过交道，到时候马建奇说的是真话假话，你自己判断吧。这份审讯记录我也留下来，我想你会有兴趣看看。"

王力群怔怔地看着那份审讯记录，微微颤抖的手轻轻一碰，又闪电似的收了回来。

路正阳知道自己的目的已经达到了，不再理会王力群，径直走了出去。

老徐把杨副局长设计的转运线路图锁进公文包,刚要离开公安局,就撞到了资料室的老陈。俩人是老相识,解放前都是潜伏在警局的地下党,可老陈自从腿瘸了,就被调去做了文职。

"有些日子没见了,最近怎么样?"两人像老朋友一样打了个招呼。

"别提了,都是案子,这头低得都快抬不起来了。"老陈叹了口气,"马上下班了,一起去泡个澡吧,我请你!"

"去哪?"老徐有些犹豫。

"还能去哪,太平呗。"老陈答道。

老徐一听是太平浴室,就爽快地答应下来。这家浴室就在离公安宿舍不远的地方,里头洗澡的也大部分都是同事,算是个最安全的选择。

两人一起朝太平浴室走去,却没留意,他们身后不远处的转角里,一直站着一个黑影。

白庆芳见两人走远,才敢猛吸了吸鼻子。他的烟瘾又犯了,神志开始逐渐迷糊,但想起徐巍的交代,只要他能办成这件事,以后的鸦片,要多少有多少,就强行打起了精神。

江洋在广慈医院门口下了车,却没有进去,而是漫不经心地在医院门口的小吃店坐了下来,点了碗馄饨,有意无意地盯着医院里面的动静。

这几天他一直想尽办法打探王力群的下落,广慈医院的布防密不透风,根本没有刺杀的可能。可收了钱就要办事,王力群不可能在医院住一辈子,迟早要出来的,只要他露头,就有机会。

突然,几辆军用卡车呼啸驶过,开进了医院。江洋立刻放下馄饨,疾步朝医院斜对面的一座废弃大楼走去。

他迅速跑上顶楼,漆黑的天台上,弟弟阿魁靠在狙击枪旁,昏昏欲睡。

"别睡了,有动静!"

江洋拿过狙击枪,看着军用卡车停在了住院部的大门前,章队长和两个手下正全副武装地从车上下来,似乎在等待着什么。

"哥!目标是不是要转移了?"阿魁按捺不住兴奋。

江洋没说话,不费吹灰之力就瞄准了章队长,而军用卡车也完全暴露在射程范围内。

"这个位置,简直是漏洞百出,不应该啊……"江洋突然想到了什么,猛地抬头道,"坏了!中计了!"

"哥……"

江洋抄起狙击枪,跨过楼与楼之间的天台,朝医院后门的方向跑去。

而此时在广慈医院的后门,戴着手铐的王力群被押上了一辆飞行堡垒。相比前门的大阵仗,真正的押运车前只有一台军用吉普开路,老徐和几个公安民警坐上了吉普,路正阳则跟金妍一起登上了那辆飞行堡垒。

夜色宁静,两辆车一前一后行驶着。就在驶过一处下坡的时候,一排路钉竟然毫无征兆地出现在斜坡底端的盲点,眼看吉普要失控撞向路边,押运车也立刻减速。虎子刚要开门查看,就被路正阳一把拉住。

“不许开门!冲过去!”

可话音未落,一辆货车就从侧面猛冲而出,将押运车狠狠一撞,朝路边挤去。

密集的枪声响起,子弹从四面八方袭来,开路的公安民警在老徐的带领下,纷纷跳下吉普车,以车为掩体,和黑暗中的埋伏火拼起来。但对方人数众多,几个回合都被压得抬不起头。

在暗处带队的肖云,眼看路正阳冲到了飞行堡垒车顶的机枪位,肖云的枪口便直接锁定路正阳的脑门。可就要开枪的时候,路正阳将机枪向上一抬,打碎了唯一的两盏街灯,路上顿时陷入一片黑暗。肖云也失去了目标,只能下令火力全开,耗光对方的子弹。

噼里啪啦的子弹打在飞行堡垒上,顿时火花四溅,车体震荡。一枚子弹打穿玻璃,在王力群的手臂上炸开。

“我中弹了……”

王力群吃痛倒地,金妍立刻挽起他。

“我给你止血——”

话音未落,王力群突然暴起,用手铐勒住金妍的脖子,踹开车门,带着她一起跳了下去。

“放我走!不然就杀了她!我说到做到!”

眼看金妍被王力群勒得脸色惨白,即将失去意识,一辆摩托车冲了过来。开车的竟然是徐巍。

王力群一把推开金妍,跳上摩托,一转弯就不见了踪影。路正阳正要举枪追击,一个手雷在不远处炸响,浓烟和火光挡住了他的视线。

而此时的江洋,也跟着枪声从楼顶追了过来。他看着王力群跳上摩托车,却并没放弃,而是从楼顶的一头跨到另一头,一路飞奔,赶在前面架好了狙击枪,瞄准王力群开枪,连发几枚子弹后,终于有一枚打中了摩托车的轮胎。

摩托车轰然侧翻,在路面蹭出一长条烟雾,王力群的一条腿被排气管压住,烫糊了。

"你他妈怎么骑的车,快拉我起来!"

徐巍刚想去扶摩托车,却听见王力群的臭骂,伸出去的手停在了半空。

"你他妈等什么,傻了吗? 回去看我不打断你的腿。"

烟雾散去,江洋终于发现了王力群,刚要瞄准,就听到一群人上楼的声音。

原来他刚才的那一发子弹,被路正阳看到了,他正带着人追上了楼。

走,还是不走? 江洋不甘心地想着,却忽然从瞄准镜里看到徐巍掏出了枪。

"你干什么? 你干吗杀我?"王力群看到徐巍的举动也是一惊。

"你伤成这样,逃不掉的。"

"你个狗娘养……"

王力群话音未落,已经被徐巍爆了头。此时的路正阳已经追到楼顶,而江洋却已经离开。路正阳低头看见徐巍,刚要举枪,徐巍就转身跑进了窄巷。

敌人选择在此地设防,一来是房屋密集,路况复杂,二来是路灯稀少,环境昏暗。路正阳知道已经追不到徐巍了,思索了片刻,俯下身,捡起了天台上遗落的弹壳。

开花弹,也叫达姆弹,射入人体后会成花瓣状炸开,增大创伤面积。由于过于残忍,已经被国际公约禁用了,只有黑市还有少量交易。

路正阳心下已经明了,今夜这场战斗,除了警方和敌特,还有另外一股势力参与其中,而他们的唯一目的,就是要置王力群于死地……

兰亭画室。

郑兰亭抬起笔,看着眼前狼狈的徐巍,平静地问道:

"理由?"

"车胎爆了,砸伤了鹰隼的腿,凭我一个人,带不走他。"

"这个理由不够充分。"

"我找的人告诉我,鹰隼已经打算招供了。他相信了公安,认为是您当年出卖了他哥。我不杀掉他,就算救回来,他也不会再一心一意效忠您了。"

郑兰亭有些疲惫,摆了摆手让徐巍下去,随即将手里的画作锁进了抽屉。画上的郑兰亭一袭长衫坐着,王力群则站在他的身侧,表情肃穆。

"鹰隼好色嗜杀,早晚有这么一天的,你别太难过。"肖云轻声安慰道。

"徐巍虽然年轻,但却心思缜密,是个难得的人才,我打算起用他,代替鹰隼。"郑兰亭叹了口气,"接下来的事,你知道该怎么办了。"

"嗯。"

肖云贴心地给郑兰亭披上衣服,退了出去。

第五章
揪出伯劳

鹰隼死了。在转运的路上死了。这无疑对刚刚成立的二室是一个巨大的打击。二室会议室内,所有人如坐针毡。虎子的胳膊还打着绷带,他不时用余光瞟向坐在正中端着搪瓷杯喝水的杨副局长,以及杨副局长身边正襟危坐、面无表情的路正阳。

杨副局长放下手中的搪瓷杯:"怎么啦,一个个像是霜打了的茄子一样,路正阳,这就是你带的兵?"路正阳深叹一口气:"杨副局长……"杨副局长不等他开始说便打断:"你们没上过战场吗? 胜败乃兵家常事,这一次的任务没有成功,下次赢回来就好了嘛!"

杨副局长见路正阳、虎子等人情绪有所好转,接着说:"这一次行动的失败,是因为遇到了敌特势力精心策划的伏击,它说明什么? 说明解放后我市的保卫工作的斗争态势,就是敌暗我明。我可以给你们休整的时间,但敌特不会。现在上海的市民,党中央毛主席,全中国,甚至全世界都在盯着上海,看我们打下了上海,有没有能力治理好上海! 大家有没有信心?"

路正阳等人齐声回应:"有!"

杨副局长道:"那就打起精神,用胜利来告诉他们我们的答案!"

"是!"

众人从会议室出来,就剩下路正阳正襟危坐皱眉思索着什么。杨副局长见状缓缓关上门,转身道:"我知道你想说什么。"

路正阳说:"这次行动的失败,并不简单,我怀疑敌人在我们内部……"杨副局长不等路正阳说完:"大部分的堡垒自然是从内部被攻破的。我正要找你谈此事。"

于是路正阳和杨副局长又从头梳理了参与转运王力群行动的所有人员,发现整个局里没有任何泄密嫌疑的竟然是从头到尾一直在关禁闭的林少白。于是协助路正阳内部审查的重担自然而然又落到了这个年轻人身上。

深夜，喝多了的金昴昌离开饭局，被门童搀扶着登上在酒店门口等候已久的车子。车子在夜幕中开向郊区，在一个僻静处停下。

金昴昌缓缓坐直起来，此时的他看上去竟已毫无醉意。舒缓了一下颈椎压力，摸索着从公文包中掏出五根小金条，敲了敲前座司机的肩膀，递了过去。司机没转头便接过金条。沉默了一阵，只从中抽出两根收下，透过反光镜对金昴昌说道："人最终不是我杀的，我只拿我该拿的。"

"那是谁动的手？"

"来救他的人。"

"来救他的人？"金昴昌反复琢磨着这句话，"你暴露了没有？"

"不确定。但是老板放心，绝不会查到您身上。"

金昴昌这才露出一丝微笑："你办事我还是放心的，事情还要继续办，我要你继续挖出王力群的上线。"

"这帮特务连公安的车队都敢劫，和他们硬干，弄不好我自己都要搭进去。"江洋仍旧面无表情。

金昴昌听话听音，随即将剩下的三根金条扔到江洋身边的副驾驶座上。"规矩我懂，这是定钱！"江洋迟疑片刻，将三根金条也收了起来，然后发动车子，缓缓驶向金昴昌的府邸。金昴昌打了个酒嗝歪头假寐，随着行驶中真皮座椅上的颠簸感受着一阵阵微醺情绪。

林少白在禁闭室百无聊赖地翻着武侠小说《蜀山剑侠传》。自从被关禁闭，这册小说他已翻阅了不知多少遍。"还珠楼主也是的，怎么挖的坑都不填！"林少白嘟囔着将小说扔到一边，眼神刚好落到路正阳上次给他拿来的那本小册子上。干净的封面上简洁地印着"论人民民主专政——毛泽东"。这本小册子从林少白进来后就被扔在那里，小小的禁闭室内无聊至极，就算如此，林少白这几天都刻意不用目光触碰到它，谁也不知道他心里是如何思忖的。"又不是什么洪水猛兽……"林少白更像在说服自己一样，最终，他还是伸手捡起书，盘腿坐下，轻声读了起来，"一九四九年的七月一日这一个日子表示，中国共产党已经走过二十八年了。像一个人一样，有他的幼年、青年、壮年和老年。中国共产党已经不是小孩子，也不是十几岁的年青小伙子，而是一个大人了……人民的国家是保护人民的……"

没过多久林少白便看完了。然而他并没有放下册子，而是摇头晃脑地用手指敲着桌面思忖了半天，又从头用更缓慢的语速读了起来。不知是多久以后，林少白拿起丢在角落里的本子，开始写检讨，但只写了"检讨"两字，又踌躇起来，不知如何下笔。就在此时,外面传来脚步声,林少白一阵慌乱,忙用武侠小说盖住检讨。

已经走到门口的路正阳自然看到了林少白的小动作,径直走过来掀起武侠小说,拿起检讨。

"检讨!"路正阳把检讨又递给林少白,"关了两天,就写了两个字?"

"你管呢,此处无字胜有字。"林少白嘴上不服输。

路正阳斜眼一扫,那本小册子已经有了多次翻看的痕迹,心中有数却并未声张。

"收拾一下,你可以出去了。"

林少白注意到路正阳和之前神色不同:"出什么事了?"

"转运王力群的任务失败,遇到了敌特势力的伏击。"

"什么? 那王力群呢?"

"死了。"

林少白大惊:"怎么会死了?! 我就两天不在,你们就把事情搞砸了!"

路正阳看着林少白,皱着眉头,一脸严肃,然后缓缓道出:"这次任务的失败,问题可能出现在内部。也许,也许整个二室都有泄密的嫌疑⋯⋯"

不等路正阳把话说完,林少白抢过话头:"除了我! 哦,我说怎么你老路突然良心发现要把我放出去,这是刚卸了磨,磨好刀,一转头没余粮又来求我这头驴吗?!"

"废什么话,你接还是不接?"

"接啊! 我这儿费尽心思帮你们捉到鹰隼,怎么他就不明不白地死在路上了? 这个内奸,让少爷来揪!"

赵兰下班后,从先施百货公司的后门出来,推着自行车往家走。随着肚子一天天大起来,她最近不太爱骑车。在以前,徐巍绝不会让她一人走夜路,总是在她下班后来接她一起回家,如果要当班走不开,则会让其他的巡警兄弟照看着些。然而自从上次一别,赵兰与徐巍已有好一阵子没有见了。赵兰心里想着以前徐巍来接她下班时的样子,直到拐进一条僻静的小巷,不禁有些害怕。虽然解放后上海的治安好了很多,但是今天的夜仿佛特别黑,整条小巷看不见尽头。一个人影突然闪出来,拦住了她的去路。赵兰一惊,正要喊出来,没想到听到的却是她最心心念念的声音。

"兰儿,是我!"

赵兰见到徐巍又惊又喜,眼泪涌了出来:"巍哥,你去哪里了,怎么一直在外面,连个信也没有? 我好担心你!"

徐巍将一张车票塞到赵兰手里:"以后再跟你解释。你赶紧回家把东西收拾收拾,这是今天回老家的最后的一班车了。"

"巍哥你跟我一起回去吗? 出什么事情了,这么急?"

徐巍一把抱住赵兰:"我有些事还没办完。兰儿,回了老家,踏踏实实把孩子生下来,我这边办完事情就回去接你。"

赵兰推开徐巍,捧着他的脸:"巍哥,你到底出什么事情了?我们下次什么时候能见到?"

徐巍摸着赵兰的肚子,不敢看她的眼睛:"有的事情你知道得越少越好。你还大着肚子,要以孩子为先,走!现在赶紧回去收拾东西!"徐巍接过赵兰的自行车,要赵兰坐上来。

然而还没骑出小巷,前面闪出几个人,将二人拦住。徐巍猛地刹住车,看清带头的正是肖云。随后从不同方向又走出几个特务,将徐巍和赵兰堵在巷子中间。徐巍正在犹豫怎么脱身,只见几个特务摸摸腰间的凸起,很明显他们都带了枪。肖云从暗处走向赵兰和徐巍。不同以往,今天的肖云一身朴素干部打扮,白衬衫,灰裤子,长头发简单地挽成一个发髻,没有了往日画室女老板文艺又精致的气质,看上去倒是一身正气。

肖云笑着拉起赵兰的手:"徐巍同志,这就是您的妻子赵兰吧!"赵兰一头雾水,看向徐巍。

"你们来干什么?"徐巍不满又恐惧。

肖云没有理会徐巍,继续拉着赵兰的手,亲昵地说道:"总听徐巍提起你,今天总算见到了。我是徐巍的上级领导。我们都在公安局的秘密反特组工作。"

赵兰一怔,继而高兴,原来她的巍哥消失的这段时间都在公安局工作。她从刚才见到徐巍就悬着的一颗心终于落回了肚子里,脸上又有了笑容。"巍哥,你现在是公安了?"徐巍看了看肖云和巷子口蠢蠢欲动的特务们,只得应付着答应下来。肖云继续说道:"我们现在从事的是反特工作,性质很特殊,没有组织的批准,徐巍不能对任何人提起,这段时间让你受委屈了。"

赵兰听到肖云的安慰,十分感动。

"今天我们来找你,就是要替徐巍同志把你保护起来。徐巍同志想送你回老家,是不想给组织添麻烦。但是我们为了保护你的安全,有更好的安排。"

徐巍一听肖云是要将赵兰带走,正要辩白,谁想站在徐巍身后的特务已经将枪抵到了徐巍的腰眼。徐巍只能强压着情绪,顺着肖云的话说:"兰儿,现在你已经知道了这个情况,我们还是服从组织的决定吧。"

赵兰虽然不忍与丈夫再次分离,但是一想到是为了徐巍的工作做贡献,还是顺从地同意了。肖云又顺势说了许多冠冕堂皇的话,比如会保障赵兰的安全,让赵兰放心一定可以平安生下孩子,到时候一定接她回来与徐巍团聚。人在枪口下,徐巍有口难言,只能看着妻子被特务带上等候在巷口的汽车离开。两人分别时,徐巍紧紧抱住赵兰:"兰儿,放心,有我在,你和孩子都会平平安安的。"

赵兰依依不舍:"你也要平平安安。"

站在一旁的肖云看到难舍难分的两人,恍然有一瞬竟露出了羡慕的神情。

徐巍眼见着汽车载着心爱的人消失在夜幕中,转身向肖云发难:"这是伯劳的意思吗?"

肖云淡淡地笑了:"你应该明白,信任这个东西是很脆弱的。必须有东西去维系。"

"那也请你转告伯劳,老婆孩子是我的底线。如果你们敢动她一个指头,我一定和你们同归于尽!"

徐巍愤怒地指着肖云,她冷笑一声,轻轻地推开徐巍的手。

"伯劳从来不接受威胁。做好你的事情。鹰隼死了,公安一定会调查。把痕迹抹干净。你安全,你的老婆孩子才会安全。"

徐巍一脚踢翻了赵兰留下的自行车。他呆立在街边,看着车轮空转,就好像他那不受自己控制的命运一般。

连续密集的内部审查在二室展开,虎子、岑小满以及新入职的阿祥等人都接受了林少白和路正阳的审问谈话,就连金妍也被列为审查对象。林少白与路正阳二人负责研究审查材料,熬了个通宵,总算是有收获。二室嫌疑最大的正是除了路正阳与杨副局长外接触转运路线图最多的老徐。为了让路正阳能更客观地参与审查,并且照顾到路正阳与老徐的革命情谊,林少白自告奋勇要在对老徐的谈话中扮个白脸。虽然路正阳提前跟林少白交代过,新时代的公安民警不能再用国民党旧警察审犯人的那一套流氓方法,但林少白还是在问话中对老徐连威胁带恐吓,气得老徐当场拍桌子自证清白,并且表示自己在转运行动之前去的每一个地方都有局里的同事作为人证陪同,就连去太平浴室洗澡都和档案科的老陈一起。

路、林两人于是紧接着对老陈也进行了问话。老陈表示因为腿疾,多年来一直有定期去浴室泡澡祛寒的习惯。和老徐同去也不是第一次。当晚除了老徐去厕所的五分钟时间,两人一直都在一起。自己更是因为腿脚不方便从来没有离开过泡池。

从审讯室出来,林少白与路正阳边走边复盘。林少白忍不住对路正阳八卦起来:"以前觉得老陈就是一个瘸子,在档案室打打扫扫卫生,没想到竟然是你们的地下党,这一解放还当了科长了。你们共产党是真不挑人啊!"

路正阳白了他一眼:"好好说话!老陈的腿是在日伪时期执行任务时被日本特务弄伤的。解放前毛森下令销毁警察局所有卷宗,要不是老陈拖着断腿偷转移了几十次重要的卷宗,我们公安局到现在都不能正常开展工作。"

"拖着断腿,还能转移几十次卷宗,这个老陈,挺厉害啊。"林少白半真半假地念叨道。路正阳马上听懂了林少白的意思,拉着林少白就往外面走。

"去哪啊?"

"太平浴室!"

浴室里雾气弥漫,路正阳正站在浴池边握着手表,林少白则泡在池子里。

"再来一遍啊,你掐好表了吗?"

"好了,开始。"

随着路正阳按下秒表,林少白从池子里翻上来,一瘸一拐,尽快跑向储物柜,而后麻利地用铁丝打开柜子,翻出公文包,拿出一份文件迅速浏览,再将东西物归原处,关锁,返回,泡回池子里。

"六分半,老陈的嫌疑基本排除了,时间上根本来不及。"路正阳道。

林少白气喘吁吁:"搞了半天,难道我们的调查方向是错的?"

两人换好衣服,来到前台,表明身份后,向浴室的人了解情况。前台值班的是位老师傅,一听是公安同志来办案,非常愿意配合。不等路正阳和林少白张口,他倒是先问起来了:"公安同志,你们又是来抓特务的吗? 上次那个抓到没有啊?"

听到老师傅张口就是抓特务,路正阳和林少白马上警觉起来,让老师傅细细讲出经过。原来就在老徐和老陈来光顾的时候,本区的巡警白庆芳突然到来,称有人报案,说有特务把枪支藏在浴室的寄包间里了。

"你和他一起去看了吗,有没有枪支?"林少白迫不及待地问老师傅。

老师傅道:"没有啊,白警官不让人跟着,说万一特务就藏在浴室里,怕打草惊蛇。他拿了备用钥匙就自己去检查了,结果查来查去嘛,啥也没有,气得白警官走的时候还在骂街,说有人报假警。"

路正阳从档案室里出来,手里拿着白庆芳的资料,边走边读。白庆芳原来就是住在这一片的烟鬼,1930年戒了烟,托亲戚的关系当了警察,大的问题没有,就是平常揩揩周围街坊的油水,收点份子钱什么的。

"听说白庆芳自从解放后做了公安,再也没有占过便宜,人也和气多了。"路正阳把手里的档案递给林少白,"嗯,和档案基本对上了。档案里他对解放前的事迹交代得很详细,思想觉悟的转变也比较到位,就留任继续做了巡警。"

"白庆芳那边咱们安排人盯住了吗?"林少白问。

"已经派阿祥去上门找人了。"正说着,虎子火急火燎地跑过来:"老路,你们在这儿呢! 我一通好找! 阿祥来电话,说白庆芳死了!"

路正阳和林少白不敢相信自己的耳朵:"怎么会死了?!"

白庆芳的尸体躺在地上,面目狰狞,他的胳膊上面是满满的黑色针孔。

"死亡时间大约在一天前,尸体没有经过打斗挣扎的痕迹,根据死状再结合死者手臂上的陈旧针眼,初步判断他是瘾君子,死因很有可能是吗啡注射过量。"金妍检查完,把手里的吗啡瓶递给路正阳。

虎子、林少白等人又陆续从死者的房间里找出成卷的美钞与没了胶卷的微型相机等，岑小满细心地将它们收起，并一一登记在案。路正阳在书桌上发现一本美女画报，拿起来一抖，一页裁剪过的纸张飘落下来。路正阳将纸张靠近鼻子闻了闻，通过纸张散发的淡淡酸味，判定这是一张密写纸。路正阳赶忙跟虎子要了根火柴，点燃对着纸烘烤。焦黄的字迹渐渐浮现：

鹰隼已死，继续潜伏。

"破案了，内鬼就是他！证据链完整了。从去医院盯梢，到监视我们的同志，再到去浴室翻拍转运地图，全都成立！"

社会处里，岑小满高兴道。她这一下午跑了医院核查了白庆芳的记录，和他们的推测别无二致。

林少白在一旁托着腮："成立是成立，但不一定是事实。白庆芳去浴室探查情报的行为，对一个职业特务来讲太不谨慎。更可疑的是，我们刚查到他，他就死了。这更像是被人提前设计好的死局。"

"说的没错，就是灭口。"

路正阳走进来，将金妍的尸检报告递给岑小满："有人直接将吗啡注射进了死者的心脏，导致了他的死亡。"

本以为可以破案的，没想到临门一脚峰回路转，大家的脸色都不好看。路正阳给大家打气："查处内鬼并不是我们的最终目的，揪出伯劳才是。下线断了，我们就顺着上线查。医院墙上的那幅画，我始终觉得很可疑，已经通知杨副局长请来密码破译专家，相信他们一定能找出有用的线索。"

"路主任，关于那张画，我可能查到了一些线索。"听到路正阳说起医院的宣传画，岑小满突然想起了什么，掏出笔记本，"虽然我是门外汉，但这段时间我查了很多关于画画的书，我发现每个艺术家都有用色和笔法的习惯，这造成了他们风格上的区别。之前抓捕鹰隼的时候，我曾在他的卧室里看到过几张雄鹰展翅图，跟医院的宣传画在用色和笔法上有很高的相似性，而且……而且……"

"小满，不用有顾虑，大胆说。"路正阳鼓励她道。

"而且，我自己私下去过兰亭画室，郑兰亭的画也有异曲同工之处！"岑小满这才大声说出来。

"什么时候去的?！你怎么能自己去?"路正阳不免心中一惊，"你知道这样多危险吗？如果对方真是敌人，随时随地都会要你的命！"

"昨天去的，"岑小满小声地辩解，"可我现在不是没事吗……"

"但你有可能打草惊蛇了。"林少白蹙起眉头，"我们的行动必须加快，赶在敌人前面!"

兰亭画室里一切如常。伙计杨辉、李旭和老板娘都在各自的位置上忙活着。郑兰亭从外面回来,使了个眼色,唤杨辉跟他一起来到了二楼的画室里。郑兰亭放下外套、帽子坐下,杨辉则在边上站得毕恭毕敬。郑兰亭搬来个凳子放在屋子中间,让杨辉坐下,随即端详起杨辉的样子。

"鹰隼从被捕到壮烈牺牲,你好像一直都是波澜不惊的。"

杨辉被郑兰亭看得有点发毛:"老师教过我,只有这样才能活下去。"

郑兰亭点点头,很是赞许:"很好,我跟每一个学生都说过,但是只有你真的做到了。"

郑兰亭走到杨辉边上扶他坐端正,又帮他理了理衣服上的褶皱,从包里拿出一架相机,给杨辉照了张相片。杨辉被郑兰亭突如其来的举动吓了一跳:"老师,我们这行最好还是不要照相吧。"

郑兰亭一边摆弄照相机一边说:"都是要做副站长的人了,连张照片都没有,台湾那边怎么给你批准。"

杨辉没想到郑兰亭竟然会提拔自己,顿时受宠若惊:"老师,我这还没立什么大功,反共救国军那边一直也不怎么配合。"

"不配合,那就是钱没到位。之前金胜银行的金条还剩一点,你拿去用。钱到位了还怕弄不出成绩?"

杨辉感动不已,一个立正:"我的命是老师给的,老师让我做什么,我就做什么!"

郑兰亭把杨辉又按到凳子上:"那你以后就不要叫我老师了,就叫老郑!"不等杨辉拒绝,郑兰亭接着说,"都是同袍,上海特别站将由你我一起领导,杨站长一定会做出成绩。"

杨辉虽然表现得不好意思,但是改口也挺顺:"哎,是,老郑。"

"哎,对咯,刚才那张照得不好,没有站长的气势,我们再照一张。"

杨辉坐在凳子上,整个人比刚才挺拔了许多,真的多了几分领袖气质。

杨辉走后,郑兰亭独自一人在地下室的暗房里,把照片洗了出来。

一天前肖云告诉自己,有个小丫头片子来画室咨询订画事宜,眼神却总不住地朝自己的画作上扫视,举手投足也并不像普通的客人。郑兰亭轻而易举就推测出她是路正阳的手下。虽然看她的表现,未必是专门来画室收集证据的,但郑兰亭从来不是一个心存侥幸的人。既然这种人都能查到自己,就意味着宣传画的事情已经瞒不了太久,于是一个精妙的计划,在郑兰亭心中迅速酝酿。

看着两张照片中杨辉器宇轩昂的样子,郑兰亭不禁在心中暗暗发笑。

权力真是个奇妙的好东西。

郑兰亭拿出另一张照片,是自己和王力群的合影。照片里郑兰亭坐在椅子上,穿着长衫,自然地跷着二郎腿,王力群则穿着中山装,站在郑兰亭身后,毕恭毕敬。郑兰亭将杨辉的照片裁出来,和自己的这张拼在一起。一套复杂的操作下来,一张新的照片开始慢慢显影,坐在王力群前面的人竟然成了杨辉。

徐巍赶来河堤见到郑兰亭时,已是深夜。两人沿着黑黢黢的小路边走边谈。

"她在那边一切都好,你大可以放心,照片你有收到吧,她看着气色不错。"

"收到了。有什么话你还是直说吧。没有大事,你不会亲自来。"

郑兰亭没有正面回答徐巍的诘问:"你是不是觉得我是个冷血无情的人?"

"你不是吗?"

"四年前我太太死在福州路那栋洋楼里的时候,你也在那里。她死的时候,腹中的孩子还不足三个月大。就和你太太腹中的胎儿差不多。"

徐巍没有想到郑兰亭会和他谈四年前的事情。心头一颤,思考片刻:"需要我做什么?"

"几天后,僵尸雀会去找你,到时她会告诉你怎么做。徐巍,鹰隼死了,你是最有希望接替他的人。不要让我失望。你记着,你还有家人要守护,比我强。"郑兰亭说完拍了拍徐巍的肩膀,转身消失在了夜幕里。徐巍留在原地,怔怔了半天,握紧的手心里被深深嵌上了指甲印。

郑兰亭和肖云吃过晚饭,正在喝茶,门铃响起。郑兰亭淡然自若:"我们的客人来了。"肖云见到门口全副武装,手里持枪戒备的林少白、阿祥和虎子等人,吓得喊了出来。郑兰亭从里屋急匆匆地过来查看,像是也被门口的阵仗吓得惊慌失措:"小云,谁来了? 这? 怎么回事?"

路正阳掏出证件:"郑老师,我们是公安,有件案子需要你协助调查。"

"到底是什么事? 你们是不是找错人了? 我和我太太都是安分守己的善良公民,你们凭什么这样带我们走?"

"只是协助调查,没什么问题的话,很快就会回来的。"路正阳声音柔和,但决定不容动摇。

郑兰亭看没有商量的余地,只好对肖云说:"去把我们的外套拿来,跟公安同志走吧。"

审讯室外站着路正阳、老徐、林少白和岑小满,兰亭画室他们都检查过了,暂时还没发现有用的线索。

"刚给肖云做过笔录。据她交代,郑兰亭抗战前在吴华源先生门下学画,后来到上海美术专科学校西洋画系任教。肖云当时是音乐系的学生,他们就是那会儿认识的。"

路正阳从老徐手里接过肖云的笔录,岑小满在边上好奇:"既然他这么有才华,怎么会在小学教书?"

"根据肖云的口供,当时日本人要郑兰亭给他们画宣传画,郑兰亭宁折不弯,结果丢了工作。后来抗战胜利,他们夫妇才开了这间兰亭画室,上海解放前,又谋到这份小学教书先生的工作。"

"真是个完美的人,走,我们去会会他!"路正阳合上笔录,带岑小满走进了审讯室。

面对路正阳,郑兰亭表现得惴惴不安又充满疑惑,首先开了口:"路长官,还是路记者,我们上次是不是在学校见过?"

"郑老师真是好记性。"

"眼力就不行了。没有想到您是公安同志。你们想要调查什么,我一定配合。"

"也不算是调查,就是例行问话。"路正阳说完,岑小满取出一张照片推到郑兰亭面前,正是医院那幅暗藏摩斯密码的宣传画。

"郑老师,这个您见过吗?"

郑兰亭接过看了一眼:"当然认识。这是我画的,是广慈医院的爱国卫生宣传画。这幅画有什么问题吗?"

郑兰亭如此轻易地就认下来了,让岑小满猝不及防。

路正阳笑笑:"没有什么问题,我们想跟您了解,这幅画后来的补色也是你去的吗?"

郑兰亭面露疑惑:"补色?这画才画了不到两个月,还没到补色的时候啊。"

郑兰亭的话完全出乎大家意料,补色不是郑兰亭补的,那会是谁补的?

"郑老师,你画室里,还有谁有跟你一样的技术吗?"

"我画室里就两个人,一个李旭,一个杨辉,李旭不懂画,平日里负责些杂活,倒是杨辉,是我手把手教出来的。他平常会帮我代劳。他的悟性很高,这几年的画技越发与我不相上下,连我们的老客户也以为是我的手笔。"

路正阳与林少白对视一眼,离开审讯室,当即下了一道命令:把杨辉带回来!

当警方赶到画室的时候,杨辉已经不见了踪影,只剩下李旭一个人。李旭进一步印证了郑兰亭的说法,去医院补色的正是杨辉。

虎子赶紧带人来到杨辉住处,谁想到早已人去楼空。归置整齐的画具、一尘不染的房间陈设都在诉说房间的主人是一个细心严苛的人。众人在房间内一无所获,路正阳则在天花板吊扇上发现了端倪。一本电报密码本被藏在了吊扇的扇叶背面，只有一枚小小的手印透露了它的存在。

所有的线索都指向了杨辉。案情取得了重大进展，可路正阳心里，仍然有一丝隐隐的不安。

一切发生得都太顺了，杨辉的证据得来不费吹灰之力。这究竟是幸运，还是敌人的另一起阴谋？

而另一方面，虽然杨辉明面上是伯劳的可能性最大，但也不能完全洗脱郑兰亭的嫌疑。在路正阳看来，郑兰亭的口供滴水不漏，没有任何破绽，要么他真的只是个老实巴交的小市民，要么他就是个隐藏很深且极其善于伪装的大特务。为了进一步了解郑兰亭，林少白带岑小满来到学校调查郑兰亭的底细。林少白灵机一动，找到平日里与郑兰亭最不对付的黄老师，并安排黄老师用考试的方式，让所有学生通过写作文把关于郑兰亭的各种细节都侧写下来。出乎林少白、岑小满意料之外的是，郑兰亭竟然深受所有学生爱戴，没有一个学生对郑兰亭有一点不满。而郑兰亭越是一个完美的人，就越让林少白感到不安。

至此，将郑兰亭、肖云两口子带回局里问话的时间已经超过了二十四小时，肖云着急地提出画室还有很多订单要发，路正阳和林少白商量完后，决定先把肖云放回去，并让阿祥驻守画室，观察对方是否有可疑行动。虽说郑兰亭被继续扣下，但大家心里都知道，如果没有新的线索，按照政策关不了太久，过不了多少时候，郑兰亭也会大摇大摆离开公安局。

林少白没有气馁，反而又心生一计："老路，我有个方法，我们不如再演一场戏。"

"又演戏？"

"嗯，不过这次我要唱红脸。"林少白露出一个狡黠的表情。

虎子来到郑兰亭所在的看押室，打开房门走了进去。郑兰亭看到虎子有些紧张："同志，请问什么时候能放我走？"

虎子将纸笔放在郑兰亭面前："暂时还不行。你画室的伙计杨辉失踪了，我们想请你画一幅他的画像，越像越好，可以吗？"

郑兰亭听到杨辉失踪的消息感到十分惊讶，但是还是十分配合，拿起纸便画了起来。

"那你慢慢画，有什么事就叫我。"

虎子离开前装作不经意，伸手透过铁栅栏将窗户推开，没过多久，楼上林少白和路正阳的对话"刚好"从窗户传了进来。

"老路，我建议，郑老师还是不要继续关押了。"是林少白的声音。

"现在还不能排除他的嫌疑。"路正阳接着说。

"我们去上海美专还有民立小学都核实过了。他和肖云的口供全都属实。根据群众的反映，郑兰亭这样的人绝不可能是杀人不眨眼的大特务。"林少白似乎不耐烦了。

"你的证据呢？"

"你看看这些孩子的作文，哪一篇不是说郑老师的好。如果郑兰亭是特务，那这些孩子不都成了小特务？"

林、路两人的声音郑兰亭听得清清楚楚，却没有停下手中的画笔，而是继续勾勒着杨辉的面貌。

"很多人都是半人半鬼，他越是对孩子们表现得完美无瑕，越说明他隐藏得极深，危险性极高！"路正阳拔高了音量。

"我算看出来了，你眼里就没有好人！"

"在我的眼里是没有好人，但也没有坏人，只有证据！"

"正是因为你没有证据，所以才不应该继续关着郑老师！"林少白的火气越来越大，两人吵了起来。

"宏达商行的那几幅画，有可能是杨辉模仿了郑兰亭的笔法，但也有可能就是郑兰亭画的。"

"这叫什么证据，这不过是你的推论。孩子们还眼巴巴地等着郑老师回去上课，我相信孩子是最纯真的，他们绝不会撒谎！"

"林少白，办案不应该感情用事、胡搅蛮缠！"

郑兰亭皱了皱眉，停下画笔，轻叩牢门，把虎子叫了进来。

"同志，可以关上窗户吗？隔壁的同志讲话太吵了，静不下来，我很难画得准。"

虎子没有说话，把窗户关上了。

瞄到窗户关了，林少白心想，该做的笼子已经做好了。刚打算跟路正阳继续商量下一步，就被一个神色紧张的年轻民警打断了。此人正是在先施百货公司监控赵兰的石鹏飞。据石鹏飞汇报，赵兰已经失踪几天了。路正阳没想到在眼皮子底下还能让赵兰被人带走。"胡闹，怎么人不见了好几天才来汇报？！"

石鹏飞也很委屈："赵兰她怀着孩子，之前就有不舒服请几天假不来上班的时候。"

祸不单行，林少白还没来得及细问，老徐也冲了进来。

"老路！出事了！广慈医院接到几例烈性传染病病例，患者都是进步企业家，初步怀疑是特务蓄意破坏！"

是广慈医院的医生赵骏诚第一时间确定了炭疽感染，受感染者都是些知名企业家，每个人都在这段时间收到了写着"亲共者死"的匿名信，正是这些信件里撒了炭疽孢子。

经过化验，这些孢子与四年前福州路爆炸案现场发现的炭疽属于同源病菌，但并没有很强的杀伤力,患者经过正规治疗很快就能痊愈。可即便如此,接连发生的感染事件仍然引起了社会恐慌。

路正阳看着匿名信的照片,静静说道:"他们的目的不是制造瘟疫,而是恐吓。"和四年前的一模一样……林少白越想越不对:"老路,除了伯劳,还有谁手里会有这个东西?"

路正阳沉思片刻:"那也不能说明这次散播炭疽病菌的就是伯劳。只能说明此人级别不低。"

"我们抓了个王力群他们都要救,如果现在里面那个是伯劳,他们会不管?"

路正阳与林少白默契相视。

郑兰亭的看押室,林少白端着一个食盒走了进来。

"郑老师,今天改善伙食。"郑兰亭看到食盒,上面刻着他的名字。

"林同志,这不是我们家的食盒吗?"

"是呀,这是你太太送来的。我今天去看望了她,让她不要担心,安心等两天,你的事情肯定很快就能查清楚,到时你就可以回家了。"

郑兰亭充满感激地说:"林同志,你在长官面前替我说话,我都听到了,谢谢你。"

林少白用上海话回道:"阿拉都是上海人,不要客气的。"

郑兰亭点头:"晓得的,谢谢侬!"

林少白笑笑,随即离开看押室。

郑兰亭吃着米饭,突然从饭碗最下面挖出一块油纸。郑兰亭打开油纸,里面包着一小片肥皂,油纸内侧还写着几个字:"吞下装病,路上营救。"

郑兰亭吓得打翻了食盒,举起手大喊:

"看守! 看守!"

虎子忙打开门进去,看见了桌上的油纸和肥皂,而郑兰亭正高举着双手,一副能躲多远就躲多远的样子。

"同志,我要举报! 饭有问题! 有人把这个放到了饭碗里。"

门外转角处的路正阳和林少白正听着屋内的动静。林少白懊恼地直拍大腿。

"举报得倒是坚决,白陪他演了这么长时间戏。"

路正阳却摇摇头:"饭是以肖云的名义送的,他毫不犹豫就举报了,不怕牵连老婆吗? 这不像是一个正常人的举动。"

林少白说:"那咱就来个搂草打兔子。老路,你觉得他坐得住,外面的人也能这么坐得住吗?"

西雅钟表行,毛森的秘书刘贵珩戴着眼镜,正在修表。徒弟小四从里间走出来,递给刘贵珩一张字条,然后俯身在刘贵珩耳边悄声说道:"师傅,伯劳那边出事了。"刘贵珩看着字条,上面是一串被破译的电码:"大特务郑兰亭即将押往北京受审,请北京方面配合接收。上海市公安局。"

刘贵珩神色如常,将字条放进烟灰缸里烧掉,随即拿起电话。

"你好,兰亭画室。"肖云的声音从另一头传来。

"西雅钟表行,你们放在我这里的表修好了,现在方便来取吗?"刘贵珩说道。

肖云看看窗户外面,街对面两个卖圆珠笔的小贩不时看向画室方向。肖云侧过身,不让便衣看到自己的口型。

"现在店里没有公安,你有话直说。"

"根据我们截获的电报,伯劳马上就要被押往北京了。杨辉手下人多,让他和我合作,我们一定能把伯劳从共党手里救出来。"

"心意领了。伯劳不用你们救,他自有安排。"

"我跟伯劳同志一场,绝不会见死不救。僵尸雀你放心,等我的好消息。"

电话挂断,肖云陷入深深的不安中。如果刘贵珩出手,共产党就会认定郑兰亭就是伯劳。此人没安好心,必须得阻止他!

肖云穿上外套,让李旭看好店,走出画室,径直穿过马路来到了魏博和周宏的圆珠笔摊。肖云挑了两支红色的圆珠笔,结了账,走向电车站。魏博等她走出几十步,悄然跟上。电车即将到站,肖云突然转身,和一路跟踪而来的魏博打了个照面。事出突然,魏博避无可避。肖云假装惊讶:"哎呀,你不是卖圆珠笔的小伙子吗?"

魏博只能硬着头皮应和:"是,真巧,又碰见了。"

"是挺巧的,你去哪啊?"

"摆摊日头毒,出来买碗茶水。"

肖云点点头:"都是邻居,闲了来店里喝茶,不用客气。"电车到站,肖云上车离去。魏博不好直接跟上车,只能留在原地。等电车开走,魏博顺着电车的行进方向抄近道跑着追去。

码头边,何记冰室。徐巍坐在店里喝着冷饮。肖云推门进来,直接坐到了徐巍对面。徐巍机警地看看后面,确保没有人跟着肖云,然后压低声音说道:"就这么来见我,很危险。"

"事出紧急,伯劳被捕了。"听到这个消息,徐巍强压着紧张,喝了口冷饮。

肖云将刘贵珩要强行救出伯劳的事情告诉了徐巍,并要徐巍不计代价去阻止他们。

徐巍听完,没有答应,而是继续喝了口冷饮,然后缓缓说道:"事成之后,我不想再是一文不名的小喽啰。"

"你什么意思？"

徐巍的脸上是肖云从来没有见过的淡定。

"我要成为行动队队长，新的鹰隼。更高的层级，意味着更高的生还概率，当然也有更多的钱。我有老婆孩子要养。"

肖云顿了顿："会谈条件了，不错。伯劳从舟山把你带回来就一直有意栽培你。他上次见过你后曾安排过，只要你通过这次考验，行动队队长的位置就是你的。少校职级。"

徐巍道："中校。并且我要求党国安排，把我老婆先送去台湾。"

肖云咬着牙："可以。不过饭要一口一口吃，路，也要一步一步走。"

魏博在码头附近终于找到了肖云的踪迹。只见肖云从一家颜料店走出来。魏博等肖云稍走远，进到店里，对老板亮明身份，询问肖云的行踪。听老板说肖云是来取消本来订了的一批颜料，魏博松了一口气。

野码头边上，一只铁皮渔船在海上晃着。渔民打扮的杨辉正佯装钓鱼。原来那日郑兰亭与他拍完照，就告诉他自己预感到最近不太平，所以安排了杨辉先离开，把痕迹全都抹去。

杨辉对郑兰亭言听计从，当晚就收拾行李出了城，隐藏在郊区一个特务用来接头的哨站。郑兰亭果然没骗他，他前脚刚走，后脚老师就被抓了。杨辉过了几天焦虑难安的生活，直到收到了肖云的密信。

鱼上钩的时候，身后传来刘贵珩的声音。杨辉手一松，鱼翻身一挺，竟然从网中逃走了。

"鱼尚且会孤注一掷，奋身搏命，何况是人。"刘贵珩话里有话。

"你怎么知道我在这儿的？"杨辉语气不善。

刘贵珩笑笑："我给你带来了台湾的最新指示。局座的意思，是不惜代价，营救伯劳。他被转运去北京的路上，是最好也是唯一的机会。"

杨辉一口回绝："伯劳只安排我在外面暂避风头，没有提及营救的事。一旦营救失败，会坏了站长的大事。"

刘贵珩不紧不慢地说道："一旦伯劳投敌，整个上海站都会覆灭。"见杨辉有点犹豫，刘贵珩接着说，"就算伯劳运筹帷幄，他有料到自己会被转运到北京吗？形势不等人，我们的行动是为了伯劳，更是为了保全整个上海站。"

刘贵珩的话不无道理。杨辉看着破了的渔网，有些动摇："我要向僵尸雀确认。"

"不可！此时兰亭画室外全是公安的人。你去找僵尸雀等于自投罗网。伯劳对你可是有救命之恩的。你现在如此犹豫，难不成是盼着他死，想伺机上位？"

刘贵珩早看出来杨辉对郑兰亭是愚忠。这一招激将法打出去，杨辉果然中计，气得辩解起来："我杨辉不是那种人！说吧，怎么救？"

　　从码头回来已是深夜。刘贵珩从侧门回到西雅钟表行，店里一片漆黑，学徒小四此时应该已经休息。刘贵珩摸黑将门板、窗户板都放好，拉开电灯开关。眼前的景象让他无比震惊。小四已被打晕，手脚都被绑死，被扔在了屋子正中的地上。徐巍则坐在柜台后面淡定地喝茶。

　　"刘秘书，营救伯劳的行动必须取消。"耳畔传来冰冷的声音。

　　刘贵珩意识到自己去见杨辉的事对方已经知道了，强装镇定，哈哈一笑："以为是谁呢，徐巍。一个小警察也敢来直接跟我说话了。伯劳有个怪癖，会给他的属下都起一个鸟的名字作为代号，你的是什么鸟？是山鸡，还是凤凰？"

　　"鹰隼。"

　　"鹰隼已经死了。"刘贵珩一边说话，一边悄悄把手摸向外套兜里的配枪。

　　"我会让它重新复活的。"

　　"是僵尸雀让你来的吧？"说话间刘贵珩猛地举起枪，"恐怕她低估了我的决心，也高估了你！"

　　徐巍缓缓站起，向刘贵珩的枪口靠近。"伯劳说过，你是个自视过高的人，往往会做一些力所不能及的事。"

　　"你再过来我就开枪了！"

　　"你开枪就会惊动左邻右舍，把公安引过来，你的潜伏身份就会暴露，你会失去一切，甚至会死。"徐巍坚定地一步一步靠近。

　　刘贵珩步步后退，直至被徐巍逼到墙角。

　　"你阻止我一个人没用，明天动手的是杨辉。"

　　徐巍一把握住刘贵珩的枪，反手就用枪托将刘贵珩砸晕。

　　"那是我的事。"

　　深夜，林少白来到郑兰亭的看押室。只见郑兰亭正伏案写些什么。

　　"郑老师还在忙呢？"

　　"孩子们的教案。现在是新政府了，我计划编一本符合新时代气息的教案。与时俱进嘛！"

　　林少白拿起郑兰亭写的密密麻麻的教案，看到里面还有不少精致的草图，不禁感慨："我上学的时候要是遇到像您一样的好老师，说不定也能成个复旦的高才生。只可惜我的老师除了打人什么都不会。"

　　郑兰亭非常诚恳地说："打人的老师是最没有用的。暴力，在教育中是最可耻的手段！林同志，您这是，来和我探讨教育的吗？"

林少白把教案递回给郑兰亭,说道:"哦,您的教案太精彩了,我都忘了正事了。我是来通知您,明天要走了。"

郑兰亭面露喜色:"走?你们终于调查清楚了?我可以回家了?"

"不是,经过局里研究决定,明天要把你转送到北京去。我是来提前通知您的,好让你有个心理准备。"

"什么?去北京?"

"我知道您很委屈。按我的意思,早该把您放回家了。可惜我说了不算数。您好好休息吧,明天还要坐火车。"

林少白离开了。郑兰亭看着桌上的教案,再也写不出一个字。

天光见亮,路正阳和林少白一行人来到看押室。见到来人,郑兰亭挣扎着站起来,一脸憔悴,刚走了一步,就栽倒在地。郑兰亭被林少白和虎子扶到床上。他脸色惨白,双眼紧闭,不断地急促呼吸,捂着胸口,豆大的汗珠从额头渗出来。金妍闻讯赶来,查看了郑兰亭的情况后,判定是焦虑引发的呼吸性碱中毒,就赶紧给他打了一针镇静剂。郑兰亭的身体逐渐平复下来。林少白问了虎子才知道,自己昨晚走后,郑兰亭翻来覆去一宿没睡。林少白感慨道:"就怕他心理承受不了,昨天才过来打招呼,看来还是吓到了。"虎子问:"那今天还转运吗?"郑兰亭挣扎着说话:"我没有问题,到哪里都行,只要能尽快证明我的清白。"一直在边上没有发话的路正阳说:"继续转运。加强保护。"

火车站台人声鼎沸,郑兰亭戴着手铐被押解着登上火车。上车后,林少白大吃一惊,安静得一点声音都没有的车厢里,已经坐满了荷枪实弹的解放军。他不由得想起了几个月前与徐巍分别时码头上乱七八糟的国民党大头兵。共产党解放军的纪律严明再次给他留下了深刻的印象。

火车发动,虎子等人警惕地注意着窗外,路正阳与郑兰亭相对而坐。

"郑老师好些了吗?"

"谢谢关心,没有大碍。"

火车隆隆向前,路正阳看着窗外的风景,问道:"你去过北方吗?"

"我很少出远门,除了上海、江苏,其他地方最多只有在书本报纸上了解过。"

"我在延安待过两年,如果郑老师见过那里的黄土高坡,一定能用画笔描摹出它的巍峨雄壮。"

"等有机会吧。"

"中国自古的统一战争,都是以西北伐东南为顺势,以东南伐西北为逆势,郑老师知道是为什么吗?"

"这我倒没有研究,不过我想,常言道,南方的才子,北方的将。南方人更重琴棋书画,是不是更容易在安逸享乐中把江山丢了?"

路正阳说:"也不都是这样。现在国民党占据东南一隅,不也整天叫嚣着要反攻大陆吗?还源源不断地从海上派特务来搞破坏。"

郑兰亭微微一笑:"我不懂政治,但是从出生起,就一直生活在战争中,早就厌倦了。只想尽早安定下来,过一过好日子。"

"郑老师的想法,也是所有中国人的想法。"

两人都没再说话,看向了窗外的风景。

嘉定,距离上海四十公里的乡下,铁轨穿过田野,向北方延展。杨辉带人隐藏在一人高的草丛中,严阵以待。这里的芦苇遮天蔽日,正是营救郑兰亭绝佳的地点。看着火车由远而近,杨辉紧张得手开始颤抖起来。

"一过来就炸掉,火车上的人一个不留,全杀了!东西随便抢!"

特务们听到杨辉的命令,高兴得手舞足蹈,纷纷举起手里的枪。忽然身后一冷,杨辉朝后看去,徐巍不知从哪里出现,来到了他的身后。

"停止行动!伯劳有自己的计划!"

"徐巍,你要造反吗?!放开我!"火车即将到达爆破点,杨辉越发躁狂,"这是局座的意思!"

"你听局座的,还是听伯劳的?刘贵珩这是拿你当枪使,趁机除掉伯劳,自己上位!"徐巍大声说,"你就没想过,路正阳他们在转运鹰隼的那次就出了事,这次还会再犯同样的错误吗?"

杨辉一惊,一时没了主意。眼看时间无多,徐巍突然掏出枪,指着他的头。

"谁敢炸,我就弄死他!"

徐巍的动作让周围的特务都不知所措,杨辉只能眼睁睁地看着火车开了过去。

火车驶过昆山,但很快又往上海方向返程。郑兰亭注意到火车方向的变化,马上举手问坐在身边的虎子:"同志,火车怎么又往回开了?"虎子没有回答,随即郑兰亭开始生气,猛地站了起来:"不是说去北京审查吗?你们到底在做什么!我要找你们领导,路主任呢?太不像话了,我一直配合你们调查,生着病还要接受转运,你们呢?一直在耍我!我要下车!我要回家!"

路正阳从隔壁车厢赶来,说道:"郑老师,请你冷静!"

"你们让我怎么冷静!你们是不是人民公安?是想这样无限期地、不明不白地囚禁一个守法公民吗?你们到底凭的什么证据?还是靠的哪条法律?"郑兰亭气愤得整个人都在抖,脖子青筋暴起。

"带你走这一趟,也是审查的一部分,请你理解!"

郑兰亭依然气愤,与路正阳两人沉默地对峙起来。最后郑兰亭叹了口气,委顿地坐了下来,竟然抱着头哭了。

"我就一个小学老师,怎么就卷到这种事里来了。"

兰亭画室内,肖云坐在柜台后,守着电话,面前放着一颗药丸和一杯冷茶。阻止刘贵珩与杨辉的任务徐巍能不能完成,肖云心里也没有数。万一,只是万一,如果伯劳陨落,她已经做好了一起赴死的准备。电话铃声响起,徐巍的声音传来:"事情办妥,你可放心。"肖云松下一口气,将那颗药丸放回了柜台下面的一个小首饰盒里。

"做得很好,鹰隼。"

"下面怎么办?"

"让杨辉的死,恰到好处。"

从车站回来,林少白、路正阳等人坐在会议室里复盘着今天的转运行动。老徐和虎子等人都觉得根据郑兰亭的表现,很难把他和特务联系在一起。林少白踱着步子,一边思索一边讲出自己的看法:"这段时间我假装和他走得近,感觉他好像并没有像他表现得那么紧张怕事,反而总给我一种很松弛的感觉,就好像什么事情都在他掌控中一样。不对劲,不对劲,老路你觉得呢?"

路正阳沉思后道:"等抓到杨辉之后,再下定论吧。"

岑小满打断了几人的讨论,说侦听科刚刚用从杨辉处获得的密码本译出了保密局发来的重要电文。特务今晚会行动,暗杀产业界人士。

路正阳、林少白、老徐等人以及章队长等刑警队的人拿着武器纷纷上车。随后几辆卡车驶出公安局。

野码头岸边,杨辉带着手下郭超,与反共救国军的刘团长和其手下的几十个兵匪在交接武器装备,一水的美式卡宾枪。这些兵匪都是解放前为非作歹、作威作福惯了,解放以后如过街老鼠,一直在乡下蛰伏。此次被召集在一起,一听到杨辉许诺的酬劳是许久未见的金条银圆,士气大振,一个个摩拳擦掌。

月朗星稀,虎子开着头车,载着路正阳,正穿过树林。为了迷惑敌人,其余车辆与他们保持了一段距离。突然枪声四起,刘团长带人用猛烈的火力向虎子他们所在的卡车射击。卡车的轮胎很快被打爆,车内的人赶紧趴下紧急躲避。刘团长趁此机会,带着众兵匪合围上来。路正阳、虎子等人瞅准时机从窗户开枪回击,但是寡不敌众,刘团长步步紧逼。兵匪拉开车门,把虎子等人从车里拉出来。刘团长拿着枪,扬扬得意:"兄弟们,要不是共产党打土豪分田地,咱们怎么会落魄到今天这个地步? 报仇的机会到了! 等蒋总统反攻大陆成功了,肯定要记咱们头功! 把他们绑起来,去找站长领赏钱!"

说时迟那时快，几道刺眼的车灯晃了过来，刘团长眯着眼睛望过去，两辆卡车疾驰而来，接着就是雨点一样的子弹。章队长带着老徐、林少白以及刑警队众人前来围剿，强劲的火力压制让刘团长等人顾不上挟持路正阳，双方打起了枪战。一时间，刚才还静谧如深海的小树林已是枪林弹雨。刘团长的兵匪们死伤惨重，很快便败下阵来。唯独刘团长不见了踪迹。枪战之中，路正阳依稀看见刘团长顺着小路往树林深处逃去，便一路追了上去，谁知跑了几步刘团长就消失在了深深的芦苇丛中。路正阳站在芦苇丛中，试图找到刘团长的踪迹，一发黑枪不知道从什么方向打向路正阳。路正阳赶紧找树躲避。刘团长对着路正阳的方向，正要补第二枪，却被一枪打中手臂，刘团长惨叫。路正阳顺着枪响的方向看去，开枪的正是不放心路正阳而前来支援的林少白。至此，这支反共救国军全部落网。

老徐向路正阳汇报："一共俘获特务十五人，其余十人被打死，我们有三名同志受了轻伤。他们的团长就铐在车上。"一旁的林少白又忍不住发言："就带了这么几个臭流氓还自称团长，我呸！"路正阳和老徐都笑了。

经过一晚上的突击审讯，刘团长交代了指使他们伏击公安的正是上海特别站的站长杨辉。并且最重要的是，两人约定好事成第二天晚上在虬江码头见面交易。路正阳与林少白决定届时伏击，一举擒获杨辉。

刘团长脖子上挂着绷带，等在码头边，林少白、老徐、阿祥等二室的同志和刑警队的众人都穿着反共救国军的衣服，佯装负伤，一副乌合之众的样子，围在刘团长身边。杨副局长站在旁边，假装被两个扮作兵匪的公安民警挟持着，实则是亲自督阵。路正阳则和水上公安分局的同志埋伏在江上，就等杨辉自投罗网。远处的江面上，一艘没有亮灯的铁皮船摇摇晃晃地逐渐靠近码头。随后铁皮船在离岸七八米远的地方停了下来。林少白站在刘团长身后，用枪顶着他的后腰："我说什么，你就说什么，听明白了吗？"

刘团长向船上的人喊话："站长！是兄弟我小刘啊！兄弟们打了胜仗了，你可要好好犒劳犒劳大家！"船上的人还是没有反应。

刘团长让身边的老徐挥了挥手里的枪。

"兄弟还缴获了不少公安的武器，站长你看，都是战利品！"

片刻后，铁皮船靠岸，郭超带着两个特务从船上抬下一口箱子。箱子打开，里面全是银圆。杨副局长和林少白等人紧紧盯着来人。没有见到杨辉的身影。郭超放下银圆就要离开，刘团长喊住他："站长怎么没来，我有事要跟他商量。"

"站长想见你的时候，自然会见。"郭超说完旋即转身登船。

眼见特务们要离开，杨副局长当机立断，下令行动。

林少白等人听到指令纷纷开枪，一起冲锋上船。船上的特务们被突如其来的袭击打得措手不及，很快就败下阵来。杨副局长亲自压阵，刚准备进船舱，杨辉却从暗处冲出来，持枪挟持了岑小满。杨辉拿枪指着岑小满的头，喊道："别过来！都别过来！"

林少白等人被杨辉逼得不敢上前。杨副局长悄悄把枪递给林少白，脱掉外套，露出里面打着补丁洗得发黄的白衬衣，不容置疑地穿过众人，走向杨辉。杨副局长张开双手，示意没有武器。

"别紧张，我没带武器。"

"我认得你，你是他们的领导，杨副局长。"

"你既然知道我的身份，那就该知道，跟我谈谈没有坏处。"林少白趁着杨副局长和杨辉说话的工夫，偷偷潜入角落的阴影中，寻找射击点位。

杨副局长继续说道："杨辉，江面上已经被我们的水上公安同志封锁了，你是没有退路了。"

杨辉有些慌张，勒着岑小满脖子的手又用力了一些。"那我今天就是死也有垫背的了，一命抵一命，不亏！"

"你应该知道，我能来跟你谈，就是在给你争取活命的机会。你先放开她，我来做你的人质。"

"你？你就不怕我杀了你？"

"你是聪明人，杀了我，你就更没有任何逃走的可能了。"

杨辉挟持着岑小满走上甲板，黑暗的江面已经被前来支援的水上公安围得水泄不通。思考片刻，杨辉终于答应："你过来！再近点。"杨副局长慢慢靠近。杨辉把枪从岑小满头上移开，指向杨副局长："敢耍滑头，我马上开枪！"杨辉一把推开岑小满，老徐赶紧上前把她拉了回去。

面对杨辉的枪口，杨副局长举重若轻却不失威严："杨辉，从你的角度考虑，你的身份已经暴露了，还断送了反共救国军，就算你能活着逃出去，你上边的人能放过你吗？"

此话一下击中了杨辉的痛点，但他还在硬撑："但我对党国是有功的！"

杨副局长笑了："出了事就找替罪羊，不是你们的老传统吗？我坦诚地告诉你，放下武器跟我们合作，是你活命的唯一机会。"

"我凭什么相信你？"

"我们共产党说话算话，我相信我们的政策你也是知道的。把枪给我，给你自己谋一条生路。"

杨辉握枪的手都在颤抖。终于，他将枪放下。杨副局长和众人都松了一口气。就在这时，一颗子弹从岸上打向杨辉，但打偏了，射在了船舱上。杨辉吃了一惊，陷入疯狂："他妈的玩我！那就大家一起死吧！"说着又把枪口对准杨副局长，就要扣动扳机。躲在暗处的林少白果断开枪，杨辉头部中弹，轰然倒地。

看着死去的杨辉，杨副局长震怒："谁让你们开枪的！"

众人大眼瞪小眼，林少白也赶紧走出来。

"第一枪不是我们开的。"核查完毕，林少白说道。

老徐等人也都摇头表示没有开枪。杨副局长下令封锁现场，看着死去的杨辉，眉头紧锁。"不是我们的人，那开枪的就只可能是别的特务。借刀杀人！"

回到社会处，众人聚在会议室里检查梳理从船上搜到的各种证据。

"现在可以确定，这艘船是上海特别站的一个流动据点，一直流窜盘踞在入海口，所以我们长期以来都很难抓到线索。从船上搜到的重要证据有：两部电台，大量特务往来的电文，反共救国军的名单，金胜银行被劫案中失窃的金条，还有这张杨辉与王力群的合影，以及四幅肖像画。"虎子边说边将几幅画展开在桌上列出来，"每幅画都标有日期。每年的4月29日。最早可以追溯到四年前，也就是福州路爆炸案发生的日期。根据美术专家的比对，初步可以判断是伯劳的画作。"

林少白拿起其中一幅肖像画："这个女人我见过，就是四年前在福州路爆炸案现场的那个受伤的女特务，她当时浑身是血，应该是救不过来了。"

岑小满分析道："她和伯劳的关系应该很不一般，不然伯劳不会在每年的忌日，都画一幅她的肖像来纪念她。"

"还有这张，"虎子拿起另外一张照片，"发现的时候是撕碎的，后来我们拼起来了。照片背面的日期已经模糊了，大概是1938年12月。"

"那是军统第一期临澧特别训练班毕业的时间。"

路正阳边说边仔细地端详着照片。画面上杨辉端坐在前，王力群毕恭毕敬站在身后，一副上下级架势。只是他不知道，照片上的杨辉来自郑兰亭不久前以升职为名为他拍下的证件照。林少白试着将证据拼凑在一起，推理着："那就很清楚了，杨辉就是王力群口中的那位老师，四年前福州路爆炸案的幕后黑手，手里还握有炭疽病菌，这就是证据。当年另一辆车的司机，也是他。杨辉就是伯劳，上海特别站的站长，和反共救国军的供词也能对上！"

终于揪出了伯劳，所有证据链齐全，众人虽然劳累，但心中难掩振奋。只有路正阳心中仍有一丝疑虑，他总觉得有哪里不对劲。关于杨辉就是伯劳的每一件证据，包括他的死，都是那么的恰到好处，仿佛有一只看不见的大手，在编织着这一切。

路正阳和林少白将郑兰亭从看押室请出。走到社会处门口，林少白对郑兰亭说道："郑老师，您可以回家了。"

郑兰亭一脸憔悴，感慨道："十天啊，总算可以回家了。第一次感觉十天这么难熬啊。被日本人刁难那段时间想起来都是一转眼的事，可是在这里却差点被自己人认成了特务，唉。"

"郑老师受苦了。"路正阳的语气带着歉意。

"我不怕受苦,我怕的是蒙受不白之冤!"

"言重了郑老师,您爱人还在外面等您回家。"路正阳指指街对面推着自行车等待的肖云。

临要走了,郑兰亭突然想起来什么,又转过身:"路主任,我还有一个请求。我在这里不明不白地待了这十天,学校里的老师会怎么议论我,我的学生会怎么看我,我还怎么做人? 我请求您,给我出具一张证明函,证明我郑兰亭不是特务,我是清清白白配合调查的守法公民。"

郑兰亭说得恳切又激动。路正阳点点头。

厨房内,吱啦一声,鱼下锅了。

马上就能开饭了,肖云唤了几声,郑兰亭却都没有回应。他似乎从回家开始就有些不对劲。肖云关掉瓦斯灶,解下围裙上楼去。

房间门虚掩着,灯光从里面透出来。肖云走到郑兰亭的身后,将手轻轻地搭在他的肩膀上。"吃饭了,兰亭……"

郑兰亭反手一个耳光打在肖云脸上。

"这是你叫的吗?"

肖云一愣,郑兰亭拉开抽屉,里面空空如也。

"你把她弄到哪里去了?!"

郑兰亭的震怒,让肖云心里一酸:"在杨辉那里。这些画是坐实他是伯劳最好的证据。我……我只是想救你……"

"我不用! 我永远不会利用她! 我早说过,这里不许你进来。我和她之间永远是纯洁的! 不用你插手!"

肖云心中感到一阵屈辱,郑兰亭则怔怔地看着空空的抽屉,良久,才喃喃自语道:"我会再一幅一幅画出来的,你不会让我在这里孤单的。"

郑兰亭从楼上下来的时候,鱼已经凉了,两人对坐在桌前,许久没有说话。郑兰亭将鱼腹上最好的一块肉夹给肖云。

"刚才我话说重了,小云,让你受委屈了。"

"没有,老师对师娘的爱是纯粹圣洁的,是我做得不对。"

郑兰亭站起来,从背后搂住肖云:"这段时间你辛苦了,没有你,我出不来。"

肖云的泪水终于绷不住了,这一刻,她所有的委屈都消散了。

刘贵珩和小四被五花大绑地扔在地上,两人虚弱又颓丧。突然外面响起声音,徐巍走进来,打开灯,刘贵珩眯着眼睛适应了光线,这才发现,跟着徐巍一起走进来的,还有郑兰亭。

刘贵珩见到郑兰亭一惊,随即坐直,竭力保持着尊严与体面:"伯劳,你出来了!看来杨辉听了我的话,把你救出来了。"徐巍为郑兰亭搬来一把椅子,请他坐在刘贵珩对面。郑兰亭坐下,不紧不慢地整理了下长衫的褶皱。"不需要杨辉动手。公安局已经查清了,我是清白的。听徐巍说起你为了救我费了很多心,我特意来看看你。"郑兰亭给了徐巍一个眼神,徐巍掏出匕首,一步步逼近刘贵珩。刘贵珩强忍着恐惧,故作镇静:"伯劳,我们在保密局是平级,没有上峰的命令,你敢动我试试!"没想到徐巍只是用匕首划开了刘贵珩和小四的绳索,随即回到了郑兰亭的身后。

郑兰亭笑笑,起身扶起刘贵珩:"都是同袍,我怎么会动你呢?年轻人做事没有轻重,刘秘书莫要计较。腿都麻了吧?"刘贵珩颤颤巍巍地站起来,表现得也很真诚:"小事,小事,关键是你我二人之间别有什么误会。如你所说,都是同袍,又都在上海坚守,肯定要彼此关照,守望相助。我是真心要救你的!"徐巍冷哼一声:"真心捅刀子还差不多。"

刘贵珩赶忙解释:"这有你说话的份吗?伯劳,我不是那种人!"

郑兰亭不动声色:"哪种人?"刘贵珩尴尬地一愣。郑兰亭微微一笑,在钟表行四处随意地看着橱窗里的手表,然后问道:"刘秘书,你知道民国三十六年以前,我在军统是什么职位吗?"

"督查室副主任。"

"嗯。那个时候日子过得舒坦哪!每天就坐在办公室,也不用出外勤,就琢磨每个同志在做什么,脑子里想什么,哪句话是真,哪句话是假。一旦发现有人对组织不忠,就执行家法。"

刘贵珩心生恐惧,但是只能陪着应和:"督查室确实威名在外。"

郑兰亭挑了一只手表,刘贵珩让小四从柜台里取出来,递给郑兰亭,道:"好眼光,瑞士进口的。"郑兰亭直接将表递给徐巍:"戴上,看合不合适。"徐巍犹豫道:"这表很贵。"

郑兰亭道:"从今天起,你就是新的鹰隼。"徐巍满是感激和振奋,赶忙接过表戴上。"站长……"刘贵珩更加震惊,"鹰隼是上海特别站行动队队长的专有代号,他什么资历,够坐上这个位子?"

"我用人不看资历,只看能力。怎么,有问题?"郑兰亭淡淡道。

刘贵珩挤出一个笑:"没问题,我相信站长用人的眼光。"

郑兰亭走到门口突然站住,转身对刘贵珩说:"对了,忘了有个问题要向你请教。你比如这表,里边有大大小小各种各样的齿轮,每一个齿轮都有它的位置和作用,这些齿轮精密协作,这表才能走得好,走得准。如果里边有某一个齿轮走快了,或者走慢了,甚至走偏了,整块表就都不能用了。你在修表的时候,遇到这种齿轮,一般会怎么修理?"

刘贵珩回答得很干脆:"这个简单,把坏的齿轮换掉。"

郑兰亭看着刘贵珩,嘴角带笑,眼中却都是杀气:"我也是这么想的。"说完带着徐巍大步离去。刘贵珩瞬间明白了郑兰亭话中的深意,脸上残存的笑容变为惊恐,脚下一软,险些坐到地上。

又是一天清晨,林少白踩着点走进办公室,却被路正阳喊住。

"老路,我没迟到啊,今天你可不能再罚我了。"林少白赶紧喊冤。

路正阳从桌上拿起一个证件递给林少白,林少白接过一看:"上海市公安局工作证,怎么没有'编外'俩字,印错了吗?"

老徐都被林少白逗笑了:"傻小子,你转正了!"

"由于你在抓捕杨辉过程中表现出色,组织决定提前给你转正!"

听到路正阳的表扬,林少白十分欣喜,将手里的证件翻来覆去地看。路正阳又拿出一套公安制服,双手捧给林少白:"转正了更要注意纪律,别给这身制服丢人!"林少白立正敬礼:"是!"阿祥和虎子在边上鼓动林少白请客,林少白痛快答应:"没问题!今天晚上附近的湘菜菜馆,我们不醉不归!"

下班后,二室的一行人欢聚一堂。老徐端起酒杯:"这是咱们二室第一次聚会,其一,是为庆贺林少白同志正式转正成为人民公安。其二,也是为了庆祝破获上海特别站的胜利,我提议大家一起干杯!"众人干杯。阿祥和岑小满又鼓动林少白给大家讲两句。

"刚解放的时候,我以为落在老路手里就彻底完蛋了,但是现在回头看,要不是老路你一直对我威逼利诱,软硬兼施,我还真当不了这个人民公安了。"借着醉意,林少白举起酒杯。

"我可没有逼你,都是你自己的选择,做城市的……"

"铜墙铁壁!"众人欢声笑语,频频举杯。

同一个夜晚,徐巍拘谨地坐在桌边,郑兰亭从厨房端鱼出来,将鱼放在几个菜的最中央,坐到了徐巍身边。

肖云正在布置碗筷,徐巍想要站起来帮忙又被肖云按下来。

"你今天一定要尝一尝这个鱼,这是老师最拿手的好菜。"

肖云也坐下,给徐巍倒酒:"这次老师能回来,多亏了你。"徐巍道:"这是我应该做的。"郑兰亭递给徐巍一瓶金创药:"这瓶云南白药你拿去。你在行动中受了外伤,我在里面快憋出内伤了,难兄难弟也不过如此。好在一切过去了,该我们大展拳脚了。"说完与徐巍碰杯。

徐巍毕恭毕敬，向郑兰亭汇报："码头那边戴月清的手钩帮被水河帮逼得越来越紧，她快扛不住了，这是我们出手的好时机。"郑兰亭赞许地点点头："现在既要盯好金昴昌，又要用好戴月清，你是最重要的一环。"

肖云拿出一包银圆递给徐巍："有什么需要尽管开口。"

"多谢站长栽培。"

"客气什么，都是兄弟。"

郑兰亭盛了一碗汤放到徐巍面前，随口问了一句："徐巍，你熟悉那个林少白吗？"

"过去做过一段时间搭档。不是一路人。"徐巍喝了一勺汤，避开了郑兰亭的眼神。

林少白本性就爱热闹，今天双喜临门，很快把自己喝倒了。路正阳只好将他带回宿舍。林少白的碎嘴酒后也停不下来："我没醉！以前我跟巍子下馆子都是一斤起！巍子啊，那真是我的好兄弟。哎，巍子啊……我的兄弟啊……你到底在哪啊……"路正阳把林少白扶到床上，帮他脱了鞋："睡你的吧！"林少白又嘟囔了一会儿，昏昏沉沉睡去，终于安静了下来。路正阳坐到桌前开始拆信。其中一封信吸引了他的注意，他来来回回看了好几遍。信上的字迹稚嫩又认真："致亲爱的二爸：二爸收到信的时候，我应该已经快到上海了……"

柔和的笑浮上路正阳的嘴角。

金昴昌坐在办公室里，留声机正放着梅兰芳的《生死恨》。

"虹江码头的事我听说了。……嗯。好的……只要把最后一点麻烦解决，我们的合作就结束了。钱不会少你的。"

放下电话，金昴昌跟着唱机哼了起来："要把那众番兵一刀一个，斩尽杀绝，到此时方称了心肠……"金昴昌打开抽屉，拿出那支派克钢笔，刚想扔进废纸篓，却见抽屉里赫然放着一张字条，上面写着："后天下午三点，自庐茶餐厅。"字条的落款，是一只鹰隼的图案。金昴昌大惊失色，拿起外套礼帽，匆匆出门。

第六章
伪钞之战

上海解放后，上海市军事管制委员会就发布了"金字第一号"布告，宣布中国人民银行所发行的人民币，是解放区统一流通的合法货币。尽管新政府推出了用金圆券兑换人民币的政策，明面上解决了金圆券的问题，可老百姓早就被这几年的通货膨胀吓怕了，无论发行什么币种，只把银圆当成心中最稳定的硬通货，而此时各大旧经济势力，则利用起老百姓这种担心贬值的心理，玩起了他们最擅长的金融游戏，许多大百货公司公开用银圆标价，街上到处是倒买倒卖银圆的"银牛"，连上海证券交易所也变成了银圆的投机市场。

"解放军进得了上海，人民币进不了！"

不知何时开始，这句话在人群中口口相传，不胫而走。

此刻的郑兰亭窝在茶楼的高级雅间里，听着街上不安的议论声，微微一笑。

一场没有硝烟的战争已经打响了，在银圆之战背后，又怎么少得了国民党特务们的推波助澜。

"让毛老板放心，上海的经济很快就会全面崩溃的。"郑兰亭对身旁的特使说道，"银圆风潮只是第一步，为的是让上海市民不信任纸币，但要让这颗种子真正发芽开花，我还需要一台印钞机。"

"这么大的机器，就算能给你搞到，你怎么运进上海？"特使问道。

"你放心，我自有办法。"

自庐茶餐厅里，金昴昌心事重重地看着窗外，直到一个陌生的男人坐到了自己身前的位子上。

"这位子上有人了。"金昴昌皱了皱眉头。

"你等的就是我,我是新的鹰隼。"徐巍压低声音,"你昨天半夜去糖厂干什么?"

金昴昌心里一惊,赶紧说出自己准备好的谎言:"是小仓,他需要些原料。"

"别背着我们搞小动作,我不希望把我的手段用在你和你的家人身上。"徐巍冷冷地看着金昴昌。

"说正事吧,想让我干什么?"

"从舟山运一架印钞机到上海。"

"现在码头查得很严! 难保不暴露!"

"找你,是相信你解决问题的能力。"

金昴昌叹了口气,他知道这是无法拒绝的任务,只能点了点头,顿了顿又道:"我可以想办法,但你们答应我的事,却做得拖泥带水。刘义盛虽然名声臭了,没做成会长,却还是到处兴风作浪,抢了我不少生意。"

"等我消息,既然我们找你办事,也一定不会空着手。"

看着徐巍推门离开,金昴昌这才回头看向餐厅另一角。暗处的人朝他点了点头,把手里的微型相机揣进了兜里,跟了上去。

江洋远远地跟着徐巍,刻意留出五十步的距离,一直来到码头。徐巍已经从扛麻袋的搬运工升上了运输车司机,江洋不敢跟得太近,没看清车牌,却看到了车辆一侧印着的"新岳渡轮运输队5号车"的字样。

看着徐巍走远,江洋缩了缩脖子,从褂衫里掏出一包烟,散了几根给还在码头抽烟的司机们,有一搭没一搭地聊着,没多久就摸清了车队的底细。

新岳渡轮运输队总共有十辆车,每辆都有固定的线路,而鹰隼每天的工作就是按照这条线路送货,并把回执带回车队。江洋在心里盘算着,鹰隼为了不引起旁人怀疑,一定会将和上线的接头地点安插在固定的路线之中,可上海那么大,一趟车要跑几十个地方,到底是哪里还需要再排查。

夜幕降临,徐巍的运输车驶进租界区,在一条岔路停了下来。眼看四下无人,徐巍闪身进了兰亭画室。

郑兰亭凑在台灯前,一手拿着一张崭新的人民币,另一手拿着假铜版复制出来的纸币,细细对比,良久叹了口气。

"还是粗糙,不够细腻。"

"可这套母版已经是全世界最接近原版的了。做这套版的娄大校,还被蒋总统接见过,"肖云欲言又止,"而且……台湾那边,只给我们提供了这一套。"郑兰亭微微一笑,没有接话,只从抽屉里摸出了另一套纸币,递给肖云。

"依你看,这一套怎么样?"

肖云接过来,凑在灯光下,与真币一一对比,良久,发出一声惊叹。

"以假乱真！这是谁……"

"是我画的。事实上我早在两周前，就开始临摹了。设计人民币的人，是真正的艺术家，而这些日子，我已经通过临习，与他心意相通。只有完美的，才是艺术。你就拿着我这一版，再去改良母版，尽快开始印刷。"

"是，老师。"

郑兰亭抬头看向徐巍："手钩帮那边怎么样？"

"他们要的武器，我们都提供了。前几日，水河帮的老大就已经在械斗中被擒获，戴月清杀了几个不服的，轻而易举就收编了剩下的人。她既然领了这个情，就一定会为我们效命。"

"很好，这乌合之众，总归也有个'众'字。很快，假钞就会像潮汐一样，冲刷上海。"

一周后的某天，一辆黑色轿车驶入了租界，停在一座小教堂旁边。

戴月清从车上下来，在徐巍的带领下走进教堂。里面空无一人，只有一束透过玻璃花窗的阳光，五彩斑斓地落在忏悔室的门口。

戴月情冷哼了一声。

"至于这么躲躲藏藏的吗？被抓起来谁不是枪毙？"

伯劳的声音在忏悔室另一头响起。

"我们帮你解决了你的问题，如今无论是码头还是河道，你都一家独大，也该是你帮我们的时候了。"

"你到底想干什么？"戴月清细眉一蹙，"话先说在前面，弟兄们赚的都是辛苦钱，就算是天王老子来了，也分不到多少肉。"

"呵，你那点生意，我们没兴趣，也瞧不上眼。上海是远东金融中心，叫戴老板来，是要做钱生钱的生意。"

"搞金融？你找错人了吧？"戴月清不解。

从忏悔室的小窗口那头，递过来一张"人民币"。

"不，是我出钱，请你们花。"

戴月清看着那张皱巴巴的"人民币"，不屑地嗤笑一声："还有这种好事？但我出了名地花钱大手大脚，你供得起吗？"

伯劳没有再回话，戴月清走出忏悔室，也就是一盏茶的工夫，整个教堂堆满了箱子，箱子里面是成山的"人民币"，连她这种见过风浪的人都不免惊讶得张大了嘴。

"不怕你花得少，就怕你不会花。"徐巍走到戴月清身边道，"让兄弟们想办法把钱散出去，买米，买面，买油，买煤，买物资，买过日子要用的东西，买得越多越好。"

上海锦龙大酒店，金昂昌推开豪华包厢的门，一屋子商业龙头在悦耳的音乐中觥筹交错。

"抱歉抱歉,金某来迟了。"

"你这个会长组的局,自己还迟到,要罚酒的!"王老板红光满面。最近他凭着炒银圆大赚了一笔,换完了别墅又添了姨太太,笑得嘴角都咧到耳朵根了。

金昴昌接过红酒一饮而尽,坐在沙发上的刘义盛却冷笑了两声。

"金会长慢点喝,一点酒水,没人跟你抢的。"

谁都能听出他在揶揄金昴昌的会长之位,但没人戳破,倒是宋老板帮着打了个圆场。

"我看是老金他馋酒了。"

金昴昌微微一笑:"近来,工商金融各界动荡得很。今天把几位老朋友请来,也是希望大家能群策群力,抱团取暖。在座的都是自己人,今夜聚在一起,畅所欲言,求同存异,如何?"

落座的都是人精了,跟着金昴昌的话头举起了酒杯,只有刘义盛仍冷着脸。

"自己人?哼。"

金昴昌没理他,继续跟其他人寒暄着。他心里清楚,今夜之局所谓的求同存异,真实的目的是为了甄选,让这场金融风暴背后的弄潮者,选出可以拉拢的势力。

金昴昌与其他人的谈论,正通过桌子底下的监听器,传到一墙之隔的房间里。伯劳戴着耳机,而鹰隼手上拿着的,是金昴昌提供给自己的宾客名单,上面除了他们的姓名和资料,还密密麻麻地记录着他们的一言一行。

王老板很明显是投机倒把的好手,几杯下肚,就开始暴露资本家的劣根性。

"现在局势已经很明确了,解放军进得了上海,人民币进不来!连弄堂里的小脚老太太都在炒银圆,这时候做空人民币,是稳赚不赔的生意。不出一周,人民币就是废纸,过了这个村就没这个店了。"

"我投二十万银圆做空,谁跟?"宋老板大手一挥,话才出口,周围就多出了好几个人附和。

"你们也都做了这么多年生意,要知道如果一个生意百分之二百赚钱,一定不会长久。"刘义盛倒是泼了一盆冷水。

"金会长,你跟不跟?"王老板没理会刘义盛,转头问金昴昌。

"我……个人有些难处,军管会明令用人民币发工资,不用也得用,拿银圆换回人民币,实属无奈之举。"

"说得冠冕堂皇,无非就是怕得罪官面上的人,想做婊子,还想立牌坊。"刘义盛讥讽道。

"刘义盛,你别太过分了!"金昴昌忍无可忍地吼道。

"好大的官威!"刘义盛一拍桌子站起来,"我今天就把话放在这儿。你这个会长,德不配位,兔子尾巴长不了!"

说罢,刘义盛拂袖而去。大门一关,其余人纷纷站起来安抚金昴昌,金昴昌环顾四周,主座上还有一个人不动声色,面露轻蔑,一直没有表态。

高怀朴,商会里德高望重的老人,半辈子从商,早年还做过红区的生意,即使金昴昌也要给他三分面子,今日却从头到尾,都没发过一言。

"高老板,现在局势晦暗不明,您老也帮忙出点主意吧?"金昴昌故意说道。

"我本来今天不想来的,你们实在要我讲,我就讲两句。"高老板放下杯子,不怒自威,环顾现场每个人,"诸位在这里谈论的都是阴谋,而共产党走的是堂堂正正的大道。你们在这里掀起银圆风暴,是短视,我不会蹚这摊浑水的,告辞。"

随着高老板起身,坐在他身后的张老板、钱老板和曹老板也一起告辞,一墙之隔的伯劳迅速在纸上用红笔标记离席的几个人。

"一帮胆小鬼!"宋老板此时也有些喝高了,涨红着脸骂道,"我不妨给兄弟们透点内幕,台湾方面的高层我有渠道的,这场银圆风暴的背后,是保密局留在上海的暗堡在推波助澜……你们都看到街头的银牛是怎么翻倍炒作银圆的,这背后花的都是保密局的真金白银!别说不信,我的朋友就是毛老板身边的人,杀招还在后头呢!我拿命担保,这些消息可都是真的……"

伯劳听着耳机里传来的声音,似笑非笑,对鹰隼吩咐道:

"给名单上热衷投机银圆的资本家都寄一张假币,让他们更变本加厉地做空人民币。至于这个耍酒疯的宋老板嘛……得了便宜还管不住这张嘴,连这种事都敢说。既然他要拿命担保,那就帮他了却了这个心愿。"

"是,老师。"

"等会儿,"郑兰亭托腮想了想,"他和刘义盛,既然都要死了,就干脆物尽其用吧。"

短短几天之内,公安局就接到了超过五家大银行的电话,都是关于大量假钞存入的报案,社会处二室更是忙成一锅粥。

假钞的色水和图像几乎与真钞一模一样,普通市民很难发现,所以无法溯源是何时开始流通的。最先是一位银行的老职员凭借着细微的手感发现了端倪,随即在细察之下才发现了假钞与真钞存在大量重号。

为了避免打击市民对人民币的信心,军管会暂时封锁了假币的消息,并查封了做空人民币大肆炒高银圆的上海证券大楼。本以为可以暂时稳住民心,可没想到两起突如其来的恶性案件,让上海市民陷入了变本加厉的恐慌之中。

清晨的黄浦江,两个麻袋漂在水面上,其中一个由于泡水涨裂,爆出一条缝,一沓沓崭新的"人民币"顺着水漂了出来。

几个洗衣服的渔妇率先发现麻袋里全是钱,争先恐后地就抢夺起来,谁知捞上来打开才发现,里面的"人民币"全都褪色了,更离谱的是,被假钞包裹着的,是两具已经被水泡到变形的尸体,一个是刘义盛,另一个是宋武学,两个都是响当当的大老板!

流言很快就传遍了黄浦江两岸,有的说刘义盛用假钞发薪水,被工人给报复了,还有的人说宋武学用假钞做生意,被同行暗杀了。最重要的是,这两大麻袋假钞,无不让人想起不久前的金圆券,同样用大麻袋装着,同样面额百万却一文不值。这两宗命案在这节骨眼上宛如火上添油,一时间人民币不值钱的风声传得沸沸扬扬,就算是真币也让人避之不及。

"我说,咱们社会处有人懂假钞吗?"

林少白从一大堆卷宗里抬起头,看着一堆愁眉紧锁的同事。杨辉一案之后,他在杨副局长的推荐下刚刚转正,就赶上了假币案和黄浦江浮尸案,几起案件看似无关,但谁都能嗅到背后敌特的味道,因此社会处全员出动,日夜无休,林少白刚领的新制服就没换下来过,全身都是馊味。

听到林少白的提问,大伙儿都纷纷摇头。

"咱们跟钱都没怎么打过交道,假币摆在眼前都不认识,怎么查?"林少白忍不住发出灵魂拷问。

"我们不懂,有人懂!"杨副局长推开社会处二室的门,身后还跟着一个四十开外的中年男子。

"我介绍一下,这位是华东局财经委员会委员,北海银行副行长魏若来同志。若来同志曾经就任于上海中央银行,后来在江西瑞金支持中央苏区的工作,一走也有小二十年了。这一次他专门回来,就是为了支持我们的工作!关于假钞的事,你们有什么问题就尽管问,若来同志一定知无不言,言无不尽!"

"那就太好了,魏副行长这边请。"路正阳说道。

魏副行长虽然衣着朴素,但举手投足之间却温文儒雅,说话条理明晰,很快就将制作假钞以及假钞流通的过程,用深入浅出的方式娓娓道来。路正阳带着大伙儿做着笔记,时不时打断提问。

按照魏副行长的分析,收兑金圆券后,人民币的流通量明显不足,所以启用了国民党中央银行的造币厂。造币厂的机器是国民党设计的,他们手里很有可能有一样的。真币与假币最大的区别是手感,只有干了多年的银行柜员才能辨别出来,而老百姓对其还不熟悉,普通人很难分得清,这就给了造假者可乘之机。特务这次的目的已经明确,就是搞垮人民币。根据魏副行长的测算,目前流入市场的假钞大概有一亿元左右,而造假者还在不停地印刷,不出一周,假币就会带来恶性的通货膨胀,因此留给公安局的时间不多了,必须在一周内溯源,找到造假的源头,而这也是最大的难题。

"各位领导,我有个不成熟的想法。"林少白合上笔记本说道。

杨副局长点了点头,示意他继续。

"在上海,什么都离不开生意。假币对分销的人来说,无非也就是生意。如果我们能打入他的生意链,和其中一些环节产生横向联系,是不是就能找到源头?"

"你的意思是,以毒攻毒,我们也去贩卖假钞,跟特务们唱对台戏?"路正阳听出了林少白的计划。

"我们可以用真钞当假钞去出货,为了让他们相信,同时带一部分收缴的假钞,记录好号码,等案子破了再统一收回来。"

"既然做戏就要做真,我申请把人民币的制币铜版也拿出来!"

杨副局长有些为难地看着魏副行长:"若来同志,你的建议呢?"

"我觉得两位年轻人说的并不是没有道理,这确实是溯源效率最高的办法。假币的制造者见了公安肯定会躲着走,但见了同行,很可能会主动找上门来。同行是冤家,不是冤家不聚头嘛!"

"好! 不按常理出牌,才能打敌人一个措手不及。但你们一定要确保人民币铜版的安全! 其他的事我会跟军管会申请的,你们放手去干!"杨副局长郑重地拍了拍林少白和路正阳的肩膀,"一周的时间太长了,三天,三天就要把他们揪出来! 一网打尽!"

"是!"

林少白一开门,就看见路正阳穿得西装革履,油头锃亮得坐在车里,胸口还别了块镶边的三角巾。

"老路,你这身……要去吃席吗? 白事还是红事呀?"林少白忍不住损了一句。

"你不是说我之前的打扮不像富商吗?"路正阳的脸微微一红,但仍强作镇定道,"为了任务成功,我可专门做了功课的。"

"就算看起来像富商又怎样? 我们没门头、没背景也没人引荐,再贪的老板也不敢轻易吃钩。这样不行的。"林少白摇摇头,两人一块沉默。

"做生意什么最大?"良久,林少白突然问。

"钱。"

"是顾客! 顾客是上帝好伐? 我们不当卖家,我们当上帝!"

"你有把握?"

"放心,猫一旦偷过腥,就停不下来了。"林少白在路正阳耳边一阵低语,"时间紧迫,我俩分头行动,虎子跟我,老徐跟你,广撒网,一定就有上钩的鱼!"

路正阳沉思片刻,点了点头:"就按你说的办。"

两人随即兵分两路,林少白带着虎子,一家一家工厂问过去,装成顾客的样子,以双倍的价格买别人定好的货,而且提出以现金当场结款,并故意将车尾厢的钱展示给工厂老板看。按理说做生意的正经商人,在这个形势之下,看到两倍市价还以现金结款的陌生客户,都会害怕有诈直接拒绝,只有对假钞生意有所耳闻并且想占便宜的,才会上套。果不其然，两人在接连被几家工厂拒绝后，一家面粉厂的老板就咬钩了，看着尾厢里扎好的"人民币"，一双眼睛忍不住滴溜溜地转。

"我听说市面上有很多假钞。"面粉厂的田老板明知故问。

"你尽管验。"

林少白抽出一沓塞了过去，田老板的会计接过来仔细查看，顿时惊讶万分，忍不住自言自语道："比咱们用的都真，我感觉就是真的……"

"原来你也做过这档生意，"林少白打蛇随棍上，"别看走眼了，这是和真钞几乎一模一样的假钞，这钱你不但能安安全全花出去，还能净赚一倍多。"

"我凭什么信你？"

看出田老板还有些顾虑，林少白打开手上公文包的拉链，露出里面金光闪闪的人民币铜版："实话告诉你，我们就是定这生意行情的人。"

看到金光灿灿的铜版，田老板顿时喜笑颜开："行，这生意我做了。一千万的货，两千万的钱，不亏！"

林少白和田老板握手道别，才刚离去，田老板的笑容就凝固了。

"妈的，之前那个胡经理，只给我们一半不到的好处，还敢说自己给的价格是最优惠的。回头给他打个电话，以后他的钱我们不收了。"

虎子和林少白又跑了两家工厂就已经天黑了，看着后座林少白沾沾自喜的样子，虎子还是忍不住说出自己的顾虑。

"我们散出去那么多钱，能追得回来吗？"

"放心吧，破了案就一定能。我们再多转几家，一定有人找上我们。"林少白倒是很淡定。

"这个办法太不靠谱了，万一——"

虎子话音未落，一辆卡车就从街角猝不及防地冲了过来，撞向林少白的轿车。虎子危急关头一打方向盘，逃过了致命一击。两人刚跟跄地从车玻璃里爬出来，一梭子弹就射了过来。林少白连忙一压虎子的头躲过攻击，将公文包塞给了他。

"你快走！"

"你呢？"

"别管我！这套母版绝不能落入敌人手里！"

林少白一推，将虎子推入路边的河道里。虎子此时也顾不得那么多了，咬着牙在子弹来临前沉下水，带着公文包不见了踪影。林少白爬起来，刚掏出枪要反击，就被直接敲晕过去。

林少白再次醒来的时候，发现自己被蒙着眼睛五花大绑，虽然不知身在何处，但凭声音，林少白猜测是在黄浦江边上的某个废弃工厂里。

对方果然找上门来了，但却比自己想象的快了很多。林少白在心里盘算，自己和虎子满打满算一共去了五家工厂，一定是有人通风报信。可一家工厂就有上百人，到底谁告的密无从知晓，就算虎子逃回去，要锁定目标还需要时间，自己现在能做的，就是尽量拖延，搜集更多线索。想到这，林少白鼓起勇气大喊一声。

"都是道上发财的兄弟，不就是图财嘛！兄弟我有的是钱……"

话音未落，林少白就被一拳打翻在地。

两个人推门进来，一个是戴月清的手下大胡子，另一个则是面粉厂的田老板。

"你老板是谁?"大胡子率先问道。

"病维摩朱洪！"

病维摩朱洪，是《蜀山剑侠传》里面的人物，林少白看准了这帮人没什么文化，不可能看过还珠楼主的书。

"病维摩？上海滩根本没有这号人物！"大胡子虽然这么说，却狐疑地跟田老板对视了一眼。

"我们生意偏，老板原来是山东的，一路被共产党撵到上海，你不知道不稀罕！"林少白继续扯。

"说说看，你们是怎么做假钞生意的?"田老板故意掐尖声音问。

"这……说了我就没活路了。"

"来人！送江神虾饺！"

这句话林少白听得莫名其妙，却突然有人将他架了起来，放在一块案板上，撩开他的上衣，准备开膛破肚。林少白拼命挣扎，肚子处一阵刺痛传来。

林少白咬紧牙关。这是他的计划之一，如果随随便便招了，对方未必会信，只有自己真正被用过刑吐出来的，才能让对方上套。感觉到一把利器刺入肚皮半分，血腥味充斥着鼻腔，林少白一副痛苦难忍的表情，大吼道：

"我招！我招！我们老板跟人合作，搞到一套绝世的人民币铜版，就这个月，机器一开每天几千万，我，还有我那个跑掉的同伙，都是他找来帮他花钱的。我们的钞票绝对跟真钞一模一样，银行都发现不了！但就我们几个人也花不出去多少，要是您想搭伙，我可以牵线，大家一起发财——"

"闭嘴！"大胡子踹了林少白一脚，"你老板，那个什么病维摩手艺这么好，就找你们这种什么靠山都没有的菜鸟合作？"

"我们老板就想搞几票大的。这种事共产党迟早得发现，到时候就转战去南方，反正机器在……"

"机器在哪?！"

"这我真不知道，老板瞒得死死的。我们生产一块，分销一块，我只管分销！"

"和咱们一样！"田老板压低声音，把大胡子拉到一旁窃窃私语，"这事老板知道了吗？"

"戴老板看过他的假币了，说只有伯劳才有这种手艺。俗话说狡兔三窟，看来这伯劳也没有把宝全押在我们身上，这个病维摩一定也是他的下线，没有伯劳的许可，也不敢这么明目张胆抢我们的生意。"

"那老板的意思是什么？"

"这小子现在在我们手里，让鹰隼过来，试试口风再说。"

徐巍在车队吃过晚饭，和一群司机从食堂走出来，路过运输车的时候，看到一个黑影一闪而过。徐巍心中一紧，表面却没有声张，而是迅速绕到车后面，拿手电筒照了照。只看见车斗铁皮上有一层薄薄的面粉，上面有一个脚印。

徐巍关掉电筒，不动声色，一如既往地按时发车，一直开到某个僻静的街道才停了下来，假装尿尿，眼角余光却死死盯着篷布的动静。果不其然，一个男人扛着两袋面粉偷偷摸摸地下了车，还没转身，徐巍的匕首就抵在了男人的脖子上。

"什么人？"

男人一愣，随即脚一软就跪在地上，声音带着哭腔："兄弟，放我一马，我家里实在揭不开锅了……"

徐巍盯着他身后的面粉袋，可手里的刀却没松。

"胆子挺大的，小门小店的面粉不偷，一偷就偷到运输队里来了，这么多面粉不怕撑死？"

"我家不止我一个，还有俩孩子，孩子饿急了只能往肚子里灌凉水，人都浮肿了，我实在没办法才豁出去，心想着就偷一次的……兄弟，都是男人，但凡有点办法谁愿意当贼啊！你就可怜可怜我，饶了我吧……"

"两个孩子，多大？"

"一个八岁，一个六岁。"

"属什么的？"

"老大属蛇，老二属羊。"

"在哪里上学？"

"没上学，家里穷，上不起。"

"偷东西，老婆不管？"

"老婆生老二的时候难产死了。她要是在就好了，孩子能有个妈。我混成现在这样，对不住她，也对不住孩子……"

男人灰扑扑的脸上，流下两行热泪，徐巍心中一动。

"你老婆难产死了，那老二是你带大的？"

"嗯。喂奶，把屎把尿，哄睡，都得管。"

"孩子喝奶打了嗝,怎么处理?"

男人一脸不可置信地看着徐巍,但也就愣神了一秒,紧接着用手在肩膀上做出一个姿势。

"打奶嗝,要竖着拍。"

"这样?"徐巍学着他的动作。

"嗯,而且要用空心掌,这样孩子才不会疼。"男人半屈手掌,"像这样,轻轻地。"

徐巍眼睛一红,想起赵兰大着肚子的身影,她也曾教过他这个动作,不过就几个月前,两人还在畅想着有了孩子之后的生活,没想到现在,全都成了泡影。

"你走吧。"徐巍轻轻叹了口气。

"我……可以走了吗?"

"这两袋面粉是给孩子的,省着点吃。"徐巍捡起地上的面粉袋子,递给男人,"为了孩子,也别再做偷鸡摸狗的勾当了。"

男人接过面粉,慌忙点着头感谢,直到看见徐巍的车开远,才收起笑容。

江洋擦了一把脸上的面粉灰,找了个电话亭给金昴昌挂了通电话。

"我暴露了。"江洋将刚才的事情,原原本本告诉了金昴昌。

"你说你被他抓到了,但他没怀疑你,最后还把你放了?"金昴昌惊讶道。

"他一直在试探我,直到说起孩子,他的态度才软下来。也许他也有孩子,才会一念之间放了我,再有第二次我就没那么幸运了。"

"你刚才说,你的两个孩子,都过了上学的年纪?"

"我干的是杀手的营生,在上海没有户籍,两个孩子也就成了黑户,上不了学。没想到这件事还能救了我一命。"

"那你查到什么了吗?"金昴昌问。

"查到了,他的路线里,有一处地方,是只有送货单,却没有收货单的。证明鹰隼并不是去这里收货送货,只是个掩人耳目的幌子而已。我猜测他的上线联系他的时候,是通过打电话到运输队,提出让送货的方式传达的,这样鹰隼才能堂而皇之地去接头。"

"那是个什么地方?"

"兰亭画室。"

"我知道这个地方,刚被公安盯过。"金昴昌沉思了片刻,"先别着急下手,盯紧了,摸清谁是伯劳。"

"知道了。"江洋刚要挂电话,金昴昌又叫住他:

"等会儿,两个孩子不受教育,终归不是好事,我会想办法的。"

"……谢谢金老板。"

徐巍开着车来到黄浦码头边上的一座废弃工厂，大胡子冷冷看了他一眼，也没说话，而是把他往里带。

"你这么晚叫我来干什么？钱散得怎么样了？"

"哼，我还想问问你呢，你我两方做生意，诚字当头，说好我们一家独大，怎么还狡兔三窟？"

"你什么意思？"

"病维摩朱洪，是你们的人吧？"

徐巍一愣，随即看到被捆起来的林少白。大胡子一把扯掉林少白蒙眼睛的布，还不待林少白惊讶，徐巍就立刻抢白道：

"我们都是单线联系，他是不是我们的人，我也不清楚。"

"你们通过病维摩分销伪钞，他可都招了，现在把柄在我们手里。"

徐巍看定林少白，两人眼神只一交接，就明白对方所想。徐巍不由分说朝林少白脸上打去。

"你不认识病维摩！说！"

"去你妈的！"

两人扭打在一起。

"干什么？！带不走，就想把人打死？"大胡子一把上来拉开徐巍。

"你们想要什么？"徐巍反问。

"现在是你们先坏了规矩。我们老板已经下令所有码头停止散布伪钞，除非伯劳亲自来谈，你带个话吧。"

"知道了。"

徐巍答着，却深深看了林少白一眼，转头离开。工厂重归安静，看着大胡子也走远，林少白这才松开汗淋淋的拳头，里面是跟徐巍扭打时，他偷偷递给自己的半截铁丝。

林少白用铁丝快速打开绑手的铁锁，却没想到锁头掉落的声音引起了大胡子的警惕，他一声招呼，几个手下抄起家伙就朝林少白聚拢了过来。

"我他妈看你往哪里跑！"

眼看大胡子的刀就要砍到林少白身上，窗外突然射进来一发暗枪，将他打翻在地。还没等其他人回过神来，又是快速的一梭子弹，大胡子的手下应声倒地。林少白在混乱中冲出重围，一路跑进黑暗之中，直到一辆货车追上了他，他看也不看就跳上了车。

货车一路开到郊区才停下来，林少白此时也喘匀了气，看着驾驶座上的徐巍。

"可以嘛，你的枪法还是宝刀未老。"

"病维摩朱洪，也亏你想得出来。要不是我看过两页《蜀山剑侠传》，怕也被你忽悠了。你就不怕他们也看过？"

"他们都是文盲,你又不是。"

两人哈哈一笑,继而陷入一阵沉默。徐巍看了看林少白衬衫上的血迹,摸出一瓶金创药扔过去。

"零件没坏吧?"

"挠痒痒。"

林少白虽然嘴上这么说,可药涂上去时却疼得龇牙咧嘴。他把药放回到仪表盘上,故意将招贴画上的胖娃娃那面扭过去对着徐巍。

"巍子,现在回头或许还来得及。"

徐巍知道林少白在暗示什么,却默默把金创药塞回口袋。

"早回不去了,我手上沾了太多血。你走吧。"

林少白没有动,就这么看着徐巍。徐巍故意露出一个凶狠的表情,掏出枪指着昔日好友。

"再不走,我开枪了,滚!"

路正阳找到林少白的时候,这小子正在理发店剃头。

路正阳不由分说一把薅过他,快速审视了他头上的伤,确定没太大问题,又不放心地问:"身上伤到了吗?"

"没多大事,要真受伤了,也不可能躺在这了。"林少白露出一脸不在乎的神情,"你们怎么找到我的?"

"我们不敢打草惊蛇,怕敌人对你下狠手,只能跟杨副局长申请,以清查户口为名,在警备区进行搜捕行动,扫除兵匪敌特,为营救你提供掩护。路主任怕敌人会威胁你的家人,就让我二十四小时蹲守,直到今天你打电话回家,我们才知道你没事。"虎子抢着说。

"怕打草惊蛇,就把草全割了? 搞这么大阵仗,就为了救我?"林少白心里有些感动,看向路正阳。

"我只是建议,这是军管会的决定。"路正阳轻咳了一声,"无论如何,人没事就好。"

虎子眼里满是内疚:"我当时不该扔下你跑的,要是我不跑……我真的怕你回不来了。"

"你不跑,你不跑你也被抓! 我们的母版就落特务手里了。"林少白拍了拍虎子,"我又不怪你,下次请我吃饭就扯平了。"

"你跑出来,第一件事不是通知我,而是打电话让你妈少买菜?"路正阳忍不住开口问。

"我这脸哪敢回家? 不回家,菜买多了可不就浪费了嘛!"

"菜买多了我们替你吃。"

三个男人一起笑了起来。

林少白回到社会处，如实汇报了在废弃工厂的所见所闻，并提出特务是跟码头附近的某个帮派合作兑发流通伪钞，只要找到这个帮派，就能顺藤摸瓜挖到制币厂。路正阳听完之后，沉思半晌，问了一个问题。

"你说有个特务被你糊弄过去，才趁乱逃出来的⋯⋯那个特务，是徐巍吧？"

林少白一惊，脱口而出："你怎么知道？"

"除了他，不会再有人会放过你。"

话已至此，林少白也不再隐瞒，而是叹了口气道："我没想瞒你，这次不是他的话，我也跑不出来。他这也算立功了吧？"

"我提醒你，不要感情用事。很多事，或许只是你的一厢情愿。你心里不是不明白，徐巍已经彻底跟特务组织绑在一起了，他⋯⋯"

"什么叫感情用事？他的老婆孩子都在特务手里，我能感觉到！走到现在这个田地，他也是身不由己的！"

林少白说完，才感觉到自己太偏激了。他不想跟路正阳辩论，只好摆了摆手："行了，你也不用像唐僧念经一样念我，下次再碰到，我亲手抓他行了吧？眼下是要先找到那个帮派，挖出假币工厂！"

"你的思路是对的，可上海的这么多帮派，一一排查，时间上来不及。"

听到路正阳没再追究徐巍的事，林少白自信满满地拍了拍胸口："放心，我已经想到谁能帮我们了。"

秦宅，林少白虽然穿着公安制服，但看到满面红光的秦爷，仍旧有些拘谨，倒是秦爷先摆了摆手，示意他坐下。

"林少，从你爷爷到你爹，没少跟我们帮里的人打交道。有时候是打，打得不可开交，有时候是合，外面都说是警匪一家。打打合合，几十年就过去了。他们走了，我也老了，咱们就不绕圈子了，有什么想问的就问吧。"

"秦爷叱咤风云几十年，曾经是上海大小帮派的总把头。上海帮众几十万，各地堂口六百多家，没有谁不认您做祖师爷。今天来拜访您，就是想请您找个小帮派。"林少白说明来意后，撩开自己的上衣，"前两天他们跟我有些过节，说了一句'送江神虾饺'，就上来捅我了。"

秦爷看了一眼林少白肚子上的伤口："这是铁钩刺的。剖开肚子，灌满石头扔进江里，可不就是虾饺吗？这是手钩帮的切口。"

"秦老先生确定？"路正阳问。

秦爷点点头，从抽屉里拿出一本相册，他翻开其中一张，是戴月清与自己在舞会上的合影。

"戴月清这小姑娘不简单，见我第一面就敢邀我跳舞，跳完了直接跪下磕头叫我干爹。她命不好，丈夫在械斗中死了，成了寡妇。"

"秦老先生知道她后来的情况吗?"

"徒子徒孙太多了，记不清了。"秦爷转头对边上伺候着的两个徒弟说:"你们知道吗? 知道就说出来，不许隐瞒!"

两个徒弟面面相觑，其中一个犹豫片刻，走上前来道:"解放前我在仙乐门见过她几次，是……是个狠人。丈夫死了之后，她联合下层帮众，一举将帮中三名元老杀死沉入黄浦江，从此上位成了老大。她大力发展手钩帮的生意，利用水运交通大发其财。我听说她最近不知从哪搞到了一批美军的武器，不但吞并了水河帮，还一下暴富起来，手底下的人到处以高价收购物资，尤其是能存能放的粮油米煤，不缺销路，倒买倒卖，一次交易就净赚上百万。"

林少白和路正阳对视一眼，这个人的讲述，与他们的猜测基本对得上，林少白不免感叹道:"这女人不但心狠手辣，还颇有经商头脑啊!"

"她爱钱是出了名的，只是这么多年一直都是小打小闹，不知最近傍上了什么人物，买卖一下做得这么大。"

秦爷叹了口气，其实心里也猜到了七八分，却没有在明面上点破，而是站起来，朝路正阳与林少白轻轻作了个揖。

"我年纪大了，不管江湖上的事也很多年了。最近家里人都想安排我离开上海，去香港，下南洋，可你们也看到了，如今这副老身子骨，周身病痛，哪也去不了，只希望能在上海安度晚年。听说新政府是讲道义的，不会对我怎么样……"

"秦老先生放心，"路正阳微微欠身，"军管会早有政策，针对大小帮会，继续作恶者从严，将功赎罪者从宽。"

得了路正阳的许诺，秦老也如释重负:"上海的公道，就交给你们主持了，任何需要我帮忙的，老朽必然义不容辞。"

"我确实需要秦老帮一个忙。"路正阳深深地看了秦老一眼。

徐巍把戴月清引进教堂，她推开忏悔室的门，另一头传来伯劳的声音。

"为什么停掉码头所有的生意?"

"呵，你还有脸问我? 少揣着明白装糊涂。你想要我帮你销赃，我手钩帮就必须是假币对外的唯一渠道。"

"做这门生意的本就不止我一家，白崇禧和老军统的线都有人在做，但我的假钞，从一开始就只供你们一家，没有别的渠道。"

"当我十八九岁的小姑娘呢? 男人说什么我都信?"戴月清冷笑一声，"这样吧，你分一套制币铜版给我，你印，我们也跟着印一点，这样我才放心跟你上一条船。"

郑兰亭没想到戴月清竟然敢狮子大开口，眼里透出一丝杀气，但声音仍旧平静。

"戴老板，贪得无厌的人，往往不能善终。你手钩帮有今天是我给的，我也可以拿回去。"

"你当然可以拿回去，但我戴月清也不是吃素的。诚信，有诚信的做法，没诚信，有没诚信的解决方式。"

戴月清一个响指，大胡子带着人一个箭步上前，左右开弓，将徐巍牢牢架住。

"前两天我们抓到了一个卖假币的同行，可你手底下的鹰隼，不但把他救走了，还杀了我们的人。他藏得很好，但还是被我的人发现了。"戴月清露出一个志在必得的笑容，"如果这事是你指使的，就代表你伯劳没诚信，才要销毁人证；如果不是，那这个鹰隼就是吃里扒外有二心，我就要他的命，江湖事江湖办！"

徐巍心中一沉，他以为自己已经做得很干净，没想到还是被戴月清抓住了把柄。伯劳的声音在忏悔室另一头响起。

"鹰隼，有这事吗？"伯劳冷冷地问道。

徐巍心知瞒不住了，一咬牙说出实情："有，但我救的不是同行，而是林少白，一个公安。"

"公安都混进来了？"戴月清的声音高了两度，"鹰隼，你不但杀了我的人，还擅自放了公安，更要偿命了！"

大胡子拔出匕首，在教堂钟声响起的一刻抵在了徐巍脖子上。徐巍闭上眼睛，但心中出奇平静，甚至有一点解脱的感觉。

也许就这样死了，才是最好的出路。

可就在此时，伯劳再次开口：

"戴老板，你也不用拿鹰隼威胁我。他是我的人，出了差错，我自会处置。你揪着他不放，不过是为拿到制币铜版增加砝码而已。我答应你，给你一套。"

戴月清眼看计谋得逞，这才示意大胡子放下刀。

"明早十点，还是这里，把铜版给你。"

"伯劳果然是讲诚信的人，一言为定。"戴月清露出胜利的笑容。

看着戴月清走远，郑兰亭沉着脸从忏悔室另一侧走出来。徐巍低下头，刚想解释，就被伯劳打断。

"我没有怪你。你和他的交情我早有耳闻，这次你顾念兄弟情义救了他，往后也可以用兄弟情义利用他，胁迫他，这反而是件好事，这才是我要的。你要记得，为了胜利，一切道德标准都可以舍弃，义气是最不值得一提的。但戴月清，不能留了。"

"明白，戴月清已经利欲熏心，不受控制了。明天交易的时候，我多带些人，把她做掉。这些日子我已经把手钩帮的底细基本摸清了，只要除了她跟她身边的大胡子，我有信心控制手钩帮,为你所用。"

郑兰亭点点头,转身离开。

而此时的戴月清,正在回去的车上吩咐着大胡子,抓紧搞到印钞机。

"我们已经弄到了一台日本人留下的印钞机,只要铜版拿到手就能开印。可是这玩意就像是下金蛋的母鸡,伯劳会这么轻易给我们吗?"

"他不给,你还不会抢吗?今天的话都说到这份上了,明天他一定会带过来。只要他带过来,无论死活都要把铜版留下。"

"可他们都是特务,硬抢会不会太冒险了?"

"你懂个屁。现在上海已经是共产党的天下了,听说秦爷都打算举家去香港了,帮会这条路,往后怕是很难再走得通,拿到铜版狠狠赚它一笔,当作我们收山的资本,这个险值得冒。你去码头挑几个身强力壮敢大胆杀人的,每个人十块大洋,做好明天打恶仗的准备!"

大胡子点点头,突然又想起什么道:"说起秦爷,今天他老人家派人来送过帖子,说是请你一聚。"

"他老人家这时候想起来我了,"戴月清疑惑,"有说请我干什么没有?"

"说是解放军进城以后,大小帮会都作鸟兽散,只有咱们手钩帮混得风生水起,所以才专程找你谈生意。"

"这老头子,怕也是跟我想的一样,要在收山之前狠狠捞一笔吧。"戴月清嗤笑,"行啊,卖他个面子,我赴约就是。"

戴月清特地回家换了套旗袍,备了一堆礼物,驱车来到秦宅。没想到刚进客厅,就看到坐在秦爷身边的林少白和路正阳,自己随身带的保镖,也被虎子带人拿下了。

戴月清反应过来被出卖了,但表面不动声色,一边思考对策,一边就席而坐,一双杏眼直勾勾盯着秦爷。

"干爹,不是说好只有咱们俩谈生意的吗?怎么还把公安也叫上了?"

"月清,我已经看明白了,如今形势比人强,谈的最划算的生意,就是将功去赎罪,好给自己换条活路……"

戴月清将一杯茶泼在秦爷脸上,冷笑道:"我敬着你的辈分,一心惦念着你,可你却要拿我换活路,不厚道吧?"

其实戴月清心里并不生气,她这么做的原因是期待秦爷发火,把水搅浑,自己才能伺机脱身。可秦爷是何等的人物,早就看穿了戴月清心里的算盘,微微一挥手,就制止了想上来帮忙的门徒,自己掏出了手绢轻轻一擦,对路正阳说道:"公安同志,人我给你们请到了,接下来你们就自己谈吧。月清,你也别怪我,你还年轻,往后的路怎么选,自己想清楚。"

秦爷说完就离了席，只留下林少白和路正阳。戴月清冷哼一声，径自坐到了秦爷的位置上。她戴月清走到手钩帮老大的位置上，哪一步不是惊心动魄、步步为营？她自认为自己比任何一个总把头都强，只不过因为是个女人，所以才不能爬得更高。还没等林少白开口，她就先发制人。

"两位想什么我懂，有钱大家一起赚，两万美金，当是见面礼，也是我的诚意。"

"两万美金？哈哈，两百万或许还能谈一谈。"林少白笑了。

"看来这位小哥是不想谈了。自古以来官匪一家，我帮两位发财，两位保我平安，还有比这更好的生意吗？"

"戴月清，收起你以前那一套，老实交代是你唯一的出路。今天的形势你也看到了，你和你的手下出不去的，是挨枪子，还是好好过日子，你必须选一条。"

"行了，少拿形势吓我了，我是被吓大的？"戴月清冷笑，径自喝了杯茶，"我知道你们想干什么，抓我，是为了挖出伯劳吧？"

没想到戴月清竟然开门见山，而且还提到了伯劳，林少白和路正阳都不免一愣。戴月清的话也间接验证了之前路正阳对杨辉其实并非伯劳的猜测。

"伯劳，什么意思？"路正阳试探性地问道。

"你让秦爷钓我出来，一直让我配合，不就是想挖他出来吗？"戴月清反问。

"你清楚就好。你们一般怎么见面？"路正阳顺着戴月清的口风继续问道。

"要见他很难，都是他找我接头。"戴月清话锋一转，道出王牌，"但我们约好了，后天要见。"

戴月清故意把接头日期往后说了一天，偷偷观察着对方的反应。

"在哪里？"

"在租界的一个教堂。不过别怪我没提醒，我周围很可能有他埋下的眼线，如果你们把我带回公安局，就走漏了风声，再抓他就难了。我建议你们让我像平常一样回家，就当什么都没发生。你们可以监视我，直到见面那天，这样你们就能抓到他。"

林少白和路正阳对视一眼，虽然感觉到戴月清这么实诚一反常态，但如今她说的也是唯一的办法。

戴月清大摇大摆回到了家。路正阳为了低调行事，并没有布置太多人手，只让虎子在远处监视，而他自己和林少白，则守在客厅里。

戴月清的家十分豪华，到处堆满她买的皮草和舶来品，可见挥霍能力确实名不虚传。林少白转了一圈，一张放在桌角的小孩照片引起了他的注意。

"这是谁？"

"我也想知道，要不你们帮我查查？"戴月清一笑。

"你最好老实回答。"

"有人给我一大笔钱,让我绑个孩子。盗亦有道,我不做孩子的生意,没接,顺手扔这了。"

戴月清换上了一套真丝睡袍,也不管在场的其他人,径自到厨房倒了杯红酒,慵懒地往沙发上一靠,就靠到了夜里九点。

"你们继续在这儿坐着吧,我要睡了。"她打了个哈欠,转身上楼。回到房间,却并没有睡觉,而是坐在床上竖着耳朵听着楼下的动静。

凌晨三点,戴月清估摸着路正阳他们已经放松了警惕,这才偷偷打开衣柜,推开后面的木板,往露出的暗门里钻了进去。

她顺着暗道来到别墅天台,四顾无人,这才从另一侧的房顶离开。殊不知这一切早就被阁楼上的路正阳和林少白看在眼里。

"你说得没错,她果然有诈,屋里有暗道,一直都憋着想跑。"

"让她跑。只有她相信自己真的成功逃走了,才会带我们找到伯劳。"

路正阳说完,跟林少白一起跟了上去。

天色微明,徐巍坐在忏悔室的隔间里,听着高跟鞋的声音由远及近,戴月清坐在了忏悔室的另一头。自从进教堂开始,戴月清就看到特务明显多了几倍。

"伯劳,只是交接一块小小的铜版,没必要带这么多人吧?"

"戴老板带的人也不少。"

戴月清听出了鹰隼的声音,不由眉头一皱:"伯劳呢?"

"伯劳派我来跟你谈。"

"你凭什么跟我谈? 你杀过我的兄弟,就不怕我出尔反尔?!"

"戴老板既然答应了伯劳不杀我,就不会出尔反尔。"

"哼,我不杀你是有条件的,铜版呢?"

"路上怕有公安排查,我放到别的地方了。"

"哪里?"

"你靠近点,我告诉你。"

看着忏悔室里的人影越靠越近,徐巍突然举枪射击! 子弹打穿了忏悔室的隔板,徐巍这才看清,对面死的只是戴月清的一名手下,而此时的戴月清已经来到徐巍门外,举枪朝他射来。

"你找死!"

徐巍反应及时,就地一滚躲过了子弹。林少白和路正阳赶到的时候,教堂里的手钩帮众和特务已经陷入混战。手钩帮人多势众,占据了优势,特务基本都被击毙,可尸体堆里唯独没有鹰隼。戴月清盼咐大胡子准备撤退,尽快离开上海,可还没走到门口,路正阳和章队长就带着人冲了进来。

戴月清何等聪明，已经知道路正阳是故意放虎归山，螳螂捕蝉，黄雀在后，当场就举起双手。

"我投降！"

路正阳正要过去给她戴上手铐，突然从忏悔室方向扔出一颗手雷。路正阳连忙拉着戴月清卧倒，侥幸躲了过去，却又迎来一梭子弹，目标直指戴月清。

"老大，是鹰隼的冷枪！伯劳要灭口！"大胡子喊道。

"那就同归于尽！"戴月清捡起地上死去特务的枪，甩开路正阳就朝忏悔室冲了过去，可徐巍已经逃走了。

林少白此时正和其他公安在教堂后头包抄，突然看见徐巍露出头来，身边的公安刚举枪就被林少白下意识拦住了。

"别开枪……"

可徐巍却朝林少白苦笑一下，冲着他身边的公安开了枪。

公安只得反击，徐巍跳墙逃离。林少白追过去，人已经不见踪影，只看到地上有一张驾驶证，是徐巍逃跑的时候掉的。林少白趁路正阳赶到之前，匆忙把驾驶证收进怀里。

路正阳带着人朝徐巍逃跑的方向追了过去，刚跑不远，却看到了一个熟悉的人影。

"郑老师！你怎么在这儿？"

郑兰亭转过头，露出憨厚的微笑，朝不远处招了招手，一个穿红裙子的小姑娘跑了过来。

"老师！我妈让你留下来吃饭！"

"这是我的学生聪丽。聪丽，叫叔叔好。"

路正阳认出了这个孩子，确实是郑兰亭班上的学生。

"她就住在这儿，新平里23号，我刚在她家做完家访。"郑兰亭突然想到了什么，"路主任，你们不是还在怀疑我吧？上次的事情不是都说清楚了吗？"

"郑老师误会了，"路正阳不好明着说什么，但灵机一动，继续说道，"我们公安局最近想要刷一批宣传画，我想起上次的事对不住你，这才说要给你介绍这桩生意，但谈不谈得成我做不了主。"

"那可太好了，"郑兰亭笑起来，"但我这会儿还有家访的任务，要不明天？"

"就今天吧，我刚好开了车，带你一起回去。"路正阳招了招手，让虎子把郑兰亭带上汽车，又转头低声对跟了上来的林少白说道："他刚好就出现在教堂附近，是有意还是巧合，你尽快去聪丽家核实。另外通知小满，突审戴月清！"

郑兰亭坐在公安局的办公室里，专心致志地画着宣传画的手稿。刘干事虽然已经竭尽所能地拖住他，但奈何这郑兰亭的手稿画得又快又好，已经找不到什么借口不放人了。

"聪丽家查得怎么样?"看到满头大汗跑回来的林少白,路正阳着急地问道。

"已经查证过了,郑兰亭没有撒谎,确实是学校安排的家访。他九点多到的聪丽家,还指导孩子画了一会儿画。从表面证据来看,他出现在教堂附近确实是巧合。"林少白答。

"未必,每一步行动都有表面合理的理由,是作为特务的基本要求。"

路正阳蹙起眉头,对郑兰亭的调查一无所获,戴月清的嘴里也没撬出一个字,这个女人心里知道,按照新政府的政策,自己犯的罪早够枪毙好几次了,光脚的不怕穿鞋的,能耗一天就一天。公安规定不能刑讯逼供,所以一点办法都没有。

"你记得咱们在她家看到的那张小孩照片吗?"林少白突然灵光一动,"她当时说那是准备绑票的目标,可是我总觉得她在撒谎。"

"也许是个突破口。拿着那张照片,去找秦爷问问。"路正阳也来了精神。

"那郑兰亭这边怎么办?"

"既然没理由留住他,就换一种方式。"

郑兰亭握着铅笔,在稿纸上迅速勾画着一个解放军的形象,心里却如电光石火般快速闪过无数念头。

他当然知道路正阳把他带回公安局的目的。戴月清已经落网,以路正阳的手段,只要撬开她的嘴,很快就能查到假币制造厂。徐巍已经暴露,公安必然会加强对他的追捕,因此他未必立即回到工厂跟其他人通风报信。如今自己必须抓住身边任何可以利用的事物,赶在路正阳前面将消息传递出去。

刘干事坐在旁边看报纸,也就是加点茶水的工夫,郑兰亭就瞥见了报纸上的一个标题:"嵩山路扒手难抓! 一月五起,仍未落网。"

画完最后一笔,郑兰亭顿时有了主意。他趁机从钱包里拿出一张纸,迅速写下一行字又塞了回去。

交了画稿,郑兰亭就提出自己还有家访。刘干事也没再强留,一番感谢后就把郑兰亭送出了公安局。阿祥换了套便衣,远远盯着郑兰亭,跟着他上了去嵩山路的电车。

下了车,郑兰亭从公文包里摸出了一份学生花名册,指着上面其中一个地址问路人:"请问嵩山路20弄光德里怎么走?"

顺着路人指的方向,郑兰亭不紧不慢地朝前走。经过一间当铺时,他瞧见一个人靠在墙角,斜眼看着过往的人,手还不时伸向衣袖里摩挲,知道这人十之八九是老荣(小偷),就故意停在一个水果摊前面买苹果,掏出自己钱包的时候,又将里面的钞票往老荣方向露了露。

"就要这袋。"

郑兰亭接过苹果,手却故意一哆嗦,一袋子苹果滚了满地,周围的几个路人也停下来帮他捡。郑兰亭刚蹲下,就被撞了一下,再摸口袋,钱包就不见了。

郑兰亭也不着急,他知道自己的消息已经传递出去了,嘴角流露出一丝笑容。

路正阳推开审讯室的门,戴月清的眼皮抬都没抬一下。

"不用白费功夫了,我什么都不会说的。"

路正阳从口袋里掏出一张照片:"那天在你家看到这张照片,你说他是有人出钱请你绑架的对象,但你没说实话。"

"我听不懂你在说什么。"戴月清的眼皮动了动。

"我们拿着照片去找过秦爷,他说这孩子跟你死去的老公长得很像。我们核实了他的身份,他叫童粟粟,在圣方济中学读书,钢琴弹得很好,养母是音乐家,养父是大学教授。不得不说,你这个母亲是费了一番苦心的,特意为他选择了很好的家庭。你能忍耐这么多年,连自己的亲生骨肉都不去看一眼,可见你真的很在意他的安全。"

戴月清没想到自己的心事这么简单就被路正阳戳穿,震惊不已,转而怨毒地盯着他:"你们要是敢动我的孩子,我变成厉鬼也不会放过你!"

"我们只会保护你的孩子!可伯劳不会!"路正阳掷地有声道,"你想过没有,我们能查到的线索,伯劳也有可能会查到。"

"你胡说!他不可能知道……"戴月清虽然嘴上这么说,但眼睛已经红了,声音哽咽起来,"你们得保护他,保护我的孩子,你们一定要保护我的孩子,把他送走,送到别的地方……"

"我们已经派人去了。但你要知道,只有抓到伯劳,你和你的孩子,才能真正安全。"

"……他是不是已经知道了,他的妈妈是个大恶人?"

"他什么都不知道,我们没有打扰童粟粟。"林少白的声音带着些许温柔,"在他养父母的故事里,他的亲生母亲在抗日战争时就去世了,虽然妈妈没有办法陪在他身边,但一直爱着他,深深爱着他。"

听到最后一句话,戴月清泪如雨下。良久,才擦干眼泪,深吸了口气。

"你说得对,只有抓到伯劳,把上海特别站捣毁,孩子才能安全。假币厂在普陀区兴甫里46号仓库,你们快去。"

路正阳朝戴月清点了点头,跟林少白退出审讯室。

"郑兰亭那边怎么样?"

"从上午离开公安局,阿祥就一直跟着他,没有什么特别的,家访之后就回到画室了。"

"别放松,继续盯着他,让其他人集合,准备行动!"

一个猥琐的人影从小树林里钻出来,趁着夜色来到兴甫里46号仓库外。

　　裘白眼翻出兜里的钱包,拿出里面的字条,仔细对了下门牌号码。这个月自己接连在嵩山路作了好几案,上报后公安盯得紧,自己也不好出手,接连好几天才摸着一个钱包,没想到竟然捞到了一笔天降的横财。

　　手里的字条是一张盘尼西林的提货单,地址写的就是眼前的仓库。要知道现在的上海药物稀缺,一箱盘尼西林能顶一箱黄金,要是这两箱能搞到手,往后好几年都可以衣食无忧了。

　　敲开仓库的门,一个漂亮的女人露出半张脸,裘白眼把字条在她眼前晃了晃。

　　"进来吧。"

　　裘白眼跟着肖云进了门,可仓库里连盘尼西林的影子都没有,只有几台嗡嗡作响的机器,正往外呼噜噜吐着崭新的人民币。

　　裘白眼这才意识到不对,却连一声呼救都来不及,就被肖云用钢索套住脖子,扑腾两下就没了气。

　　一个特务在裘白眼身上翻了翻,掏出一小块刀片和郑兰亭的钱包。

　　"这人是个老荣,偷了伯劳的钱包。"

　　"伯劳是故意让他偷的。以伯劳的警觉程度,这种人不可能得手。"肖云心下了然,"他平常一直备着几张提货单,作为来仓库的充分理由,如今自己不来,却要通过小偷的手送来,一定有什么不得已的理由。他这是在警示!所有人,立即转移!"

　　众人纷纷拿起手边的枪械,其中一个特务掀开遮窗户的黑布朝外看去。

　　"糟糕!树林里有动静,他们已经来了!"

　　"不能让他们抓到我们的把柄!"肖云反身拿起汽油桶,就往印钞机上泼。

　　路正阳等人刚来到树林的隐蔽处,就看到从目标仓库里正冒出一股浓烟。

　　"糟了!"

　　路正阳什么都没想,跳下车就朝仓库冲过去,没想到一个手榴弹从仓库里飞了出来,在路正阳身边爆炸。

　　"小心!"林少白冲过来,将路正阳扑倒在地上。但还是晚了一步,路正阳的一只脚被弹片擦伤,顿时血肉模糊。

　　"你的脚!"林少白大叫,"不要命了吗?!"

　　"我没事,快去追!"

　　林少白只好扔下路正阳追过去,谁知仓库里的机器已经燃烧殆尽。他又不甘心地追到仓库外的河道边,只见河面平静,所有的特务已经撤离。

　　努力了半天,却竹篮打水一场空,林少白和路正阳的心里都不好过,尤其路正阳还负了伤。他去医院草草包扎了一下,就赶回了局里。

"虽然特务没有捉到,但假钞厂已经被捣毁,而且负责交易的手钩帮总把头戴月清也被捕,人民币的信用总算稳住了。"杨副局长拍了拍路正阳的肩膀,以示安慰,"当然了,戴月清只是工具,她背后是伯劳,是保密局上海特别站,我们还没有迎来胜利。"

"上海特别站这帮特务所图很大,对上海各界的渗透也很深,还得到了台湾方面的支持,会是我们以后的主要敌人。"路正阳总结道。

"你说得没错,现在看似已经平息,但上海依然暗流涌动,特务一定会再次兴风作浪,我们要做好打持久战的准备。"杨副局长说着,看向路正阳的腿,"正阳啊,既然是持久战,一天两天也打不完,你先好好养伤……"

"报告杨副局长,我没事!一点小伤不耽误工作!"路正阳打断道。

"别逞强,该休息就休息嘛!二室这么多人,大家都能帮你。"林少白接过话茬,"我也能帮你,比如你吃不完的菜啊,用不完的饭票啊,我也能勉为其难,帮着消化一下。"

"也不是不行,"路正阳突然想起了什么,从口袋里掏出一个布包,"你今天帮我去买点菜,尽着好的来,有营养的。"

"曜!这么多?!"林少白看着布包里的钱,"没想到你对自己还蛮舍得的,这些钱都够买一大桌了。"

"不是我吃,今天我侄女来上海。"路正阳的眼里难得露出一丝兴奋。

"侄女?从哪来?从来没听说过你有侄女啊!老路同志,不诚实啊,不会是嫂子吧?"林少白一脸坏笑,而隔壁的岑小满立刻就伸长了耳朵。

路正阳刚想解释,就听到门口传来一个稚气清脆的声音。

"二爸!"

林少白转过头,只见一个十一二岁的小姑娘,扎着两个小辫,背着一个挂满行李的大行军包,包上的搪瓷杯正叮当作响。

"飞航!"

路正阳高兴极了,也不顾脚伤,冲过去就和飞航抱在一起。

在路正阳的介绍下,大家才知道,这个叫飞航的小姑娘是文添夫妇的孩子,自从父母牺牲就一直在延安生活,而路正阳作为她父亲的好兄弟,也主动承担了照顾她的责任。文添夫妇去世前没有给孩子正式起名,飞航这个名字是路正阳取的,寄托了自己对孩子的希望:学好知识,长大后为自己的祖国造出飞机航母,不受别人欺负。孩子也不负众望,成绩一直名列前茅。因此路正阳决定安排她来上海学习,期待她未来能在这儿学到最前沿的科学技术,报效国家。

"这么多行李,我背着都沉,这一路都是你自己背过来的?"林少白掂了掂飞航的行李,一脸不可置信。

"当然!我自己的事,我必须自己做!"

"她从小就独立,比我们想象的要能干得多了。"路正阳脸上罕见地流露出自豪的神情,"她来了就跟我住在宿舍里,学校也安排好了。"

"小丫头挺不容易的!一会儿林叔叔亲自出马,给你买点好吃的。"林少白朝飞航笑了笑。

"晚上大伙儿都过来吃吧,给飞航接风。我那儿还有老家晒的辣子,给大家做点地道的湖南菜尝尝。"路正阳又看向林少白道:"你和金医生也一块来。"

"那个,我家里有点事,不来了。"

"真的不来?什么事?"路正阳抬头直视林少白的眼睛,林少白立刻扭过头。

"哎呀,不是什么大事。我妈这几天要竞选里弄居民委员会的委员,拉着我排练稿子呢。下次,下次我请你们去我家吃,尝尝我妈的手艺哈。"

林少白摆了摆手,佯装不经意地朝门口走去。路正阳看着他的背影,若有所思。

第七章
信任危机

夜幕降临,兰亭画室的二楼房间里,肖云艰难地脱掉上衣,光滑的肌肤上是一条带血的新鲜伤口。排污河道是当时选定假钞厂时专门留的退路,可真从里面浮潜逃亡,躲避追踪,又是另一回事。这道伤口就是被河底的废弃钢筋扎的。郑兰亭用酒精棉轻轻一按,肖云疼得发出一声低吟。

"忍一忍。"

"我没大碍,要不是老师的那份提货单,我可能已经……"

"可惜还是送晚了。"

郑兰亭温柔的语气中,带着一丝心疼与自责,肖云心中泛起一丝涟漪。

"老师放心,他们没有看到我的脸,不会带来麻烦的……但这次是我没保住假钞厂,您责罚我吧。"

"只要人没事就好,"郑兰亭仔细地为肖云披上衣服,"你好好休息,别的不用管。这盘棋才开始,我会告诉其他人,最近都不要有所动作。"

"嗯。"

郑兰亭收拾好药箱,走出房间,李旭在一楼等他。

"鹰隼那边怎么样了?"

"老师,您让我跟着他,果然发现他不对劲。他没有回运输队,专门避开哨站走。我推测他的驾驶证丢了,不敢回来跟你说。"李旭露出一个狠毒的眼神,"徐巍办事不力,不但让戴月清被公安活捉,还暴露了身份,欺瞒老师,到处乱窜,万一被公安逮到就麻烦了,要不我……"

"他还有用,现在弃掉,可惜了。"郑兰亭沉吟道,"你去弄堂里那些刻章办证的地方找找,找到他,让他来见我。"

徐巍一直等到十点过后,街上没人了,才从一间弃置的老房子里溜出来,换了身不起眼的黄包车夫打扮,压低帽檐,朝百里湾的老弄堂走去。

徐巍左拐右拐,来到一处昏暗的窄巷,敲了敲门,里面探出来一双昏黄的眼睛。

"徐警官,怎么是你?"

吴铁笔,是解放前黑市里有名号的做假章假证的人。徐巍逮过他几次,但念在他也是为了糊口,每次都从轻发落,算是有点儿交情。

"帮我办个证。"徐巍开门见山。

"徐警官,我从牢里出来已经金盆洗手了。您别为难我了。"

徐巍递过去几张钞票:"别废话,我要一张驾驶证,这是定金,不会亏待你的。但你要敢乱说话,后果你知道。"

吴铁笔面露难色,但还是把门打开了。徐巍从门外挤进去,却看到昏黄的灯光下,坐着一脸严肃的林少白。

"徐警官,我早说了,我不做这个生意了……你还是跟林警官好好聊聊。"吴铁笔说完就赶紧闪身出了门。徐巍也想走,但林少白一把将他按到门上,把门反锁。

"今天就来了我一个人。"

"你怎么查到我的?"

林少白把徐巍掉落在教堂的驾驶证交给他。

"被你发现了,这个身份也就没什么意义了。说说吧,你想跟我聊什么?"

徐巍一边说,一边作势要坐下,却突然把凳子扔向林少白,转身就要跳窗。

林少白掏出枪,指着往日最好的朋友。

"站住!"

徐巍没有回头,他不愿意见到林少白对自己拔枪相向的样子。

"从四年前伯劳找上我开始,我的命就不是我的了。现在,更由不得我做主了。"

"供出伯劳你还能活命,跟我回去!否则我开枪了!"林少白虽然嘴上这么说,但握着枪的手,却在颤抖。

"你不会开枪的。"

"砰"的一声。

林少白的子弹,打向了屋顶,而徐巍,已经从窗口跳了出去。

听到屋里传来的枪声,虎子心中不免一紧,看向身边的路正阳。

"主任!为什么我们还不冲进去?!"

"真打起来,会误伤到林少白。"

路正阳心里难受极了。他其实早就看出林少白不对劲。教堂混战后,林少白就魂不守舍,还跑去档案室调解放前办假证件犯人的资料,路正阳心里就已经猜到了七八分。可是他不愿意说破,内心盼望着林少白能跟自己坦白。晚上要给飞航接风的时候,自己几乎已经是明着暗示了,可林少白最后还是什么都没有说。

过了一会儿,徐巍从窗户翻了出来,而林少白也随之跟了出来。林少白深深看了一眼徐巍的背影,却选择转身往相反的方向走。路正阳恨铁不成钢地叹了口气。

"抓活口,行动!"

林少白刚走了没几步,突然看到迎面而来的便衣中有熟悉的脸孔,心下已经明白了怎么回事,但还是往前走去,只在心里默念道:"兄弟,就看你自己了。"

林少白是开了处里的车来的,为了不被发现,把车停在了不远处的街角。他刚想开车门,却发现车里坐着一个黑衣人!

"谁?!"

林少白惊呼,可还没看清样子,对方就一脚油门,绕过林少白,朝徐巍的方向开去。

而另一边,徐巍才没走几步,就察觉到了便衣正从四面八方朝自己逼近,他闪身进一条小巷,突然加速,拔腿狂奔,却没想到路正阳早有准备,与虎子一起,一头一尾夹击,眼看徐巍无路可走,一辆汽车朝虎子他们呼啸而去!

这一举动让人猝不及防,虎子只好带着便衣躲避。汽车为徐巍开出一条路,徐巍以此为掩护,飞速跳上不远处的运输车,冲出包围逃脱。

眼看公安都跑去追徐巍,李旭这才跳下车来逃进了巷子,等路正阳回过身来,只看见一辆空车。

"这是处里的车,林少白开的那辆!"虎子辨认出来。

"不是我!老路!刚刚有人偷了我的车!是特务……"林少白这时才从远处追了过来。可他话音未落,路正阳一拳打在他脸上。

"无可救药!"

"我再说一遍,车不是我开的,徐巍不是我放走的!"

"你知道自己在做什么吗?"

"你都知道了我能不知道吗?!你从来没信任过我!"林少白看着跟踪自己的路正阳大吼道。

"公私,黑白,是非,敌我,你到什么时候才能分清楚?你有了徐巍的行踪,为什么知情不报,刻意向组织隐瞒,擅自行动!你知不知道,抓到了徐巍就能顺着他确定伯劳的身份!这个特务组织就能被彻底铲除!"

"他毕竟曾经是我兄弟,在一起都好多年了,那时候他不是个坏人,我一直觉得能挽救他!现在你让我完全不顾兄弟感情,我做不到!我就是过不去这道坎,我的心是肉长的。"林少白擦了一把鼻血,眼睛红了。

"我的心就不是肉长的？牺牲了那么多同志，他们都是我带的，他们的爹娘问我要儿子，他们的爱人问我要丈夫，我怎么说？你告诉我，我怎么说？"路正阳的眼睛也红了。

林少白垂下头。路正阳的话，确实让他无言以对，他缓缓伸出自己的手。

"行了，把我铐走吧，反正我一开始进公安局的时候就是被铐着，现在还是一样，不用带路，我熟。"

林少白戴上手铐，被虎子押上了车，路正阳一肚子火没处发，只一拳打到墙上。

雨下了一夜，到早上才停。明媚的阳光从窗台洒了进来，飞航穿上崭新的校服，背上书包。

"二爸，你不用送我了，你腿脚也不方便，去学校的路我提前都问清楚了，不会走丢的。"

路正阳微微一笑，从厨房里端出一碗热气腾腾的面条。

"今天是你去新学校的第一天，二爸当然要送你。"

"你让林叔叔送我呗，你写给我的信里不是老说他是个上海通嘛。对了，他还说今早要带我去吃地道的上海早点呢，怎么他没来？"

路正阳没有回答，拿出一个笔记本递给飞航。

"这是二爸送你的礼物，以后可以把新学的知识记在上面。快点吃，吃完了二爸送你。"

路正阳牵着飞航，来到民立小学的门口，正好看见郑兰亭骑着自行车来到校门前。

"路主任，早啊！怎么来学校了？"

"这是我侄女飞航，今天刚入学。"

"飞航同学你好，我是郑老师，是你的美术老师。来吧，我领你进去报到。"郑兰亭微笑地看着飞航。

飞航和路正阳挥手道别，郑兰亭牵着飞航走进校门，看着不远处同样新入学的大宝和二宝，由衷感叹道："这几天新同学真多呀。"

广慈医院，金妍带着刘瑞急匆匆地往病房里走。赵俊诚医生在一旁快速地翻阅着病例资料。

"这五个人是先后来医院就诊的，相差不超过三天。我已经检查过他们家人的健康状况，到目前为止，他们的家人没有被传染。"

金妍来到病房门口，看到病人的症状，心情已经沉下去一大半，但还是不死心地问：

"赵医生，确定是炭疽吗？"

赵俊诚艰难地点点头。

"根据传染病调查的方法,如果家人没有被感染,那么传染源就不在他们家附近。"金妍沉吟道,她大学虽然学的是临床专业,但为了做法医,专门研修过传染病学。

赵医生点了点头:"所以我记录了他们发病前五天去过的地方,能回忆起来的,都写下了。"

金妍接过递来的资料扫了一眼,微微一愣,瞬间明白了赵医生匆忙找她来帮忙的原因。

一辆轿车在金氏糖厂的门口停了下来,刘瑞亮出自己的公安证件,可看门的老大爷却摇了摇头。

"李经理说了,没他的许可,无论谁来都不能进。你也别跟我拿什么证件显摆,特务假冒解放军的新闻多了去了,谁知道你们是真的假的。"

"我们现在怀疑糖厂有炭疽病的污染源,是一种传染性很强的病菌! 如果你拦着我们,多耽误一分钟,你也有可能被感染! 那就不是丢饭碗的事了!"金妍喝道,"马上开门!"

"什么病? 我们这里没人生病,我看你们就是特务,"老大爷哼了一声,"劝你们就别在这白费心机了,我们糖厂的老板可是金昂昌,进步企业家,你们得罪不起!"

老大爷当然不知道金妍就是金昂昌的女儿。金妍一跺脚,转头跟刘瑞说:"打电话给局里,让局里派人来,无论如何今天我们都要进去。"

金妍话音刚落,李玉泉经理就带着人从不远处走来。

"大小姐! 你怎么来了?"

"李经理,你来得正好,请你带我们进去。"金妍连忙把来龙去脉说了一次,又拿出了病例资料,"感染的患者,有两个是糖厂的工人,其他人最近也在糖厂附近活动过。"

李经理眼睛一转,立刻换上一个笑脸。

"稳妥起见,要不请示一下金老……"

"无论我爸同不同意,我都得进去,开门!"金妍火了。

"还愣着干吗! 快给大小姐开门!"

金妍和刘瑞快速走进工厂,而李经理一边将他们往其他厂房引,一边用眼神暗示身边的特务。特务点了点头,转身朝糖业研究中心走去。

李经理带着金妍一间间厂房查过去,搜集取样。他故意走得很慢,等查完整个工厂的时候已经过去很长时间了,李经理这才把金妍带到糖业研究中心。

"金老很重视这里,都是亲自管的,平常我们谁也接触不到,"李经理露出一个抱歉的笑,"大小姐,您还是自己进去吧。"

金妍带着刘瑞步入研究中心,除了正常的仪器设备之外,并没有发现任何可疑之处。刘瑞仔细搜集了样本,忙碌了几个小时,这才跟金妍离开。

小仓从隔音地下室里钻出来,看着金妍远去的背影,面色阴沉。在他身后,是无数的老鼠笼。数以千计的老鼠,正发出吱吱的惨叫。

入夜,一个黑影闪进兰亭画室。郑兰亭正在画画,知道是徐巍进来了,却头都没抬。

徐巍心里也清楚,李旭既然能来救自己,就说明郑兰亭对他丢驾驶证后错而不报、欺上瞒下的事情早就一清二楚了,一言不发,才是雷霆之怒。

"站长,我没什么可说的,任凭处置。"良久,徐巍才缓缓开口。

"现在你是鹰隼,如果你手下的人犯了同样的错误,你会怎么处置?"郑兰亭反问。

"轻则惩戒,重则直接……枪毙。"

"很好。"

郑兰亭缓缓起身,拔出一把枪扔在桌子上,看向徐巍。徐巍自知逃不过去了,颤抖着拿起枪。有那么一瞬间,他想要向郑兰亭开枪。郑兰亭仿佛看穿了他的心思,缓缓地说:"你也可以向我开枪,就像你打死王力群成为新的鹰隼一样,或许打死我你就是站长了。"徐巍缓缓举起枪,最终还是指向了自己:"麻烦替我照顾好赵兰。"说完,徐巍猛然扣动扳机,枪里却没有子弹。郑兰亭开口道:"死并不是最严厉的惩罚。椋鸟。"李旭走进来猛地把一个黑色口袋罩在了徐巍头上。

徐巍被推着进入一个房间。来的路上他一直尝试推断自己要被带到哪里,然而毫无头绪。徐巍在屋里等了许久,没有人理他,便自己摘下套在头上的口袋,发现身在一间柴房内。门外有人唱起熟悉的歌谣。"兰儿?"徐巍向外跑去,看到院子里,赵兰正哼着歌洗衣服。再次见到赵兰的徐巍感觉恍如隔世。原来赵兰藏身之处是李旭母亲乡下的家。赵兰一直在这里被李母和另外两个特务看管照顾,只是赵兰不知这些人的身份,一直以为是公安安排来照顾她的好人。徐巍在乡下与赵兰度过了如梦似幻的两天,两人在深夜畅想了未来的家庭生活。李旭告诉徐巍,这就是给他的惩罚,他以后再无犯错的机会。分别时,徐巍看着单纯的赵兰,知道自己已无法回头,只能在郑兰亭给他铺的不归路上走到黑了。

看押室内,林少白顶着熊猫眼,百无聊赖地拍蚊子。老徐让人打开门,走了进来。林少白看到老徐,嘴上还是忍不住逞强:"老徐,是不是我的处分下来了,不管是什么,我担着就是。"老徐道:"你就嘴硬吧,逞能啊,嘴上占便宜你最厉害,你这辈子就这点出息了!"林少白被说得脸红脖子粗:"就这么点出息怎么了,快说吧,判我几年?"

老徐对林少白恨铁不成钢:"要不是老路在杨副局长面前给你求情,你至少得判个三五年!"林少白一脸的不可置信:"路正阳?他怎么会给我求情?我看他恨不得杀了我。"

"你对老路才了解多少?这次他为了能留下你,跟领导拍桌子,甚至赌上了自己的一身公安制服!"

"算他还讲义气。"

"别总把义气挂在嘴边,你就是意气用事才犯下大错。你要是再犯,连累的可就是他!"

林少白胸有成竹:"放心吧老徐,他赌我是绝对不会输的!"

老徐无可奈何地摇摇头:"但是你也不能再留在社会处了。警鸽股有个差事,你去不去?"

林少白的脑袋摇得跟拨浪鼓一样:"养鸽子?我才不去。我是公安,不是干养殖的啊!"

"老路让我转告你,去了还能继续做公安,不去,以后就再也别想回来了。"说完老徐就要走。

"去!去!我去还不行吗?"林少白赶紧跟上。

二楼窗口,路正阳看着林少白跟着老徐走出社会处,百感交集。这时,岑小满慌慌张张跑来:"主任!飞航在学校突然病倒了!"路正阳二话没说,不顾一瘸一拐的伤腿,冲了出去。

到了医院,飞航已经转危为安,在病房里睡着了。郑兰亭正坐在走廊里,见到焦急的路正阳,赶紧把他拦住:"路主任,孩子睡着了,轻一点。"

"郑老师,听说这次多亏有您,第一时间把她送到医院来了。谢谢。"

"我是她的老师,这都是应该做的。路主任你之前知道吗,飞航有先天性的心脏病,医生说再晚来几分钟就有大危险了。"

"我知道。"

郑兰亭露出责怪的神色:"那你为什么不提前跟学校说?那天我们在校门口遇到,你也可以跟我讲一下,这样我也好随时留意着,那今天的事情可能就不会发生。"

"是我疏忽了。"

郑兰亭从公文包里掏出几张画作递给路正阳:"这是飞航在学校画的。"路正阳接过来,前面几张画着许多歪歪扭扭的飞机大炮,后面几张则是一些花草静物,可以看出来进步了很多。路正阳想起这些天飞航放学回来做完功课总是在画画。路正阳问过飞航为什么不爱画飞机武器改画这些花花草草了,飞航告诉他是郑老师教她,要想画出厉害的飞机,得先从简单的一草一木开始练习。要想做好任何事情都要打好基础。

"家长的工作再忙,孩子的事情也一定要放在心上,一定要多给孩子陪伴。"郑兰亭的话把路正阳从思绪中拉了回来。"路主任,您既然来了,我还有课,就不打扰了。"郑兰亭领首,转身离去。路正阳望着郑兰亭的背影,若有所思。这个人看起来是这样优秀,但是在路正阳心里,对他的怀疑从未彻底打消。

　　这天天气正好,晒着下午的阳光,金妍登上公安局顶楼,来警鸽股找林少白。大老远她就看见林少白正戴着草帽,拿着扫帚,在鸽舍里清扫粪便。林少白嘴里嘟嘟囔囔,埋怨鸽子拉的屎太臭,但是手上的活倒是一刻没有停,鸽舍让他管理得井井有条。金妍看着林少白这个窝囊的样子,扑哧一下笑了出来。林少白见到是金妍来了,挺不好意思的。"妍妍,你怎么来啦?"

　　两人坐在天台,吃着金妍带来的冰棍闲聊。林少白一改以往话痨的常态,专心吃冰棍,也不怎么说话。金妍打趣道:"林少白,你知道吗? 以前国外有一个病例,也是养鸽子的,老跟鸽子说话,最后反而不会说人话了,只会咕咕咕,你该不会……"

　　"你是说我要在这里待得精神不正常了? 我可没有这么脆弱。"

　　"以前在社会处,那么远,你却没事老往法医科跑。现在都在局里边了,倒学会矜持了。怎么? 觉得自己在警鸽股丢脸,不好意思来见我?"

　　林少白叹了口气:"唉,别提了,妍妍。之前就算我是编外人员,我好歹也是在破大案,冲在最前线。虽然我林少白嘴碎一点,但是枪林弹雨,严酷考验,我什么时候怕过?现在,这算是什么啊。"林少白说着把草帽又压低了一点,"就连家里人我也不敢告诉。那天我妈选上了里弄委员,当选演说里还说要拿我做榜样呢! 我听着脸都要烧没了。我是什么榜样? 养鸽子榜样还是铲屎榜样啊……"

　　金妍轻轻拍拍林少白的后背:"林少白同志,你这个思想可要不得呀! 都是公安,分工不同而已,有什么丢脸的! 我们这些警鸽,可都是宝贝。历朝历代,靠的都是飞鸽传书。你在这里工作,也算是为了我们市公安系统的通信系统做贡献,这个工作是很重要的!"

　　林少白听到金妍的安慰,恢复了一点信心:"谢谢你,妍妍,听你这么说,我感觉好多了。哎,我这些日子天天跟这些鸽兄弟打交道,倒是真的培养出了些默契呢,你要不要看看?"金妍捧场地点点头。林少白打开鸽笼,拿出一只鸽子:"大白,来,飞一个,十秒钟后回来啊,咱们兄弟说好了啊!"林少白一伸手,大白就飞走了,几分钟过去也没有回来。林少白虽然觉得很丢脸,但是今天有金妍的陪伴,在警鸽股的时间过得好像一点都不慢。

　　下午金妍刚回法医科,就接到了广慈医院赵医生的电话,说他们在糖厂附近的空地实地取样的老鼠粪便中发现了炭疽杆菌,初步怀疑炭疽感染源就在糖厂一带。这次一定要扩大调查范围,去糖厂附近进一步取样化验。金妍听完就赶忙赶回了家。不管是作为公安局的法医还是金氏糖厂的大小姐，对于金妍来说，调查炭疽病菌的来源，都无比重要。

金妍回到家，金昴昌已经吃过晚饭，正在书房里加班工作，批阅糖厂的生产数据报表。金妍端着茶走进来："爸，刚吃过饭，您也不休息一会儿，又开始忙了。"

金昴昌放下手头的工作，接过金妍递来的茶，说："还说我，你都多久没有回家吃晚饭了。我都不知道你吃过了没有。"

"您不用担心我，我在单位都吃过了。我现在感觉很充实。倒是您，要多注意身体。"

"别绕圈子了，有什么要找我的，是不是咱家糖厂的卫生问题？"

"嗯。"金妍将糖厂附近取样的老鼠粪便中发现炭疽杆菌的事告诉了金昴昌。

"妍妍，咱们家糖厂的卫生问题我一直是最重视的。那些有病的老鼠，不太可能是厂里的，估计是附近哪里跑过来的。你放心，我会安排李经理对厂房还有周围环境进行严格消毒的。"

"好的，爸爸，我们这边还会再去厂里和附近，进行扩大取样，到时候厂里可不能再拦着了啊！上次你答应过我的，随时进入，配合工作。"

金昴昌笑了笑道："配合，配合！我欢迎你们还来不及呢！早日查到污染源，就能早日把病菌消灭干净，这是好事。对咱们家的生意没有坏处。你们什么时候去？我好提前让他们安排。"

"就这两天吧。谢谢爸爸，那您也不要忙太晚了，我先回房间了。"

金昴昌点点头。看着金妍转身离开，起身打开唱机，梅老板的声音从唱机里传出来。金昴昌坐在桌前沉思一会儿，手里把玩着那支派克钢笔，然后拨通电话道："鹰隼，是我，金昴昌。他们已经查到了糖厂这边了，这几天就会来调查炭疽病的污染源问题。我拦不住。"

"知道了。"

"别再跟我打哑谜！不行就让那个地方还有那里的人消失几天。你应该清楚，我和我的糖厂不能出事，否则对你，对你上面的人都没有好处！"

"耐心一点，你要相信我们的能力。上次见面让你搜集亲共企业家的行踪，要抓紧。"

"你也耐心点，我已经帮忙解决了很多事情了。你这个码头仓库管理员的身份还是我给你拿到的……"没有等金昴昌说完，鹰隼已经挂断了电话。金昴昌气得将手里的派克钢笔拍在桌上。接着又拨通了电话："江洋……"

郊外，芦苇荡中不知名的小路上，江洋把车停下，从口袋里拿出几张照片，递给后排的金昴昌。"兰亭画室的情况基本摸得差不多了。"

金昴昌一张一张地检视照片。照片上有在民立小学进出的郑兰亭、在店里跟客户谈生意的肖云、送客中的李旭等偷拍的内容。金昴昌翻着照片,向江洋问道:"店里的情况摸清了吗? 他们几人的关系如何?"

"摸清了。我扮作一个开布料店的小老板,以订招牌和宣传画为名去他们店里探过底细。他们一共有四个人。老板是这个人,郑兰亭。那个女的是老板娘,叫肖云。那个伙计姓李,叫李旭。

"你没有暴露身份吧,他们有没有起疑?"

"应该是没有。那个郑兰亭听到我是开布行的,还说要来我店里选两块料子给他太太做大衣。"

"他还说什么了没有?"

"他问我他们适合穿什么颜色,细色还是百草霜,我说深色就好。再就没有了。"

金昴昌听后点点头:"伯劳一定在他们中间。"

"那个李旭年纪小,只有二十五六岁,应该不是他。老板娘和老板都是做事精明干练的人。他们哪一个是伯劳,还一时说不清楚。不过只要把他们都一起做掉,就好了。"

"你不是说四个人吗? 还有一个呢?"

"就是前段时间死掉的那个,杨辉。"

金昴昌的视线停留在照片中郑兰亭的脸上:"这个人我见过,糖业研究中心成立的时候,他就在附近写标语。"金昴昌把照片翻到郑兰亭在民立小学上班的那一张,"他不是开画室的吗? 怎么还在小学上班?"

"他确实是教书先生,在民立小学教美术。大宝、二宝还上过他的课。"

金昴昌放下手中的照片:"大宝、二宝在学校还适应吗?"

"托金老板的福,他俩才能上学堂,念上书。我替孩子们谢谢您。"

"我也是父亲,我知道你的难处。我们做父亲的,在外面不管遇到什么事情,都要咬咬牙撑过去,为的不都是孩子吗?"

江洋握紧了搭在方向盘上的双手:"是的。所以您安排我的事情,我拼死也会做好的。"

金昴昌透过后视镜对江洋笑笑:"都不容易啊。"

第八章
绑架企业家

　　深夜,金昂昌自己驾车来到海边。一座废弃的仓库,伫立在滩头的沙地上。金昂昌走进仓库,见徐巍正指挥几名特务乒乒乓乓地钉着木箱。金昂昌将一个文件袋递给徐巍:"你要的东西。"徐巍打开文件袋翻看,里面装着的是金昂昌应徐巍要求搜集的几位亲共企业家的日常行程。金昂昌又从口袋里掏出一个驾驶证递给徐巍,徐巍接过来装到口袋里,说道:"你这个地方找得不错。"

　　金昂昌道:"这里旁边之前有个野码头,打仗荒废了几年了。这间仓库也就废了。放心,这个是我从老板手里直接买的,他已经去了国外,这里不会有人来的。"

　　徐巍点点头道:"你可以走了。"

　　金昂昌问:"你要了这些企业家的行程,是要绑还是要杀?"

　　"不该问的不要问。"

　　"这毕竟跟我有关。我也是进步企业家,而且跟共产党走得很近。如果他们都出事了,而我一点事都没有,会引起怀疑的。"

　　徐巍笑笑,说道:"金老板对自己真够狠的。"

　　快到下班时间,金昂昌坐在办公桌前,手里把玩着那支派克钢笔,给江洋拨去了电话:"他们准备动手了。我被带走后,正是你动手最好的时机。兰亭画室的三个人,一个也不要留。"

　　"明白。"

　　雨夜,徐巍穿着解放军的军装,开着货车穿过街道,向城市的边缘驶去。货车的车斗里装满了大木箱,金昂昌、高怀朴、张庆新、曹仁亮、钱宇轩等进步企业家被分别装在里面。最靠外围的木箱里则装着棉被等物资。企业家们被堵着嘴,绑着手脚,在木箱里不得动弹,一路的颠簸已经让他们在木箱里碰得伤痕累累。金昂昌蜷缩在木箱里,安静地等着这个夜晚度过,旁边木箱里的高怀朴则不甘心地用脚一直踹着木箱,虽然他行动受限,但是还是把木箱踹开了一条缝隙。透过缝隙,高怀朴看见货车行驶到一处路口停下来。两位解放军士兵示意停车检查。穿着军装的司机下车后竟然趁两位士兵检查证件的机会,用匕首将两人割喉,又将尸体扔到了木箱上。血顺着木箱的缝隙滴到了高怀朴的脸上。"他们不是共产党!"高老板在心底喊了出来,同时心中也生出深深的恐惧。

木箱被猛地撬开,金昂昌、高怀朴等人被灯光晃得睁不开眼。"快出来!"几位企业家被穿着解放军制服的特务们用枪指着从木箱里走出来,跟跟跄跄地进到一个仓库中。徐巍拿着枪,走进来,发号施令:"都给我听好了,在这里老实待着,吃喝都会供着各位。但谁要是想跑,除非能跑得比我的子弹还要快,听明白了吗?"

高怀朴喊道:"你们不是解放军,你们是……"高怀朴边上的特务上来就是一个耳光,打得高怀朴嘴角鲜血直流。高怀朴还想继续争论,金昂昌赶紧拉拉高怀朴,示意他不要说了。金昂昌对徐巍说道:"长官,你们绑架我们这些企业家,想要我们的命,早就要了,不用这么麻烦。不妨有话直说,你们要多少赎金?"

徐巍道:"还是金老板痛快,果然是做大事的人。钱不用。前一阵听说各位老板都囤积了不少米、棉、煤炭,这些可都是好东西。"

企业家们面面相觑,谁也不敢吭声,还是金昂昌张了口:"长官,我们仓库里是有一些物资,但是都散落在各处,给我们些时间,让我们想想办法?"

徐巍道:"要时间有,但要是敢耍滑头,可别怪我的子弹不长眼睛。"说着,直接对着金昂昌边上的木箱子开了一枪。子弹擦着金昂昌而过,划破了他的衣服。几位企业家吓得瑟瑟发抖。

金妍和林少白约好下班一起走,正好去林少白家看望两位太太。两人路过书报亭,看到报纸头版头条竟然是《铁证如山!解放军逮捕进步资本家!》,下面的配图是金昂昌被解放军逮捕的照片,周围群众议论纷纷。林少白第一时间的反应是,这是特务在搞破坏。林少白赶紧陪着金妍来到社会处。一进二室,刚好碰见杨副局长在主持会议,路正阳正在汇报案情。今天被绑架的竟然不止金昂昌,还有高怀朴、张庆新等几位爱国亲共的进步企业家。而且更离奇的是,根据现场目击者的笔录来看,这几位老板不是被别人,竟然都是被解放军持枪带走的。并且现场都有人拍下了照片寄给了报社。现在全城人心惶惶,所谓的军管会逮捕上海实业家的消息闹得沸沸扬扬。

杨副局长等路正阳介绍完案情,站起来总结:"同志们,这是一起非常恶劣的事件。这次被绑架的企业家,他们的产业基本都集中在米、面、煤等生活必需品领域。恢复生产、加强经济建设是上海解放后党中央给我们定下的主要任务，想不到，这却成了反动残余势力破坏的目标。他们的目的很明确，就是企图扰乱上海的经济，让老百姓吃不起饭，烧不起煤，进而让老百姓对共产党失去信任！绑匪们穿着解放军的衣服，还专门让人拍下来，这帮特务摆明了，就是要挑拨军民关系。所以绑架只是手段，他们想要发起的，是一场针对新政府的经济战，更是一场混淆是非的舆论战！所以同志们，我们的当务之急，是尽快把这些企业家救回来，平息舆论，稳定物价！"

老徐看到金妍和林少白来了，赶紧走出会议室，将他们带到走廊里，对金妍安慰道："金妍同志，刚才杨副局长的话你也听到了。绑架你父亲的绝对不是我们的解放军。你自己也是公安民警，要相信组织。"金妍点点头："我明白。我来是想看看有什么可以帮忙的。"老徐摇头道："这次的案件目前没有涉及需要法医科鉴定的工作。更何况，你是案件当事人的直系亲属，按照纪律，你是不能参与调查的。"金妍皱了皱眉："好的。那我服从组织安排。有什么进展您一定要告诉我。"林少白在边上替金妍着急："老徐，我不是直系亲属，我可以帮忙的。"老徐道："林少白，你们着急的心理我很理解，但是你现在不是社会处的人，肯定是不能参与查案的。你可以帮忙，你就帮忙照顾好金妍同志。"说着将两人往外送，"金妍同志，放心吧。有我们在，一定把你父亲安全接回来！"

时间紧任务重，二室的众人兵分几路去每位企业家被绑架带走的地方进行实地侦查。一天下来回到社会处，合并讨论线索。根据大家现场调查的结果，几位老板都是在日常生活中突然被带走的。绑匪到来时，他们并没有在进行任何特殊的日程。身患哮喘的高怀朴被带走时，甚至没来得及带上一直随身携带的药物。岑小满将所有调查发现列在黑板上后，介绍道："另外，根据几组同志的侦查，几处案发现场都出现了一条异常的线索，就是沙子。目前已经将采样送去化验科检验了。相信通过对沙子的来源进行进一步分析，我们可以很快得到犯罪分子藏身之处的线索。"路正阳点点头，对岑小满的分析表示肯定。

岑小满把一大摞报纸和照片分发给众人。经查证，登载企业家被捕新闻的都是小报社，总共有五家，都是收到了寄过来的照片，寄件人没有留下任何线索。特务摸准了小报社对新闻不负责的态度，知道他们只要收到猛料就一定会立刻发稿，靠博人眼球赚钱，根本不会刨根问底。

"要不要带人去问问照相馆，看看是谁洗了这些照片？"岑小满问道。

"没必要。这些照片放到任何一家照相馆洗印都会引起注意，为了确保安全，特务只会自己动手冲洗。"路正阳摇摇头，"弄一个简易的暗房并不难，很多摄影爱好者都会有自己的暗房，更别说接受过专业拍摄培训的特务了。但我认为小满的思路没错，相片确实是一个突破口。虽然暗房好弄，但上海所有的相纸都是依赖进口的，如今的进出口物资紧张,相纸也一定很紧俏,特务光是寄给报社的照片就有几十张,实际拍出来的一定更多,他要有很多相纸才行。"

"明白,我和阿祥去摸一摸,看看上海有多少家售卖相纸的商店。"老徐说道。

"话说,什么气味这么臭啊……"岑小满突然皱起眉头,朝相片上闻了闻,"也不是相片呀!"

路正阳突然站起来,三两步走到门口,一把推开门,看见林少白正趴在门口,手里捧着大白,肩膀上还落了几坨鸟屎。

"林少白!"路正阳脸色一黑,"我就知道是你!"

"你急啥,我这不也是一片热诚,想帮你们破案嘛!"林少白只尴尬了半秒,就变得理直气壮起来,"再说了,我来也是有正事的。警鸽股要给各新单位配鸽子,我可是专门挑了只好的给你们送来!"

"好好养你的鸽子!绑架案跟你没关系,再违反纪律,擅自追查惊动敌人的话,你连鸽子也养不成!"

"你是我的担保人,要是我出点什么事,你也等着一块被扒吧!"林少白受不了路正阳跟自己说话的语气,索性也要起无赖来。

路正阳被他气得说不出话。林少白把大白往他手里一塞,转头大摇大摆走远。

很快老徐和阿祥那边就传来消息,特务寄给报社的相纸是柯达的,美国原装进口,市面上早就断货了,目前上海只有德真摄像器材洋行还有一点库存。他们查了洋行的销售记录,近日来只有一个叫卢廷高的私家侦探进过一批,而此人因为专门拍人隐私,因此有自己的暗房,和路正阳的分析能对上。一接到消息,路正阳就带着人去了卢廷高的侦探社,可翻了个底朝天,除了翻到一堆抓奸偷拍内容的照片外,一无所获,最后还是岑小满发现了端倪。

"路主任,我数了一下底片的数量,跟他洗出的相片数量对不上,应该是少用了两沓相纸。"

"你们找了这么久,就是找相纸啊?!早说啊!"卢廷高一开始以为自己摊上了什么大事,一直不敢吭声,这会儿才松了口气,"那些相纸我赊给祁师傅了。"

卢廷高告诉路正阳等人,祁师傅是耀华照相馆的老师傅,在那儿干了一辈子,光是东家就伺候了三个,是上海照相馆第一代的师傅,过往的名号也是响当当的。自己一开始入侦探这行的时候,跟祁师傅学了两年照相,有些交情。可现在祁师傅年纪大了,有点健忘,经常将进货、出货的账目搞错,导致相片纸的数量对不上,自己又买不起,就只好在卢廷高这里赊一点。路正阳等人来到耀华照相馆。祁师傅是个沉默内向的老人家,还带了一个叫阿兴的徒弟。岑小满看了耀华照相馆的账本,果不其然,发现他们自己进货的两沓相纸不知所终,现在用的是向卢廷高赊的,可对于相纸的去向,祁师傅死活都不愿意说。

"不就是几张无关紧要的相纸吗？你们公安没有案子办了？连这些鸡毛蒜皮的小事都要查？别打扰我做生意。"祁师傅挥着干瘪的手就要赶人。

"相纸不重要，但你丢的相纸拍到的人，全都失踪了。"路正阳拿起旁边的小报报纸，递给祁师傅，对方突然脸色大变。

"跟我们走一趟吧，回局里慢慢说。"

祁师傅无奈，只能吩咐徒弟阿兴先帮自己看着店面，收拾好东西便跟路正阳等人朝外走去。虽然祁师傅没戴手铐，但穿着公安制服的路正阳等人还是引起了街坊的侧目，也就是这一幕，被躲在远处的徐巍用相机捕捉了下来。他看着远去的公安，知道兔子已经进笼，接着就要看他们如何作茧自缚了。

祁师傅跟着路正阳回到公安局，心情也慢慢平复了下来，得知兹事体大，失踪的相纸很有可能是被特务利用后，才将事情的来龙去脉坦白告知。

祁师傅还记得那是一周以前，因为连着下了好几天雨，生意一直不好。黄昏时分，祁师傅估摸着也没人会上门了，就打发徒弟阿兴先回了家。自己收拾了一会儿东西，正要打烊，一个人就撑着伞出现在了门口。

他身材纤瘦，本地口音，说自己要拍照片，还要换衣服，换布景。祁师傅一个人在影棚里忙得晕头转向，等那人拍完走了，他出来才发现放在暗房里的相纸被偷走了，地上还有一串儿带泥水的湿脚印。

"所以那人让你拍照就是为了拖住你，他还有同伙潜伏在四周，趁你被拖住的时候盗取相纸。"路正阳想了想，掏出几张照片，上面分别是郑兰亭、李旭、肖云和徐巍。

"这里面有你提到的客人吗？"

"是他！"

祁师傅一把抓起了徐巍的照片，随后又露出悔恨的表情："长得这么英俊的小伙子，怎么就是特务呢，我怎么就沾上特务了呢……闹出了这么大的事，还把相纸搞丢了，少东家是不会再留我了。他本来就嫌我老，手脚慢，想换个年轻的来，可我要是照不了相了，我能干吗去啊，靠什么生活啊……"

祁师傅说得眼睛都红了，让在座的公安都面露不忍。

从审讯室里出来，路正阳拿着祁师傅的笔录跟老徐进行了核实。在审讯祁师傅的同时，老徐也去问讯了祁师傅的徒弟和照相馆的少东家，还去暗房里侦查过，证明了祁师傅没有说谎。可路正阳想来想去，还是觉得有点蹊跷。

特务要搞到相纸有很多种方式，可以利用假身份，或者雇人去买，为什么要大费周折，去一个老师傅那里偷呢？

就在此时，公安局外一片喧哗，阿祥朝路正阳跑来："不好了，那些企业家的家属看了小报的新闻,都跑到公安局门口要人!"

路正阳朝窗外看去,果不其然,许多人围在公安局外头,喊着"求求公安大老爷放人",有的都要直接跪地磕头了,冲在最前头闹事的是高怀朴的儿子高韶春。

路正阳心里左右为难。说到底他们都是被害人家属,现在不相信公安,安抚又安抚不了,若是直接驱赶,发生肢体冲突,还会把事情闹得更大。正发愁呢,金妍从身后拉住了他。

"让我去吧。"

金妍信步走到门口,大声说道:"诸位爷叔、大姐,我的父亲叫金昴昌,相信你们都知道他是谁。他也被绑架了,所以我也是受害者家属!但请你们听我一句劝,好吗?相信公安,我们真正的敌人是特务,不要轻信不负责任的报纸!你们在这里大闹,不但毫无结果,还会中了特务的诡计,拖延了办案,只会让我们亲人生还的概率更小!"

金妍一席话,有理有据,掷地有声,更重要的是许多受害者家属也认出了她确实是金家大小姐。连金昴昌的女儿都带头相信公安,其他人也不好再闹,终于陆续散去。

路正阳走上来:"金医生,你今天来有什么事吗?"

"我就是顺道来看看林少白。"金妍的眼睛垂下去,"他自从被调到警鸽股,挺消沉的……"

听出了金妍的欲言又止,路正阳却不愿再谈论林少白的事。

待金妍走后,路正阳踌躇片刻,还是朝楼顶走去。一方面他认为也是时候好好跟林少白聊聊了,另一方面,他也想敲打敲打林少白,这次的案子就不要贸然行动了,要是再整出什么幺蛾子,自己就算有三头六臂也保不了他了。

可没想到来到天台上,只看见了咕咕叫的大白,连林少白的鬼影都没一只。

花开两朵,各表一枝。林少白果然没闲着,一下午走访了好几位被绑架的进步企业家家属,可家属们除了哭天抢地之外,说来说去都没提供什么有价值的线索。林少白碰了一鼻子灰,垂头丧气地回了家,一进门就碰到大太太。

"你怎么一身的臭味?你金叔的事儿查出眉目了没有?"大太太捂住鼻子问道。

"妈,饿了,有啥吃的没有?"林少白懒得解释。

"你妈今天一天都没回来,更别说做饭。她为了让咱们太平里弄堂跟兴福里弄堂的人联络感情,跟他们那边的委员去打麻将了。"大太太忍不住抱怨,"阿弥陀佛,那个兴福里的高委员,老爹都被绑了,什么时候救出来都不知道,还有兴致玩牌,真是罪过,罪过。"

"兴福里的高委员?你说的不会是高怀朴的儿子吧?"林少白从凳子上跳起来,"他爸不是面粉大王吗?怎么流落到兴福里了?"

"那还不是怪他自己,年轻时为了捧戏角儿,败了多少家产,高怀朴一气之下就把他赶出家门了。"

"那还不简单，他算准了他爹活不了呗！要是他爹真死了，遗嘱没来得及立，他是男丁，横竖都能分一份，可不就便宜他了！"林母正好从门口进来，听见了大太太和林少白的对话，就立刻接下了话茬。

"妈，看来你的麻将没白打啊，邻里邻居的事被你了解得很透彻嘛！"林少白双目放光，连忙凑到林母身边，"可他为什么就能笃定他爹一定会死？是不相信我们公安的实力，能把他爹救出来吗？"

"那当然，你妈没点能力，怎么能生出你这个上海百事通？"林母被林少白一夸，有些沾沾自喜，"高韶春私下跟我们几个牌友说，他家老爷子有很严重的哮喘，一直都随身带着药，而且必须是美国进口的特效药，跟人参一样含在口里，老金贵了。他被抓的时候身上没来得及带，但凡断了药，说不好一口气就过去了，所以他才敢笃定他爹有去无回。我听得心肝都颤，怎么有做子女的这么心狠。可他说他爹把他赶出来这么多年不闻不问，心比他还狠！对了，你今晚想吃啥，妈去给你做……"

"我不吃了！"林少白拔腿就往社会处跑。

可才到门口，就发现社会处灯火通明，似乎发生了什么大事。

"怎么了？"林少白找不到路正阳，随手拉住一个公安问道。

"你自己看吧。"

对方塞给林少白一张小报，上面用巨大的标题写着"公安逼死老师傅，照相馆师傅不堪审讯，自杀以证清白"。

原来祁师傅被放回照相馆没多久，就被发现在暗房里上吊了。根据小报上添油加醋的分析，祁师傅被公安当特务带走时街坊邻里都目睹了，免不了回来就被戳脊梁骨，祁师傅在重拳审讯下已经身心俱疲，却还因为这事要被少东家辞退，万念俱灰之下才以自杀证明清白。林少白当然知道小报的报道三分真七分假，很多都是意淫出来的，可架不住一张明晃晃的照片佐证，上面的公安架着可怜巴巴的祁师傅，与报道内容不谋而合，对寻常老百姓来说就是重磅炸弹，加之早前解放军逮捕企业家的新闻，更让他们无法信任公安和政府。

"老路这回糟糕了，祁师傅很有可能是他杀，敌人是明着整老路，挖坑给他跳，按他的性格，一定会去跟杨局请罪，先自己打自己三十大板，中了人家的诡计！"林少白心下着急，到处寻找路正阳都没见到他身影，一咬牙就往杨副局长的办公室冲，果不其然，看到路正阳正站在里面。

林少白顾不了这么多了，刚想推门进去求情，就听到路正阳的声音从门缝里传来：

"杨副局长，根据祁师傅的尸检报告，他不是自杀，是他杀。"

"我已经猜到了，"杨副局长点了点头，"不久前伪装成解放军绑架企业家，就是特务要将上海公安置于舆论的重压之下，现在又直接将目标对准了你！舆论炸弹，往往比火药制成的炸弹更有杀伤力!"

"我办案确实有不周全的地方。对祁师傅审讯后,我就怀疑过,特务明明可以买相纸,为什么要去偷。现在才看明白,他们早就对祁师傅的性格、背景了如指掌,然后设好了局,故意等着我去查相纸,走进他们的圈套。"路正阳刚想认错,就被杨副局长挥挥手打住了。

"利用人性,设计好了一出多米诺骨牌,推倒祁师傅的瞬间,把公安也卷入其中。这是伯劳的惯用手法。很有可能他一直都在试图操控一切。特务用尽这种鬼蜮伎俩,无非是要攻心,让我们上海公安束手束脚,甚至自毁长城!正中敌人下怀的事我不会干!你继续按你的方式去干,外面有再大的压力,我给你顶回去!"

杨副局长的话,让路正阳心中感到一阵温暖,他什么都没说,只是郑重地敬了个礼。他不知道的是,林少白在门外,也为他松了口气。

林少白离开社会处,来到金妍的办公室。金妍正在整理之前祁师傅的尸检报告,看到林少白进来,自然而然地将手头的工作停了下来。

"不该问的别问。"林少白没开口呢,金妍就提醒他。

"你放心,纪律我懂,我来是问你别的事。"林少白索性将桌上的报告翻过去,表明自己一个字都不会看,"你有没有听过种特效药,是美国进口的,专治哮喘,很贵,而且不是口服药丸,是含在嘴里的。"

"你说的是异丙肾上腺素含片吧? 这药美国才研发成功没两年,对哮喘有特效,几分钟就能扩张支气管,但非常昂贵,上海如果有卖的,数量也一定极少。"

"那你帮我打听打听,上海有哪些西药行会卖这种特效药。"

"你问这个干什么?"

"哎呀,你就别管那么多了,纪律又没规定过连药都不能问,你就帮帮我嘛!"

肖云正拨着算盘呢,一个人影闪进了店里。

"杨老板?"肖云愣了愣神,"您怎么来了?"

"你们给我画的广告画,我还是不太满意,想和郑老板聊聊。"

江洋沉声说。

"他有点儿事,要不您先到会客室坐坐,稍等一会儿?"

说着肖云把江洋引到会客室,点了檀香,又从茶叶筒里拿出茶叶。

"杨老板是对广告画的哪里不满意呢? 能跟我说说吗?"肖云一边冲茶,一边小心翼翼问道。

其实广告画不过是江洋的借口,他原本伪装成布行老板下订单,就是为了将郑兰亭引到店里画画,趁机除掉他,可没想到郑兰亭只安排了李旭过去,全程都没有露过面。如今自己已经跟兰亭画室有了接触,若是错过了这次机会,接下来就很容易暴露身份。

金昂昌被绑,正好能撇清嫌疑,若是还不抓紧时间把伯劳拿下,日后只会夜长梦多。江洋干脆把心一横,决定先发制人,一次把兰亭画室的所有人都干掉,免除祸患。

"我给的价格本该是郑老板出面画的,可他全程只安排了个不入流的徒弟,你们这样做生意,只会砸了自己的招牌。"

"我明白了,"肖云端起茶杯,"这样,我先以茶代酒,给杨老板赔个不是。"

江洋看着面前的茶,却没有喝,冷冷地说:"这句不是,还是让郑老板来跟我说吧。"

肖云微微一笑,也没有管他喝不喝,而是自己将杯中水一饮而尽。

"那我上去看看郑老板忙完了没。"

肖云刚离开,江洋就摸出怀里的枪,紧跟着肖云的脚步朝楼上走去。

二楼的卧室门虚掩着,屋里只有郑兰亭一人,正专心致志地画着画。江洋推开房门。

"郑老板,别来无恙。"

"杨老板? 您这是要干什么?"

郑兰亭虽然嘴里这么说,但似乎早已预知到一切,眼神中并无多少惊讶,嘴角甚至还有一丝笑意。

"无论你要干什么,都轻一点,我太太刚晕过去。"

江洋侧脸向床上看去,肖云正在昏睡。他突然有种不祥的预感,刚要开枪,就全身无力,跌坐在地上。

"我明明没喝,怎么会……"江洋拼尽最后的神志,大脑飞速转动。

"茶没事,不代表檀香没事。"郑兰亭起身走到江洋身边,"要怪就怪你大意了,明明是混江湖的,做了几天假老板,就连拆白党这么普通的手段都忘记了。"

郑兰亭蹲下身,从江洋身上搜出了刀和绑在身上的炸药。

"哟,连命都不要了,以死相搏,是谁能让你这么忠心?"

海边的废弃仓库里,金昂昌坐在地上,一边安抚着哮喘发作的高怀朴,一边朝边上的特务大叫道:

"不是让你们去买药了吗? 药呢!"

特务冷冰冰地看着地上的文件纸。

"上头吩咐了,你们这些奸商囤的货都在海上,想要活命,就先把船号和航线交代清楚。"

"他现在这个样子,你让他怎么写?! 再不吃药他就快不行了!"

特务看了一眼面色紫成茄子的高怀朴,终于从口袋里摸出一颗药,扔了过去。

"这次是给你救命的,如果还不交代,再发作谁都救不了你。"

高怀朴吃了药,过了几分钟,才勉强平息了下来。

"高老,听我一句劝,留得青山在,不愁没柴烧。"金昂昌苦口婆心地劝道。

高怀朴叹息一声,知道自己除了交代之外没有别的活路了,接过笔,将自己的船号写了下来。一看连高怀朴这么铁骨铮铮的人都妥协了,其他的企业家也挨个开始写起来。

金昂昌完成了任务,淡然地看了特务一眼。特务却突然翻脸,把他架了起来,朝门外带去。

仓库外是一片空地,海风吹过来冷飕飕的。徐巍从暗处走了出来。

"你们干什么把我一个人叫出来? 他们会怀疑我的!"金昂昌忍不住抱怨。

"不用担心,也可能你就不用回去了。"

徐巍说完,朝不远处一指,金昂昌才看清那有一个挖好的坑,顿时心中一沉。还没来得及思索,一辆黑色轿车就驶到了面前,只见江洋被五花大绑地拖下了车。

灯光照到江洋的脸上,虽然他被刑讯逼问得全身上下都是伤,但徐巍认出了他,正是之前偷面粉的小贼,顿时心下全明白了。

"行啊金老板,主动提出让我抓你,以洗脱自己的嫌疑,好趁机雇凶杀人。"

"雇凶杀人? 我杀谁了?"

"嘴硬没用。"

冷风一吹,金昂昌的背上已经湿透了,可越到这个时刻,他越能冷静下来,刚才的片刻慌乱,已经消失殆尽。

"我不认识他,这是一场误会。"金昂昌的声音没有任何起伏,"你们如果想杀我,直接杀就行了,不用找这种借口。"

"误会? 行,那就当作是误会吧。"

车里一个声音响起,金昂昌抬起头。郑兰亭从车上下来,一步步走到金昂昌面前。金昂昌纵然先前再镇定,此刻的惊讶也藏不住了。这个寂寂无闻的画匠,他之前有过印象,那种憨厚谦卑,浑然天成,与此刻站在他面前的完全是两个人。

"我既然今天露面,与你坦诚相见,对错就已经不重要了。"郑兰亭仿佛看穿了金昂昌的心思,"老金,今天我们就定个死规矩,怎么样?"

"什么死规矩?"

"我就是你一直在找的伯劳。从今天开始,一旦我有什么闪失,不管是谁造成的,你,还有你的宝贝女儿,都要给我陪葬。"

金昂昌心中颤抖,但还是咬着牙谈判:"这不公平,我就是一个商人,我连自己的安全都保证不了。"

"公平本来就是这世上最大的谎言。知道为什么感觉不公平的是你吗? 因为你没有选择的余地! 现在,要么你跟他一起被活埋,要么你亲手把他埋了!"

徐巍走到金昂昌身后,将他推到深坑的边缘,作势要把他推下去。

"伯劳！你不能杀我，我我我对你还有用。"金昂昌的心理防线开始崩塌，连话也说不清楚了。

"别把自己看得太重。你跟他没有什么两样，随时都可以被处理掉！"郑兰亭冷冷地说。

金昂昌看了一眼江洋，不忍也不敢下手。

江洋突然看向郑兰亭，大声问道："死也让我死个明白，我到底哪里露出了破绽？"

郑兰亭用一种看死人的眼神看着江洋。

"缃色和百草霜到底哪个是深色？"

江洋愣住了，他没想到因为这个看似寻常的问题，在他见到伯劳第一面的时候，就被对方发现了身份。

"缃色是浅黄色丝绸的颜色，百草霜才是深色，锅底烧过的草木灰的颜色。你要真是做布匹生意的人，会不知道？"

江洋脸上露出一副释然的表情，最后看了看金昂昌，眼神似乎在求死。

金昂昌突然一发狠，从徐巍手中拿过铁锹，将江洋拍进深坑，随即将土一铁锹一铁锹地往坑里填。

江洋逐渐被活埋，起初还挣扎下，然后渐渐不动了。

金昂昌面如土色，一直喘着粗气，整个人瘫坐在地上。

郑兰亭到金昂昌面前，伸出手，把他拉起来。

"老金，那今后咱们就……合作愉快？"

两人的手在几乎被填平的土坑上相握。

绑架案现场遗留沙子的化验结果出来了。因为案情的紧迫与重要性，杨副局长组织了包括社会处、刑警队等各部门精锐一起协同破案。会议室内，路正阳在给各部门的同仁汇报最新的侦破方向："根据化验科的鉴定结果，案发现场遗留的沙子含盐量接近于海沙，且酸性较高，应当是受到了长期的化工污染。因此，这些产业家被关押的地方，大概具备以下这些特征：附近有河流，有排污的化工厂，应该是在东北方向的入海口一带。"路正阳在地图上将高桥、虹口两地圈出来，接着说道，"这一带水网密布，沿岸都有受到污染的可能，要排查出关押的地点，我们还有大量的工作要做。今天将各位同仁请来，就是我们要展开一场联合大排查。"

路正阳介绍完基本的案情情况，杨副局长站起来讲道："同志们，各位都是从反特、刑侦、档案、交通、水上公安还有出入境防卫等各部门抽调出来的精锐。鉴于解救这些爱国企业家对稳定上海的物价和物资供应至关重要，接下来，就由社会处二室牵头组成专案组，由路正阳担任组长。必须尽快破案，否则真的耽误不起了！"众人认真地做会议记录，散会后便匆匆进入了工作状态，出发前往虹口、高桥地区开始排查工作。

林少白来到金妍介绍的药房,点名要买异丙肾上腺素含片。售货员看过林少白的公安证件,热情地招呼了他。林少白发挥自己嘴碎又八卦的优势,三言两语就从售货员那里套出了这药的销路情况。得知最近几天来买药的就一个二十多岁的小伙子,骑着一辆快没有油的摩托车。林少白顺着售货员给出的方向,追查到加油站。经过走访,得知买药的人骑的是一辆日本97式摩托,车牌号为0229。

林少白得到了宝贵的线索,第一时间杀回了社会处,谁知扑了个空,几乎所有同事都去虹口和高桥排查了,路正阳也不例外。林少白抓着坚守办公室协调工作的岑小满问:"那老路什么时候回来?"

"估计今天回不来了。"

"那给哪个分局打电话能联系上他?"

"他今天应该是在高桥分局那边,但是那边的分局都还没有通电话呢!你不是警鸽股的吗?这你应该知道啊!"

林少白灵机一动,扔下岑小满就往公安局的楼顶跑去。"高桥分局是吧,谢谢小满!"

高桥分局的一位老同志正在向路正阳等人说明情况,在地图上用红蓝铅笔标出了几处邻水的化工厂的位置。一个年轻公安民警急匆匆拿着一张纸条进来,打断了路正阳几人的谈话:"报告!市局那边发来的信息。给路主任的。"路正阳接过字条一看,上面写着:"绑架案发现重要线索,社会处路正阳速回局里!章辉。"

路正阳赶到刑警队,却只看到一个值班的干警,得知章队长正带队在虹口排查,根本没有回来,也没有听说有什么重要线索。路正阳从刑警队出来,刚好碰见等在门口的林少白。林少白还是一副嬉皮笑脸的样子。"老路,回来得够快的。高桥那么远,我的大白刚飞回来,你就到了。"路正阳一下明白了是林少白以章队长之名把他叫回来的,噌的一下就火了,揪着林少白的领子:"好你个林少白,你竟然假冒章队长把我从工作一线叫回来,你知道你耽误多大的事了吗?这不是胡闹嘛!"

林少白拨开了路正阳的手:"把手放开!事关我金叔的安危,如果没有重大线索,我敢跟你开玩笑吗?"

"什么线索?"

"我可以告诉你,可是我有条件,我要回社会处。"

"不可能,你忘了你是因为什么被调到警鸽股的吗?"

"那我就去找章队长。之前他特意跑到警鸽股来请我加入刑警队,全局都传遍了,你不会不知道吧!我拒绝了他,就是为了能回社会处跟你们一起抓到伯劳!"

"你是为了抓到伯劳,还是为了找到徐巍?!"

"我就是想早点破案,尽快救人!反正话我已经说到了,信不信由你。"

"你要是真的想尽早破案就先说说到底是什么线索。"

"高怀朴患有严重的哮喘病,离不开药,特务绑架这帮企业家明显是有所图,在他们的目的达成之前,必须得保证他们活着。所以他们就必须要给高怀朴买药。我通过药店这条线索,查到了他们派来买药的人,骑着一辆车牌号是0229的日本97式摩托车,车牌是伪造的。线索我已经告诉你了,让不让我回来,无所谓了。"

"我凭什么相信你说的是真的?"

"你可以去问高怀朴的儿子高韶春!去问药店和加油站,看我有没有撒谎!你每耽误一分钟,那些企业家就有可能死在特务手里!"

路正阳听罢转身离去,走了两步又对还在原地的林少白喊道:"还不回去开会!"

"哎!"林少白赶紧跟上。

回到专案组办公室,老徐、岑小满、章队长等都已列席。路正阳开始介绍工作:"紧急召大家来,是因为发现了重要线索。下面由警鸽股特别联络员林少白给大家介绍一下案情进展。"林少白好像得了奖杯的学生一样,骄傲又从容地站起来给大家介绍了他发现的摩托车的线索。根据摩托车最后出现的地方和各单位最新排查的结果,路正阳等人很快划定了特务有可能藏匿企业家的地点。但是由于范围过大,讨论还是陷入了僵局。林少白抱着胳膊思索起来,路正阳也搜肠刮肚。突然两人都灵光闪现,同时说出:"手钩帮!"

岑小满一听到手钩帮,也打开了思路。忙给章队长等人介绍起手钩帮的背景。原来根据戴月清的交代,手钩帮最早就是在这一带发迹的。一开始只是这边穷苦的码头工人为了不被欺压克扣工资,报团取暖形成的帮会。虽然后面做大做强,势力范围也扩大到了市里,但是虹口、高桥这一带的码头仍然是手钩帮的根据地。

路正阳当下做出决定,重新提审戴月清!

再次见到戴月清,她已经不复之前霸道神气的模样。在监狱里剪短了头发,人也看着柔和了很多。见到路正阳和林少白,听他们说明来意后,戴月清主动提出要戴罪立功,带公安民警去手钩帮协助调查。但条件是贴身押送她的只能是岑小满一人。路正阳和林少白陷入了激烈的思想斗争。由戴月清出面调动手钩帮是此时查明码头附近情况的最好方法,然而她提出的条件却存在一定风险,如果她在转移过程中逃跑,甚至对岑小满不利,都是路正阳无法承受的情况。而林少白则从戴月清的处境分析了她的动机。此时她已落网,且孩子的事情也瞒不住了,与公安合作是保护孩子、保护自己不被伯劳灭口报复的最好方法。与其等时间一点一点过去,确实不如放手一试,毕竟企业家们还在特务手上。就在两人天人交战之时，岑小满主动请缨，愿意为了破案执行任务。路正阳思量再三，还是同意了这个方案。

郑兰亭在画室里忘情地画着。这是一幅抽象的作品，描绘了一座饿殍遍野的衰败城市，风格颇有几分《格尔尼卡》的样子，边上唱片机正播放着穆索尔斯基的钢琴组曲《图画展览会》。肖云推门进来，递给郑兰亭一封密信："老师，刘贵珩那边来信了。"郑兰亭从容地放下画笔，打开密信，脸上的表情旋即阴沉下来。郑兰亭把信拍在桌子上，愤怒道："小人！"肖云问道："怎么了老师，上峰有什么指示？"

"毛森这个小人，我按照上次见面时的约定，已经给他运了三船物资去台湾，他倒好，跟经国先生汇报说我这边进展顺利，不日还要运二十船过去。经国先生听后大喜，因此上报给委员长，给我下了嘉奖。他特意来信恭喜。"

"他这是在拿委员长和经国先生要挟老师。"

郑兰亭愤怒地将密信攥为一团："告诉鹰隼，一周之内，我要看到所有船装满物资出海，要是有谁还不肯老老实实地合作，那就没有留着的必要了。"

海边仓库内，曾经在上海滩风光一时、叱咤风云的各位老板，蜷缩在阴冷潮湿的地板上，多日的折磨和饥饿已经让他们濒临崩溃。徐巍带着特务端着几个食盒走进来："金昴昌、钱宇轩，出来！"

钱老板听到喊他的名字，吓得直哆嗦，金昴昌强装镇定站出来。"我已经安排了手下的人将你们要的东西送出海，你们还要怎么样？"

徐巍笑了："不怎么样，你们的船，我们的人已经接收到了，所以今天请两位老板吃饭。"徐巍说罢，拿了两个食盒给金昴昌和钱宇轩。两人颤颤巍巍地打开盒盖，里面都是几人多日未见的大鱼大肉。金、钱两人不敢动。徐巍沉下脸："让你们吃就吃！"两人端食饭盒，狼吞虎咽起来。徐巍溜达到剩下的几位老板身边："几位老板不用看着眼馋，请他们两位吃饭，也要请几位作陪。"特务将剩下的食盒发给几位老板，里面装的是不知道从哪里打来的泔水，甚至还有蛆虫在里面游走。曹老板看完直接要吐："这怎么吃啊，这里面还有蛆！"徐巍回道："各位老板吃着有困难，那我们就帮帮忙。"几个特务抓着几个老板，把这些残渣剩饭生生往他们嘴里灌。就在这时，高怀朴的哮喘犯了，倒在地上，脸憋得通红。金昴昌赶紧跑过来扶起高怀朴："药！快给他药！"

徐巍走到高怀朴身边，从怀里拿出一粒药，丢到金昴昌边上的地上。金昴昌刚要伸手够药，就被徐巍一脚踩住手。徐巍对高怀朴说道："高老板，你的船，五天之内能不能出海？能就点点头。"高怀朴强撑着不愿就范。金昴昌被踩得骨头都快要碎了，疼得眼泪都进了出来："老高，你就答应了吧，这样真的会出人命的！"高怀朴实在喘得受不了了，终于勉强地点了点头。徐巍松开脚，金昴昌顾不得自己的手，赶紧把药抓起来

169

送到高怀朴嘴里。高怀朴吃了药,终于喘过气来。徐巍看着大口大口喘气的高怀朴,冷冷地说了一个字:"贱!"

岑小满神情专注地驾着车,载着戴月清往码头方向驶去。戴月清路上借口要打电话,抢走了岑小满的枪,挟持了岑小满,改变了行进方向。跟在后面的路正阳和林少白发现前方车辆线路的变化后,一路追踪,却还是跟丢了岑小满的车。两人急忙回社会处部署追捕戴月清。岑小满被挟持,公安局上下紧急动员,老陈坐在档案科看着走廊上来来往往的人,知道一定有大事发生了,于是从档案柜里把一份他提前准备好的文件拿出来,一瘸一拐地往社会处走去。一进社会处,只见老徐正在分析:"……我们判断,戴月清一定会去找她的孩子,因此……哎,老陈你怎么来了?"

"路主任让我给他查的虹口那边工厂的资料,我这边整理完了,第一时间给你们拿过来。"说着将文件递给老徐。

"谢谢啊老陈,你这腿不方便还亲自跑一趟。"

"应该的,你们先忙,我走了。"说罢,老陈转身离开。

徐巍正坐在仓库里看武侠小说,手下的特务给他送来了肖云的密信:"戴月清跑了,必除。找到她的孩子。"徐巍看完字条,带着几个特务匆匆离开。

秦爷正在茶摊上喝茶,桌上是报纸,身旁站着一名保镖。秦爷喝了口茶水:"老冯,还是你这里的茶香啊!"徐巍带着手下走进茶摊,径直走到秦爷面前坐下:"秦爷,跟您打听个事。"

秦爷边饮茶边淡然地问:"各位可有门槛?"

徐巍道:"不用盘海底。戴月清有个孩子对吧,人在哪?"

秦爷眼睛都没有抬起:"祸不及妻儿老小,这是老祖宗立下的规矩。你们找错人了!"

徐巍眼神一瞟,几个人快速上前看住保镖。徐巍坐下来,掏出匕首。茶摊老板连忙离开。

"老东西,再给你一次机会,说还是不说?"

"这么不讲礼数,做的还是比帮会更脏的活,你们是特务吧?"

徐巍将匕首摁进秦爷胸口半寸:"说不说?"

秦爷忍痛将杯中剩下的茶水倒进嘴里:"做人就讲一个善始善终。自打来上海滩起,'信义'二字,我秦义海就没背弃过。"

徐巍将匕首拔出,秦爷趴在了桌上,晕了过去。另一名特务将枪顶住了保镖的后腰。保镖急忙道:"我说我说! 你们别杀我,他叫童粟粟!"

圣方济学校门口，暗潮涌动。路正阳、林少白坐在车里时刻等待着戴月清出现，阿祥、魏博等人都着便衣，部署在路口周围。临近放学时间，学校门口的车越来越多，都是来接孩子放学的家长。其中就有童粟粟的养母。童粟粟出现在校门口，看到养母，冲她的方向飞奔而来。一辆汽车突然从路口冲出，横了母子俩面前。一个特务下车，抓过童粟粟就要往车里塞。童粟粟吓坏了，一直大喊妈妈。路正阳和林少白从车上冲下来，举枪喝止特务："不许动！放下孩子！"特务也掏出枪，对准童粟粟："让开，不然我打死他！"场面一时无比混乱，周围的家长和孩子都四散逃跑。路正阳、林少白与特务在校门口对峙起来。开车的特务一脚倒车将车转过来，要撞向童粟粟的养母。说时迟那时快，路正阳找准机会朝车开枪，子弹穿透前挡风玻璃，驾车的特务被击毙。同时，阿祥从后面悄悄接近，猛地扑倒了挟持童粟粟的特务。林少白赶紧上前夺过童粟粟，将他和养母带往有遮挡的位置。特务和阿祥缠斗的时候突然一声枪响，阿祥胸口中弹，痛苦地翻向一边。"阿祥！"路正阳赶过来一枪补在特务身上。路正阳将口吐鲜血的特务拽起来："你们要把孩子绑到哪里去，快说！"

"绑回……仓……仓库…………"

"仓库在哪？"路正阳等不到他想要的答案了，特务喷出一大口血，在路正阳眼前咽气了。

林少白把车开过来："老路！快！阿祥伤得很重，要赶紧送医院！快！"

路正阳赶忙和林少白一起小心地架着阿祥上车，赶往医院。

岑小满将车停在一个破旧的码头前，码头停靠着一艘旧船。戴月清和岑小满走下车，岑小满满心不解："你不是去找你的儿子？"

戴月清头也没有回地往前走："我去只会把危险带给他。"

船边望风的帮众看到戴月清很恭敬："老大！"

戴月清点点头，带岑小满走进船只。昏暗的船舱里，是早已等候着的十几个手钩帮的把头。众人见到戴月清，立即都站起来问好。大胡子从阴影中走了出来。

"老大，我接到暗号就猜到是你，以后咱手钩帮又有主心骨了！"戴月清坐到主位，招呼各位把头坐下，并且让岑小满坐到了她的身边。看到有点紧张不安的岑小满，大胡子问道："这位是？""我能安然回来，自然是有高人相助。这位便是那高人的干孙女，以后就是我的干女儿了。"听戴月清这么说，岑小满作势昂起头，做出一副高傲的样子。大胡子等帮众一听这是戴月清的干女儿，也都对岑小满生出了几分尊敬。戴月清喝了一口手下递上来的茶，吩咐道："废话就不说了，各码头的把头，该到的都到了，传我戴月清的令，发动所有弟兄，以最快的速度在高桥找一个地方。挨着海，有河，有化工厂，能关人的地方。"一个把头问道："关的什么人？"戴月清眉毛一挑："上海最近什么人丢了？还能动用我手钩帮的力量去找？"大胡子接下话头："那些被绑架的企业家？不是共产党干的吗？"

戴月清没有理他："长长脑子！我不在的时候，你们谁还和鹰隼有联系？人是他绑的。"一听到鹰隼的名字，众把头都窃窃私语，倒是吴老三坐得非常端正，仿佛从未听过这个人。众人的反应都被戴月清看在眼里。吴老三看周围人都没有反应，向戴月清发问："老大，我们是帮谁找人？"岑小满接过话头："帮我家找的，被绑的人里有我家族的人。"戴月清打断岑小满，对吴老三说道："不该问的别问。尽快去找，谁先找到，我戴月清亏待不了他！"

岑小满载着戴月清，行驶在郊外的小路上。透过后视镜，两人发现有辆车一直鬼鬼祟祟地跟着她们。岑小满猛地踩刹车，迫使后面的车也只能停下。戴月清透过后视镜，和来人四目相对，原来是吴老三带着手下一路跟踪。被戴月清发现后，吴老三只得下车走向戴月清的车，毕恭毕敬地说："老大，这边不安全，我想着护送你们一段。"戴月清微微一笑："有心了，就送到这儿吧，专心把我交代的事情做好。"吴老三的手下趁两人交谈，偷偷地摸到戴月清车后，背后拿着枪，向岑小满这边绕过来。戴月清从后视镜看到，不动声色。这边吴老三磨磨唧唧地还在跟戴月清套话："老大，能问问是哪位高人吗？真能保咱们没事？"戴月清朝他招了招手："过来点，我告诉你。"吴老三把脸凑过来，突然被戴月清用枪托砸向脑袋。吴老三一个跟跄摔到地上。戴月清大喊："小满！"岑小满立即猛踩油门，一个急转掉头，躲在车后的吴老三手下还没来得及反应，已经被戴月清一枪毙命。

吴老三捂着流血的脑袋想跑，就被赶到的大胡子一行人按住。"老大，我查过了，他不对劲！"戴月清从车上下来，缓步走到吴老三身边，居高临下地看着他，满脸杀气："吴老三，鹰隼刚到码头的时候，就是跟你走得比较近吧！"吴老三一愣，戴月清接着说道："帮会里的事情，只要我想知道，没人敢瞒我。说！鹰隼在哪？"

吴老三不敢抬头看戴月清："我不知道。"

戴月清二话不说，一枪打在吴老三腿上："在哪？"

吴老三疼得直号叫，但是还是不肯说出鹰隼的位置。戴月清接着又是一枪，故意打偏了一点，子弹擦着吴老三的耳朵飞过，吴老三吓得瘫在地上，半天才反应过来，伸手去摸，耳朵上缺了一大块，鲜血流了半边脸。

戴月清举着枪："下一枪就是脑袋。"

"我……我说了鹰隼也不会放过我。"

"不说，我现在就会杀了你。"

岑小满按下了戴月清举枪的手。

老徐和虎子忙完手头的事赶到医院的时候,阿祥已经被推出手术室送到了病房。林少白和路正阳满脸疲惫地守在医院的走廊里。老徐拉着路正阳问道:"老路,阿祥怎么样?"

"幸好没伤到要害,手术很成功。已经在病房休息了。"

虎子一见到林少白就揪着他的领子要揍他:"林少白!都是因为你,信任那个诡计多端的戴月清,现在倒好,阿祥中了枪,小满还下落不明!"林少白像泄了气的皮球,一副任由虎子处置的样子,路正阳和老徐赶紧将两人拉开。"都冷静点,不要闹!"虎子靠着墙,委屈地快要哭了:"主任!当初就不应该放她走!"老徐拉了拉虎子:"少说两句。"路正阳对虎子道:"虎子你先别激动,决定是我下的,有什么问题我担。"

虎子愤愤地看着路正阳:"哥,我不是冲你!决定是你下的没错,可主意是谁撺掇的?"虎子甩开老徐拽着他的手,走回到林少白跟前说道:"林少白,之前不是挺能说的吗?什么江湖人最讲信义,什么母亲最舍不下孩子,现在好了,人直接跑了!你还能怎么说?"林少白看着虎子,他的心里也同样不好受,但还是最大限度地保持着平静,咬着牙说道:"这个案子结了吗?你怎么知道戴月清和小满就不回来了?"

"放虎归山还能回得来吗?这话说出来你自己信吗?也不知道是中了什么邪了,黑帮老大的话你也信!"虎子说罢又要揍林少白,路正阳和老徐赶紧将两人再拉开。"虎子,到这边来,透透气!"老徐把虎子拽到走廊窗户边。

"少说两句吧,你这样,老路心里得多难受。"老徐开解道。

"不是,老徐,你说我怎么能冷静下来。好在阿祥现在没有危险了。可是,小满……哎!小满!"虎子看着窗外,竟然是岑小满回来了,身边还有戴月清和手钩帮众人,以及被押着的一个半死不活的吴老三。

老徐赶紧去喊路正阳:"老路!小满回来了!"

岑小满见到路正阳,先是问阿祥的情况,听说了阿祥没事,她也松了一口气。当她回到二处时,听到阿祥中枪,路正阳等都在医院的消息,就急忙赶了过来。这时戴月清对林少白说道:"林同志,我回来了。"路正阳和林少白对戴月清身后全副武装的手钩帮众人全神戒备。林少白指着他们手里的手钩说道:"你能回来,说明你这个人真的讲义气,但是带这么多人,还拿着家伙,是什么意思?"戴月清微微一笑,招了招手,大胡子带头把手里的手钩、匕首、枪扔了一地,把吴老三也往地上一丢。大胡子对路正阳说道:"长官,老大是带我们来自首的。"路正阳等人一愣。戴月清说道:"路主任,时代变了,江湖没有了,他们这些人的出路,就交给你了。"路正阳回道:"你放心,我们一定会根据政策妥善处理的。戴月清,你的选择是对的,在新的时代,他们都一定会有新的出路的。"戴月清对岑小满笑笑:"还是要谢谢这个小囡,她给我们指了条明路。"林少白向戴月清问道:"戴月清,你能带着这么多人弃暗投明自然很好,但是我之前把你放出去,给你的任务呢?"戴月清伸脚踹了吴老三一脚:"在这儿呢!我戴月清答应的事情,从来没有办不到的!"

海风呼啸,仓库里又阴又冷,被绑架的企业家们颤颤巍巍地蜷缩在地上,周围几个特务一边盯着他们,一边在喝粥吃咸菜。徐巍端着粥碗对特务们说:"同袍们,为了党国,大家再吃几天苦。等我们任务完成,蒋总统光复大陆,有的是吃不完的好酒好肉。"这时楼顶放风的特务拿着望远镜跑了过来:"报告!海面有艘渔船过来了,正准备上岸。"其他特务纷纷跑到窗边,拿起枪戒备。徐巍拿起一把狙击步枪,透过瞄准镜,瞄了过去,看到吴老三站在甲板上,在朝他挥手。徐巍放下枪:"放他过来。"

吴老三一瘸一拐地下了船,好不容易走到仓库里面,一梭子子弹就像雨水一样,落在了他面前,吓得吴老三一下瘫倒在地。"巍哥!别开枪!是我!"

徐巍走到吴老三跟前:"你不是去杀戴月清了吗?谁他妈让你来这儿的?还是说你事情办成了,来领赏来了?"

"哎呀,没得手,拼了命才跑出来给你报信的。戴月清应该很快就查到这儿了,她投了共了,发动手钩帮所有力量在找那些被绑的企业家。"吴老三指指自己还在流血的耳朵和腿,"都是戴月清那个老娘们打的!差一点我就死在她手里了!"徐巍看了看吴老三的伤势,将信将疑。这时一个特务跑过来汇报:"老大,有辆车过来了,车上人不少,有可能是公安!"

徐巍看向吴老三,狐疑地说:"不会是你引来的吧?"

吴老三一脸的委屈:"巍哥,我走的是水路,他们走的是陆路,真不是我!肯定是戴月清!她带公安找到这里了!"这时又一个小特务赶过来汇报:"老大,另外一条路上又来了一车,真是公安,全都拿着家伙,把咱们给围住了。"仓库里的气氛一下变得焦灼。徐巍看了看那些惊恐的企业家,又看向吴老三:"你船上带了几个人?"

"就一个开船的,不敢带人啊,走水路也怕被公安发现。"

"他怎么不下船?"

"你没见过他,我怕他一下来就挨枪子。"

徐巍思虑片刻,果断下令:"把人质押上船,从海路转移!"

金昂昌等企业家们跌跌撞撞地被驱赶着登上了旧渔船的甲板,特务们围拢在四周,手里拿着枪,紧张地四处张望。章队长一副渔民打扮,点头哈腰地迎了上来。徐巍没理他,带着特务警惕地检查船舱各处。舱底只有几只散发着臭气的大鱼筐。徐巍用枪挑开鱼筐,里面什么也没有。特务进到船舱汇报:"没有发现人。"徐巍点点头,让特务们把企业家们押到船舱里。徐巍本走在最后,突然回头,又一步一步走回了船舱,拿起角落里的铁锨,朝着船舱外面捅着。一下,两下,什么也没有发现。徐巍终于放心地走回了甲板。船舱外面,就在徐巍刚刚探查的位置,林少白和路正阳正费力地用手扒着船沿,徐巍的铁锹差一点就戳中了林少白的眼睛。两人费力地支撑着,憋得满脸通红,直到徐巍打消了怀疑,两人才松了一口气。

徐巍走进驾驶室,下令开船,章队长得令将船开离岸。在远处观望的虎子看到船离岸,连忙对船开了两枪作为进攻的信号,随后率领石鹏飞等公安向渔船发起了猛烈的进攻。徐巍陷入困境,拿着枪对岸边的公安大喊:"都给我退后!再过来我就把人质都杀了!"虎子等人端着枪,在岸边不敢贸然猛攻。

章队长趁着刚刚虎子等人进攻,破坏了柴油机,船熄火了。徐巍对着章队长就是一枪:"你妈他找死!"章队长躲开了徐巍的射击,掏出枪准备还击。林少白和路正阳趁机翻身进了船舱,一枪一个把两名看管企业家的特务击毙,又把舱门牢牢锁住。路正阳对企业家们道:"大家不要慌,我们是公安,来救你们的。"话音未落,一个特务突然从窗口伸枪进来,差点击中林少白,路正阳反击,将他击毙。徐巍发现中计,用手雷炸开了舱门,带着特务想进船舱撕票。然而特务们刚一进船舱就被死死守住舱门的林少白击毙。章队长此时也摸到了徐巍身后,朝徐巍开枪。徐巍眼见不妙,躲开章队长的射击,一跃跳入水中。

登上船的虎子与林少白、路正阳等人里应外合,很快消灭了剩下的特务。吴老三躲在角落里,也被石鹏飞等人带走。海面上哗啦一声,露出了徐巍的身影,他正奋力朝远处游去。路正阳下令开船抓徐巍,可船已经被章队长破坏了,无法动弹。林少白、路正阳只能眼睁睁地望着徐巍游走,消失在夜色下的海面上。

第九章
国庆日的炸弹

　　招商局码头人头攒动,高怀朴、金鼎昌等企业家站在阶梯上,周围有公安民警的保护。阶梯下面是满满的新闻记者。一个记者不怀好意地问道:"各位老板,想问这次被解放军绑架是怎么圆满解决的? 是否对新政府做出了什么妥协?"高怀朴十分愤怒,站出来义正词严道:"我是高怀朴。我们根本就不是被什么解放军绑架的,所谓的解放军完全就是特务冒充的! 他们绑架我们,为的就是搅乱市场,掀起舆论战,破坏新政府的信誉。我们这次能从特务手里活着回来,要感谢杨副局长,感谢所有公安战士。今后高氏面粉厂一定会无条件支持政府,让上海市民都能吃上平价的米面!"

　　金鼎昌接过话头:"对,无条件支持! 新政府对我们这些企业家一直都是持保护、支持的态度,任何企图破坏军民关系的谣言,最终都会被真相粉碎! 我们金氏棉纺厂一定会扩大供应,跟着新政府一起,尽快把棉纱的价格打下来!"张庆新、钱宇轩和曹仁亮也一起附和:"我们也一样,无条件支持新政府!"记者们对着企业家们纷纷拍照,杨副局长、路正阳、林少白、章队长等人站在最后面看着这个场景,杨副局长拍拍林少白的肩膀,笑了:"小林,你这招还挺管用。"受到领导肯定,林少白又骄傲起来:"那当然了,这叫以其人之道还治其人之身。特务们在舆论场上给我们泼来的脏水,我们当然要在舆论场上泼回去!"

　　发布会结束,企业家们纷纷被焦急等待的家属们接走,回家团聚了。只有金鼎昌没有看到宝贝女儿金妍,拉住林少白问道:"少白,妍妍呢?"

　　"我通知她了。他们法医科说在糖厂附近发现了炭疽弹头,她出现场去了。金伯伯,您先回家休息吧。估计她一会儿也就回去了。"金鼎昌听完点点头,又拉住杨副局长和路正阳再三感谢后,随司机离开了。

金妍回到家已经是深夜了。一进家门，就看到金昴昌正坐在沙发上等她。金妍飞奔到金昴昌身边，给了他一个大大的拥抱："爸爸，您回来了！有没有受伤？"

"你看爸爸像是有事的样子吗？哎，还是多亏了少白和路主任他们，爸爸才能无恙地回家。妍妍，这几天吓坏了吧。"

金妍点点头："我虽然很担心您，但是我对少白、对社会处的同事们还是有信心的。我知道他们一定能把您好好地救回来。我今天没有去码头接您，不会怪我吧？"

"我已经好好地回来了，有什么好接的？要是炭疽的污染源没有处理好，整个糖厂附近都可能要遭殃。孰轻孰重，爸爸还拎不清吗？"

"谢谢爸理解！那是日本人当年埋的炭疽弹头，被暴雨冲了出来，已经拿去化验处理了。"

"这东西危险得很，你要小心。"

"知道了，爸爸。"金妍靠在金昴昌肩膀上撒娇地说。

金昴昌虽然担心，但是也拿他的宝贝女儿没有办法，柔声说道："天天这么晚下班，吃饭了没有？爸爸让张妈给你熬了鸡汤，包了小馄饨，吃一点吧。"

金妍幸福地点点头，和金昴昌两人站起来走向餐厅。

公安局会议室内，杨副局长正在给路正阳、林少白、章队长等专案组同志，以及局里各处领导开总结大会。杨副局长坐在第一排中间，说道："这次能够成功地解救出这些企业家，是所有专案组同志的功劳！案子破了，但大家身上的担子还在。正阳，说下现在面临的情况。"

路正阳道："银圆风潮之后，盘踞在上海的某些资本家，自8月以来一直集中在粮食、棉纱和煤炭等领域大肆囤积，造成市场大面积缺货，物价高涨。他们这么做的目的，就是想让上海经济走向崩溃，让老百姓对我们失去信任。根据情报，不乏特务在里边推波助澜，兴风作浪！"杨副局长扬了扬手里的一份文件："所以中财委决定，要以上海为主战场，从全国各地紧急调集大批粮食、棉纱和煤炭运来上海，集中投放，打一场平抑物价的歼灭战，以绝对的经济实力打垮那些投机商。我们上海公安的任务，就是要保证这些物资的绝对安全，为这场米棉之战，做好坚强的后盾！"

会后，杨副局长和路正阳回办公室讨论工作，远远看到林少白在办公室门口的走廊里打转，便直接叫他进来："林少白！在门口鬼鬼祟祟地干吗？有事进来汇报。"林少白赶紧跟着进了办公室。

"报告领导，您刚才会上说，我们要打好这场米棉之战。我觉得，我们的战场不止在这里，舆论之战我们还应该继续打，而且一定能打赢。"

杨副局长很感兴趣："展开讲讲，你打算怎么打这场舆论战。"

"他们之前用文章抹黑我们的公安民警,甚至把老路描绘成了逼死普通老百姓的黑警恶棍。"林少白一边说,一边把一沓报纸放到杨副局长面前,都是之前泼脏水报道路正阳逼死祁师傅的文章。杨副局长一篇一篇翻看着。林少白接着说:"根据我们之前掌握的有关伯劳的信息,写一篇彻底搞臭,不是不是,彻底揭露他真面目的文章! 也就是把伯劳干的那些脏事都写出来,让那些跟着他干的特务,知道他们的站长是个什么货色! 比如伯劳在多年前为了争夺苏州站站长的位置,出卖过自己人,也就是王力群的哥哥。他在王力群被捕后,非但不积极营救,反倒派出精锐,在转运途中将王力群灭口。还有,伯劳为了金蝉脱壳,牺牲了跟了他多年的杨辉。"

路正阳也跟着林少白打开了思路:"最可恨的,是他还企图利用细菌武器来对付自己的同胞。"

林少白接过话茬:"你说这么一个人,随时可以出卖同僚、出卖下属,谁还敢跟着他干? 咱们可以搞个系列连载,保证看的人多。到那时候,上海还有特务的立足之地吗?"

杨副局长指着林少白笑道:"林少白啊林少白,你这鬼点子还真不少! 准了,就按你说的办!"

秘书老周照例将每天出版的各类报纸整理好,送到金昴昌的办公桌上。金昴昌手里把玩着那支派克钢笔,一份一份翻看着。《解放日报》刊登出大标题:坚决肃清匪特,胜利必将属于人民!《人民日报》则刊登了新政府对于匪特的政策:镇压与宽大相结合! 首恶必办! 胁从者不问! 立功者授奖!《飞报》《铁报》这样的本地小报为了抢销量,头版内容的故事性就强了许多:大特务伯劳如何卖友求荣? ……试看保密局上海特别站站长伯劳之真面目! ……人民公敌伯劳:不仁不义不人不鬼。……但是不管是哪份报纸,都刊登出了徐巍的通缉令,附着他的黑白照片。金昴昌看着徐巍的照片,不动声色地把派克钢笔扔回了抽屉里,拿起电话拨给自己的秘书:"人到了吗? 嗯,让他进来吧。"

敲门声响起,进来一个二十岁出头的小伙子,穿着棉纺厂工人的制服,在金昴昌气派非凡的办公室里显得有点不自在。金昴昌打量着来人,问道:"你就是阿魁?"阿魁点点头:"我在报纸上看到说您回来了,有我哥的消息吗?"金昴昌叹了口气:"阿魁,我接下来要说的话,你要有心理准备。"阿魁面色一沉。金昴昌继续说道:"江洋已经遭了特务的毒手。"阿魁一下惊得坐在了沙发上,怔了半晌才问道:"是不是兰亭画室那个姓郑的干的?"自己一铲一铲将江洋活埋时的场景浮现在金昴昌的脑海中,他不禁打了个寒战,强装镇定地说道:"除了他还能有谁? 我被绑架以后,你哥为了救我去了兰亭画室,结果反被姓郑的抓了。姓郑的是特务,对自己人都会下死手,当着我的面把你哥活埋了,活埋啊!"阿魁攥紧了拳头:"我哥这么久没回来,我就猜到他可能是被人害了。兰亭画室我已经踩好点了,我哥这条人命债,姓郑的必须血偿!"说罢站起来就要走,金昂昌走过来,把他按下:"想报仇,以后有的是机会,但绝不是现在。我跟你保证,你哥的仇,我一定会帮你一起报,等时机一到,一定叫他们加倍奉还!"金昂昌说着,打开一个锁着的抽屉,拿出一根"小黄鱼",犹豫片刻又拿出一根,"这些钱,本来就是给你哥的,你替他收着,就当是给你哥那两个孩子的。"阿魁接过金条,眼泪流了出来:"金老板……"金昂昌拍拍他的肩膀:"你哥是为救我而死的,以后他两个孩子的一切花销都由我来出。至于你,就在我的厂里上班,等需要的时候,我再找你,你看行不行?"阿魁感激地说:"金老板,我替我哥,还有我哥的两个孩子,谢谢您!"

民立小学的教员办公室内,校长带着两箱吃的东西走了进来,打断了各位正在伏案工作的老师:"各位老师,最近物价一直在涨,政府还是很关心大家的,特意调来了物资,来给大家改善一下生活。"黄老师领完自己的东西,很自然地顺手拿走了郑兰亭刚领到的放在桌面上的鸡蛋。校长看到忍不住拦住他:"黄老师,那盒鸡蛋是郑老师的。"黄老师不以为意:"郑老师家是开画室的,生意老好了,鸡蛋肯定是不缺的。"郑兰亭回应道:"黄老师,我讲过许多次了,那是我太太开的画室,我只是帮忙。"黄老师毫不掩饰地翻了个大白眼:"那是,郑老师宁愿不上课,都要去帮忙的。"郑兰亭放下手中的笔:"黄老师,这话可不能乱说。课我从来就没耽误过,画室还免费给学校出校报,我从来都没有收过钱。学校的领导,包括校长都是知道的!"校长在一边点点头。黄老师坐在自己的办公桌前喝着茶水,翻着报纸,头也不抬地说道:"那正好,现在在报纸上都在讲抓特务,咱们这期的校报啊,就请郑老师跟全校的师生宣传宣传。像伯劳这种特务,头上长疮脚下流脓,碰到了一定要举报!举报了政府还要授奖的!"郑兰亭看校长也喜欢这个主意,点了点头,只能顺着说:"校长觉得好,我就做。"上课铃响,黄老师拿起郑兰亭的鸡蛋就往外走,被郑兰亭大声喝住:"黄老师!"

"我着急上课呢!对了,你下午的课我先占了,我要讲作文……"

"回来!把我的东西放下。"

"干什么,还急了啊?"

"我叫你把鸡蛋放下!还有,我的课你以后一节都别想占!出去!"

郑兰亭突如其来的气势,把在场的校长和所有老师都吓到了。黄老师放下郑兰亭的鸡蛋,气呼呼地走了。郑兰亭发完火,察觉到自己刚刚的失态,赶紧又恢复到平常谦卑谨慎的样子。校长宽慰郑兰亭道:"早该这样了!他欺负你老实,我们早就看不下去了,大家说是不是啊?"满屋子的老师都跟着附和。郑兰亭赔着笑,脸上难掩郁闷。

郑兰亭回到画室,用炭笔画着一个男子的肖像。广播里正在播放华东局统战工作部的宣传:"没有人天生就是反动派,我们党统战工作的目标,就是化敌为友,化友为我。

在这个总原则下,除罪大恶极的反动势力和怙恶不悛的顽抗分子外,愿意悔过自首的,人民就会宽恕你们,给你们在新社会改头换面、重新做人的机会……"肖云拿着好几份报纸走了进来:"老师,您要的报纸都在这里了。其实就是共党的宣传,不看也罢。"郑兰亭伸出手,肖云只得将报纸递给他。郑兰亭一份份看过去,上面有对伯劳的攻击,也有徐巍的通缉令,还有《人民日报》《解放日报》的官方宣传。郑兰亭道:"不过是玩攻心那一套,想让我们自乱阵脚。"肖云回道:"现在确实让他们把水搅得很浑,到处都在抓特务,鹰隼那边现在寸步难行。"郑兰亭吩咐道:"告诉鹰隼,让他不要风声鹤唳,自己吓唬自己。先找个地方隐蔽起来。老百姓总是健忘的,等风头过了再说。"郑兰亭将报纸放下,又拿起炭笔画了起来:"这不是路正阳的路数,更像是徐巍的那个好兄弟林少白耍出来的手段,剑走偏锋。"郑兰亭的画笔在人像上勾勒出一个人的眼睛和眉毛,细看正是林少白。

路正阳、虎子带着魏博、周宏,押着一名自首特务,回到社会处。虎子脸上还挂了彩。他们迎面碰上石鹏飞和老徐抱着一大摞材料从档案室出来。老徐看几个人没精打采的,问道:"不是去抓接头的特务吗? 怎么就押着一个回来了?"魏博指了指押送着的特务答道:"别提了,最近认罪自首的特务太多了,全都指望着戴罪立功。对方来接头的跟这个一样,也是想着戴罪立功。两边一动手,才发现对面是虹口分局的,都是自己人。"石鹏飞指着虎子脸上的伤,幸灾乐祸道:"哎呀,虎哥这是在分局同志手底下吃了亏啊!"虎子面子挂不住了:"我那是早看出不对劲,有意没下狠手。"几个人看虎子硬逞强都笑了出来,连被押着的自首特务都忍不住偷笑,虎子面子更挂不住了:"哎,你! 谁让你笑了? 你自己的问题还没交代完呢! 今天你这戴罪没立功啊!"说完推着自首特务去了看押室。剩下几个人一起回到了二室,继续埋头于他们这几天因自首特务太多而加倍的工作中去。

路正阳、老徐、岑小满等所有二室成员,各自的桌子上都放着堆成小山一般的档案。大家都在忙碌地工作。杨副局长领着老陈和一名新同志进来:"各位同志,先停一下手头的工作,有件事要和大家宣布。考虑到二室最近的工作负担比较重,有大量的特务需要审讯,大量的材料需要调查、整理、归档,局里给大家增加了两个人手。老陈大家都熟悉了,之前就在专案组一起工作过。"大家都鼓掌欢迎老陈。杨副局长接着说:"还有这位,我特地从济南市公安局挖过来的李耀鸿同志。"李耀鸿笑呵呵跟大家打招呼:"我叫李耀鸿,木子李,照耀的耀,鸿雁的鸿,请大家多多关照!"杨副局长继续介绍道:"李耀鸿同志经验很丰富,1948年就在济南市公安局督查室情报科工作了,是情报分析方面的一把好手!"二室成员纷纷和李耀鸿握手,欢迎他的加入。杨副局长看到原本属于林少白的位子正空着,便安排李耀鸿坐下"今后你们就一起工作,共同进步! 小李你就坐在这里吧。"李耀鸿看到桌子上还有不少其他人的东西,有点犹豫。路正阳安排道:"虎子,你把这些东西收拾收拾,有空给林少白送过去。"虎子道:"好嘞!"

路正阳和李耀鸿正坐在一桌吃饭。林少白端着饭盒在食堂里四处张望,看到路正阳,便朝他走了过来:"这位就是新来的李耀鸿同志吧?"李耀鸿摸不着头脑:"你是?"

"林少白。"

李耀鸿很热情地道:"少白同志,来来来,坐!听二室的同志说起过你,不好意思,还坐了你的位子。"林少白翻个白眼:"麻烦耀鸿同志换个位置?我找老路有话要说。"李耀鸿正要走,被路正阳拉住:"耀鸿同志不是外人,有什么事就在这里说。"林少白只得坐在了李耀鸿左边,和路正阳夹着李耀鸿坐着。林少白斜眼看看李耀鸿:"听说耀鸿同志是从山东调过来的?熟悉上海的情况吗?要不要我带带你?"李耀鸿刚想回答,被路正阳接过了话茬:"用不着,耀鸿同志十多年前就在上海参加地下工作了,老资历了。"林少白"啐"了一声:"办案子看的是能力,又不是资历。""林少白,你说话客气一点。没让你回社会处,你到处找人散怨气吗?"李耀鸿看出了两人之间火药味越来越冲,端着饭盒站了起来:"老路,少白同志,你们聊,我吃好了。"两人看着李耀鸿走了,林少白把饭盒一推:"谁让你把我的东西都给送到警鸽股的?我那个办公桌谁也不许动,你让他搬走!"路正阳也不吃了:"林少白,你别在食堂里散德行啊,有话到我办公室说去!"

林少白关上路正阳办公室的门,悄声问路正阳:"新来的李耀鸿到底什么来路?可靠不可靠?"

路正阳笑了:"不是来兴师问罪的?"林少白推了路正阳一下:"你以为我不知道你吗?你不把我叫回来,不就为了让我隔岸观火,给你当个瞭望岗,暗中揪出那个内鬼吗?"两人相视一笑。路正阳道:"可以啊,咱俩这默契。你从什么时候开始怀疑的?"

"救企业家的时候,杨副局长特意叮嘱,我们派戴月清出去协查的事情要保密!可为什么特务那么快就有行动,知道我们去找过秦爷,能够直奔戴月清的儿子童粟粟那里?到底是谁泄露的?"

"专案组内部的人。不然不会那么快!"

林少白接着问道:"还记得白庆芳死后我们的结论吗?"

"他是死了,但并不能证明我们内部没有其他的内鬼。伯劳的人很可能渗透到了公安局的一些关键位置。所以眼下不论是上海特别站还是潜伏在局里的内鬼,眼里都只会盯着专职反特的社会处,绝对不会注意到警鸽股,注意到你这里!"

"我一猜就猜到你是这么想的!不过老路,二室就这么几个编制,他李耀鸿给占了,我以后还回不回得来?"

路正阳拍拍林少白的肩膀:"那就要看你接下来的表现了。继续努力吧,少白同志!"

舟山附近，海面上漂着一艘两层的货船。郑兰亭驾着小船渐渐靠近。郑兰亭登上货船，迎接他的是似笑非笑、神态中带着几分幸灾乐祸的刘贵珩："伯劳，老板在等你。"郑兰亭走进船舱，见到毛森正在泡茶，于是坐在了毛森对面。毛森示意手下都出去，房间里只剩下了毛森和郑兰亭。郑兰亭接过毛森递过来的茶，神色严肃地检讨道："这次失利我有责任，有负党国与蒋总统的期望。"

毛森摆摆手："想多了！胜败乃兵家常事，你劫三艘粮船过去，跟三十艘过去，实质上差别不大，因为宣传的意义已经实现了！现在岛内都把你当作深入敌后、孤军奋战的英雄。"

郑兰亭将信将疑，但是还是赔着笑脸："是吗？那我可愧不敢当。"

"对英雄，自然就不能亏待。所以我们几个老家伙一商量，决定把你调回台湾，接任局长办公室副主任一职，上峰可能还要嘉奖你，以振士气嘛！"

郑兰亭听出了毛森话里的讥讽，什么回岛嘉奖，分明是保密局的人在台湾内斗得你死我活，拉他回去背黑锅做替罪羊。此时去台湾必定是凶多吉少，于是婉言谢绝："毛老板的美意我心领了，但现在还不是回去的时候。位置和奖励请您先帮我留着，等我再打几场胜仗再回去，才算是实至名归。"

"伯劳，都这个年纪了，没必要再留在上海涉险了。这也是上峰对你的关心。"

"正因为都这个年纪了，有些事不做，可能就没机会了。眼下覆海计划是遭遇了一些挫折，但是好饭不怕晚，好戏总是要压轴登场的。"

毛森脸色一变："如果我坚持要调你走呢？伯劳的名号现在上海尽人皆知，你们上海站还有不少人去公安局自首了。"

郑兰亭淡定自若地喝了一口茶："这未必是坏事，只会让我们的队伍更加纯洁。我已经有了计划，很快就会有一次大的胜利将我们的力量再次凝聚起来。米棉这一战，目前只打了一半而已，远没到决胜负的时候。眼下共产党为了平抑物价，正紧急从全国各地调集米、棉、煤等物资进入上海，这些物资全都集中存放在各大仓库，这就是我们的机会。"

毛森看着郑兰亭，来了兴趣，给他又添上了茶："你想针对这些物资下手？"

"只需要一把火，它们全都将付之一炬。共产党不是已经定了，要在10月1日这天建国吗？等他们在北京燃起烟花的时候，我会在上海送他们一个更大的烟花！"

毛森站起来踱了几步："这可是个大手笔！刘贵珩那边还有些精锐，我会都派出去协助你，任你调遣。"

郑兰亭笑了笑："谢谢毛老板，那我去准备了。"

刘贵珩送郑兰亭下船后又回到毛森的船舱。毛森悠悠地喝了口茶，吩咐道："接下来该怎么做，不用我说了吧？"

"明白。"

路正阳、李耀鸿、老陈等所有二室成员齐聚办公室,每个人面前都是堆成小山一样的档案。路正阳给大家布置任务:"这些特务口供、档案量巨大。虽然大部分特务都是外围人员,但通过对他们的身份背景、执行过的任务进行对比分析,还是可以找到一些关联性的。很有可能会跟上海特别站的行动有关。大家马上开始吧。"众人都投入到了紧张的工作中去,一份一份详细查阅着。李耀鸿看着一份档案,察觉到不对劲,不动声色地将档案放进了抽屉里。老陈在档案堆后,注意到了李耀鸿收起来的档案,又低头处理起自己的工作。时间过得飞快,可常出外勤的虎子、魏博、石鹏飞、周宏桌上的档案还是厚厚一摞。四个人互相看来看去,抓耳挠腮。岑小满一边看档案,一边做笔记,居然看得比他们四个人加起来还要快一些。石鹏飞注意到岑小满的速度,凑了上来:"小满,看得真够快的,你会速读对吧?"岑小满一边回答,一边还在不停地写:"怎么了?"虎子拿起一沓档案递了过来:"小满,你帮我看几份呗?"看虎子要找帮手,石鹏飞、周宏和魏博也都递过来自己的档案:"小满,帮我看三份呗?""小满,就帮我看两份,我请你吃蝴蝶酥!"岑小满根本不理他们,沉浸在自己的工作中:"没戏没戏,我自己的还看不完呢,你们有说话的工夫都看完一份了!"李耀鸿走过来:"你们分我一部分吧。"几人刚才没有注意李耀鸿,回头一看,他桌面上的档案已经处理得差不多了。虎子吃惊地问道:"鸿哥,你都看完了?"李耀鸿微笑着点点头。石鹏飞故意酸岑小满:"哎呀,鸿哥这速读的水平太厉害了!完全不输某人嘛!"李耀鸿拿过他们的档案回到自己座位坐下,又忙了起来:"赶紧看吧,你们别打扰人家小满了。"老陈抬头看了看几个说说笑笑的年轻人,又埋头继续整理自己的档案。

下班时间已经过了,办公室只剩下了路正阳和李耀鸿。李耀鸿整理好最后一份文件,拿出抽屉里的一份档案,递给路正阳:"老路,这个化工厂的销售,梁云达,之前一直没有活动,直到四天前,突然接到上线的通知,让他帮着采购白磷。他不想卷入太深,索性自首了。"路正阳看了看,从自己抽屉里也拿出一份档案:"你看看这份,任务是绘制码头仓库的分布图。"李耀鸿拿起档案:"这两个特务之前都是一直没有被唤醒,接到任务的时间都是在四天前,那完全可以推测,他们的上线很可能是同一个,他们的任务一定存在着某种关联。"路正阳推理道:"白磷极易燃烧,遇火就着,又以仓库为目标。这些仓库储存的都是从全国陆续运来的米、面、煤等物资,大部分都是易燃物,一旦被烧毁,后果不堪设想!这样,让这个梁云达联系他的上线,就说白磷采购好了,需要交接。"李耀鸿应和道:"你想顺藤摸瓜!"

深夜,路正阳骑着车来到林少白家。林少白开门,将路正阳领了进去:"小声点,飞航睡着啦。"林少白将路正阳领到楼上。飞航在客房里正睡得安安稳稳,林少白的爱猫元宵卧在飞航的脚边,也睡得香香甜甜。怕吵到孩子,林少白又把路正阳领到楼下餐厅里。路正阳感激地看着林少白:"谢谢你啊,今天得亏你帮我去接了飞航回来。我最近工作太忙了,根本顾不上照顾她。"林少白答道:"哎,我早就答应了飞航要请她吃正宗的上海菜嘛,上海还有哪里的菜烧得比我妈做的更好吃?"路正阳听了点点头附和。林家的两位太太听到路正阳来了,也都来打招呼。"路主任,来啦,吃饭没有?"路正阳摆摆手:"吃过了吃过了,不用麻烦。我看飞航睡得香,不叫她了,我明早来接她啊。"林少白跟林母说道:"他肯定没吃,怕你们麻烦。赶紧给他弄点消夜吧。"两位林太太赶紧把三四样饭菜摆上桌:"路主任,都怪少白也没提前说,都是些剩菜了,别嫌弃。"路正阳吃得很香,林少白坐在边上说道:"老路,你先吃着,我有事跟你说。"

"什么事?"

"我们家一致决定,让飞航先住在我家。"

路正阳一愣,林少白接着说道:"飞航放学路上都跟我说了,最近她既要排练游行的方队,又要画国庆的宣传牌,忙得很。正好我家离学校近,她住过来会方便得多。"

"这太麻烦了……"

"什么麻烦不麻烦。你最近忙得脚不沾地,想照顾她都没时间。再说了,我两位妈妈加起来能做百十道菜,你能做几道?"

大太太在边上附和道:"我们在家也无聊,飞航来了还能陪陪我们,你就放心好了。"

路正阳犹豫:"飞航她自己同意吗?"

林母答道:"当然同意!你看她睡得多好。"

路正阳点点头:"行,那飞航就先拜托你们照顾了。少白,你把生活费算一下,下个月发了工资给你。"

大太太给路正阳夹了一大筷子菜:"你跟我们还客气什么啊?他的工作你前前后后操了多少心,要不要我们也折成钞票给你啊?"

路正阳心生感激:"谢了啊。"

林少白道:"那就说好了啊,飞航暂时住我家。"

"嗯!"

老陈瘸着腿推着自行车走进社会处,停好车往里走,迎面碰上路正阳、李耀鸿带着虎子、石鹏飞以及自首的一个特务一起往外赶。只听虎子小声地问李耀鸿:"鸿哥,你说这梁云达,就是个小角色,怎么代号叫游隼,不是跟鹰隼差不多?他叫个麻雀、斑鸠、鸽子都行啊。"老陈跟路正阳他们打招呼:"老路,这么大阵仗,出任务?"路正阳等人神色匆忙:"回来再聊啊,老陈。"

办公室就剩岑小满和老陈在整理档案。老陈一瘸一拐地拿起暖瓶跟岑小满说："暖水瓶空了，我去打瓶水。"岑小满看老陈腿脚不方便，连忙站起："我去吧！早上路主任急着分配任务，都忘了热水了。""那就麻烦你了！"岑小满拿过暖瓶，走出二室，屋里便只剩下老陈一人。老陈在屋里等了片刻，等岑小满的脚步声远了，三两步跑向李耀鸿的桌子，发现里面空空如也，又跑向路正阳的桌子，却发现抽屉上了锁。岑小满回到二室，老陈正坐在自己的位子上，认真地看材料。见岑小满回来，老陈不动声色地问道："小满，我刚才怎么看处里又来新人了？"岑小满给老陈杯子里加上热水："没有啊！新人不就一个李耀鸿同志吗？"

"那个跟主任他们一起出任务的不是新人吗？"

岑小满坐回自己的位子："那是个特务。"

老陈一副恍然大悟的样子："真是年纪大了，忘性也大了！之前那人被捕的时候，我还看过他的档案和照片，是被另一个自首的特务交代出来的，叫……"

"梁云达。"

"对！就叫梁云达。"

西雅钟表行，大白天的，窗户紧闭，门口挂着打烊的牌子。刘贵珩把枪别在后腰的枪套上，小四给他拿来外套帮他穿上，也给自己的绑腿里藏上了匕首。小四一边忙活一边跟刘贵珩报告："游隼很能干，这才几天就搞到货了。到时候毛老板论功劳，您肯定压伯劳一头。"

"游隼？"

"我给化工厂梁云达起的代号。"

刘贵珩被小四的小机灵逗笑了："你小子，真损啊，给一个龙套起的代号跟鹰隼一样。"小四一边笑着应承，一边走到前店去帮刘贵珩取礼帽。这时前店的门被敲响了。刘贵珩不耐烦地喊道："小四，你没把打烊的牌子挂出去吗？今天不营业。"只见徐巍拿枪顶着小四走了进来。刘贵珩一惊："你来干什么？"

徐巍放下枪，拉了把椅子坐下："是要去跟梁云达接头吧？"

"你什么意思？伯劳派人监视我？"

徐巍摸着自己的枪，头也不抬："需要吗？我们自然有我们的渠道。梁云达已经被捕了，公安正带着他去设埋伏。"

刘贵珩不屑地说："我看你们是故意给我们使绊子，见不得我们好。让开！"

徐巍一笑："你们尽可以去。到时候被公安逮捕了……王力群是怎么死的，你应该还没忘吧？"

王力群这个名字显然让刘贵珩陷入了犹豫。于是对小四吩咐道："你去接头的地方确认一下。"

徐巍把帽子扔给小四："机灵点,别让路正阳看到你。"小四有些不情愿,但也没办法,只得离开。

刘贵珩对徐巍说道："你的消息也带到了,可以回去复命了。"

徐巍却不走："不急!事情还没办完。站长问你为什么不经允许,就购买那么多白磷!"

"要烧毁那么多物资,我多备一些白磷,有备无患,有什么问题吗?"

"站长让我转告你,从现在开始,你手上的所有任务终止,派出去的人员全部撤回来!"

刘贵珩一听就火了："伯劳他想干什么?在毛老板面前他表过态的!我们是合作,不是他只手遮天!"

"今天如果不是站长,你已经中了公安的圈套,离被捕已经不远了。"

"你们的情报是真是假还不一定呢!你回去告诉他,让我撒手不管,那大家就都别干了!还画什么画,修个什么破表,大家一起去台湾岛上种红薯!"

徐巍静静地等他发泄完："我就这么跟站长说吗?原话?"

"原话!"

徐巍笑笑,没说话。两人陷入沉默中。

等了片刻,小四气喘吁吁地回来了："老板,我看见了!"

刘贵珩着急地问道："看见谁了?"

"梁云达。没看到路正阳,但是那家咖啡馆的服务员全都换人了。"

徐巍说道："路正阳在报上露过面,自然不会轻易让你看见。客人是不是比平时要多一些?"

"对。"

徐巍接着说："多出来的都是来抓你的。也就是说,站长救了你一命。所以接下来的安排,希望刘秘书能听好了。购置组装炸药,起火仓库的选定,途中炸药的运输都由我们来,您这边只负责外围接应。"

刘贵珩想了想："途中炸药的运输最好是我们来。你们那边,包括你都已经在公安那里挂了号,我这边的人刚起用,都是生面孔。相对更安全些。"

"我会向站长请示的。"说完,徐巍戴上帽子,离开了。

路正阳下班后就赶紧带着一大包飞航的衣服,骑着自行车,来到了太平里的林少白家。飞航见到路正阳自然是开心得不行。林母和大太太因为有了飞航的陪伴,每天的生活也增添了许多乐趣。林少白每天在警鸽股事情不多,正好有时间陪伴飞航做功课。路正阳看到飞航和林少白一家人相处和谐,安心了许多。路正阳主动请缨,给大家做了晚餐。林少白虽然嘴上嫌弃路正阳做饭太辣,但是还是吃得很开心。饭后,路正阳又陪飞航画了一会儿画,等飞航要睡了才走。林少白送路正阳离开,两人也终于有了机会讨论一下案情。说起用梁云达钓鱼的行动,路正阳有些失落:"今天的行动,等了一天什么也没等到。"

"是不是特务去接头,发现你在现场,临时取消了?"

路正阳回忆了一下:"我今天从头到尾都没有露面,肯定是事先走漏了消息。"

林少白想了一下,说道:"你们不要再出面查了,在内鬼没有被揪出来之前,做什么都是白费。我现在不在社会处,内鬼不会注意到,我去查查试试。"

路正阳同意了林少白的办案思路:"嗯。今天是打草惊蛇了,估计后面他们会更加谨慎。你准备怎么查?"

林少白想了想:"再怎么谨慎,他们的目标也是仓库和物资,跟这两样关系最密切的,就是工人!"

正逢周末,这天金昴昌难得的没有去工厂,也没有安排饭局,而是在书房里放松,听着京剧看报纸。张妈进来报:"老爷,您的客人到了。"

"客人?"金昴昌还在疑惑中,只见郑兰亭和李旭走了进来。金昴昌一愣,随即起身,脸上挂着笑:"哦,郑老板啊,快请进!"接着对张妈吩咐道:"我这里有贵客,谁都不要来打扰。"张妈走出去,将门关好。郑兰亭抬眼看了看金昴昌的书房布置:"气派,到底是金老,财大气粗。"

金昴昌脸色一沉,紧张道:"怎么突然亲自来,还找到家里来了?"郑兰亭没有回答金昴昌的提问,看了看金昴昌读了一半的报纸,上面正是关于新中国将在下月成立的报道,便说道:"共产党将在下个月1日宣布建国。金老这样的进步企业家就没想着去献一份大礼?"金昴昌不知道郑兰亭葫芦里卖的是什么药,只能说一些冠冕堂皇的话:"商会也跟政府提过,要搞一些雕塑、纪念碑来庆祝,不过政府都拒绝了,说让我们休养生息,把恢复生产放在第一位。"郑兰亭道:"那是跟你们客气。礼是要送的,而且得送个大的、好的! 我帮你们想了个好主意,你只需要采购一批白磷。"

金昴昌不解:"你们要白磷做什么?"

"目前全国各地援助上海的物资每天都有上百万吨囤积在各大仓库,这些仓库又刚好连成了一片。而金老板的四间昌江仓库,正好处在这一大片仓库的中心位置。如果白磷汽油弹在这里爆炸,那么一定会火烧连营。这就是送给新政府的大礼……"

金昴昌越听越心惊:"伯劳,这事太大了! 莫说很难成,就算成了,一定会惊动共产党高层的,到时候他们肯定会倾尽全力来查。这……这会把我们送上绝路的,你要三思啊!"

郑兰亭一笑,拍拍金昴昌的肩膀:"老金,应该三思的是你。你要考虑的,不是共产党会不会放过你,而是你应该怎么去战胜他们!"

金昂昌仍然抗拒："不行不行,毕竟起火的是我自家的仓库,事后查起来,我没法交代!"

"那你就想想办法,不露痕迹地把这些仓库捐给共产党,事后所有的责任就都和你无关了。以金老板的能力,这应该不算个事吧?"

金昂昌没有接话,踱了几步:"仓库我想想办法,但是白磷真有难度。你们去找别的老板,有的是和共产党不对付的。"

"你说的别的老板早就被共产党盯上了。只有你金昂昌,干干净净。三百斤白磷,不讲条件。"

金昂昌对郑兰亭给的数字大吃一惊:"三百斤?! 我是真搞不来啊。现在连米、面、煤炭的价格都涨上了天,何况是白磷这种工业制成品。我去哪里搞?"

郑兰亭站了起来:"王力群对你说过的话忘了? 你账上有多少钱,我们比你更清楚。老金,这一场火攻必须成功,出任何纰漏都是不可饶恕的。你现在明白,为什么今天是我亲自来了吧?"

金昂昌知道自己面对伯劳没有任何商量的余地,只能无奈地点点头。

郑兰亭对金昂昌笑了笑:"时间不早了,我先走了。"

金昂昌坐在办公室里,他的心腹秘书老周向他汇报道:"金老,您家里、车上还有办公室,里里外外全都仔细检查过了,没有发现窃听器。"

金昂昌的手里攥着那支派克钢笔,他思索片刻:"这些地方都干净,那就一定是人的问题。那边对我的情况一清二楚,只可能是我们的身边埋了他们的钉子。"

"钉子? 会是谁呢?"

"事出反常必有妖。你想想看,是从什么时候开始,反常的事找上门的?"

老周反复回忆着:"从……从刘明俭被杀!"

"刘明俭死前曾拿来一份账目要挟我。其中有一部分账目他照理是根本接触不到的,会是谁给他的呢?"

"那段时间,糖厂的李玉泉来过,说是跟棉纺厂交流经验,还跟刘明俭喝过好几次酒。"

金昂昌在脑海里拼凑着李玉泉的相关信息:"李玉泉,他可不是好酒的人。"

"确实蹊跷。伯劳为什么不在别的地方,偏偏要选在李玉泉管理的糖厂,去建这个什么糖业研究中心?"

金昂昌心中又拼凑出了更多线索:"上次妍妍去调查炭疽,我事后问过,她是怎么进去的。妍妍说是李经理过来放的行。那帮特务只听伯劳和鹰隼的,李玉泉怎么能命令得动他们? 除非他自己就是特务!"

"吃里爬外的东西,亏得金老你对他这么好!"

金昴昌冷笑:"他愿意当钉子,那就该知道钉子的下场。要对付伯劳,就必须先把他拔掉!"金昴昌思索片刻,继续说道,"老周,接下来捐仓库、搞白磷这些事,不仅得做,还要做得漂亮。"

老周有些蒙:"金老,你是说?"

"过阵子你就知道了。我们要神不知鬼不觉地给他送葬!"

天已擦黑,路正阳和林少白有点不安地按响了兰亭画室的门铃。郑兰亭前来开门:"路主任,林警官。"

路正阳打量着郑兰亭。这个人看起来还是这么的谦卑、友善。路正阳表明来意:"学校老师说飞航下学跟您来家里画宣传牌了。我们来接她。"飞航的声音从画室内传出来:"二爸,我还没画完哪!"郑兰亭微微一笑,把两人请进了屋:"我太太正在烧菜,两位留下一起吃一点吧。"

会客室内,郑兰亭、肖云、路正阳、林少白、飞航围坐在一起吃饭,飞航吃得津津有味。路正阳对郑兰亭问道:"郑老师,飞航最近在学校表现得都还好吧?"

郑兰亭看看飞航,充满欣赏地说道:"飞航很特别。虽然年纪小,但是很聪明,尤其是画画,一点就通。刚跟我画了一幅练习画,非常不错。"飞航听到郑老师的肯定,很自豪:"二爸,正好我想跟你商量一下,以后我想常来郑老师这里学画。"路正阳和林少白对视一眼,答道:"好啊,具体的我再跟郑老师商议商议。"

郑兰亭给飞航夹了一筷子菜:"飞航是个好苗子,能遇到她也是有缘。"

林少白吃着吃着突然插上了话:"郑老师的画画得这么好,我突然想到,能不能请郑老师帮个忙? 飞航父母的情况您也了解,她跟父母的合影只留下了一张,还被毁了,能不能请郑老师帮忙给飞航画一幅父母的肖像?"林少白说完,仔细观察着郑兰亭的神情。郑兰亭心中一震,但不露声色:"照片还在吗?"

飞航从书包里拿出照片,递给郑兰亭:"郑老师,这张照片已经看不清了。"

郑兰亭接过照片,上面的人像被墨染过,又被擦过,很模糊了。他举着照片,对着灯光仔细地看:"确实已经看不清了。"路正阳道:"我记得。他们对于我来说,亦师亦友,我记得他们的样子,我来描述吧。"郑兰亭道:"那我试试。"

画室里,郑兰亭坐在画板前,路正阳、林少白和飞航则围在他身后。郑兰亭用炭笔轻挥几笔就将照片上人物的轮廓描绘了出来。路正阳补充道:"文大哥下巴没有这么宽……耳朵要小一些……颧骨……"郑兰亭哪里需要路正阳补充,这两个人的面目如此清晰地印在他的脑海里,正是这两个人让他深爱的妻子命丧黄泉,几年来,他从未忘记他们的样子。即使内心无比愤怒,郑兰亭还是保持了表面的冷静,画笔也没有停下,不多一会儿,文添夫妇的肖像显现在画纸之上。郑兰亭继续画着,将文添夫妇和长大的飞航画在了一起。郑兰亭向路正阳解释道:"我特意画了现在的飞航,也算是一种念想。"看着爸爸妈妈的面庞,飞航的眼睛已经红了:"谢谢郑老师! 真的是爸爸妈妈!"路正阳端详着文添夫妇的肖像:"画得很生动。"林少白冷不丁又添了一句:"就像真的见过他们一样。"郑兰亭回道:"不是有照片嘛。"路正阳观察着两人对话时郑兰亭的神态,随后看了看手表:"哎呀,都十点了。郑老师,飞航要睡觉了,我们就不打扰了。"

郑兰亭和肖云送走路正阳他们三人,在门关上的那一刻,他脸上的笑容终于挂不住了。肖云看在眼里,满是心疼。肖云轻抚郑兰亭的后背:"他们让老师画文添夫妇,会不会是有意试探?"

"看来他们对我的怀疑还在继续。如果路正阳还有软肋的话,那只能是飞航了。"

"老师是要用她做一枚棋子?"

"现在还只是一步闲棋,不过相信会有一个绝佳的利用它的时机。到时让他也感受一下,什么是真正的痛。"

自从上次和路正阳制定了对码头工人进行调查的刑侦路线,林少白就带着信鸽大白在码头和仓库边摆了许多天代写书信的小摊。如果有人问起,林少白总是说自己是为了挣生活费谈对象的大学生。林少白字迹好看,人和气,收费又低,来写信的人还真的是络绎不绝。在一封封杂七杂八的各色书信中,林少白甄别着有用的情报。这一天,一个码头工人让他代写的家书引起了林少白的注意。

码头工人让林少白代写道:"妈妈呀,你眼睛不好,买东西要带着小宝。最近在卖的兵船面粉、太仓大米,买的时候可要多个心眼,拆开来看看,里头搞不好有沙子呢。"

林少白放下笔:"啊? 有沙子? 能有这事?"

码头工人答道:"我们上手搬的都知道。最近有几批不小心碰散了露出来的。后来咱多个心眼,用钩子搅一搅,每天都能碰着这么几袋。"

林少白做出一副很在意的样子:"那你们不上报吗?"

"我们零工只负责搬一下,搞不好是哪个码头工人帮会偷盗,以次充好,捅出去不是惹事吗?"

林少白表示不信:"这都是新社会了,谁还敢干这种事情?!"

码头工人被林少白一激也认真起来:"真的! 我骗你做什么! 反正是在金老板的仓库那边最先发现的。"

"金昴昌金老板的仓库?"

"对! 就是他! 还能有谁?"

林少白的脑子在飞快地转动。自从上次的绑架风波过后,金昴昌一直在积极组织被营救的企业家支持政府工作。最近刚刚带头将自己名下的四座昌江仓库全部捐了出来,其他的企业家在他的感召下也纷纷捐出了自己的仓库,帮助政府储存物资,平抑物价。虽说仓库的交接工作还没有完成，但是既然老板们都积极支持政府工作，又怎么会发生米面里掺沙子的事情呢？事出反常必有妖，林少白决定去一探究竟。

　　林少白提着鸽笼，来到昌江3号仓库附近，观察着周遭。此时正是午休时间，工人们正三三两两地在角落里擦汗小睡。林少白趁人少拐进仓库，在一堆米袋前拿出小锥子，一袋袋刺进去查看。不一会儿，终于发现其中一袋米掺着沙子，他继续刺了边上几袋，竟然都掺着沙子。

　　门外传来一阵脚步声，林少白连忙躲在米袋后。只见四五个工人扛着米袋进来，堆在他发现的掺沙子的那些米袋处。林少白等他们出门，又用锥子刺入查看，果然那些米里也掺了沙子。林少白立即跟踪出去。

　　只见几名工人走进一处茶水摊喝茶，其中一人大方地掏出几张钞票甩给老板道："有什么点心都上，不用找了。"林少白正心想这几人的做派一点不像力工，一辆货车从另一头开了过来。为首的那名工人看到货车立即起身，其他人也毕恭毕敬地起立问好，紧接着几个工人赶紧上车去卸货。林少白立即看向货车，只见货车里竟然是刘贵珩和小四，他不禁一惊，一下子像是回到了解放前的那个夜晚，他战战兢兢地站在毛森的办公室内，刘贵珩将他介绍给毛森……林少白为了躲开刘贵珩他们的视线，赶紧转过身，找了一个更加隐蔽的地方藏身，然后立即写了一张字条，绑在了大白的腿上："大白，就靠你了！"大白带着字条飞走，林少白把鸽笼藏在一个角落里，向货车那边摸了过去。车上的货都已经被卸了下来，刘贵珩和小四又坐上了车。林少白趁机爬上了货车的车斗，隐蔽在麻袋和木箱子中。

　　小四开着货车来到一处仓库门口，立即有几名特务迎了出来，为首的正是徐巍。徐巍看看表，埋怨道："怎么才回来，晚了两个多小时。"刘贵珩跳下车："我亲自押送的。不就是晚点，有什么关系？"徐巍对刘贵珩一点也不客气："我警告你，最好不要再动什么手脚！"刘贵珩也用教训的口吻说道："讲话给我注意点！咱们分工明确。你做燃烧弹，我的人运进去，怎么干轮不到你说！"徐巍对手下吩咐道："检查一下车子。"刘贵珩挡住了徐巍的手下："站住！空车有什么可查的。我是你上级，我说不用查就不用查！"两人僵持片刻，徐巍摆摆手作罢。车上的林少白松了口气。

　　等特务散去，林少白从车上溜下来，潜入了仓库。阴暗的仓库里空无一人，林少白借着通风口的光，看到一个角落里堆着不少箱子。他走过去，轻轻打开，只见有的箱子里装的是制作燃烧弹的原料，有的是已经做好的燃烧弹。这时，仓库门"哗啦"一声打开，林少白立即低头躲在箱子后。一阵脚步声传来，他紧张地想要溜到一处货架后，于是慢慢地朝那边挪动。一声轻轻的上膛声，一把手枪顶住了林少白的头，他缓缓转身：

"巍子?"

警鸽股的老胡一接到大白带回来的信就急匆匆地赶到社会处找到了路正阳。路正阳收到林少白的信息后十分警惕,赶紧跟老胡确认这一路没有别人接触到林少白的情报。路正阳又将字条递给李耀鸿,对李耀鸿和老胡叮嘱道:"这条信息很关键。现在情况特殊,一定要注意保密,对处里和局里的任何人都不要泄露。"李耀鸿看着字条,说道:"林少白在昌江3号仓发现米面里面有猫腻,正顺着这条线索去追查刘贵珩。"李耀鸿又看看外面忙碌的老陈、虎子、岑小满众人,压低声音继续说道:"主任,要是保密的话,人手就不够了。"路正阳思忖片刻:"人手我来想办法,关键是少白现在就一个人,要是被特务发现就麻烦了!"

林少白双手被绑,对面是徐巍和刘贵珩,以及他们各自的手下。林少白跟徐巍套着近乎:"巍子,又见面了。"徐巍问得很直接:"你怎么查到这里来的?"林少白刚想说是因为偷换米面的事情,但是看到徐巍边上的刘贵珩一脸紧张,明白自己现在还不能惊动这几个人,于是撒了个谎:"就是在码头路过,正好就看到刘秘书了,一路跟着,没想到跟到你这里来了……"不等林少白说完,刘贵珩就打断了他:"鹰隼,还审什么?他已经发现了我们的计划,留不得了!"刘贵珩说完,小四马上拔出枪对准林少白。刘贵珩的紧张与不自然,徐巍都看在了眼里,他一把抓住了小四的手腕,将枪夺了过来:"现在还不能杀!如何处置他,必须请示伯劳!伯劳下令之前,谁敢杀他,我就杀谁!听到了吗?"徐巍手下的五六个行动队特务齐声应答。徐巍转身要走,林少白从后面喊住他:"巍子,你去哪?"徐巍对林少白吼道:"这世界上已经没有巍子了!只有鹰隼!"说罢离去。

郑兰亭坐在画架前,放下了手中的笔,喝了口茶。徐巍站在他身后,汇报着自己刚去仓库探访的结果:"我去仓库查验过了,有不少麻袋里的米面都被刘贵珩掺进了沙子、谷壳,林少白应该就是顺着这个破绽追查过来的。刘贵珩也心知肚明,要不然也不会这么急着除掉他。"郑兰亭脸上全是鄙夷与不屑:"烂泥扶不上墙!关键是仓库。公安那边有没有发现我们布置的燃烧弹?"

"燃烧弹都还在。如果公安发现了,一定早就排掉了。"

"不要想当然。你马上带人,去仓库把所有燃烧弹装上导火索。一定要在明天下午三点,共产党宣布建国前引爆。"

"是。"徐巍说完转身就要离开,却又被郑兰亭叫住了。

"林少白你准备怎么处置?"

徐巍沉默着,没有应答。郑兰亭转过身,看着徐巍的眼睛:"我理解你的感情,但一个人的感情是有限的,只需要留给最值得的人。杀掉他,跟过去彻底告别吧。"徐巍还是没有接话,沉默了片刻,转身离去。

为了不惊动上海特别站安插在社会处的内鬼,路正阳带着李耀鸿来到了码头,找到了驻守在码头的解放军连队的张连长。路正阳见到张连长,直接开门见山:"张连长,你们连负责码头仓库的警戒,我跟局里请示过,有些事想请你们帮忙。"

"军管会的领导也提前通知我们了。路主任,你有什么需要,尽管说。"

路正阳马上开始了解情况:"码头这边晚上还有工人、仓管人员上班吗?"

"仓库这阵忙,各地物资都在往上海运,工人们都是三班倒。但是为了提防敌特破坏,我们晚上会戒严一阵,进行警戒、清查,这个点几乎没有工人。"

"好,我需要一些政治过硬的战士,帮我们执行一项秘密任务。"

张连长马上去安排人手。趁着这会儿路正阳交代李耀鸿:"林少白一直没有回音,很有可能被关在这里,我们要找得仔细点!"

紧张的排查工作就此展开,很快一夜的时间过去。然而众人仍然没有找到林少白的踪迹。只有李耀鸿找到了林少白藏起来的鸽笼。路正阳看着鸽笼,灵机一动:"大白!"

"大白?"李耀鸿有点摸不着头脑。

路正阳讲出了自己的计划:"大白就是帮林少白带回情报的那只警鸽。他这些天都带着这只鸽子在码头附近调查,鸽子在林少白身边吃米喝水惯了,一定会再去找他。如果林少白还在码头附近,鸽子一定会在林少白位置附近盘旋!"李耀鸿听后赶紧去警鸽股把大白接了过来。"大白,赶紧带我们去找到林少白!"路正阳轻轻念叨了一句,放飞了大白。

林少白被关在仓库中的一个小房间里。房间里乌漆麻黑,只有天花板上有一个小小的气窗。林少白躺在地上,盯着气窗外的天空。每当有鸽子飞过,林少白便用嘴打个呼哨,半天过去,终于在一个呼哨后,大白拍打着翅膀从气窗外飞了进来。林少白小心地用被捆住的双手接过大白,警惕着不发出一点声音。他从大白脚上的信筒里取出一张字条,上面正是路正阳的字迹:"报告位置。"林少白咬破手指,用大白掉落的羽毛蘸着手指上的血在字条背面写上:"昌江仓库里有燃烧弹,速去! 我在老太湖厂。"写罢他重新将字条塞进大白的信筒里,然后将大白从气窗放飞。大白刚刚飞出仓库,一只老鹰竟然从高处俯冲而下,伸出利爪,大白被老鹰撞偏,跌出了林少白的视野。林少白看到这一幕,张大了嘴。这时开门声响起,徐巍走了进来,他只能低下头。

徐巍拉过来一张小桌子,从袋子里掏出了几样吃的:粢饭糕、大饼、油条和豆浆。

将这些吃的一一摆在了桌上。徐巍不敢看林少白，替他解开手上的绳索后低着头说道："伯劳的命令是让我杀掉你。"

林少白强颜欢笑："以前咱们每天在老黄那儿吃四大金刚。他买不到米面，已经关门了。现在能把这四样办齐不容易。"

徐巍把小桌子往林少白面前推了推："趁热吃吧。"

林少白一笑，拿起桌上的东西大口吃了起来："有这四大金刚给我护法，路上也走得稳当。"林少白又喝了口豆浆，"嗯，两勺糖。巍子你还记得我爱喝多甜的豆浆。"

徐巍五味杂陈："少白，别怪我。我们之前约定过，会互相照顾家人。你走了之后，我会给你的两个妈妈留一笔钱，够她们养老了。我能做的也只有这些了。"

"不用了，她们会有人照顾的。"林少白把嘴里的东西都咽下去，一把扯开了衣领，脖子上挂着两个护身符。林少白取下其中一个护身符，递给徐巍："这个是你的，一直想还给你，只是没有机会。"徐巍接过护身符，往事浮现在心头，仿佛一下又回到了那个解放前的夜晚，就是从那一晚开始，一切都变了，自己的命运仿佛再也不属于自己。

徐巍看看手里的护身符，将它塞回林少白的手里："不用给我，丢了吧。这东西有什么用？求佛不如求己。要想自己平安，就得让别人付出代价。"

"这是什么道理？"

"实不相瞒，少白，我的人已经出发了，这里所有的仓库在半个小时之内就会被埋上引线。今天下午三点，这里将变成一片火海。然后我，我就有资格离开上海去台湾了。我，赵兰，我们的孩子，就能一直平平安安了……"

林少白不敢相信这话竟然是从徐巍嘴里说出来的："他们要是知道这一切是一双沾满人血的手换来的呢？"

徐巍毫不在意，反而露出扭曲的笑："你看看外面那些在码头上扛大包的人，再看看大上海那些有权有势的人，谁的钱上没沾着血？唯一的区别就是，钱上沾的是自己的血，还是别人的血。前者是臭虫，后者就是人上人！我不想再当臭虫了，我要做人上人，我要活得有尊严一些，这有错吗？"

"那你也不应该靠伤害他人来换取尊严！是不是从四年前的爆炸案开始你就跟他们是一伙的？"

"是！没有伯劳，我到现在在上海也买不起一间房。只要能让我过上好日子，对我来说就是自己人。"

"你现在是只认钱，只认地位？"

徐巍也不能理解林少白："要不怎么我说你傻。你当公安没钱没权，还那么危险，图什么？"

"你一直知道我为什么要当公安！在解放前我想做但是做不到！现在我做到了，而且有无数同志战友陪着我一起做！"

徐巍满不在乎地笑了："做这个城市的铜墙铁壁？你还是那么幼稚。那个送你这句话的女孩死了，你也要死了，这个城市，在今天，也要死了。没必要把自己想得那么伟大、清高，这个城市不是你们能保护的。"

林少白看着徐巍的眼睛："巍子，你从来不是个话多的人，今天却说了这么多，无非是想让自己在作恶的时候心理得一些吧。"

徐巍又笑了："作恶？一开始我就是为了保你才杀了那两个共党！我的老婆和没出生的孩子在他们手里，我不作恶谁保他们？我有选择吗？"

林少白一把揪住他的衣领，直视着他的眼睛。小桌子被碰翻了，四大金刚撒了一地。林少白大声质问徐巍："看着我的眼睛再说一遍，你是为了别人才走上这条路的吗？"

徐巍也抓住他的衣领怒吼："难道不是吗？你欠我一条命，凭什么在这里对我指手画脚？只要我愿意，我立刻就能要你的命！"

两个特务听到屋里的动静，从外面冲进来拿枪指着林少白。

"都给我滚出去！"徐巍对两人吼道。两个特务又赶紧战战兢兢地退了出去，关门都是轻轻的，不敢发出声。

林少白冷笑道："真威风啊！以前我们老在背后变着法地骂叶士武，看看你自己，你现在是另一个叶士武了！"

徐巍露出不屑的表情，放开林少白："叶士武算什么东西？"

"权力就像鸦片，你已经抽上瘾了！这跟什么保护老婆孩子有什么关系？"

徐巍沉默片刻，抬头盯着林少白："我就是自己的救世主！我越来越相信，我的所有选择，我做的任何事情，都无比正确！"

"包括杀了我吗？"

"包括杀了你！"徐巍说完，掏出手枪，对准了林少白。林少白望着黑洞洞的枪口，只能闭目等死。徐巍内心剧烈挣扎，就在手指按向扳机之时，一颗子弹从窗口射进来，将他的手枪打掉了。随即是一片密集的枪声，几个特务瞬间倒地，徐巍也立刻想闪避逃跑。不料林少白却冲了上来，紧紧从后面抱住徐巍："巍子，你还可以回头，不能去炸仓库！"徐巍毫不犹豫地挥起拳头揍林少白："放开我！放开！"林少白死死抱住徐巍不撒手，徐巍用胳膊肘向林少白的头撞去，不几下，林少白嘴角鲜血直流，昏了过去。徐巍这才费劲地掰开林少白的胳膊，越窗而逃。又是几声枪响，路正阳带着李耀鸿等几个便衣，冲了进来。

仓库外，两方激烈地交火，徐巍这边渐渐不支。几个特务开着货车冲了上来。徐巍跳上车，喝道："等一下！"随即点燃了几个燃烧弹，朝仓库扔去。瞬间，仓库里成了一片火海。特务猛踩油门，载着徐巍冲出了太湖厂。路正阳和李耀鸿在仓库里顶着大火四处寻找，终于看到了远处角落里地上的林少白。随着徐巍扔进来的燃烧弹一个一个爆炸，火势骤然增大，路正阳下意识地后退，火墙挡在了路正阳和林少白两人中间。高温和浓烟呛得林少白醒了过来，隐隐约约看到路正阳在设法靠近，林少白急得喊了起来："老路，别过来！"路正阳咬着牙不顾一切地穿越火墙，拉起林少白，将他架在肩头，两人一起往外跑。火势从他们身后围了过来，李耀鸿看得真切，靠墙还有两个燃烧弹，马上就要在路正阳和林少白身后爆炸了。

李耀鸿奋不顾身，一跃而起，张开双臂，将两人扑倒，同时用自己的身躯挡住了炸开的燃烧弹碎片。李耀鸿整个后背都着火了。路正阳立即转身去灭李耀鸿身上的火，林少白在地上找到一块毡布，立即拿起来包住李耀鸿，终于将他身上的火焰扑灭。三人冲出了仓库，随即李耀鸿陷入了昏迷。

路正阳赶忙呼叫周围的便衣来帮忙："来人！快送他去医院！"两个便衣立即跑来扶起已经昏迷的李耀鸿撤走。

林少白对李耀鸿的英勇行为感动不已："多亏了他！"

路正阳检查着林少白身上的伤势："我收到大白的信，就马上过来了。你没事吧？"

林少白拽过路正阳的手腕，看了看表："我没事，就是头有点晕。快去昌江仓库，他们马上要炸仓库了！"

路正阳拉住林少白："张连长他们已经去了，雷管已经被破坏了。敌特分子也被一网打尽。"

林少白回忆着刚才徐巍跟他说的，还是有些着急："可徐巍刚才说，他的人要去引爆燃烧弹啊。你把雷管破坏了，他们点什么？"

路正阳微微一笑："张连长带着他连队的解放军战士们已经把所有燃烧弹排查出来了，但是只破坏了雷管，外观上又复原了所有炸弹，他们就是点一万把火，这些燃烧弹也是烧不起来的。"

林少白终于松了一口气，对路正阳的安排五体投地："结棍！还得是你啊，老路！"

回社会处的路上，林少白突然想起了大白："老路，大白怎么样了，你们是通过我写的字条找到这里的吗？"

"大白受了很重的伤，它飞到我们这里的时候，半边翅膀都没有毛了。连老胡都说他从来没有见过伤成这样还可以飞的鸟。"

林少白听到它心爱的鸽子受了重伤，眼眶有点发红了："我的大白，一定是凭着救我的信念才坚持了下来。"

路正阳点点头："也许不只是救你，它也救了很多无辜的人。谁说动物没有灵性呢？你放心吧，大白虽然要光荣退役了，但是老胡以后会把它照顾得好好的。"

林少白点点头，望向窗外。街道上张灯结彩，满是等着游行的市民。他们有的捧着花，有的戴着腰鼓，有的举着红旗，静静地等待着那一刻的到来。

时针指向三点，上海各地仓库一片寂静。一个声音从寂静中传向各地，在每台收音机前,在每个等待的上海市民耳畔响起:"同胞们,中华人民共和国中央人民政府,今天成立了!"

上海四处爆发出巨大的欢呼声和掌声,游行队伍开始前进。行人们举着国旗鲜花,到处一片欢腾。人们真诚又幸福地喊着:"新中国万岁,共产党万岁,毛主席万岁!"

林少白静静地看着眼前的热烈景象。

"老路。"

"嗯?"

"你说他们知道刚才都发生了什么吗?"

路正阳笑笑:"他们不需要知道。你呢,什么感觉?"

"值了!"两人相视一笑。林少白以双手做枕,惬意地靠在车座上:"什么都值了。"

"中华人民共和国中央人民政府,今天成立了!"

听到收音机里传出的声音,郑兰亭批改作业的手顿了顿,随即在飞航的画作上写下"线条需练,再接再厉"的评语。

今天播报的新闻里,欢呼喝彩声一片,街头巷尾的庆贺声更是连绵不绝。无须查证,郑兰亭就知道炸毁仓库的计划已经失败了。

肖云担忧地站在一旁。她了解郑兰亭,他的心里越是愤怒沮丧,脸上就越是平静安详。犹豫了好一会儿,肖云才轻轻地开口。

"老师,毛森要见你。"

"知道了。"

郑兰亭刚站起身,肖云就握住他的手。

"不要去。"

"为什么?"

"这次任务失败,全都是因为他把刘贵珩强行塞进来,这才露出了破绽。可毛森他是不会担责的,一定会将所有的责任都推给您!"肖云说着,眼里竟然有了泪光。

"做好你该做的,其他的我会解决。"郑兰亭拍了拍她的手,拿起外套走出房门。

入夜后,徐巍陪着郑兰亭来到码头。海风卷着凉意朝岸上刮来,郑兰亭不免拢了拢衣服。

"站长,刘贵珩的报告我也带来了,我陪您一起……"

"你在这儿等我,我自己去就行了。是福不是祸,是祸逃不过的。"

郑兰亭摆摆手,连报告也没接,独自朝船上走去。

毛森窝在船舱里,他的面前摆着一桌酒菜。看见郑兰亭来了,毛森微微一笑,做了个"请"的姿势。

"兰亭来了,坐。"

郑兰亭垂下眼,站在原地,似乎在等着毛森说些什么。半晌,毛森叹了口气。

"我知道你想问贵珩的事。他已经向我坦白了,错都在他。我让他去台湾领罪了,他的手下也都处理了。"

"他是毛老板的人,怎么处理,毛老板说了算。"郑兰亭虽然嘴上这么说,但仍旧没落座。

"我当年入狱的时候,贵珩他舍命救过我。"毛森察觉出郑兰亭的不满,将一份文件递过去,"兰亭,看看这个。"

郑兰亭接过来,看着"毛森即日调回台湾"的红字,眼神微微一变。

明眼人都能看得出来,这不是调令,而是罢免令。一朝天子一朝臣,蒋介石把情报系统交给蒋经国的那天,他们这些老人无论再怎么战功显赫,也一样是兔死狗烹。毛森把这份文件给他,暗示的已经不是自己还能不能保全的问题了,而是整个保密局还能不能存在下去的问题。郑兰亭握着毛森的调令,一时间内心五味杂陈。

"兰亭,我就要走了。今天没有什么上下级,只有老军统的同袍,敞开了说几句心里话。"毛森举起两只酒杯,径直走到郑兰亭身边,将其中一只酒杯递给他。郑兰亭深深看了毛森一眼,接过来一饮而尽。

"好,就说说心里话。"

"兰亭,你怀疑过吗?"毛森话锋一转,"我是说,我们真的还能打回去吗?"

"那当然可以。眼下美苏两大阵营的矛盾一触即发,要是真打起来,美国一定会不遗余力支持我们,我们还有翻盘的机会,鹿死谁手真不一定!"郑兰亭的眼睛里闪烁着光。

"无论谁支持我们,这江山,是我们自己丢的。"毛森的声音轻飘飘的。

"自己丢的,就自己拿回来!经济战失利了,但制空权、制海权都在我们手里,只要我们还在坚守,就有胜利的可能!"

郑兰亭的声音回荡在孤舟之上,被海风吞没。

"兰亭啊,你就真没想过为自己谋划一条后路吗?"

"我的后路就在大陆,不在一个没去过的小岛。"

郑兰亭的话语带着不容置疑的语气,让毛森这种人也不禁肃然起敬。

"兰亭兄,我敬你。"

两人再次举起酒杯,一饮而尽。

第十章
肉馅计划

1949年的上海，米棉之战终于在初冬迎来胜利。在政府组织调运了大规模的粮食和棉花之后，这些物资的价格终于稳定下来。米面供应充足，人们不再哄抢，市场恢复了秩序。

老黄重开了早点店，价格未变。林母当上了居委会委员，感觉生活日渐美好。朝阳在乍暖还寒的城市上空缓缓升起，上海市民们欣喜地期待着更好的明天。

林少白收拾好东西，跟老胡和大白告了别，回到了社会处。李耀鸿也出院了，杨副局长带着大家热烈欢迎了他的回归。林少白为了感谢李耀鸿救了自己一命，敲锣打鼓非要让李耀鸿继续坐自己的位置，李耀鸿三番五次推托不过，这才说自己其实烧伤的是屁股，虽然目前没啥大碍了，但木凳子实在坐不下去。岑小满按下快门，记录了所有人哄堂大笑的一幕。

庆祝完了，路正阳单独把林少白叫进办公室，将一沓审讯材料放在他面前。

"这是仓库逮捕的特务的口供。他们都是些小角色，只见过徐巍，没见过伯劳，也不知道徐巍制作燃烧弹的白磷是从哪来的。"

"白磷可不好弄，而且近百枚燃烧弹，用量不会小。"林少白沉思了一下。

"确实。虎子他们已经去摸排过，将近期出入货里有白磷的商号和工厂列了名单，里面有你熟悉的名字。"

林少白接过来看了一眼："你怀疑金叔？"

路正阳点点头："我希望你去一趟。"

林少白听出了路正阳的意思。金叔手里既有仓库又有白磷，很难不让人起疑，但他是进步企业家，又刚被解救，路正阳不好出面问讯，否则容易寒了人心。而自己是金叔的老熟人，他去查最合适。

"好你个老路,得罪人的事就让我做。"林少白虽然嘴上抱怨,但却接过资料出了门。

鉴于审讯都要两两一组,林少白选了最不谙世事的岑小满跟自己一同前往。在金家的洋房里,为了打消金昂昌的疑虑,林少白表现得非常轻松,只说是顺道经过,一方面按例录个口供,一方面也来看看金叔。金昂昌也表现出十分配合的样子,知无不言。可眼看着林少白和金昂昌两个人聊了半天都没进入正题,岑小满着急了,忍不住问道:"金老,前段时间你们是不是购进过一批白磷?"

金昂昌一怔:"是有这么回事。这也跟特务的案子有关吗?"

岑小满刚想说什么,林少白就赶紧抢过话头:

"只是循例问问而已。不过既然金叔你购进过白磷,方便将账目给我们看一下不?"

"可以的,我去书房拿……"

"金叔您坐,"林少白一把拉住金昂昌,同时给了岑小满一个眼神,"让小满去看看就行。"

岑小满狐疑地看着林少白。她不明白为什么林少白要突然把自己支开,可来的时候路正阳专门嘱咐过她,一定要信任林少白,服从他的安排,所以岑小满纵然疑惑,却也还是跟着保姆张妈离开了。看着岑小满没了人影,林少白这才压低声音对金昂昌说道:"金叔,现在没外人,您要有什么不方便的,直接跟我说。我是您看着长大的,咱们两家这关系,要真有什么事,我赴汤蹈火也要管的。"

林少白是故意把岑小满支开的,再反手打一张感情牌,目的就是打消金昂昌的戒备,套他的话。果不其然,金昂昌低头思虑了一下道:"少白,你们公安是不是怀疑我跟特务有什么关联?"

"金叔,我就违反纪律给你交个底吧。解放前你生意做得这么大,肯定免不了给军统办过事,要真有特务找您的麻烦,您又不方便找公安,我可以帮着解决。现在毕竟是新社会了,有些事越早斩断越好,就怕经手的人一多,就不好办了。"

金昂昌在心里冷笑,但表面上点了点头。

"金叔谢谢你的好意。你也说了,新社会了,别说你金叔没什么事,就算真有事,该怎么查就怎么查,清白清白,秉公调查才是清白。"

林少白心知这只是金昂昌的敷衍之词,但面子上仍然附和道:"既然金叔这么说,我就放心了。"

岑小满看完了账目,并没有找出什么问题。几个人又寒暄了几句,随后金昂昌笑着送走了两人,直到看着他们俩的车消失在街角,一张脸这才沉了下来。

纵横商场这么多年,他金昂昌深知一个道理,大事上除了自己谁都不可信,就算是遇到问题,也要自己亲手解决。

金晶昌回到书房,给阿魁打了个电话:

"李玉泉不能留了。"

"什么时候下手?"

"我今天让他去宁波追债,下午老周会载他去车站,到时就是你动手的时候。"金晶昌说着,眼底流露出一抹杀气。

林少白离开金家后,就立刻去跟路正阳汇报。虽然金晶昌讲话滴水不漏,让人抓不到把柄,但该查的还是得查。整理好资料,第二天林少白就跟岑小满一起来到了糖厂,却被告知负责人李玉泉出去追债了。

"金叔这糖厂购买白磷一般都是什么用途?"林少白问。

"主要就是制磷酸,来防止熬糖过程中设备结垢,再就是作为催化剂,促进糖水分解。"负责接待的老周一五一十回答道。

"带我们去看看。"

老周面露难色:"可白磷是重要的化工物资,仓库的钥匙只有李经理有,要不还是等他……"

"不等玉泉了,既然少白要查,我们就全力配合。"金晶昌这时突然出现。

"金叔? 你怎么来了?"林少白有些诧异。

"李玉泉本来前两天就应该交账的,我以为他去出差之前会来找我,谁知道直接就走了,连这么重要的事都没办。"金晶昌面露不悦,"糖厂的仓库在后面,我带你们去。"

仓库被一把大锁锁着,金晶昌一声令下,老周就带着工人撬开了。金晶昌等人来到仓库一角,只见那里放着一个贴着封条的大桶,封条上面写着"易燃品白磷",另外还有李玉泉的签字。

老周在金晶昌的示意下打开了盖子,里面是泡在水里的白磷,一堆淡黄色的蜡状物。

"白磷的密度是每立方厘米1.8克,这个体积目测有百来斤,跟账上记载的对得上。"岑小满查看后说道。

林少白点点头,刚想说没问题合上盖子,金晶昌却突然像是发现了什么,脸色一变。

"等等,这白磷颜色不大对!"

未待林少白反应过来,金晶昌就伸手从桶里挖了一块,微微一闻:"这是假的,被人替换了!"

林少白也一愣:"金叔,你确定吗?"

"我确定,这个不是白磷。"

"这个仓库,除了李玉泉还有谁能进来?"

"只有李玉泉有仓库的钥匙,封条也是他贴的,"金昂昌强压着脸上的怒气,"真没想到,我把糖厂交给他,他竟然跟我玩监守自盗!"

"这件事先不要声张,别惊动任何人,还有,"林少白看向金昂昌,"金叔,这段时间请您别离开上海,可能随时要您配合调查。"

"我一定配合,涉及糖厂,我比谁都想早点查清楚。"

金昂昌话音未落,林少白突然看见糖厂外有个黑影一闪而过!

"谁在那儿?!"林少白"噌"地夺门而出,追了上去。对方虽然跑得很快,但林少白还是在工厂围墙的边沿堵住了那道黑影。

"妍妍?! 怎么是你?"

林少白也没想到会在这里见到金妍,金妍连忙做了个嘘声的手势,将林少白拉到了暗处的角落。

"妍妍,你在这里干什么?"林少白这才发现金妍穿的是糖厂工人的制服。

"我……我也有东西要查。"

"你要查什么?"林少白不解。

金妍侧头看了看仓库,见暂时没其他人追过来,于是简单地告诉了林少白自己和赵医生查证炭疽病源的经过,包括他们一开始在糖厂附近发现了携带炭疽病菌的老鼠,后来又在附近发现了日军当年遗留的炭疽弹头一事。

"我原本认为,是老鼠接触到炭疽弹才染上的病菌,"金妍皱起眉头,"可检测报告出来后发现两种炭疽病菌并不是同一种类型,也就是说,真正的传染源还没找到! 是有人故意拿日军的炭疽弹,想掩盖这里存在炭疽病菌的事实!"

"所以你今天是偷偷来查炭疽污染源的?"

金妍点点头:"直接查他们肯定会有所防备,只能偷偷混进来。"

"妍妍! 你不许再查了! 如果真有人在这里秘密研制炭疽,你和他们撞见了会是什么后果,你想过吗?"

"我当然知道,我只是想确定,这事到底跟我爸有没有关系。"金妍吸了口气,别过了眼神。

"你这么查太危险了,这个情况我会跟老路商量,由社会处来查。"

林少白看到金昂昌正朝这里走过来,连忙侧身为金妍让出一条路:"你赶紧先走,别被你爸爸看到了。"

金妍点点头,在老周带人追过来之前,借着林少白的掩护走远了。

夜色渐深,档案科的灯还亮着,老陈靠在桌边梳理着档案的借阅和归还记录。由于这段时间他被借调到社会处,档案科的工作就交由另外两名年轻的女公安协同负责。看着老陈一把年纪还凑在台灯底下看档案,其中一个年轻的女公安于心不忍。

"科长,就剩下一点归档的工作,您早点回去休息,这里有我们就行。"

"我就是看看,习惯了。"老陈露出一个憨厚的笑,"人多力量大,正好仓库里还有些旧警局的人事资料,你们也去搬过来吧,这两天可以整理一下。"

看着两个年轻公安出了门,老陈才缓缓起身,去档案柜里一番搜寻,抽出了李耀鸿的档案。就在他刚要转身离开的时候,瞥见旁边的一处空缺。

老陈眯起眼睛,突然意识到什么,打开最近的借阅记录,他发现自己的档案被李耀鸿以社会处的名义借调走了。

老陈盯着李耀鸿的签名,脑海里飞速闪过一系列念头。

李耀鸿走进宿舍的时候,路正阳正捧着饭盒,看到李耀鸿进来,顺手将另一个饭盒递给他。

"刚打的,我这儿绝对安全,以后就在这儿聊。"

李耀鸿从包里抽出一份材料递给路正阳,路正阳看着照片上面熟悉的面孔。

"老陈?"

"还不确定。他的资料在解放后通过了审查,从表面上看,履历很干净,没有问题。"李耀鸿话锋一转,"但是我发现,他的证明人在1945年5月以后,都相继牺牲了,到了当年的7月,所有证明人和上线都换成了新的。"

路正阳思考了一下,1945年5月,也就是福州路爆炸案以后,日本特务机关对共产党进行疯狂搜捕,造成了很大的破坏,确实有很多同志都牺牲了。

但发生在所有认识老陈的人身上,也太巧了。

间谍的世界没有巧合,只有设计,一个可怕的念头在路正阳心中萌生:如果老陈是敌人,为了打入共产党,就完全有可能将所有认识他、可能戳穿他真实身份的同志全部暗杀,甚至杀死所有知道他过往的亲人朋友,然后再以老陈的身份,跟重建的党组织获得联络。

"你认为,我们该从哪里开始查?"路正阳问。

"1943年5月,执行任务时左腿严重炸伤,落下了残疾,"李耀鸿指着档案,"如果,我是说如果,现在的老陈真的是冒名顶替的,他会怎么做?"

"你说得对!就从他的腿伤开始查。如果他是在装瘸,那他就是混入我们内部的内鬼!"路正阳一脸严肃地看着李耀鸿,两人都感觉到了问题的严重性。

第二天,李耀鸿回到社会处,趁着人齐,就开始给大家一张张发体检单。李耀鸿告诉大家是组织为大家安排的体检,为期两天,拿了单的下午就可以直接前往广慈医院。

派到老陈手里的时候,李耀鸿专门说了一句:"老陈,你还有一份下肢X光检查,是专门为你申请的。"

"我是借调过来的,组织关系还在档案科,就不麻烦了。"老陈并没有伸手接体检单。

"老陈,这就是你的不对了啊,都是局里的,还分什么局里处里?"

林少白看在眼里,心里也猜到这一出是李耀鸿安排的,附和道:"就是啊老陈,体检单都发了,大家就一起去呗。"

"行,等手头的工作忙完我再去。"老陈头都没抬,把体检单直接塞进了抽屉里。

时间一晃又过去两天,路正阳给广慈医院去了个电话,体检的签到簿上唯独少了老陈的名字,路正阳对老陈的嫌疑又增加了几分。

下午,老陈一回到处里,路正阳就不动声色地走到他旁边。

"老陈,去体检了吗?"

"还没呢,档案科说无锡那边出了个案子,需要上海方面提供一些材料,我就去了趟无锡,一来一回就耽误了。"

"那正好,我也没去呢,"李耀鸿赶紧接过话头,"这两天都在陪济南公安局的领导。没事,我跟医院打个电话,咱俩正好下午搭个伴,一起去。"

"真不麻烦了。处里还有事,我过段时间再去。"

"耽误不了多久,就一个体检。"李耀鸿不依不饶,"赶紧的,我们坐处里的车……"

"我说我不去。"老陈突然一拍档案大声说道,一时间整个处里的人都看了过来。

"别人都不需要照X光,为什么单单我需要?!你们什么意思,不就想说我是个瘸子吗?我是瘸子,但我干的工作比你们少吗?我跟你们有什么不一样?!"老陈越说越激动。

"老陈你急什么,我们是为你好……"

"为我好就不要老拿我的腿说事!这是我干革命落下的伤,不用你们同情!你们这是对老革命的不尊重!"

眼看老陈的情绪越来越激动,路正阳连忙过来打圆场。

"老陈,这是杨副局长的意思,一定要对老同志多一些关心。以前咱们没条件,很多老同志身体里都有弹片,现在有条件了,治好了才能建设新中国嘛!这不是特殊对待,是工作需要。你要是不完成这项工作,我也跟杨副局长交不了差。"

见话都说到这份上了,老陈叹了口气:"既然是杨副局长交代的,那我就去。我只是不喜欢耀鸿通知的态度,不像是要我去体检,反倒像押我上刑场。"

"哎呀,老陈,他也是好心嘛!"林少白趁机插嘴,"改日不如撞日。你们既然要去,我也蹭下你们的车,刚好去给我妈抓点药。"

说着,林少白给路正阳使了个眼色,跟在老陈身后,离开社会处,上了去广慈医院的车。

眼看老陈进了X光室,林少白才偷偷蹭到路正阳身边。

"你怀疑老陈是内鬼?"

"别胡说八道。你不是要帮你妈拿药吗?赶紧去。"

"让我来猜猜看。你们把目标锁定在老陈身上,所以才大费周章搞了一次体检?"林少白没理会路正阳的驱赶,正了正脸色,"但你想过没有,如果他真的是内鬼,很可能在X光片出来之前就设法逃跑了!"

路正阳没接话。过了一会儿,李耀鸿走过来,低声对路正阳说道:"所有楼层都布控好了,一旦证实,他插翅难飞。"

可没想到,检查的结果让路正阳等人始料不及。为了体检结果的准确性,他们还专门找了金妍与赵医生同时参与,可X光片的结果显示,老陈的左腿确实有过严重的骨折,而且从创口形态看,是多年的旧伤,跟档案里的记录一模一样。

回宿舍的路上,李耀鸿不免有些沮丧,路正阳却一直没有吭声,直到吃完晚饭,他才说出自己的结论。

"老陈没有装瘸,不代表他就一定不是特务。为了打入我们,一条腿的代价,在军统看来又算得了什么?付出的代价越大,伪装就越完美。他的腿完全可以光明正大去体检,却有意把事情闹大,那就只有一种解释。"

"什么?"李耀鸿和林少白异口同声地问道。

"故意加深我们对他的怀疑,进而证明我们的怀疑是错误的!让我们没有理由再去调查他,甚至选择相信他!"路正阳思考着,"他现在很可能因为体检,已经察觉到了对他的怀疑,近期应该都不会再有行动。所以我们还需要一个机会,一个逼迫他不得不出手的机会。"

林少白在心里暗暗佩服路正阳的心思缜密:"那接下来,我们怎么做?"

"接下来,先吃饭。"路正阳把饭盒递给两人,"空着肚子,也干不了革命。"

林少白接过饭盒,还没吃上两口,就听见处里的电话铃声响起。路正阳接起电话。

"主任!我和老徐已经到宁波了,但那个欠债的乔老板说根本没见到过李玉泉!"电话那头传来石鹏飞焦急的声音。

建国西路和高安路的西南转角,有一处两栋楼房组成的住宅小区,名叫建安公寓,是由法国建筑师来安设计的,闹中取静,环境清幽,里面住着的人也非富即贵,而其中的403室,则属于李玉泉所有。此时他正被五花大绑在卧室里,而客厅里的阿魁戴着手套,正用棉签蘸取毒液,小心翼翼地抹在弹头上,然后将子弹装进弹匣。

老周敲开房门,跟在他身后的是"全副武装"后的金昴昌。他戴着呢子帽,用围巾包着脸,乔装得十分谨慎,手里还拿着一只小皮箱。

李玉泉看到金昴昌,眼里的恐慌瞬间变成不解。老周拔掉了他嘴里的布团,他问的第一句话就是："金老，你为什么这么做？"

金昂昌没有回答，而是环顾四周："这间公寓挺值钱的吧？是用特务给你的钱购置的？"

李玉泉一听就明白了，自己作为暗线被安插在糖厂的事，金昂昌已经知道了。事已至此，李玉泉也不再示弱，而是大着胆子道："既然你知道了，就该想想你这么对我，伯劳会不会答应。"

"公安已经查上门了，白磷的事捂不住的。玉泉，你说如果我俩之间必须选择一个牺牲的话，伯劳会选谁？"金昂昌反问道。

李玉泉一听就慌了："你到底想干什么？"

金昂昌掏出纸笔："很简单，写一份自白书，把伯劳让我干的事情，都揽到你身上。"

"你是要让我去当替罪羊？"

"不，我是在救你。公安在查糖厂，伯劳一旦知道，绝不会留你。但按我说的做，你的命我保。"

"我凭什么相信你？"

老周把金昂昌随身携带的小皮箱打开，里面是明晃晃的金条、几捆美金和一张船票。

"听我的，这些都是你的，不听，那我就只能替伯劳断尾了。"

阿魁掏出枪，对准李玉泉的脑袋。李玉泉看了看箱子里的钱，又看了看枪口，一咬牙，只好答应道："我写！"

"你好好酝酿酝酿。我那个乖侄子，还有路正阳，不是那么容易蒙混过关的。"

李玉泉被松了绑，颤颤巍巍地接过了笔。

离开建安公寓，金昂昌没有着急回家，而是让老周带他绕到一个电话亭，拨通了兰亭画室的号码。

电话那头，没人说话，金昂昌先开口：

"是我，伯劳，李玉泉要被公安发现了。"

"……什么意思？"半晌，电话那头传来郑兰亭的声音。

金昂昌在心里冷笑，没理会郑兰亭的装傻："我知道他是你的人，但公安已经查到糖厂了，他好像畏罪潜逃了，还把我账上的一大笔钱也卷走了。"

"公安查出什么了？"

"找我问过话，我什么都没说。你赶紧把小仓转移吧。"

"嗯，你去办，我会安排好其他的事。"

"那李玉泉怎么办？"

"我会处理干净的。"

金昂昌挂了电话，长舒了一口气，嘴角露出了一抹微笑。

老陈从社会处下了班,独自一人走在南京路上。过了九点,街上的行人越来越少,他拐进一条小街,街口有些拉黄包车的和擦皮鞋的小摊。老陈走到其中一个擦鞋师傅面前,按着瘸腿,艰难地坐下来。

"他们对糖厂的事掌握了多少?"擦鞋师傅一边抹鞋油,一边低声问。

"我不知道。他们已经在怀疑我了,还安排了一次体检试探我。"

"哪里出了纰漏?"

"只有梁云达那次有些冒险,但我没落下什么把柄。放心,他们越调查,就越能证明我的清白。他们永远不会想到我为了潜伏,究竟付出了什么。"

老陈盯着自己的瘸腿,四年前的一幕回到了脑海。那是一个黑暗的房间,对方将一条毛巾递给自己。

"下不去手的话,我可以帮你。"

他摇摇头,将毛巾咬在嘴里,随即扬起锤子砸向自己的小腿。

鲜血顺着裤管流下来,身体因为疼痛而颤抖,却只能死死地咬住毛巾不发出任何声音。

"还不够。"

他再次扬起锤子砸了下去,骨头发出沉闷的碎裂声。

"从今天开始,你就是真正的老陈了。你的代号是,林鸥,最会伪装的鸟。希望你能名副其实。"

郑兰亭拍了拍老陈的脚,跟四年前一样。

"擦好了。从今天开始,不要有任何行动,让他们所有的调查,全部落空。"

路正阳带队来到糖厂,进入李玉泉的办公室,没有费什么力气就找到了李玉泉夹在笔记本里的自白书。

李玉泉在里面详细交代了自己是如何升上金氏糖厂的经理,如何被保密局招募为外围人员,负责为其收集情报的过程。李玉泉自述在解放后被上海特别站行动队队长鹰隼唤醒,被其逼迫以糖业研究中心为掩护,帮小仓进行炭疽细菌研究。后又被安排准备一批白磷做燃烧弹等等,自己深知罪孽深重,只能在公安怀疑到糖厂之前,一走了之,而自己所做之事家人毫不知情,希望政府能宽大处理云云。

虎子等人搬开了办公室的柜子,发现了通往实验室的地道,找到了炭疽病菌的研发证据,可小仓和关键实验仪器均不知所终。从现场来看,小仓撤离得非常仓促,实验室里满地狼藉。

老徐等人留下来对自白书进行了比对检查,确认是李玉泉亲笔无疑,他所述之事从时间上来讲也对得上。路正阳立刻下令去车站、码头等地布控,排查旅馆,尽最大可能把李玉泉挖出来,最不济也要查明去向。可林少白总觉得有哪里不对。

林少白驱车去李玉泉家之前,调查了一下他的家庭背景。他没有孩子,只有一个老婆,是老一辈安排的。李太太一辈子都是家庭妇女,和李玉泉生活在老弄堂里,关系并不算和睦。早上得知自己的老公是特务并且已经潜逃的时候,人就吓晕过去了,折腾了一下午才悠悠转醒,刚缓过来一口气,看到林少白进来的时候眼泪又绷不住了。

"你说他怎么就是特务呢? 连对我这个枕边人都没一句实话,是为什么呢?"李太太一把鼻涕一把眼泪,"我这是造了什么孽啊!"

"你再好好想想,他平常有没有跟你聊过什么地方,或者什么朋友?"林少白问。

"他跟我哪有什么话说? 我也不怕丢人,说句实话,他从结婚第二年就不让我进他的卧室了!"李太太抱怨道,"一天到晚不着家,跟我一个月说的话都不会超过三句,就算偶尔回来了,也就往书房里一躲,宁愿倒腾棋盘也不愿意理我。"

"棋盘?"

林少白让邻居帮忙安抚李太太,自己则推开了李玉泉的书房。果不其然,看到书房的茶几上放着一盘国际象棋。林少白拿起棋子随便走起来,可当走到"王后"的时候,发现比其他的棋子略沉一些。

林少白抠开棋子的底座,从里面掏出一把钥匙,上面刻着"建安403"的字样。

林少白和路正阳找到建安公寓403室的时候,李玉泉已经倒在地上没有气儿了。路正阳立刻把窗帘拉上,以防有人监视。而林少白则查看了李玉泉的伤口,发现他的后背处被严重炸开。

路正阳找了一圈,在桌子底下捡起一枚弹头。

"是达姆弹!"

他和林少白两人相视一眼,都想起来当时王力群在出院路上被劫,中弹的摩托车胎里有同样的弹壳,当时路正阳就推断那晚上有第三方势力参与,他们既不是公安的人,也不是伯劳的人,持有从黑市里购买的达姆弹,一心想要王力群的性命。

而如今李玉泉的死,坐实了路正阳的推测,这个第三方从那时候开始,就一直在暗中行动。

"这个第三方到底是谁的人?"路正阳沉思。

"现在他们既然没浮出水面,我倒是有一个想法,"林少白灵机一动,"既然他们不是伯劳的人,那伯劳现在极有可能不知道李玉泉已经被杀。现在李玉泉死了只有我俩知道,我们可以冒险一点,死马当作活马用。你不是正好缺一个机会吗? 一个逼潜伏特务不得不出手的机会。"

路正阳一回到社会处,就宣布发现了李玉泉的下落,所有人都振奋不已。

"他现在躲在建安公寓403室,我们推断,他的级别很高,甚至有可能是伯劳的直接下线,所以这次任务只许成功,不许失败!"

路正阳下完命令就带着人出去了,只留下岑小满和腿脚不方便的老陈。果不其然,路正阳前脚走了没多久,老陈就借口说要回档案科拿材料,离开了社会处。

老陈的反侦察能力很强,虽然事情紧急,但他走得不快,一路上走走停停,观察后方有没有人跟踪,直到确定自己的安全,才走进一个电话亭,拨通了徐巍的号码。

"鹰隼,我是林鸥,建安公寓403……"

在电话亭的斜对面房子的二楼,有一扇拉着窗帘的窗户,此时窗帘间正露出一条缝。李耀鸿牢牢盯着老陈,一面将监听的内容转录进磁带,一面拨通了建安公寓403室的电话。

"老陈果然是内鬼,他联系了徐巍。"

路正阳放下电话来到客厅,林少白正从窗帘的缝隙向楼下看去。

"张连长的人已经在四周部署好了,都是部队侦察员出身的老兵。等徐巍一靠近,立刻拉开窗帘,发信号收网。"路正阳吩咐道。

老陈打完电话后不到十五分钟,林少白就在建安公寓外发现了徐巍的踪迹。他简单地易了容,打扮成电工的样子,走到拐角处买了包烟,谨慎地观察着不远处的建安公寓。而张连长的部下也扮作普通市民的样子,成包围状埋伏在附近。

徐巍故意停留了一会儿,观察着街道上的人,没有察觉出什么问题,这才准备进入建安公寓。随着他一步步走近,林少白抓着窗帘的手心也冒出细密的汗珠。一旦徐巍的脚踏上建安公寓大门的石级,他就会把窗帘大开,张连长的人就会一拥而上,从四面包抄,到时就算徐巍有三头六臂也插翅难飞。

砰!一声枪响。

谁都没有料到,就在徐巍离石级仅有一步之遥的时候,一枚子弹不知从何处飞了过来,擦着徐巍的面颊而过。要不是他慢了半步,早就被打出了脑浆。

又是一枪,反应过来的徐巍俯身一躲,子弹打在墙上,溅起一片烟尘。

是达姆弹!

又是那个第三方!他要干什么?!是给徐巍警示,还是要杀了他?

无数个念头在林少白脑海闪过,可还没等他反应过来,街上的路人就乱套了。也不知道谁先高呼"打枪了",所有人开始胡乱躲避,徐巍瞬间逃出埋伏圈,消失在人群中。

"他还没跑远!快让人去追!"林少白激动地对路正阳喊。

"追不上了,"路正阳赶紧走过来,一边拉过林少白,一边将本来该拉开的窗帘再次拢了拢,"你听我说,要是让徐巍知道我们提前设了埋伏,伯劳他们一定会怀疑这是个局,整个计划都会受影响。"

"老路你什么意思?"林少白不解。

"就当我们第一次来,刚才的一切都没有发生过。"

路正阳说着,将林少白拉到门口。一开门他们就看到了虎子和其他的公安。

"主任,里面的情况怎么样?"虎子焦急地问道。

为了防止走漏风声,路正阳从头到尾没告诉社会处任何一个人李玉泉已经死亡的事实,因此虎子等人都不知情。

"李玉泉已经死了,送去法医科尸检吧。"

金昴昌的办公室大门紧闭,他一脸阴沉地坐在办公桌前,突然拿起镇纸猛地一拍,将红木桌面砸出一个坑!

"我让你在那边盯着,是要你盯着公安和伯劳的动向,不是让你开枪的!"

站在对面的阿魁低下头:"我认出那人是郑兰亭的手下。我哥的死,跟他肯定脱不开关系,就……"

"我之前都跟你说了,现在还不是报仇的时候! 万一你在公安那里暴露,我怎么办?"

"公安那边没什么异常,直接把李玉泉的尸体带走了。"

"伯劳那边呢? 在伯劳面前暴露我又怎么办? 你这一枪,就等同于在向伯劳宣战!"

阿魁咬着嘴唇:"我惹的祸,不行我就拿命去顶……"

"动不动就拿命去顶,你的命值几个钱? 要动脑子!"金昴昌怒其不争,只能将怨气发泄在镇纸上,一把将其摔在地上。

"事到如今,只能釜底抽薪,看来我得亲自去会一会伯劳了。"

郑兰亭在屋里走来走去,一贯平静的他少有地面露焦虑。徐巍刚才回来汇报,李玉泉很有可能已经被公安逮捕了,一旦他供出金昴昌,很快就能查到郑兰亭。

"老师,您先撤离吧。"肖云终于忍不住说,"我知道您心里在赌,金昴昌女儿的命还捏在我们手里,可事到如今,我们冒不起这个风险。电台和电报都没有转移,还在画室里……"

"我怎么教你们的? 心有惊雷,面不能改其色。"郑兰亭叹了口气,转向徐巍,"你让金昴昌提供的白磷,是走的哪个渠道?"

"火柴厂。"

"这就是问题所在。李玉泉的糖厂,明明跟整件事并无关系,为什么公安查白磷会查到他头上?"

郑兰亭的话点醒了徐巍和肖云，两人面面相觑。

"只有一种可能，是金昴昌故意把公安引过去的。李玉泉也不是卷款而逃，而是金昴昌为了拔掉我们的眼线，故意做的局。"郑兰亭一针见血道，"可如果整件事是金昴昌设计的，那他不可能让李玉泉被捕，否则他也会遭殃。"

"老师，您的意思是，即使我们不杀李玉泉，金昴昌也会先下手？"

"你联系到金昴昌没有？"

"他一直没接电话，"徐巍眼里流露出一丝杀意，"我要不要直接去他家？"

郑兰亭刚想说些什么，突然听到外面有汽车的声音。他顺着窗外朝下看去，只见金昴昌正从车里钻了出来。

"伯劳放心，公安找到的李玉泉，已经是一具尸体了。"金昴昌一脸淡定地坐下来，喝了口茶。

"鹰隼都没做到的事情，你是怎么做到的？"郑兰亭虽然嘴上这么说，心里却松了一口气。

"这件事，我必须当面向你赔个不是。本来不该我做的，但时间太紧急，晚一步公安就到了，我只能先斩后奏，不然，我们都完了。"金昴昌故意把最后一句说得很重。

"所以当时你的人就在现场，"郑兰亭冷笑，"打鹰隼的那一枪，也是你的人干的吧？"

"是！"金昴昌并没否认，"李玉泉死后，我让我的人原地待命，观察公安的动向，没想到鹰隼却出现了。事发突然，他只能开枪示警……"

"示警朝我脑袋开枪？！"徐巍怒道，"要不是我命大，脑袋早就开花了！"

"我不在现场，没看到手下是怎么办事的，但如果不是那一枪，你，鹰隼，早就被抓了！"金昴昌不卑不亢，转而问郑兰亭："伯劳，现在最重要的是团结，你说是吧？"

徐巍还想辩驳，郑兰亭挥了挥手对他说道："你先去忙。"

等徐巍走了，金昴昌才在心里暗暗松了口气，其实他进来的时候就发现徐巍的枪一直握在手上。

"老金，我倒是有点佩服你了。那批做燃烧弹的白磷，你提前就想到要做到李玉泉的账上，走一步看十步啊。"

金昴昌也恰到好处地服起软来："我是真的怕啊！万一事后公安查起来，我没法交代，这才想着找个替罪羊。可我怎么能想到他是你的人呢！我要是提前知道，如何也不会有这样的误会。"

郑兰亭没接话，而是看着桌上刻版画的刀："这刻版画，最讲究下刀无悔，一气呵成，刻错了，整张画就毁了。你看这一张，就是一刀错，刀刀错，救不了了。"

"那要看谁是握刀的人，"金昴昌讨好地说道，"如果刀在你伯劳手里，就算错了，也能将错就错，刻出一幅好作品。我今天人都来了，有什么做得不当的地方，伯劳尽管指出来。小仓虽然不能再留在糖厂了，我也可以帮着找个新地方。"

郑兰亭此刻心里已经了然，一切都是金昂昌布的局，这句话是故意说出来恶心自己的。他先让公安盯上李玉泉，两头一搅，不但拔了自己的眼线，还趁机把小仓赶出了自己的地界，这招驱虎吞狼借刀杀人，算是给金昂昌玩明白了。如今再一招以退为进，主动认错，让郑兰亭纵然心中有再多不满，也不好发出来。郑兰亭咬着牙齿说道："你做得没错，既解决了李玉泉，又救了鹰隼，及时转移了小仓，还没有暴露我。"

"我们都这把年纪了，还是平平安安的好。"

金昂昌露出一个微笑。两个人表面上一团和气，可内心里都恨不得掐死对方。

"爸爸去哪了？"金妍坐在沙发上问老周，"你怎么没跟着？"

"老板今天从糖厂回来，说是顺便去商会拜访几个好朋友，吩咐小姐自己吃晚饭就好。"老周谦卑地替自己的老板打掩护。

"知道了。"

金妍喝了一口咖啡，翻看着手里的《洗冤录》，等老周退出去后，才起身来到金昂昌的书房。

父亲的厂里出了这么多事，金妍说不怀疑是假的。她关上房门，仔细检查起来。

书桌上放着的都是常规文件，金妍逐个抽屉看过去，并没有什么不寻常的。她突然想起什么，走到衣架旁边，伸手在公文包里摸了一会儿，掏出一把银色的小钥匙。

金妍推开书架的暗格，把钥匙插进锁孔里，突然又犹豫了起来。

如果是最坏的结果，自己能接受吗？

如果父亲真的受命于特务，或者说他就是特务，自己该如何面对他？

就在金妍犹豫的时候，书房外突然传来了脚步声。金妍慌乱地关上暗格，将书桌整理回原样，却不小心打翻了墨水，玻璃瓶掉到地上摔成了碎片，黑色的墨汁流了一地。

金昂昌推门进来，看见金妍正一脸窘迫。

"妍妍？"

"爸，我……我在找我的书。我的书不知道被张妈收到哪去了，我怕跟你的搞混了才……"

金昂昌看见桌上打翻的墨水，却关心地问："没受伤吧？"

金妍摇摇头。

"你是不是找这本？"金昂昌从公文包里掏出一本法医学讲义，这是金妍最崇拜的中国现代法医学创始人林几的著作。

"对，就是这本。"金妍接过书，却发现底下还有一封信。她打开一看，顿时惊讶地叫了出来。

"是林几教授培训班的录取函?! 爸,我报了几次都没报上,你是怎么……"

"你爸爸我可以对天发誓,没走后门。爸爸知道你想跟着他学习,就托朋友把你的论文和资料递给了他,没想到他会那么满意,把你安排到年后就开的班里。"

"爸! 谢谢你!"金妍由衷地开心,抱住了金昴昌。

"只要你高兴,爸爸做什么都值得。"

金昴昌笑着,可眼睛却盯着地上墨水瓶的碎片。

"快趁热吃,再不吃就凉了。"

路正阳在简陋的宿舍里支起了一口小锅,里面咕噜噜炖着萝卜、豆腐,旁边还放着林少白带来的猪耳朵和花生米。

"我就是不甘心。"林少白举起筷子又放下。

李玉泉的死亡,让处里所有人都非常泄气。他们不明白为什么每次都被特务抢先一步。只有林少白、路正阳和李耀鸿三人知道个中玄机,可路正阳吩咐他们什么都不能说,对外只公布李玉泉可能是被伯劳灭口的结论。

而这一切部署,都是为了不惊动老陈和真正的伯劳。只要老陈没察觉到自己暴露,就可以继续放长线钓大鱼。况且对他这样的死硬分子,抓捕审讯未必是最好的方式,只有留着他,才有机会继续引出伯劳,一举摧毁上海特别站。

可话虽如此,明明特务在身却不能抓,这种憋屈和失意是难免的。看着林少白一脸丧气,路正阳只好安慰道:"这是杨副局长的布局,虽然不能对外说,但起码坐实了他特务的身份。"

"就是! 我们自己悄悄庆祝一下! 不过分!"李耀鸿边说边给自己满上一杯小酒。

"今天的菜是简陋了一点,但等杨副局长收了网,我再拿好东西出来补上。"路正阳一边说一边舀出一大勺豆腐,放进林少白干干净净的碗里,又舀出一大勺,放进自己加了半碗辣椒的碗里。

"你说啥时候能发明一种锅,中间弄个隔板,一边辣一边不辣,这样不同口味的人就都能吃了?"

"要我说,一个战壕的兄弟,就得一锅吃!"李耀鸿拿起筷子一通搅和,"这次行动,咱们仨少了谁都不行,先走一个!"

李耀鸿一饮而尽。酒过三巡,林少白虽然人有些醉了,但心还没从案子里走出来,嘟囔着说道:

"其实杀王力群、李玉泉的第三方势力还没查出来,我们这案子,也就只算破了一半。"

"另一半在哪个方向,你心里会没数吗?"路正阳拈了一块萝卜,淡淡说道,"王力群是棉纺厂刘经理案的凶手,而李玉泉又是糖厂白磷失窃的元凶,这两个人跟谁有交集?不可能都是巧合吧?"

林少白知道路正阳说的是他金叔,但还是硬着头皮说:"你怀疑可以,但断案要讲证据,是你教我的。"

"会找到的,时间问题。"路正阳说着,向窗外金昂昌家的方向眺望。

"对!时间问题!马上就要过年了,这个是咱们解放后的第一个新年。希望新的一年,咱们旗开得胜,让老百姓的日子,越来越红火!"

三人举杯,就着和炉火一样滚烫的赤诚,一饮而尽。

第十一章
内奸的剖白

可1950年的新年,却没有迎来期望中的太平。

2月6日,上海市上空响起了急促的防空警报,国民党的轰炸机呼啸而来,投下了67枚炸弹。

他们的主要目标是水电力系统,上海电力公司、江边电站、南市华商电气公司等,在一轮轮狂轰滥炸中变为废墟。国民党的飞机继而飞到低空进行轰炸,无数平民被炸死炸伤,五万多百姓无家可归。因为上海的多座发电厂被炸毁,整个市区陷入停水停电的困境,医院、交通全面瘫痪,街上陷入彻底的混乱状态。

这是上海解放后最黑暗的时刻,史称"二六"大轰炸。

金妍与广慈医院所有医生全部出动,在街上紧急救护受伤人群。上海市公安民警冒着被轰炸的危险,在残垣断壁中搜寻着还有生命迹象的伤者。

从天亮到天黑,林少白已经忘了自己搬开过多少块石头,有多少人在自己的怀里停止了呼吸。

他的内心多少有点麻木了,直到看到不远处同在救人的老陈之时,心中的怒火像原子弹一样爆炸。他径直走向老陈,毫不犹豫地掏出枪上了膛,对准老陈的脑袋,眼看就要扣下扳机,一个人挡在了他的前面。

"你要干什么?!"路正阳低吼着,伸手死死按住林少白的枪。

"别拦着我,王八蛋,我要崩了他!"林少白双目通红,眼睛往外冒着火。

"现在还不是时候,我们还要等……"

"等什么等!他们炸的是上海!炸的是我的家!这些死的人,都是我的街坊邻居,每天打招呼,看着我长大的!我刚加入公安的时候,你跟我说什么?保护上海,就是这样保护的?!"林少白几乎吼了出来。

"我答应你,他和他背后的人,一定会为今天的所作所为付出代价!该他们付的,一丁点不会少!"路正阳的眼眶也红了,声音颤抖起来。

林少白擦了一把眼泪,把地上的弹片,狠狠朝远处踢去。

夜里,漆黑的社会处中点着几支蜡烛,杨副局长把路正阳叫到办公室。

"目前看来,蒋匪明显是有备而来,专挑电厂、水厂等重要设施进行轰炸,这些地点的坐标位置和风向情报,他们都提前调查好了。"杨副局长的声音闷闷的,路正阳心里很清楚,这些情报的传送,大概率又是伯劳的杰作。

"他们欺负我们没有空军,没有制空权,才瞄准了这个时间,把上海变成一个没有电、没有水的城市,让老百姓的正常生活彻底瘫痪,让我们新中国的第一个年都不好过。"

"那是他们的痴心妄想!"杨副局长正色道,"经中央出面协调,苏联方面决定派出一支航空兵团,很快就会秘密抵达上海!届时我方会与苏联联合组建防空合成指挥所,这可是航空兵团的大脑!他们闹腾不了多久了,我们很快就会给敌人致命一击!正阳,我想调你去防空合成指挥所,参与保障指挥所的安全,注意,是绝对的安全。"

"领导放心!保证完成任务!"

"而且这次任务,或许可以成为铲除伯劳的一次机会。"杨副局长压低声音。

"你是说……反用内鬼的时机到了?"路正阳立刻会意。

杨副局长点了点头。也就是这个时候,办公室的灯泡突然闪了两下,随即变亮。

"来电了!"路正阳感到一阵欣喜,心中只有一个念头。

真正的光明,是挡不住的。

林少白离开社会处后,并没有着急回家,而是去了趟法医科。

自从上次在糖厂遇到去暗查的金妍后,他们俩一直没有好好聊过。透过法医科的窗口,林少白看见金妍正斜靠在桌边,头发松散地拢着,明显憔悴了很多,还在看着报告。

"妍妍……"

金妍抬头看见林少白来了,立刻将两份报告递给他:"我正想着要去找你,没想到事情一多,耽搁了。你看看这个。"

原来金妍之前在调查糖厂的时候就留了个心眼,她分别提取了在糖厂发现的炭疽病菌和李玉泉身上的炭疽菌落,将两者在培养皿里的衰变做了比对,想以此推断出小仓的撤离时间,却没想到有了意外发现。

"你看,"金妍指着报告说道,"李玉泉的死亡时间是23日晚上,可糖厂实验室里提取的炭疽衰亡的时间是24日下午。李玉泉的死亡时间早于炭疽菌落的衰亡时间,这就是说,糖厂里的细菌实验基地,是在李玉泉死后才转移的。可除了李玉泉,还有谁能神不知鬼不觉地进入糖厂,将这么大的一个实验室全部搬空?"

林少白心里一紧,心里虽然已经猜到了答案,却还是不愿意说出来,倒是金妍,深吸了一口气,下了某种决定般说出了自己的推测。

"我爸可能有问题。"

"妍妍,金叔是进步企业家,为什么会去帮特务?退一万步,他有可能受到了威胁,不得不这么做。"

林少白的安慰,却突然唤醒了金妍的记忆,过往的一系列事情似乎冥冥中皆有暗示。她想起自己不知何时丢了的耳坠,却是父亲给她找到的;她想起在黄浦江的码头,父亲嘴上说心口痛,却莫名其妙给了自己一把防身用的手枪;她想起父亲无数次跟她说,爸爸只有你这一个女儿,答应爸爸一定要保护好自己……

"我爸唯一的软肋,就是我……"金妍喃喃自语,眼眶不知不觉发红,"如果我猜得没错,在那个时候,特务应该就已经盯上他了。"

"妍妍,这不是小事,我去跟老路说……"

"等等!"金妍一把拉住林少白的胳膊,"我想先试探一下,也许只是误会……少白,我希望你能帮我,只有你能帮我。"

金妍的请求让林少白无法拒绝,半晌,他叹了口气。

"你说,你打算怎么试?"

"就用这个。"金妍从耳朵上摘下一只耳坠,就是她之前丢过的那一只。

轰炸刚过,金昴昌才回到棉纺厂,就看到一身工人打扮的徐巍已经在等着他了。

"你疯了吗?让我提供上海复工复产的计划?"金昴昌纵然内心已经接近崩溃,仍极力压制情绪问道。

"这些工厂将是我们下一轮轰炸的目标,尽快。"鹰隼的语气不容置疑。

"现在公安已经盯上我了,任何行动都是自投罗网,一旦出事,大家都得完蛋!"

"你只有完成任务一个选择。"

鹰隼刚要出门,金昴昌就拉住他,语气软了下来,夹杂着一丝哀求。

"我知道你对我很不满,但我手下的人那天确实只想示警,我……"

"你不需要解释什么。从指使那个被活埋的人接近我开始,你想干什么,你心里最清楚。"鹰隼冷冷地甩开他的手。

金昴昌这时突然想起江洋跟自己说过的话,那天他伪装作偷面粉给孩子的可怜父亲,心狠手辣的鹰隼竟然轻易地放过了他。

"鹰隼,我是被伯劳拿住了软肋,他用女儿威胁我,我只能替他做事。但你呢,你到底是为什么?"

徐巍一愣，忽然想起赵兰的笑脸，也就是这一瞬间的迟疑，被金昴昌看在了眼里。

"你该不会也被他拿捏住了家人吧？是谁？老婆？孩子？"金昴昌立刻咬住这个话题紧追不放。

"不该你问的别问！你记住，如果我们给你的任务你做不好，就再也别想见到你的女儿了！"鹰隼狠狠地看了金昴昌一眼，离开了办公室。

金昴昌颓然坐下，耳旁回荡着鹰隼的话。如今的情况自己已是进退维谷，干也是死，不干也是死，特务的狮子口越开越大，而自己已经不知不觉跌入万劫不复的深渊。

笃笃的敲门声，打断了金昴昌的思绪，是老周。

"金老，我刚才开车回来的路上，看到小姐的车被扔在路边，车窗开着，人却不知道去哪了。我打电话给张妈，她说没看到小姐回家。"老周担心地说，"我在她车座上发现了这个。"

老周手里，是金妍的一只耳坠。金昴昌顿时脸色大变。

林少白开着从赵医生那借来的车，偷偷跟在金昴昌的车后面。

金妍坐在副驾驶座上，不安地绞着双手。林少白想说点安慰的话，可一想到上海的残垣断壁和死伤的老百姓，还是说不出来。

金昴昌的车驶过北京东路，朝公共租界开过去。林少白顿觉不妙，和金妍对视一眼。

兰亭画室，就坐落在公共租界的中区。

"如果我爸真的是为特务办事……"金妍说不下去了，声音哽咽。

"你别难过了，现在还言之尚早。就算是最坏的情况，如果金叔愿意全盘坦白，也能争取宽大处理。"林少白虽然嘴上这么说，却紧紧握住了方向盘。

眼看汽车驶到了兰亭画室的路口，两人都屏住了呼吸，可没承想金昴昌的车径直朝前开去，并没有半分停留。

金妍不免松了口气："我爸不是去兰亭画室。"

"糟糕，不妙了。"林少白看着金昴昌汽车行驶的方向，突然意识到了什么，"他是去社会处！"

林少白一脚油门，拐进小巷，抄近路飞驰。要是路正阳知道他俩做局，事情就闹大了，无论如何都要先金昴昌一步见到路正阳。

路正阳刚在局里开完会，踩着自行车溜进社会处的巷口，就被林少白和金妍拦住了。

"你俩在这干什么？"

"老路，这个……"林少白简要地把事情的前因后果解释了一遍。

"你们想试探他为什么不提前请示?"路正阳面露不悦,"谁的主意?"

"是我的主意,"金妍抢着说,"我让他帮我的。"

"什么你的主意,这种鬼点子一听就是我想的。"林少白赶紧把锅揽了下来,"而且老路,你是什么人我不清楚吗? 提前请示你也不会同意的。现在金叔已经来了,这是个好机会,你就不想一起试试他?"

"胡闹! 你们想过怎么收场吗?"路正阳生气了。

"我会想办法跟我爸解释的,路主任,给你添麻烦了。"

金昴昌一见到路正阳,就把金妍失踪的事一股脑儿说了。他说自己想不明白谁会绑架妍妍,就怕是特务把李玉泉和糖厂的事怪到自己头上了。他就妍妍一个女儿,无论如何她也不能出事。

说到动情之处,金昴昌声泪俱下。这个男人驰骋商场大半辈子,从来没有这样狼狈过,连林少白看了都于心不忍。

笔录才做到一半,处里就接到金妍的电话,说自己在回家的路上撞见了一宗车祸,帮忙把伤者送去医院了,这才把汽车扔在路边,也没时间联系家里,回家见到了老周才知道爸爸去报警了。

"爸,"金妍的声音从电话里传来,"你不要总是担心我,我都这么大人了。"

"你再大,也是爸爸的孩子,爸爸真的很担心,这才急得跑来找路主任。爸爸很怕你有事……"金昴昌的声音哽咽起来。

"……爸,对不起。"

金昴昌离开社会处,老周载着他朝家的方向开去。金昴昌一直看着窗外的景色,沉默不语。

"金老,您当时是怎么看出来是社会处在试探你的?"老周忍不住问。

"未必是社会处的试探,也可能是妍妍的个人行为。"金昴昌叹了口气,"一开始听到妍妍失踪的消息,我确实慌了,毕竟鹰隼上午才来威胁我。可路上冷静下来想想,我从头到尾并没有说不配合他们,他们凭什么要绑架妍妍? 我只有这根软肋,逼急了我,对他们的计划也同样没好处。"

"所以当时您才让我一直开,不要停?"老周问道。

"进了市区,我就发现后面跟着我们的那辆车,上面贴着广慈医院的标志。"金昴昌回答道,"那就只有一种可能,跟在我后面的,就是妍妍。"

金昴昌叹了口气,看着手里的耳坠:"爸爸不怪你,只要你没事就好。"

林少白此时正在灯光下奋笔疾书,写着他五千字的检讨。

"我读书那会儿都没有这么刻苦。等我熬坏眼睛破不了案的时候,你就该后悔了!你这个老路,比黄世仁还黑,改名叫路世仁得了!"

林少白一边写一边骂骂咧咧,路正阳一脸怒其不争:"擅自行动,你有没有想过,如果他真的有问题,这次的试探会不会惊动到他?像金昂昌那种人,一旦让他发现自己被怀疑了,再想找到他的破绽会更难。"

"这不是没有破绽嘛!"林少白辩解道,"一连两次试探都没事,我金叔是清白的。"

"不一定。金昂昌丢了女儿,却直接找到社会处来,要么就是他完全跟特务没有瓜葛,要么就是他跟特务之间已经有了深度默契,他深知特务不会真的绑架金妍,所以才敢来报案。他甚至可能已经猜到这是你们做的局,才将计就计,顺便洗清自己的嫌疑。"

路正阳的推测,说得林少白哑口无言。

"跟踪的门道没那么简单。等这段时间的事情过去了,我慢慢把我在七里铺学的跟踪技巧教给你。但从现在开始,你和金妍都不要再有任何动作,知道吗?"

林少白只能点了点头。

"接着写检讨,不写完不许走。"

除夕夜,上海的炮火终于迎来短暂的停息。林母扫干净了门前的碎瓦片和灰尘,路正阳给飞航买了新衣服,和林少白一家人吃着上海风味的汤圆,一边为彼此打气,一边畅想着未来;金昂昌和金妍也难得聚在一起吃了个年饭,两人依偎在一起,回忆着金妍的母亲;徐巍带着郑兰亭写的春联和一大堆礼物去了乡下,见到了即将临盆的赵兰,两人久违地放了烟花,讨论着孩子的名字,幻想着一家三口的好日子;即便是郑兰亭,也在这天换了身新衣服,给弄堂里的孩子们带去了糖果,孩子们围着他"郑老师,郑老师"地叫着,喜爱之情不加掩饰,而这一幕在肖云看来,却是五味杂陈。他们确实是特务,过着分裂的人生,在党国的命令下,是冲锋的勇士,不惜将老百姓的尸骸踩在脚下,也要完成难于登天的任务。可在郑兰亭的身边,她有时候只觉得自己是个女人,她也想要一个真正的家,一个孩子。他们都是可恨的,但也同样是可悲的,从选择了这条路开始,一切都无法回头。

春寒未过,国民党空军就迎来了共产党的绝地反击。陈毅市长在"二六"大轰炸后就表示,要不惜一切代价保护好上海的天空,歼灭一切来犯之敌。4月2日晚间,国民党两架B25轰炸机飞临江南造船厂上空,遭到迎头痛击,一架B25被击落,另一架仓皇逃窜。这已经是最近击落的第四架敌机。

"根据我们的线报,台湾方面已经知道了打掉他们轰炸机的是苏联新式战斗机米格-15。"

办公室里只有两个人,杨副局长泡了一杯茶,放到了路正阳面前。

"敌人心里清楚,这场战争,真正关键的是内陆与沿海的制空权。近来他们的空袭接连失利,一定会想办法对指挥所下手,伯劳一伙更会不计一切代价得到防空指挥所的位置信息,将其定为轰炸的重点目标。正阳,你正在参与防空指挥所的保卫工作,有什么想法?"

路正阳喝了口茶:"为确保指挥所的安全,揪出伯劳,我们不妨给他来一出以假乱真。"

"以假乱真?"

"对!按照真正的指挥所标准,去伪造一个假的指挥所,并通过各种细节去迷惑敌人,让他们相信假的就是真的,然后我们就可以提前布置好防空火炮,让他们有来无回!"

"可是伯劳生性多疑,我们能骗得过他的眼睛吗?"杨副局长仍有顾虑。

"事在人为,何况我们手里还有一个蒋干呢!之前您就说要反用他,捂了这么久,也该他登场了。"

路正阳与杨副局长相视一笑。

"这老路也真是的,说走就没影了,花都枯了。"林少白一边给窗边的茉莉花浇水一边说。

"路主任到底去执行什么任务啊,连我们都不能说?"虎子问道。

林少白看见老陈进来,故意把手里的花洒交给虎子:"老规矩,不该问的别问。你就好好帮老路浇浇花,收拾收拾东西,时候到了他自然会告诉我们的。"

"我浇花?那你去哪?"虎子莫名其妙。

林少白看了一眼黑板,上面还写着李玉泉案的分析,顺势说道:"老路交代我,让我把李玉泉的社会关系再走访走访,看看能不能挖出点新线索。我打算去他乡下的老家看看。"

老陈一直坐在自己的办公桌前忙活,不动声色,等林少白出了门之后,才拿起一份档案走到虎子旁边。

"这是路主任昨天要的档案,我给他放桌子上。"

虎子应了一声,随手把花洒一放,毛手毛脚地给路正阳收拾桌面。老陈瞥到路正阳的书架上有一本俄语字典,在《国民防空常识》的书底下还压着一张薄薄的文件,上面依稀写着"……暂调来我部做保卫工作"。

这些信息已经够了,老陈转过身,回到了自己的座位上。

老陈没有急于将新发现报告给伯劳,林少白当然也没有去出差,他在火车站转了个弯就乔装回到了社会处附近。当着老陈的面故意这么说,是为了接下来跟踪的时候，为自己不在社会处找个合理的解释。

整个春节期间林少白都没闲着，路正阳把他在七里铺学的跟踪和反跟踪的知识倾囊相授，两人逮到机会就在市区里联系。如今的林少白已经是跟踪高手了，每天等老陈下班之后，他就悄无声息地跟在他身后，将他去了什么地方，见了什么人，几点关的灯，睡了多久的觉等信息都在笔记上记得清清楚楚。

一连跟了几天，林少白却发现老陈生活规律，并无异常。就在林少白想要放弃的时候，却发现了新的线索。

"公墓在郊区，老陈是专门去拜祭的。"林少白跟路正阳汇报道。

"知道他拜的是什么人吗？"

"没写名字，是块无字碑。"

"你去查一查，"路正阳对林少白说，"想鱼上钩，要再下点饵，光是有合成指挥所对我的调令还不够，必须再给他一点线索。"

说着，路正阳从包里掏出两本书递给林少白："明天想办法让他看到。"

第二天林少白回到社会处，只说自己查了一圈，没找到啥有用的线索，看来李玉泉应该是伯劳手下的高层云云。到了中午，林少白约虎子去食堂，正巧老陈经过自己身边的时候，林少白故意将手里的两本书撞到地上。

老陈连忙帮着去捡。书并没有什么特别的，无非是小学生的百科全书。林少白顺势说，是路正阳最近买给飞航学习的，顺道托自己带回家。可眼尖的老陈瞥见扉页上盖着"开明书店"的印章。

这是林少白故意给老陈看到的。他们一连下了两道饵，就等鱼儿上钩了。果不其然，下班之后，老陈没有直接回家，而是叫了辆人力车，往福州路驶去。

开明书店坐落在福州路靠近河南中路西侧的位置，是一家颇有年代的老书店，以编撰青少年读物为主。解放后在新思想的熏陶下，还出版了许多宣扬无产阶级和社会主义的书籍。

老陈在店里转了转，随意挑选了一本《政治经济学》，结账的时候跟老板打听，是不是开明书店只此一家，在得到了肯定的答复后才离开。

老陈并没有走远，而是佯装遛弯，在开明书店的附近转来转去，直到视线停留在中百路和福州路交界的一处建筑上。只见建筑内侧均有荷枪实弹的解放军站岗，而建筑外面并没有任何示意牌，只有一个很小的路牌，写着"中百路1189号"。

老陈又观察了一会儿，才慢慢离开，而这一切都被暗处的林少白看在眼里。

林少白继续跟着老陈，来到南京路附近的一条小街，然后看见老陈坐在一处擦鞋摊面前。林少白不用凑近都能凭身型确定，那个擦鞋的师傅就是徐巍。两人交谈一番后，老陈起身离开。

鱼已经上钩了,林少白无须再跟着已经把消息传递出去的老陈,因此转而跟踪徐巍,可徐巍的反跟踪技巧却比老陈强多了。他收拾完东西转了几个街口,就突然跳上了一辆无人的公交车。要是以前的话林少白一定会追上去,可此时的他想起了路正阳的吩咐,宁丢勿露,千万不要打草惊蛇,功亏一篑,于是死死忍住了自己的冲动,看着徐巍离去。

夜晚,路正阳亲自带队,来到老陈家里。

进门的时候,老陈正在吃饺子,他看见所有人的时候先是一愣,随即平静下来。

"让我把这碗饺子吃完? 刚煮的。"老陈不紧不慢地说道。

"问问那些被你害死的人,他们能答应吗?"林少白终于不用再装,说出了自己的心声。

把老陈押走的时候,路正阳关上了灯,又带上了房门,营造出一切如常的模样。

当老陈从车上下来,才看清自己根本没有被押回社会处,而是来到了白天看见的"防空合成指挥所"门口,这才恍然大悟,原来所谓的指挥所不过是挖给自己的陷阱。

"你们这出以假乱真,够绝的。"老陈感叹。

"不往真的做,你能把消息传递出去吗?"路正阳冷冷说道。

岑小满等人都怀着复杂的情绪等在审讯室的门口,路正阳之前的戏演得非常好,连他们都完全被蒙在了鼓里,无法相信平常看起来温暾和善的老陈竟然是特务,只有李耀鸿露出了早就知晓的表情。

路正阳和林少白走进审讯室的时候,老陈被铐在凳子上,出奇地平静,看到他俩进来了,先是淡淡一笑,随即说道:"路主任,不对,现在不该再叫你主任了。我年长你几岁,就叫你正阳吧! 一直以来大家对我都不错,我也不想为难你们,我都说。"

路正阳打开录音机:"你在保密局里的代号是什么?"

"林鸥。"

"最会伪装的鸟,还真是符合你的身份。"

"我很好奇,到底是哪里露出了破绽?"老陈苦笑。

"你周围的社会关系是真空,能证明你是陈如山的人都死了。"

"这不足以让你们抓我吧?"

"但足以让我们怀疑你。"

"但我通过了体检,X光没问题。"

"可惜你聪明反被聪明误,为了试探我们,故意排斥去体检,殊不知这反倒加重了我们对你的怀疑。"

"李玉泉在建安公寓的事也是你们故意安排的吧?"

"你果然坐不住了,给鹰隼打了电话。不兜圈子了,我们已经知道你的直接上线是伯劳。说,伯劳的潜伏身份是什么?"

"你们既然这么厉害,就自己去查嘛!我只交代我自己的事。"

"老陈,我们现在是给你将功折罪的机会!"林少白忍不住道。

"机会?横竖不过是个死嘛!你们抓了我也没用,伯劳一旦联系不上我,就会认定我已经暴露了,然后立刻会转移!"老陈露出嘲讽的笑容。

"他联系不到你很正常,公开的信息是你去出差了。"

"你以为伯劳会相信吗?你们低估他了。以他的谨慎,不但会猜疑我的真正行踪,还会交叉验证防空指挥所情报的真实性。就算退一万步,你们真的骗过了他,他把情报发出去,当我们的战斗机被你们击落的时候,他也会第一时间发现异常,然后立即转移,消失!也就是说,哪怕你们反用了我,你们仍然赢不了。只要我不开口,你们就抓不到伯劳。我说的没错吧?"

老陈看着路正阳,眼神中充满着挑衅。

林少白气得握紧了拳头,刚想冲上去就被路正阳拉出了审讯室。

"别上了他的套。这个林鸥非常狡猾,具有丰富的对抗审讯的经验,让他招供恐怕没那么容易。"路正阳对林少白说道,"当务之急,是查清楚那块无字碑,也许能成为我们的突破口!"

黄记早餐店的门口,一身教书先生打扮的郑兰亭朝老黄扬了扬手。

"请问太平里弄怎么走?"

老黄抬头打量了一下郑兰亭,觉得瞅着面生,想起最近的报纸上都是特务的新闻,犹豫了一下才问:"您是来干吗的?"

"我是民立小学的老师,来家访的。林少白家是不是在这附近?"

"噢,是找少白啊,那应该没问题,特务不会自投罗网……"老黄意识到自己失言,连忙抬手指了指,"这条路一直走到头,左拐就是。"

"谢谢。"

郑兰亭推着自行车往里走。老陈的推断不假,虽然郑兰亭两天前就收到了他的情报,但对防空指挥所的位置仍有疑虑,还派出鹰隼伪装成清洁工,收集了指挥所附近的垃圾,可是没有发现任何苏联人留下的痕迹。为了确保情报的可靠,郑兰亭一方面让鹰隼去指挥所盯梢,确保亲眼看到路正阳从里面走出来,另一方面自己则去林少白家走一趟,交叉验证情报的真实性。

飞航一看郑兰亭来了,立刻开心地跑了过来:"郑老师!"

"您就是郑老师啊?难怪飞航老说喜欢您,风度翩翩、文质彬彬的。"林母也从屋里钻出来。

郑兰亭跟林母表明了自己来家访的原因。原来学校要组织一次西湖写生活动,鉴于飞航身体的特殊性,需要和家长协商一下,看能否让她去,如果同意的话,要在知情书上签名。

"少白和路主任都不在,我签就可以了吧?"林母问道。

"这……"郑兰亭露出一个为难的表情,"最好是家长亲自签。毕竟是出远门,又是孩子,万一有什么问题,我们都担不起这个责任的。"

"说的也是,"林母深以为然,"那我去给路主任打个电话让他回来。"

"麻烦您了。"

趁着林母去打电话的间隙,郑兰亭四下环顾。林少白家中并没有什么特殊的。这时飞航捧出了一只铁盒子,递到郑兰亭手里:"郑老师,您吃这个!"

郑兰亭打开盒子,看到里面有几块印着俄文的巧克力,他笑了笑,又还给了飞航。

"老师牙不好,吃不了甜食,还是留着给飞航吃吧。"

没过一会儿,路正阳就迈进了大门。郑兰亭解释了事情始末,在飞航的软磨硬泡下,路正阳最终在同意书上签了名。郑兰亭站在路正阳身边,嗅到了一丝淡淡的香气。

红色莫斯科,是苏联军官喜欢的香水,只有跟苏联人走得很近的人,才有可能沾上这个味道。

飞航的巧克力和路正阳身上的香水味,再次验证了老陈的情报。郑兰亭顿时心下了然,又聊了几句,就匆匆拜别。

看着郑兰亭远去的背影,路正阳的脸色沉了下来。

该做的他都已经做了,就看最后的收网了。

确定了情报的可靠性,郑兰亭心里的大石也落了地。当他走到弄堂口的时候,想起自己还没吃早餐,就在黄记早餐店里要了碗馄饨。老黄家的馄饨皮薄馅大,汤头清甜,吃完口齿留香,郑兰亭不免兴致大发道:"你这店的招牌有点旧了,可惜了这么好的味道。我有家画室,可以帮你重新做一个。"

"我可没那闲钱,余钱都捐给大轰炸难民救助会了。"老黄摇摇头。

"我只收个成本,给你门脸儿装潢装潢。"

"真的?"老黄一脸不可置信。

"真的,你店名想叫什么? 我回去设计设计。"

"要是真重做的话,我想改个名,不叫黄记早餐店了,叫炸蒋,北有炸酱面,我有炸蒋馄饨!"

郑兰亭被老黄的耿直气笑了:"哪有早餐店叫这名的? 将来万一老蒋打回来,又得改名。"

"他回不来了。"老黄胸有成竹地说道。

"哦? 这飞机炸弹不才刚来过,怎么就回不来了?"郑兰亭问。

"就是从他丢炸弹起,咱老百姓就知道他回不来了。别人家的东西,炸着才不心疼。上海他都舍得炸,那是他自己也知道,这地儿以后容不下他了!"

老黄的话让郑兰亭心里很不是滋味,要是老百姓都有这个信心,共产党的新中国,党国又岂能倾覆之?

"你这个店,不如就叫好辰光早餐店吧。"郑兰亭放下碗起身,"做好了给你送过来,再会。"

郑兰亭回到兰亭画室,见徐巍与肖云已经在等自己了。

"就在您去家访后不久,我亲眼看到路正阳从中百路1189号出来。"徐巍对郑兰亭说道,"我们是不是可以给台湾方面发电报了?"

郑兰亭终于下定决心,不再犹豫:"发。"

老陈被关了两天之后,再一次见到了路正阳。

"杜冷泉。"

路正阳猝不及防地说出这个名字,老陈神色一顿,但毕竟是老特务了,他立刻恢复了平静的情绪,反而无所谓地迎上路正阳的眼神:"你在叫我?"

路正阳将一张工人合影放在他面前:"上海城郊墓园的无字碑,我们已经找到了它的主人。这张合影,拍摄于1942年元旦,二排左三就是你。"

老陈看向照片,知道自己抵赖不了了,突然露出一个阴险的笑容,似乎完全变了一个人。

"还真被你们查到了?看来是时候重新认识了。"

"是该重新认识你这个魔鬼了!作为伯劳的下线,你从1943年开始伪装成进步工人,假意秘密抗日以接近陈如山,逐步获取了他的信任。这是你写于1944年的入党申请书。你靠着精湛的演技,骗过了陈如山同志,成为他的左膀右臂,主要负责秘密电台的保护和电报收发工作。1945年4月,文添同志将转移小仓的行动计划,通过陈如山掌握的电台发给了我,让我前去接应。而你!这个叛徒!却把电报内容秘密传递给了伯劳,并残忍地杀害了陈如山。当墓地要登记死者的姓名时,你填上的却是自己的名字——杜冷泉!你很清楚,只有你自己,也就是杜冷泉死了,你才能把自己的一切都埋葬了,才能顶替陈如山的身份,一直潜伏到现在!"

老陈漠然地听完路正阳对自己生平的简介,并没有露出多少惊讶的表情,反问道:"就算你们知道了这些,又能怎样呢?"

"杜冷泉,我们已经找到了你在香港的家人,你的妻子和儿子,我们很快会把他们接过来。"

"想用亲情劝我招供?别费这个心了。就算你们把他们都抓了,杀了,我都无所谓。"老陈突然轻蔑地笑起来,"自投身党国起,什么亲情、妻子、儿子,对我来说不过就是可有可无的附属而已。"

"这么多年你对妻儿不闻不问,难道就没有一点负罪感吗?"

"负罪感?应该是你路正阳更有才对吧!福州路爆炸案,要不是你没能及时去接应,文添两口子就不会死,爆炸也不会发生!现在你当着主任,荣誉一个接一个,倒像是把当年的事情忘了个一干二净!"

路正阳气得握紧拳头:"我没忘!这么多年,我一直想要把你们这些真凶查出来!当年行动的失败,罪魁祸首就是你!是你这个内鬼泄露了情报,才导致行动失败的!"

"罪魁祸首恰恰是你自己吧?路正阳!"老陈根本不畏惧路正阳的指责,反而正气凛然地辩驳道,"我们各为其主。情报是我泄露的没错,但你行动失败了也是不争的事实!抓捕小仓这么重要的任务,你没有提前勘测路线,观察交通,没有准备后手,活该失败。是你的大意、无能,害死了文添两口子,放跑了小仓。还有那些地下党,也都是因你而死。你才应该坐在我这个位置上,接受审讯!"

老陈这番话,目的就是故意去激怒路正阳,翻他心里的结,揭他的疤,以此来对抗审讯。趁着路正阳一时无法反驳,老陈变本加厉,换了另一副鄙夷的神色:"我其实很好奇,飞航要是知道是你害死了她的爸妈,还会亲热地叫你二爸吗?要是让她知道了真相,等她长大了,说不定还要杀了你报仇呢!"

听到飞航的名字,路正阳忍无可忍,冲上前去揪住老陈:"闭嘴!你不配提飞航!"

"别自欺欺人了!你才不配享有这一切,你这个罪人!彻头彻尾的罪人!"

林少白还来不及制止,路正阳就扬起了拳头,朝着老陈一拳砸了下去。

审讯只能被迫暂停。

林少白找到路正阳的时候,发现他正枯坐在福州路洋楼边上的一小片废墟里。这是当年爆炸案的遗迹。尽管洋楼已经重建,这里却残留着一丝当年惨烈现场的气息。

"处里不见你人,就知道你可能在这儿。"林少白走到路正阳身边坐下。

路正阳没说话。

"都过去这么久了,你还放不下吗?"

"是你你能放得下吗?"良久,路正阳叹了口气,"杜冷泉说的对,行动失败就是失败了,文添他们牺牲就是牺牲了。就因为我没有做好。"

"这本来就是伯劳设的局,又有杜冷泉这个内鬼,怎么能怪你?你以为你是谁?你是神吗?能未卜先知吗?当时你已经尽力了。要把这件事压在心里一辈子吗?"

"但这事在我心里,它就是过不去!"

看着垂头丧气的路正阳,林少白心里也很不是滋味。

"老路,如果你不想一辈子活在它的阴影里,如果你还是我认识的那个路正阳,那你就站出来,去面对面地,把杜冷泉拿下!"说着,林少白将一沓档案掏了出来。

"这是我和鸿哥找到的日伪时期的绝密档案,里面有陈如山和杜冷泉的资料。杨副局长的情报显示,我们成功骗过了伯劳,明早国民党的飞机就会从舟山起飞,航空兵团已经做好了迎战的准备。但这也同时意味着,他们的战斗机一旦被伏击,伯劳马上就会意识到这是我们布的局,他会立刻转移,再想抓到他就难了。老陈是这一切的关键,我们没多少时间了……你自己考虑,我们都相信你。"

林少白说完,将档案放在路正阳身边的地上,一个人离去。

天已经亮透了,老陈坐在审讯室里,看着窗外湛蓝的天空。

"飞机也该来了,到时炸的就是这儿,你就不怕?"老陈回头问身后把守的解放军战士,却只得到一个轻蔑的眼神。

林少白推门进来,老陈一看只有他一人,嘴角的笑意更浓了。

"怎么,就你一个人? 路主任不来了?"

一个清冷但刚正的声音在林少白身后响起。

"杜冷泉,我路正阳还从没有当过逃兵,开始吧!"

路正阳一手拿着档案,一手轻轻拍了拍林少白的肩膀,两人对视一眼,更加坚定了彼此心中要突破杜冷泉的防线的信念。

老陈微微一愣,但随即露出一脸讥讽。

"看路主任的气色不太好,又做噩梦了吧? 文添夫妇的冤魂又来找你了?"

"文添是我的老领导,我确实会经常梦到他,出于想念。杜冷泉,你应该也常常会梦到陈如山同志吧? 不过都是出于愧疚。"

"愧疚?"老陈笑了,"我们是两个阵营的人,你会对你的敌人感到愧疚吗?"

"那你为什么要去他的坟前祭扫? 还不止一次! 心里有话,总想找个地方倾诉吧?"路正阳反问。

"那你呢? 你连个倾诉的地方都没有! 我倒是好奇,如果文添两口子有坟墓,你会对他们说些什么呢? 说飞航因为你成了孤儿? 说小仓因为你失踪了? 说上海几百万人,可能都会因为你当年的失败而染上瘟疫?"

面对老陈的挑衅,路正阳沉默了。

一同进来做笔录的岑小满气不过,刚要替路正阳说些什么,就被林少白用眼神制止了。

林少白明白,谁也帮不了路正阳,只有自己走出来,才算真的走出来。

良久,路正阳抬起头,他直视着老陈,眼中的灰暗一扫而空,取而代之的是坚定的亮光。

"我会说,老领导,五年了,我终于找到了告慰你们的方式,那就是让真凶得到应有的审判！"

路正阳的声音颤抖着，言辞恳切，在场之人无一不为这个回答所动容。确实，每个人的一生都有悔恨，但他路正阳的所作所为，对得起天，对得起地，对得起每一个为了伟大事业牺牲生命的战友和同志。

随即，路正阳话锋一转："但你呢？你敢像我这样去面对陈如山同志吗？"

"呵，他已经死了。"老陈笑得并不自然。

"人死了，记忆会一直都在！他的腿是怎么断的？"

"……他自己摔的。"

"你撒谎。"路正阳紧紧盯着老陈，"1943年9月，梅机关对抗日分子进行抓捕，你丢下他只顾自己逃命，而他却为了掩护你断了一条腿，差一点就落在日本人的手里牺牲了。"

老陈回避着路正阳的眼神："生死关头，能逃出一个是一个。"

"他应该也是这么安慰你的。后来的两年，你一直在偷偷观察他的习惯、笔迹、行为处事，这本来是为替代他而做的准备，但你却不由自主地开始认可他，钦佩他，甚至都想过要追随他的信仰，做一名真正的革命者。"

"你胡说！"老陈大吼，"我的目的是为了潜伏，接近他就是为了有一天能杀掉他！"

"你一开始确实想着要尽快杀掉他，进而取代他，这是你的任务。但真到了伯劳唤醒你、让你动手的时候却是两年后了，你开始犹豫了。因为你除了是军统特务，你同样还是人，是人就会有良知，有感情！陈如山不仅拿你当同志、战友，更拿你当过命的兄弟！"

"那是他一厢情愿！他是我的敌人！你们都是我的敌人！"老陈竭尽全力地不让心中的愧疚倾泻而出。

"你最终还是狠下心，对你所谓的敌人下手了！他死了，这世上再也没有像他那样待你的人了。这也是为什么五年了，你还是要常去他的坟前看看……因为你听从了伯劳的命令，却背叛了自己的心！"

"我没有！"

审讯室陷入一片沉寂，也不知道过了多久，路正阳叹了口气。

"五年了，你做了五年的陈如山，为了不暴露自己，你学着他待人处事的方式，你教小满整理档案；飞航来上海，你还托少白送过礼物；阿祥那次受伤，你比谁都着急。你是发自内心地喜欢社会处这个大家庭，可能是因为这让你想起了当初跟陈如山在一起的日子吧！"

"都是我装的，演戏而已……"老陈的情绪已经开始濒临崩溃，"我只是假装陈如山，我不是陈如山，我是杜冷泉，我做这一切都是因为信仰，我没有错！"

"信仰？什么信仰能让你违心去杀掉敬仰的朋友，甚至连他无辜的父母都要杀？

丧尽天良！我来告诉你什么是信仰。信仰是你愿意付出所有去坚信的真理,是你为它做任何事都会认为值得,是枪指着脑门、刀架在脖子上都不会退缩,因为即便是死了,心永远是光明的、自豪的、无愧于任何人的！杜冷泉,你做的这一切,真的能无愧、无悔、无憾吗?！"

老陈低下了头,顿了两秒,再抬起头来时,看着路正阳,自嘲地笑了笑,继而流下了眼泪。

"你的样子,跟当年的陈如山一模一样。"

林少白看着路正阳,冲他微微一点头,眼里都是支持和赞许。

老陈委顿地靠在椅子上,过了好一会儿,擦了擦眼泪。

"我可以吃一碗饺子吗? 上次的那一碗都没吃完。"

路正阳点点头。过了一会儿,李耀鸿端进来一碗饺子,放在了老陈的桌前。

"陈如山是山东人,很喜欢吃饺子,我是南方人,只爱吃米饭。为了像他,我改了。"老陈夹起一个饺子,"我到现在都记着他临终前对我说的话,他说,我们的路不同,但你记住,我们的目的是一样的。一定要把日本人赶出中国去,一定要让老百姓能站着活!"

老陈最终没有把饺子塞进嘴里,而是缓缓放下筷子:"路主任,你猜错了一点。我去墓地看他,不是因为我杀了他而感到愧疚,而是我发现我根本成为不了他。他是共产党,临死前想的还是老百姓,而我,永远是个瘸子。这条路我走错了。再让我选的话,我一定会跟着他走。今天,我终于能摘下面具了,我终于能好好喘口气了。"

路正阳凝视着老陈:"那你能告诉我们,谁是伯劳了吗?"

老陈点点头,接过笔,写下一个名字。

刺耳的电话铃声响起,徐巍的声音从另一头传过来。

"站长,出事了。"

郑兰亭的耳朵贴着话筒,那边传来嘈杂的飞机轰鸣声和爆炸声,群众兴奋地大喊着:"打下来了! 国民党的战斗机又被打下来了!"

郑兰亭的脸色沉了下来。台湾的战斗机被提前埋伏的苏联战斗机击落,唯一的解释就是防空指挥所是假的,自己上了共产党的当。

郑兰亭无声地挂断电话,身后的门不知何时已被推开,路正阳和林少白带着大队人马,将兰亭画室重重围住。

郑兰亭侧脸向窗外瞥去,不远处的洋楼里已经部署了狙击枪,如今正全部对准自己的脑袋。这种情况,就算是插翅也难逃了。

"你们赢了。"郑兰亭耸耸肩。

"果然是你,郑老师,去局里慢慢聊吧。"

"今天不太方便。"郑兰亭微微转身，朝画室的一角说道，"飞航，看看谁来了？"

路正阳一惊，只见纱帘后面，飞航正坐在画架边上，而陪伴一旁的肖云，正用手枪指着她。

"二爸！林叔叔！"

飞航刚要起身，就被路正阳喝住："飞航！别乱动！"

"你们用林鸥布的这个局确实精妙，我被骗了，心服口服。但很可惜，你们赢得还不够彻底。飞航，对不住了，这是大人的事情，你乖乖听话就好。"

郑兰亭的声音温柔，但肖云却举起枪对准飞航的太阳穴。

林少白心里一紧，大喊道："我留下来跟你走！你放过飞航，她心脏不好。"

"你算老几？"郑兰亭笑了，"既然你知道她心脏不好，就按我说的做。给我一辆车，飞航跟肖云和我一起走。"

路正阳紧锁眉头，心中天人交战。郑兰亭立刻捕捉到了这一点，叹息了一声："还要想吗？你已经害死了飞航的父母，现在还要害死她吗？"

飞航闻言一愣，不解地看着路正阳。

"你已经暴露了，走不了的。"路正阳此刻心里没想到周全的办法，只能先施以缓兵之计。

"我可以给你们考虑的时间，不过不多。"郑兰亭一眼就看出路正阳的计谋，将身后的一张画推开，只见后头有一个连着电线的定时炸弹。

"这个炸弹的引线，连着地下一百公斤的TNT，五分钟后，包括兰亭画室在内，周围的一片，都会被夷为平地。"

路正阳和林少白两人心中均是一惊，这才意识到问题的严重性。路正阳心中已经没有办法，正在思虑该怎么继续周旋，身后传来杨副局长的声音：

"正阳，按他说的做，孩子和这片街道的安全是第一位的。"

"杨副局长……"

杨副局长用眼神朝两侧的公安示意，让出一条路。

"车就在楼下，你可以走了。但你要保证，绝对不能伤害孩子。"

"到底是领导，成交。"

郑兰亭将飞航挡在前面，肖云拿着车钥匙上了一辆公安的军用吉普。飞航回头无助地看着路正阳，路正阳的心里就像滴血一样痛，但也只能柔声安慰道："飞航，别怕，二爸一定会救你的。"

郑兰亭上了车，摇下车窗。

"路主任，是蓝线，别把我的画都毁了。"

军用吉普绝尘而去，杨副局长连忙让林少白率人在后尾随。

路正阳一边吩咐李耀鸿去疏散周围群众，自己则反身冲回画室。时间只剩一分钟了，他刚拿起钳子，就被虎子一把抢过去。

"哥！我来！"

"你干什么？出去！"

"我就不！要死一起死，要活一起活！"

路正阳心中感动，点了点头，跟虎子一起抓着钳子，移向炸弹的引线。眼看就要铰断蓝线的时候，虎子突然有些犹豫。

"哥，伯劳巴不得我们全都死在这儿，要是蓝线是误导我们的怎么办？"

时间一分一秒地流逝，路正阳的额头汗珠密布，脑海里迅速闪过之前的种种，深吸一口气："我赌他不会。因为他说别把他的画毁了，那就是真的不希望把他的画毁了。"

咔嚓，蓝线应声而断，炸弹的倒计时停止了。

为什么郑兰亭临走时要告诉他正确的答案？是为了自己的画，是因为老黄在早点铺吐露的心声，还是因为这片弄堂里的孩子，都收到过他的糖果？

无人得知。

林少白在伯劳的车后紧追不舍，经过一个三岔路口的时候，右边忽然冲过来一辆车与他平行，林少白转头一看，开车的竟然是徐巍。

"巍子？"

林少白还没反应过来，徐巍猛踩油门，超过林少白的车，坐在车后座的李旭随即扔出了一个燃烧弹！

林少白车前火光乍起，他本能地躲闪着，撞上了路边的电线杆。

眼看伯劳逃脱，林少白气不打一处来，只能猛砸方向盘。

夕阳西下，郑兰亭的车在郊区停了下来，他打开车门，对飞航说道："飞航，你可以回家了，我保证过不会伤害你，自然会说到做到。但师生一场，我还是有话想跟你说。"

"你们是坏人，你说什么我都不会听的，以后你再也不是我老师了。"飞航连看都不看郑兰亭。

"老师只想告诉你，这个世界永远不会停止斗争的。我和你的父母，还有你二爸，只不过碰巧站在了对立面，那时候我们各自都有要完成的任务，后来碰上了，是我赢了，但我也失去了最爱的人，而你二爸的失误，也让你的父母送了命。他很愧疚，所以对你好。我也一样，所以对你，我没有保留。"

"你撒谎！我二爸是不会失误的！不是他导致我爸妈牺牲的！"

"你是个好孩子，本可以像其他同学一样，有爸妈，有一个幸福的家庭。"郑兰亭缓缓道，"你长大了就会明白，这个世界不是靠仇恨推动的，不管是哪一方，都是由人组成的。是人就有喜好，喜好快乐，喜好自由，喜好美，这些才是我们作为人最宝贵的东西。所以飞航，好好长大，好好画画，你会画得更好的。"

第十二章
白头翁的反扑

飞航回到家的时候已经是晚上了。

林母听到敲门声，跑来开门："哎呀飞航，去郑老师家怎么待这么晚。"

飞航没有回答，抱了一下林母，然后哭着跑进了自己的房间。她翻出了自己的画册，看着郑老师带着她画的一张张图画，眼泪止不住地流了下来，然后，猛地将这些画作都撕成了碎片。感到不对劲的林母和大太太追到楼上看到飞航的样子都吓坏了，赶忙打电话给林少白叫他和路正阳赶紧回来。

路正阳和林少白匆匆赶回家，但是没有见到飞航，只见到了紧闭的房门。林母和大太太听林少白快速讲完事情经过，都吓得倒吸一口冷气："哎呀，真想不到郑老师竟然是特务！飞航一定是吓坏了！"

路正阳一遍一遍地敲着飞航的房门："飞航，没事了，是二爸回来了，快把门打开，让我们看看你有没有受伤。……今天我们行动，不知道你在那里，飞航吓坏了吧，二爸给你道歉。"飞航带着哭腔说："我说了不要进来了！我要休息了！"

路正阳无奈，林少白把他拉到一边："今天的事情，对一个孩子来说太难接受了，给飞航点时间吧。"林母在边上搭话道："小路，你别担心，有我们照顾她，没事的，你回去休息吧。"

路正阳一脸疲惫地摇头。林少白拉拉林母："妈，给老路拿条毯子吧，他不可能放心得下的。"路正阳靠着飞航的房门坐着，五年前的福州路爆炸案又浮上了心头。想起文添夫妇的脸，愧疚又占据了他的内心。

中天化工厂内，徐巍、李旭快步穿过一个阴暗的走廊，来到一处极隐蔽的门前，轻轻叩了几下。肖云打开门，让两人进去。郑兰亭正站在气窗前复盘思索。徐巍和李旭面对郑兰亭都有些惶恐。徐巍先开口说道："站长，给您打完电话我就召集人手赶了过来，您还好吧？"

郑兰亭没有转身："他们设的这个局，每个细节都下足了功夫，还反用了林鸥，简直就是耻辱！"屋内的几人都不敢吭声。郑兰亭摆摆手："覆水难收，过去的事，不提了。现在外面肯定到处都在通缉我们，一定要确保这里的安全。"

徐巍答道："站长放心，这里是小仓的实验基地，是我之前精挑细选过的，外面的兄弟也都是挑过的，信得过。"

郑兰亭转过来问肖云："台湾方面还是没有消息吗？"肖云摇头。郑兰亭接着问道："连问责的电报都没有吗？"

肖云还是摇头："我刚刚确认过，没有任何消息。"郑兰亭叹了口气，面露悲凉："没有消息，就是最坏的消息。台湾方面发现我们传递的是假情报，给海空军造成这么大的损失，很可能会认为我们已经叛变，把我们当作弃子了。即使我们能回去，也是要上军事法庭的。"肖云看到郑兰亭的疲态，也有些绝望："老师，我们真的无路可走了吗？"

郑兰亭咬咬牙："先蛰伏下来，再想办法吧。"

路正阳一宿没睡，天一亮就去给飞航熬了粥。大太太和林母又给飞航煮了馄饨，让路正阳一并端给飞航。没想到进到屋里，飞航还在沉睡，任凭路正阳怎么喊都不醒。林母一试飞航的脑门，滚烫滚烫的，几人忙把飞航送到了医院里。医生检查过后，告知飞航并无大碍，只是惊吓引起的症状，但是因为飞航有先天的心脏病，交代路正阳这几天千万不要再让她受到刺激。看着飞航在病床上虚弱的样子，文添夫妇的脸再次浮现在了路正阳的眼前，他的心中全是愧疚。

路正阳端了碗汤坐在飞航床边："飞航，这是大奶奶给你炖的鸡汤，可香了！"

"我不想吃。"

"就喝点汤好不好？你的身体有了力气，才能把病毒啊，细菌啊，这些敌人给打败，二爸喂你。"

路正阳舀了勺汤凑到飞航面前，飞航喝了一口便停住了，看着路正阳："二爸，你之前只告诉过我，我爸妈牺牲了。他们是怎么牺牲的？"

路正阳一怔："等你病好些，二爸再慢慢告诉你，行吗？"

"我爸妈牺牲的那次任务，你也在，对吗？"

路正阳犹豫着，不知如何开口。

"郑老师说，我本来可以有爸爸妈妈的。"

路正阳觉得飞航有责怪的意思，眼神闪躲。只是又喂过去一勺汤，劝道："飞航，把病养好，二爸会一直陪着你的。"飞航扭过头去，继续说道："郑老师还说，我爸妈牺牲，都是因为你。"

路正阳愣在那里。病房门口,林少白看到了这一幕。路正阳转身,看到林少白正犹豫着要不要进来,问道:"怎么了少白?"

"开会时间快到了,咱们得回社会处了。老路你放心吧,我妈和大妈妈会照顾好飞航的。"

路正阳看着憔悴的飞航,叹了口气,说道:"飞航,二爸和林叔叔要回去上班了。你要听两位奶奶的话,把身体养好。"

回到社会处,路正阳召集了二室所有的人来到会议室:"郑兰亭的通缉令已经发出去了,暂时还没有什么线索。这张在兰亭画室搜出来的存折,极有可能就是突破口!"大家传看着存折,李耀鸿分析道:"存折的登记人是王力群,一直不时有大笔资金汇进来。所以这张存折,很有可能关系到上海特别站的经费来源。"

林少白说道:"没有钱,哪个特务愿意给伯劳卖命?所以背后支持他的人一定不一般。这次伯劳想要躲过追捕,很可能还会向这个人寻求帮助。所以通过特务之间的资金往来,找到背后的这个人,就有可能找到伯劳!"

李耀鸿自告奋勇道:"存折的开户行是汇丰,我跟小满去查。"

大家散会,各自行动,林少白却留了下来。

"老路,现在盯着郑兰亭的,可不仅仅是我们!"

路正阳很同意:"说的是那个第三方吧?伯劳成了过街老鼠,他很可能会再出手。只是这个第三方留下的线索更少,只有两颗开花弹。"

"这种子弹一直在黑市秘密流通,但量非常少。他们之前对王力群下手的时候,我就找人在黑市查了。不过解放了,倒卖军火是违法的,所以干的人越来越少,一直没查到什么线索。上次李玉泉死后,我又托了秦爷那边的人在帮着查,还在等回信。"

"好,你这条线也抓紧跟进。两边同时查,一定能查到线索!"

林少白从社会处出来,回了趟家,又赶到了飞航所在的医院,身上还挎着鼓鼓囊囊的背包。进到病房,他把正在陪飞航的大妈妈劝回家,然后压低声音神神秘秘地对飞航说:"飞航,你看我带来了什么?"说着拍了拍背包。飞航打开背包,林少白的小猫元宵正紧张地探出毛茸茸的小脑袋。飞航看到元宵又惊又喜:"元宵!林叔叔你怎么把它带进来的?"林少白赶紧让飞航压低声音:"嘘!医院是不允许带猫的,我可是冒了很大风险来让元宵陪你的。"

飞航抱着元宵:"元宵真乖。"

"飞航,现在就咱俩,能跟林叔叔说说,那天郑老师都跟你说什么了吗?"

飞航犹豫了一下,还是将实情道出:"他说,我爸妈的牺牲,都是因为我二爸。"

"其实你爸妈牺牲那天林叔叔也在,你想听听真相吗?"

飞航点头,将怀里的元宵抱紧。林少白开始讲述:"那天是在福州路的一处洋楼,你爸爸妈妈执行的,是一个很光荣、很重要的任务……"

金昴昌坐在书桌前,戴着老花眼镜,津津有味地看着一本《罪与罚》。正看得入神,书房的门被打开了,徐巍走了进来:"《罪与罚》,有什么罪,该怎么罚呢?"

金昴昌不动声色,仿佛已经预测到了徐巍会来,放下书,镇定起身:"鹰隼,你来了我就放心了,看来伯劳暂时安全。这次要什么,我都答应。"

徐巍对金昴昌的示好无动于衷,反而十分警惕:"金老这次倒是爽快。"徐巍从口袋中拿出清单,放到金昴昌面前:"一车物资,一笔钱,顺便再提供几个隐蔽的地方,我们有用。"金昴昌看看清单,又将它轻轻放下:"我不仅给,还能给你们更多,有兴趣吗? 你可以转告郑兰亭,我能安排他坐船安全地去香港,这才是他眼下最需要的。"

"你这是给伯劳安排退路?"

金昴昌直直地看着徐巍的眼睛:"今天我不叫他伯劳,也不叫你鹰隼,而是叫你徐巍,你的本名。你原来跟少白一起做警察,却阴错阳差走上了不同的路。如果能给你一次机会,让你能够堂堂正正地做回徐巍,你愿意吗?"

"不需要,我现在过得很好。"

金昴昌摇摇头:"郑兰亭现在一败涂地,有如丧家之犬。他最好的结局就是去往海外,当个寓公,更不要说你了。共产党都建国半年了,你们在大陆已经没有存在的空间了。你不是一直想带着太太走吗? 爷叔可以成全你。"

听到金昴昌提到赵兰,徐巍有些激动:"你想干什么? 敢动我老婆我宰了你!"

"把打打杀杀的习惯收一收! 我已经查到了你家人在乡下的位置。放心,我不会动,只是告诉你,我有这个能力让你们团聚。"

徐巍愣了片刻后才缓慢道:"你要送伯劳走,目的是什么? 我要听真话。"

"你很清楚,伯劳是在用亲人控制你,我们都一样。其实徐巍,只要你有足够的钱,一样可以带着家人去国外,船我会给你安排。"

徐巍一时有些不知所措:"条件是什么?"

"两天后我有艘货船要去香港,把我的提议转告郑兰亭。"

徐巍反应过来:"你要对他动手? 你就不怕我会告诉他?"

"我说了吗? 我只说要送他走。只要他离开了上海,你,还有我,就都解脱了。你可以重新做回徐巍,带着太太一家三口过生活。照日子算,你的孩子都已经出生了吧? 作为父亲,你连面都还没有见过。"

徐巍脸色一变。

金昴昌拍了拍徐巍的肩膀:"孩子们的人生,不能再像我们的一样。"说罢金昴昌拿出一个信封,里面装满了厚厚的美金:"你可以拿,也可以不拿。你自己选择吧。"

徐巍思考着,最终拿过金昴昌手中的信封。

徐巍走了,金昴昌冷哼一声,拿起手边的电话,打给了阿魁。

阿魁的声音从电话那边传来,声音中是抑制不住的兴奋:"现在公安正在全上海搜捕伯劳,他已经是丧家犬了。"

金昴昌却一如既往地沉稳:"还不到高兴的时候。万一他落到公安手里,我们就完了。"

阿魁一愣:"公安都找不到他,我们就算想除掉他,也找不到人啊。"

"不用,他会来找我们的。"

"找我们?"

金昴昌显得很自信:"现在摆在伯劳面前的只有两条路。一,离开上海。但共产党在车站、码头都布了控。不借助我的力量,他走不了。二,留在上海。但没有我的资助,他一样是寸步难行。所以不管他是走还是留,都会派人来找我的。"

阿魁对金昴昌的分析佩服得五体投地:"那我加紧准备人手和武器。不过金老,人手还是有些困难。解放了,很多杀手都不愿意干了,愿意干的要价都特别高。毕竟事情败了是死,成了也要亡命天涯。"

金昴昌一拍桌子:"那就加钱!重赏之下必有勇夫。我已经叫人给你打了五万美金,不够我再加。这次绝不能心疼钱。阿魁,咱们这回不是赌身家,是赌命!"

第二天一早,大家刚刚上班,路正阳打好水,路过林少白的座位,敲了敲他的桌子。林少白跟着路正阳进了办公室。路正阳给林少白倒了杯水。

"秦爷那边,有消息了吗?"

"暂时还没有,不过他说,应该快了。"

两人正讨论着案情,外边电话响起,只听岑小满喊道:"林少白,电话找!"

林少白出来,接起电话:"什么?妈你慢点说。好,我知道了。我马上跟老路说。"

林少白挂断电话,再次走进路正阳的办公室:"飞航不见了。"

路正阳一下子站了起来:"会不会是郑兰亭?"

"不是,有护士看到是飞航自己走出去的。"

"自己走的?林少白你说实话,之前有没有发生什么特殊情况?"

"我……我昨天跟她说了点五年前的事。"

"你跟她说那些干什么!怎么说的?"

"就把当年福州路洋楼里发生的真相告诉了她。你先别管,找到她人再说!"

"学校,家里……还有洋楼,分头找!"

林少白一愣:"洋楼?"

路正阳骑着自行车匆忙来到福州路洋楼,只见飞航正坐在街角画画,路正阳可算松了一大口气:"飞航,怎么跑这儿来了?"

"林叔叔都跟我说了,这是爸妈牺牲的地方,所以我想过来看看。"

"对不起,二爸本来能够保护好他们的。"

"不,二爸,林叔叔说,他们是为了保护更多更多的人,你也一样。"

"你不怪二爸吗?"

飞航坚定地摇头:"不怪!郑老师说我爸妈的死是因为你,可是我不信,问你,你又不说。二爸,你别觉得是自己的错,我已经长大了,我知道爸爸妈妈是为信仰牺牲的,我和他们都不会怪你的。"

路正阳看着飞航点点头,眼眶发红。

飞航从画板上拿下画,递给路正阳:"二爸,你永远都不要再自责了。我爸我妈不在了,以后你就是我亲爸。"

路正阳看着画,上面是牵着手的文添夫妇,一脸笑容地看着牵着手的自己和飞航。路正阳将飞航紧紧抱在怀里,哭了,又笑了。

郑兰亭踱着步,最后站定在徐巍面前,看着他:"金鼎昌真这么说的?"

"是,他保证可以把咱们安全送到香港。"

郑兰亭还在犹豫,这时肖云从里屋出来,冲着郑兰亭摇了摇头:"台湾方面还是没有消息。"

郑兰亭深吸一口气:"台湾暂时回不去,上海又到处在通缉我们。去香港,或许还真是一条路。他还有没有说别的?"

徐巍稍作迟疑:"没有了。"

郑兰亭走到电话前,拨通了金鼎昌的电话:"金老板,你的口信,鹰隼带到了。"

电话那头的金鼎昌表现得十分欣慰:"大丈夫就当能屈能伸。只要你同意,一切我来安排。明天下午四点,先到我的昌江3号仓库会合。那地方你也熟悉,我的货车就在那里装货,车都是有通行证的。我陪着你跟着货车混上船,你就鱼归大海,鸟飞高天,彻底安全了。如果你不放心,我可以和你一起上船,亲自送你到香港。"

"还是金老板谋划周全。那咱们就定下了。"郑兰亭挂断电话。徐巍一直不动声色地听着。

郑兰亭看着徐巍:"金鼎昌倒是挺有诚意。你先回去收拾吧,等我消息。"

徐巍答应着离开了。郑兰亭看着他的背影,若有所思。

肖云看出了郑兰亭的迟疑:"老师,您真的相信金鼎昌吗?"

"在生意人的字典里,好心的背后,一定是算计。"

"那我们还去吗?"

"去,当然要去! 倒是这个徐巍……他最放不下的就是老婆孩子,现在要走了,竟然提都没提。"

郑兰亭停顿了一下对肖云吩咐道:"昌江3号仓,去准备吧。"

根据秦爷提供的情报,林少白带领虎子、石鹏飞几人顺利将倒卖达姆弹的军火商捉拿归案,突击审讯后,几人在会议室内复盘线索。路正阳看着黑板上贴着的军火商照片,各种证据的照片,以及一张阿魁的画像,对林少白问道:"达姆弹的买家有下落了?"林少白指指阿魁的画像:"还不知道叫什么。这个是根据倒卖军火的那小子的描述,画出的买家画像。他还交代,这个买家还通过他,招募了十几个杀手。"

"看来这个第三方,确定是要出手了。"

林少白点点头:"而且枪械弹药都是最好的美械装备。付起钱来很痛快,雇主的财力可见一斑。从过往发生的所有事情来看,我金叔的嫌疑还是很大的。"

"没有证据,不下结论。"路正阳指指阿魁的画像,"查清这个人的真实身份,尽快确定他背后的雇主。"

这时,李耀鸿、岑小满风风火火地走进来,向路正阳汇报道:"我跟小满到汇丰确认过了。小满,你来说!"

"王力群的这张存折,每隔一段时间就有大笔资金汇入。而且汇款方很固定,是一家叫上海港通贸易的公司。"

林少白松了口气:"金叔名下没有这家公司。那这个港通贸易的老板,就是一直给特务提供活动资金的人!"

李耀鸿眉头微蹙:"如果这么简单就好了! 我和小满又去查了这家港通贸易公司,它就是专门做汇兑中转业务的,主要的客户是香港的各大银行。而根据我们的调查,郑兰亭的幕后资金都是来自香港的汇丰银行。"

岑小满接过话头:"我们给香港汇丰的总部去过电话,他们表示要为客户保密,坚决不透露任何线索。"

林少白不禁感叹:"加了这么多道保险,太狡猾了!"

岑小满点点头:"我跟鸿哥还查到一条线索。这家港通贸易公司,除了给王力群打过款,最近还给另一个人打了一笔款,有五万,还是美金。收款方是一个叫韩金魁的人。"

路正阳将各种证据在头脑里整理着:"韩金魁……香港汇丰总部的问题,我去找杨副局长协调。小满,耀鸿,你们去户籍科,查查这个韩金魁到底是谁!"

金妍和金昂昌走出门,老周迎了上来:"金老,小姐的东西都装好了。随时可以去车站。”

金昴昌看看金妍：“妍妍，上车，我送你。”

“不用了爸，你还要上班，有周叔送我就好了。林儿教授南京的培训班周末是放假的，到时我就回来看您。”

金昴昌看金妍这样懂事，便不再坚持：“老周，都听到了吧？这可是她说的，到时要是不回，你就去接！”

老周应道：“是。”

金妍轻轻抱了一下金昴昌：“放心吧。我走了，爸。”

金昴昌目送着金妍上车离开，一直看着车子开远，自言自语道：“妍妍，等你再回来，应该就能彻底安全了。”

李耀鸿和林少白坐在办公室内讨论着案情，路正阳拿着一个档案袋走了进来：“香港方面发来的电报。”

“这么快！”林少白一边说着一边赶忙拆开档案袋，发现了好几张电报，“有线索吗？”

路正阳看林少白兴奋的神色，顿了顿：“我们在香港的同志出了大力。少白，你要做好心理准备。”

李耀鸿也拿起电报看着：“给港通贸易汇款的，是香港祥运船舶公司。经过几条线同时核查，祥运船舶的幕后老板……是金昴昌！”

林少白忙抢过李耀鸿手里的电报：“我金叔？还真是我金叔？”

路正阳点点头：“之前我们对金昴昌的怀疑，现在可以坐实了。就是他一直在给郑兰亭提供特务活动的经费。”

这样的结果，林少白不愿意接受，但又不得不接受：“我金叔是什么人，你们都清楚的，他是不可能听命于郑兰亭的！一定是受到了什么胁迫。妍妍，只能是妍妍，我金叔最在意的就是妍妍，郑兰亭一定是拿妍妍在威胁他！”

这时，岑小满走了进来，脸上带着兴奋：“主任，韩金魁找到了！我们在户籍科翻到了他的资料，他是去年9月份刚迁进来的，这是他办户籍时照的相片！”说着，岑小满将一张照片直接粘到黑板上阿魁的画像旁边，“而替韩金魁办理户籍的人，你们猜猜是谁？金昴昌！”

路正阳看着黑板上的一条条线索：“全都对上了！金昴昌就是我们一直在找的那个第三方，他跟伯劳合作，但又一直想摆脱伯劳的控制。杀王力群，是担心王力群招供，自己也会暴露；杀李玉泉，是为了将炭疽和燃烧弹的所有嫌疑都推到李玉泉的身上！”

李耀鸿有些疑惑：“关键是他近期给这个韩金魁打了五万美金的巨款，还让他购买枪支弹药,招募杀手,这是要干什么?"

林少白和路正阳对视了一眼:"干掉郑兰亭! 前两天他把妍妍送去了南京,就是为了最后一搏的时候,没有后顾之忧。"

路正阳一拍桌子:"他根本就不可能是郑兰亭的对手。立即行动,抓捕金昴昌!"

金昴昌站在昌江3号仓库门口等待着,旁边跟着阿魁和老周。十来名装卸工人正进进出出,将货物往门口的货车上装。阿魁看着这些装卸工人,向金昴昌汇报:"都是我们的人,都提前准备好了。"

金昴昌点头,对老周道:"老周,你不用蹚这趟浑水的。回去吧。"

老周却摇头:"老板,我跟了你一辈子,这时候说什么也不会走的。"

金昴昌拍了拍老周的肩膀,有些感动:"一晃,我们也都老咯。"说罢金昴昌转过身看着阿魁:"阿魁,等这件事结束,带着江洋的两个孩子离开上海,好好把他们养大。这样对江洋,对孩子,都算是有交代了。到时我亲自安排你们离开,过清净日子。"阿魁十分感动,郑重地点了点头。

金昴昌看了看表:"约定的是四点,郑兰亭怎么还不来?"阿魁踮起脚尖往远处瞄着:"来了,两个人,骑着自行车来的。"金昴昌也眯起眼睛朝阿魁指的方向看过去,只见郑兰亭、徐巍两人并排骑着自行车,头上还戴着帽子,就像普通市民一样,朝仓库门口骑来。两人停好自行车,走到金昴昌跟前。郑兰亭有些自嘲地道歉:"一路骑着车过来的,让金老板久等了。"

"谨慎点好。报纸上在通缉你们,我还担心你来不了了。"

徐巍警惕地看向进出搬货的工人,一名工人避开了他的眼光。

郑兰亭问道:"船什么时候到?"

"快了,外边太扎眼,先进去吧。我安排你们跟着棉纱一起上船。来,我陪着你们一块走。"

郑兰亭道:"考虑周到。"

金昴昌突然站住问道:"怎么就你们两个? 夫人不跟着一起走?"

郑兰亭镇定自若道:"夫妻本是同林鸟,都这时候了,就各奔前程各自求多福吧。"

"也是,都得活着。请吧。"金昴昌一边说着,一边陪着郑兰亭、徐巍走进仓库,老周、阿魁则跟在他们后面。偌大的仓库里堆满了各种货物,显得昏暗阴森。

阿魁用眼神示意,外面的几个工人迅速进了仓库,跟里边的工人们一起,不动声色地将郑兰亭、徐巍围在中间。有两名工人迅速关上仓库大门,阿魁亲自从里边上了锁。

郑兰亭脸色一变:"金老板这是什么意思,不是诚心要送我走?"

金昴昌此时再也不用和郑兰亭装客气:"当然是诚心送你走,但也要走得干净嘛! 不然万一你落在公安手里,我怎么办? 要落也是落到我的手里!"

阿魁大喊一声："动手！"

原来之前搬货的工人全都是杀手所扮，此刻都掏出枪对准郑兰亭和徐巍。徐巍将手放在腰间摸着枪，观察着局面，没有动作。

郑兰亭冷笑道："原来是要送我上路，老金，你确定要这么做？"

金昂昌咬着牙道："伯劳，从你第一天找上我，用我的女儿来威胁我开始，我就在等今天。"

"想不到你老金卧薪尝胆了这么久？我倒是有些佩服你了。"

金昂昌冷哼一声，脸上带着即将胜利的自得。

郑兰亭笑了笑："我不妨再给你一次机会，送我们上船。刚才发生的事情，我可以既往不咎。"

徐巍一时间判断不清楚形势，像是不经意地从郑兰亭的侧后方后退了半步。他的小动作都被金昂昌看在了眼里："给我机会？我没听错吧！这里可不止我一个人要杀你！阿魁。"

阿魁往前一步："江洋是我大哥。今天我替他报仇了！"说罢就举枪对准了郑兰亭的额头，准备扣动扳机。

即使被阿魁拿枪指着，郑兰亭还是那么的镇定自若："江洋是条汉子。可惜了。你难道就不想知道他是死在谁手里的吗？"

阿魁一愣，看了眼金昂昌，郑兰亭也看向了金昂昌："就是这个人，一锹一锹地铲着土，亲手把你哥活埋了。"

金昂昌脸色瞬间阴沉："你别听他的，我是被他逼的……他……他一直拿我女儿的命威胁我，这你是知道的！"

阿魁的枪颤抖着指向了金昂昌："他说的是真的吗？"

金昂昌沉默了片刻，说道："……是，是我埋的，我当时不动手就得死，你也得死！阿魁，你别听他挑拨，今天就是报仇的时候！"

一直在旁观察的徐巍看到局势有逆转的倾向，又不经意地上前了一步，站在了郑兰亭的旁边，随时准备保护郑兰亭撤退。而郑兰亭见挑唆金昂昌和阿魁的目的已达到，在徐巍的掩护下往后退了几步。

金昂昌对其他杀手喝道："你们这些人还等什么，崩了他！崩了他们！"

其他杀手正要举枪对准郑兰亭，突然一声枪响，一名杀手的枪被打飞！

众人躲避着，看向子弹射来的方向，竟然是肖云和李旭，他们居然早就埋伏在了仓库的制高点。又是一声枪响，另一个杀手倒下。老周立即扑倒金昂昌，用身体护着他。

阿魁反应了过来，立即向高处还击，所有杀手注意力也都转向高处，和肖云、李旭两人对射。

徐巍看到杀手们被压制，知道金昂昌赢不了了，立即护着郑兰亭冲向一旁的水泥柱,同时击毙了一名冲过来的杀手。

仓库内,肖云、李旭占据有利地形,与杀手们交火,杀手们死伤殆尽。

交火中,老周为保护金昴昌背部中枪。

金昴昌喊道:"老周!"

阿魁连续开着枪,正要扑向郑兰亭,却被肖云一枪打中眉心,直接毙命。

残余两名杀手见势不妙想要往大门外跑,却忘记门早已被锁上,被肖云、李旭一枪一个放倒。

金昴昌面如死灰,捡起地上的一把枪就要朝郑兰亭开枪,被徐巍一枪打在胸口。金昴昌摇晃着倒下,半靠在箱子上:"鹰隼……是你告的密?"

徐巍脸色一变:"老金你什么意思? 死到临头还想挑拨我跟伯劳的关系?"

徐巍正要对金昴昌补枪,被郑兰亭拦住:"肯定活不成了,暂时留着,还有用。"

金昴昌满脸不甘:"伯劳,你早就设好了埋伏?"

这时,肖云、李旭提着枪走了过来,检查杀手们是否都死了。

郑兰亭点点头道:"实不相瞒,昨晚他们就潜伏进来了,就看你今天想干什么。老金,从你杀掉李玉泉开始,我就知道会有今天。现在我落难了,你又一直恨我入骨,又怎么会好心到要送我走?"

金昴昌挣扎着想站起却失败了,颓然道:"伯劳,算我输了。我对你已经没有威胁了,只求看在我毕竟帮你做过不少事的分上,放过妍妍。"

"你这样一个精于算计的生意人,真正舍不得的,恐怕还是这偌大家业和人上人的生活吧?"

金昴昌苦笑道:"你有孩子吗? 你当过父亲吗? 所以你永远不会理解一个父亲对孩子的心! 算我求你,不要为难妍妍。"

郑兰亭看着金昴昌,点了点头,道:"从始至终,我就没想过要真对你女儿下手。"

肖云从阿魁身上搜出了钥匙,走到郑兰亭跟前。

徐巍看向肖云的眼神里,透着一丝忌惮。

徐巍、肖云、李旭等人跟着郑兰亭,打开仓库门后便迅速离去!

路正阳和林少白在金昴昌的家和办公室都扑了个空,正一筹莫展之时,有人报警说昌江3号仓传出了枪声。路正阳和林少白赶紧带队前往。众人进入仓库后,并没有见到郑兰亭,映入眼帘的,是一片战斗后的狼藉。林少白发现了躺在地面上的金昴昌,赶紧上前喊道:"金叔! 金叔!"

金昴昌已是奄奄一息,抓住林少白的手:"少白,别让郑兰亭跑了,他要坐船逃去香港……"

听到金昂昌这么说,路正阳带着虎子等人向外冲出:"赶紧去追!"

林少白将金昂昌扶起来:"金叔!快!赶紧送医院!"

救护车疾驰在去医院的路上。金昂昌躺在担架床上,旁边陪着一名医生和一位护士,林少白则陪在另一边。金昂昌颤巍巍地伸出手,林少白赶紧握住:"金叔,我在,再坚持一下,医院很快就到了。"

金昂昌用力睁着眼睛,嘴巴一开一合,可嗓子里发出的声音却很小:"金叔精明了一辈子,不想最后竟折在了特务手里。"

林少白握着金昂昌的手:"这些话留着以后再说。"

金昂昌强忍着疼痛:"再不说就没机会说啦!少白,我唯一放心不下的……还是妍妍……我走了,她在这世上就没有亲人了。"

林少白眼眶湿润:"您放心,有我在,一定会照顾好妍妍的。"

金昂昌用虚弱的眼神紧紧盯着林少白,透着期盼:"照顾她一辈子,你能吗?"

林少白坚定地点头:"我能!"

金昂昌终于微微笑了笑:"那我就放心了……"

金昂昌再次闭上了眼睛,抓住林少白的手也放松了下来。

林少白在抢救室外面焦急地等待着。这时抢救室的门开了,医生走了出来。林少白赶紧迎上去:"医生,怎么样了?"医生摇摇头,金昂昌被推了出来。林少白看到金昂昌的遗体,一时愣住了。"少白。"听到路正阳的声音,林少白回头,看到路正阳、金妍站在走廊口。金妍的眼泪无声地流下来。外面的雨淅淅沥沥地下着,金妍急急忙忙地从车站赶来医院,伞都没有顾得上打,雨水打湿了她的衣裳。

金妍急忙跑到担架车前,看着父亲已经闭上了眼睛,难掩悲痛:"爸……我是妍妍,我回来了,你最后再看我一眼啊!爸!"

林少白在一旁扶着金妍,金妍最后为父亲盖上了白布。

岑小满上前递给金妍一块手帕:"金医生,请节哀。我们该走了。"

林少白对金妍道:"妍妍,金叔还有家里的事,你放心,有我在。"

金妍心中一暖,望着林少白点了点头。林少白的眼神让她在这一刻感觉到了安心。两人目光交汇,一切尽在不言中。

金妍擦擦眼泪离开,林少白看着金妍瘦弱的背影,不禁心疼。

路正阳、岑小满、金妍来到审讯室门口。杨副局长已等在这里:"金妍同志,你父亲的情况,很遗憾。按照规定,我们需要对你进行审查,这是组织程序。但我们相信你一定经受得住审查。"

金妍点点头:"明白,我配合。"

一周后,社会处对金妍的审查有了结果,她对金昴昌帮助伯劳一事确实不知情。从一开始,金昴昌就把金妍完全隔绝在外。杨副局长和路正阳推断,金昴昌帮助敌特并非出自个人意愿,而是对方以金妍的生命威胁其就范,这也直接导致金昴昌最后非要买凶除掉伯劳。

金妍从社会处出来的时候,金昴昌已经下葬了,墓地是林少白挑的,在半山公墓郁郁葱葱的树木中间。金妍将一束花放在金昴昌的墓碑前,忍着悲痛鞠了三个躬。

"我爸之前非要送我走,还安排我离开上海参加培训班,想来都是怕我留下来会受到牵连。他什么都替我想到了,我却什么都没为他做过,连最后一面也没见到……"

金妍的声音哽咽了,虽然这一周里,她已经几乎流干了所有的眼泪。

"妍妍……"林少白看着金妍瘦弱的背影,想说什么,却最终什么都说不出来。

一阵微风,吹起了金妍的头发,似乎是金昴昌无形的手,抚摸着女儿的面颊。

金妍擦了擦眼泪:"我爸平时一直睡不好,担惊受怕,现在终于能踏实睡一觉了……"

林少白脱下自己的外套给金妍披上,在心中默默地说道:"妍妍,我一定会保护好你的。"

徐巍通过中天化工厂幽深的走廊,在一个房间门口站定,有节奏地敲了敲房门。

"进来吧。"

房间里,郑兰亭正在研究上海地图。

在杀死金昴昌的那一日,郑兰亭故意大造声势地上船,但其实他从未想过要离开上海。他让徐巍在出海后把船沉了,把船员杀了,造成他们逃跑的假象。目的是让路正阳放松对他们的抓捕。

只要手里还握着小仓,郑兰亭就还有翻盘的机会。覆海计划是他手里的最后一张王牌。

"刚刚收到的。"徐巍将电报递给郑兰亭。

"明天下午三点,淮海路1157号,晟和典当,伯劳务必前来相见。0408。"

"岛上来人了。"郑兰亭蹙眉。

"要不要我先去探探虚实?"

"我去就行了,与保密局恢复联系是早晚的事。我找他们,总好过他们找上门。"

郑兰亭说完,低下头继续看地图。可徐巍却没有走,一副欲言又止的样子。

"站长,金昴昌之前试图想要收买我。他给过我一笔钱,让我在昌江仓库的时候,袖手旁观。"

郑兰亭带着他们回来已有一周,徐巍一直没有提金昂昌跟自己的关系,郑兰亭也没有问,就是在等着他自己交代。这叫外松内紧。既然徐巍在昌江仓库时没有反水,他就暂时不会反,而他之所以还能忠于自己的原因,郑兰亭心里比谁都清楚。眼下兵败如山倒,正是无人可用之际,没必要再把鹰隼推到自己的对立面上去。

"那你怎么收了钱,不办事呢?"郑兰亭明知故问。

"因为我是党国的鹰隼,我要对得起您对我的栽培。"

"别起高调。你要对得起的,是你在乡下的妻儿。"郑兰亭微微一笑,从抽屉里掏出一张照片,"对了,下午刚收到的,你当父亲了,母子平安,这会儿孩子该满月了。"

徐巍接过照片,按捺不住激动:"谢谢站长!"

"信使来一趟不容易。兰亭画室不在了,往后收到他们的消息会更慢,但只要平安就好,对吧?"

"金昂昌之前跟我说,他派人找到了这个村子……"徐巍面露担忧。

"不用担心,我已经派李旭去解决那些人了。"

徐巍听见郑兰亭这么说,心里的一块大石终于落地,却也知道郑兰亭是在敲山震虎,暗示他赵兰和孩子都在自己手中,于是连忙放低姿势:"对不起站长,我是一时糊涂,我……"

"不用解释,这个局势,说一点不动摇那肯定是假的。现在你只要好好看着小仓就好,他是我们为数不多的指望了。"郑兰亭露出一脸理解的样子,拍了拍徐巍的肩膀。

第二天下午三点,郑兰亭带着徐巍来到晟和典当的门口。一个伙计把他们带到二楼的房间,里面拉着厚厚的窗帘,刘贵珩坐在昏暗的茶几旁边,朝郑兰亭笑了笑。

"兰亭兄,又见面了。"

"闹了半天,想不到是故人相见啊。"

郑兰亭轻哼一声,心想这刘贵珩一贯口甜舌滑,也不知道在台湾用了什么谄媚之计,竟然全身而退回来了。

"可是现在不是叙旧的时候。"刘贵珩突然脸色一变,"郑兰亭,你身为上海特别站的站长,自沦陷以来寸功未立,损兵折将不说,更是传递虚假情报,令我军痛失对上海的制空权! 杀你百次,也不能弥补你对党国犯下的罪行! 我们现在怀疑你已经背叛了党国,当就地正法!"

郑兰亭听出来了,刘贵珩这是要治自己的罪呢,脸色唰地沉下来,冷冷地反问:"正法? 那你还等什么?"

刘贵珩本以为郑兰亭至少会服个软,没想到这突如其来的气势倒让自己心下一怵,连忙作势咳了两声:"你等我说完嘛! 刚才那些话是台湾方面的口谕,我只是个传话的,但毛老板也为你求了情。念在你尚属忠诚,实心办事,暂且留你一命,降为副站长。希望你知耻而后勇,继续为党国戴罪立功。"

郑兰亭心里已经了然,毛森的意思是高举轻放,是刘贵珩拿着鸡毛当令箭,狐假虎威。半天后他才吐出一句:"我被降为副站长,看来刘秘书已经高升为站长了。"

"不过是虚名而已。"刘贵珩摆了摆手。他说了半天,无非就是想表示自己官高一级:"上海的一切行动,还是要依仗你兰亭兄。你手里的那张王牌,小仓,怎么样了?"

"看来刘站长心里已经有了主张。"郑兰亭并没有直接回答。

"我要了解清楚情况,才能跟上面汇报,不然咱们这个上海特别站,连活动经费都申请不下来。"刘贵珩眼看郑兰亭不想讲,又借着上面的名义敲山震虎。

"行了,无论你是什么意思,小仓这张牌,确实该上桌了。目前对超级炭疽的研究,已经进入到活体实验的阶段,相信我们的覆海计划,很快就能实施了。"郑兰亭答道。

虽然心中早有准备,但听到活体实验的时候,刘贵珩仍然不免心中一惊。

"兰亭兄,咱们确定要走这一步吗?"

郑兰亭不置可否。

眼看该说的都说完了,刘贵珩终于问出心里最关心的问题。

"之前我在西雅钟表行有个伙计,小四,有消息吗?"

"你离开上海之后,他被公安打死了,就死在店里。"徐巍说道。

"唉,怎么就死了呢?"刘贵珩面露惋惜,内心却迅速沉到了谷底。

郑兰亭离开后,刘贵珩终于卸下伪装,如热锅上的蚂蚁来回踱步,满脑子想的都是自己那一点积蓄。原来刘贵珩这一路利用职权之便,欺上瞒下,倒腾米棉,在通货膨胀时期倒买倒卖银圆黄金,折腾出来一大笔钱,全让小四藏在了西雅钟表行的地底下。

本来是算计着功成身退离开上海,用这笔钱养老的,可当时自己东窗事发,被毛森勒令去了台湾,小四也不知所终。刘贵珩一心记挂着自己的钱,这才冒死请命回来的。要是钱不见了,他刘贵珩下半辈子的依托也就没有了。

一入夜,刘贵珩就立刻马不停蹄赶往了西雅钟表行,撕了封条,撬开门锁,溜了进去。果不其然,地上有一处粉笔画出的尸体轮廓,应该就是小四的无疑。可刘贵珩现在也顾不得这么多了,照着小四死去的位置的地板就挖了下去。挖了好一会儿,里面才露出一个小小的空间,之前刘贵珩把所有钱都兑换成金条埋在了这里。

可如今,里面空空如也。

刘贵珩一下子瘫坐在地上。

社会处办公室的黑板上,写着金昂昌、郑兰亭、徐巍、肖云等人的名字,在每个名字的下方,分别写着伯劳、鹰隼、僵尸雀等代号。

路正阳盯着黑板上伯劳的名字。他最关心的就是郑兰亭的去向,虽然他们亲眼看见郑兰亭上了船,但路正阳一点都不相信郑兰亭真的会去香港。茫茫大海上无处可逃,只要公安顺着那艘船的行踪,很快就可以轻易锁定郑兰亭的位置,自投罗网的事郑兰亭不可能会做。

"他会不会改道去海南了?""或者去台湾了?"众人七嘴八舌地议论着。

路正阳摇摇头:"我们在解放海南岛,他去了一样被抓。这次因为他传递的假消息,台湾折损了几架军机,国民党的海空军正愁找不到替罪羊,他去了台湾,军事法庭也不会放过他。另外,他也舍不得他捏了五年的王牌——小仓。"

"路主任的意思是,他根本没有离开上海?!"岑小满一惊。

"对,上了船也不一定就会走,很可能是抛给我们的一个障眼法,就是为了麻痹我们。他很有可能还躲在上海,正盯着我们呢!以郑兰亭的性格,他不会轻易认输,现在越是平静,越可能更大的风暴就要来了。接下来,重点追查小仓的下落,找到了他,就等于找到了郑兰亭。我们要彻底打掉上海特别站!"

"是!"众人异口同声。

散会时,路正阳才突然想起什么:"少白呢? 这一天怎么都没看见他?"

"他请假了,代表处里去看金医生了。"岑小满答道。

金家的宅子里,林少白从厨房里端出一大锅鱼汤,放到餐桌上。

"你尝尝看,我做的。"林少白一边说一边给金妍舀了一碗。

金妍一脸疲倦地坐在沙发上。保姆张妈本就年纪大了,金昂昌走后就提出了想回老家的想法,金妍便给了她一笔钱回去养老。张妈走后,偌大的房子,突然就空了,只剩下金妍孤零零一个人。

"味道如何?"林少白搓着手,像等待表扬的小学生。

"好喝。"金妍强撑出一个笑,林少白感到一阵心疼,但脸上还是装出一如既往的轻松表情。

"我就说吧! 我的拿手好菜! 平常只是没有时间做饭。要是下次得空,我给你做一桌满汉全席!"

林少白一边摸着自己通红的脸颊一边说。实际上他这厨艺也是临时抱的佛脚,过来之前刚刚请教过妈妈怎么杀鱼,可到真下手的时候狼狈不堪,还被案板上的鱼尾巴打了两下脸。

幸好金妍没看到,林少白心想,不然就糗大了。

金妍一口气喝光了汤,脸上泛起一丝红晕。林少白鼓起勇气说道:"我妈说了,你一个女孩子,孤零零住在这么大的房子里,一来是不方便,二来大家也不放心。我们家二楼还空了一间房,如果你过来,飞航也有个伴……"

"没事,之前我在外国留学,也是一个人,习惯了,不用担心。"金妍低下头。

"金叔走的时候跟我说,你在这个世界上没有亲人了,他唯一放心不下的就是你,让我多照顾你。"

"我比你还大两岁呢！从小都是我照顾你。"金妍微微一笑,伸手摸了摸林少白的头发,像小时候一样。

林少白知道,金妍这是在委婉地拒绝自己。自己的心意,金妍不是不知道,而是这么多年来她在心里只把自己当成弟弟,但他心里还是不甘心,嘴上争辩着:"那不一样,现在我们都大了。金叔不在了,我可以……"

"没人可以代替我爸。"金妍突然提高了音量,声音颤抖起来。

"妍妍,我不是这个意思……"

金妍发现自己的情绪让林少白有些不知所措,这才深吸了口气,缓缓说道:"我知道你不是这个意思。对不起,少白,但我现在真的没办法跟你聊这些。我……现在还没办法面对我爸离开的现实。"

林少白看着金妍,良久,两人都没有再说话。

第十三章
启动覆海计划

夜幕中,一个黑影偷偷摸摸地从树林里探出脑袋,向不远处的工厂区窥探着。

小四死后,刘贵珩就剩下孟衡一个得力的部下了。此次刘贵珩冒险回上海相当于羊入虎口,唯一的出路就是找到小仓这张王牌的所在。只要攥住小仓,一方面刘贵珩就不用再受郑兰亭的制衡,另一方面也能借机向台湾方面索要经费。刘贵珩答应孟衡,等他们拿了钱,就带他去南洋,做个农场主,填几房姨太太,下半生过逍遥日子。

借着月色,孟衡观察着工厂区的动静,终于看到郑兰亭瘦削的身影一闪而过,朝中天化工厂的一处厂房走去。

孟衡大喜过望,掏出小本子,正想把地址记下来,一个冷冰冰的枪口就顶上了他的后背。

"在这偷偷摸摸看有什么意思呢? 请你进去看看吧,你肯定更有兴趣。"

孟衡耳后传来徐巍的声音。

"郑桑!"

实验室里,小仓诚惶诚恐地对推门进来的郑兰亭低下头。

"研究得怎么样了?"

郑兰亭的声音淡淡的,听不出情绪,但从郑兰亭带着仅剩的部下转移到中天化工厂开始,小仓就隐隐嗅出了时局的变动以及他的迫切。

郑兰亭虽然表面上一副文质彬彬的样子,但他的狠辣和阴毒小仓早有见识,之前一直拖着不交出研究成果,是因为小仓盘算着一旦超级炭疽被研制出来,自己活着的价值也没有了。可眼下郑兰亭已是强弩之末,如果再拿不出来成果,第一个死的就是自己。

"郑桑放心，"小仓毕恭毕敬，"活体实验已经成功，下一步可以进入人体实验阶段了。"

"总算是听到了好消息。"郑兰亭露出一丝微笑，跟在身后的李旭这才把上膛的枪收了起来。

"但……我们还没有活人做实验。"刚逃过一劫的小仓，眼睛一转，又露出两分难色。

"早知道你会这么说，没关系，实验对象已经帮你找好了。"

徐巍把被五花大绑的孟衡从门外拖了进来，扔到了小仓脚下。

"活体实验成功了，也该把这个好消息跟我们的老对手分享一下了。"离开之前，郑兰亭对李旭说道，"听说最近剧院上了新戏，一票难求，就送戏票吧。"

一大清早，虎子就拿着一包邮件走进来。

"发信了啊！石鹏飞，你的，老家寄来的！鸿哥，你的，济南的！还有老徐，你的，上海的！"

"我就在上海，谁还会给我寄信？"老徐放下手中的茶杯，接过来看了看。

"不只是你，大家都有！"虎子说着，把信接连递给路正阳和林少白。只见薄薄的信封上写着解放剧场的落款。

"解放剧场刚上映了新京剧《红娘子》，可能是给我们寄的慰问票。"岑小满摩挲着信封说道。

"你收的是慰问票，我的可不一定。你看这邮戳，亭林的，不是小高就是阿洁。我林少的行情，好着咧。"林少白把腿一跷，前一秒还是上海公安，下一秒又情不自禁露出小开模样。

岑小满撇撇嘴："不怕我告诉你金医生去？"

"你可不许卖了我啊！"林少白急了，"我这不正准备请金医生一起去看戏的嘛！"

林少白边说边要撕开信封，路正阳突然冲过来，一把抢走。

"老路！"林少白跳起来，"你自己不也有票嘛！怎么还抢我的？你不是说新社会不兴以权谋私那一套了嘛！"

"解放剧场在乍浦路，跟亭林隔了一百多公里，怎么解放剧场的赠票是从亭林发出来的？"路正阳仔细核对着自己和林少白的邮件，两个邮戳果然一模一样。

"这有什么稀奇的。搞不好是从其他地方调来的票呢！"林少白说。

"不，你看这个字。"

林少白顺着路正阳所指之处看去，只见信封上写着"解放剧场"的地方有些别扭，尤其是那个"解"字，有些左大右小，发育不健全的样子。

"这个'解'字，并不是没写好，而是一开始写的是'月'字。"路正阳用手指在信封上比画着，"解放剧场是去年解放上海后才改名的，以前国民党时期，一直叫胜利剧场。"

"都改了一年了，工作人员还能写错？"

林少白突然一愣，和路正阳对视一眼，大吼道："大家手里的信都不要拆！！"

"刺啦"一声，李耀鸿已经撕开了信封，只见一些粉尘从信封里飘了出来。

一小时后，社会处已经被拉了警戒线，广慈医院的医护人员全副武装，把每个角落都喷上了消毒水。

李耀鸿被拉到医院从头到尾检查了一遍，信也被送进了实验室。但好消息是，他那封信确实是从济南市公安局寄过来的，没有问题。

坏消息是，路正阳猜测得没错，所有装着解放剧场慰问票的信封里，都撒了炭疽杆菌的粉末。经过化验，已经证实，和金妍上次发现的炭疽病菌是一个种类。

"一定是郑兰亭、小仓他们干的！除了他们，不会再有别人了！"林少白愤愤说道。

"郑兰亭现在已经是穷途末路，唯一剩下的就是小仓这张王牌。他把炭疽杆菌寄给我们，是要告诉我们，他的实验成功了。他要向我们宣战。"路正阳握紧拳头，"我们一定要赶紧抓住他，刻不容缓！"

晟和典当行，掌柜打扮的刘贵珩正要关门，一只从外伸进来的手，把门板摁住了。

"伯劳请你走一趟。"

徐巍露出夹克衫下黑洞洞的枪口。

刘贵珩心往下一沉，只能任由徐巍带着上了车。徐巍用黑布蒙住了他的眼睛，朝工厂区驶去。

"大晚上的，还辛苦你们跑一趟。伯劳找我有什么事啊？"

刘贵珩心里发慌，只能东说一句西说一句，借机套套徐巍的口风。可徐巍并没有搭理他，而是往前继续开着。

徐巍越是沉默，刘贵珩心里就越慌，一咬牙，索性把自己的短都揭了。

"你们真没必要这么针对我，就我这点能力，对你们根本没有威胁。不怕你们笑话，我这次回来，不是为了跟伯劳夺权，而是米棉之战的时候，我小赚了一点钱，走得太急留在上海了。等我找到了那笔钱，我马上走，去国外养老。这个站长我是一天都不想当了，真的！台湾那边已经乱成一锅粥了，党国是回不来了，再搞下去也是送死。识时务者为俊杰，还不如急流勇退，求个善终。"

徐巍在心里冷笑，刘贵珩好歹是毛森的心腹，没想到一点气节也没有。这还没上刑呢，就说出这种卖主求荣的话。

"鹰隼，哦不，兄弟，之前毕竟都在警察局干过，同僚一场，听哥一句劝，趁早给自己、给家人留一条后路。大势不可逆，何必垂死挣扎，最后鱼死网破，让自己成了牺牲品呢？"

徐巍心念一动,一脚刹车,却是已经来到中天化工厂的门前。

眼前的黑布被解开,刘贵珩已经来到一扇阴森的铁门处,而郑兰亭不知从何时起,已经站在了他身边。

"伯劳……"

"嘘,"郑兰亭做了个噤声的手势,"自己看。"

刘贵珩只得凑近铁门上的小窗,只见里头黑乎乎的一片,什么也看不清晰。正待刘贵珩想细看时,一张血肉模糊的人脸"砰"的一声,刚好撞在玻璃上,砸出了一片血花!

"鬼啊!"刘贵珩大惊失色地叫出声。

"你再仔细看看,这是鬼还是人?"伯劳道。

刘贵珩强压内心的恐惧,这才发现这个血淋淋的人,竟然是自己的心腹孟衡,顿时骇然到说不出话。

"你这位小兄弟,似乎对小仓的细菌研究很感兴趣,我只好满足他的心愿喽!这就是人体实验的成果。"

孟衡沙哑的嘶吼声,像是对郑兰亭这些话的回应,刘贵珩的冷汗瞬间顺着后颈冒出来。

"和我没关系!我一点都不知情!伯劳你千万别误会!他是毛老板……毛森的人!他是毛森派来盯着我的。就像当初你当站长时,毛森派我牵制你一样!对,一定是毛森!是毛森让他来刺探的!"刘贵珩已经语无伦次。

郑兰亭微微一笑:"军统之间互相监视由来已久,但这已经不重要了。我之所以带你来,是为了给你展示小仓博士的研究成果。这种新型炭疽一旦被吸入人体内,短则半天,长则两天,一定发作。不做治疗的话,死亡率在九成以上。如今很快就能量产,只是缺少经费……"

"一定一定一定!"刘贵珩点头如捣蒜,"我一定向保密局申请经费,兰亭兄请放心。"

徐巍跟李旭手里拿着"工厂招工"的牌子,走进一处破败的贫民区。

小仓的人体实验还缺少测试者,郑兰亭吩咐两人从贫民区下手,专挑没爹没娘、没老婆孩子的孤寡流民,最好是外地人,就算失踪也不会有人记挂。

不知从哪里飘来一阵恶臭,李旭嫌弃地捂住鼻子。

"你说这种人活着有什么劲?送他们去做实验,那是超度,大功德。"李旭低声说道。

徐巍在心里并不认同李旭的话,但他咬了咬唇,没有反驳。眼下他有更重要的事。

"马上就要实施最终的计划了,我们也算是看见曙光了。"徐巍凑近李旭,装作无意地说出早在心中盘算好的话，"过不了多久，我们也能带家人离开了吧？"

"那当然。我打算带我妈去美国呢！那里有唐人街，据说都是中国人，我妈和我也不用再学外文。"

"那可太好了，老太太也能跟人聊天了。"

"而且那边薪水高，加上我这两年攒的钱，搞不好还能娶个洋老婆，买个大房子……"李旭自顾自说道。

"你这把我都说心痒痒了。回头我跟赵兰商量商量，也去唐人街，咱们有事还能互相帮衬着。"徐巍故作轻松道，"你家老太太，这段时间对赵兰多有照顾，我这次除了给赵兰买了点营养品，给伯母也带了些点心，想给她们寄过去。"

"不用那么麻烦。她们就在嘉善，方便！"

"哦？有地址吗？我明天就去邮局办。"

李旭刚要开口，突然意识到什么，又谨慎地收回了到嘴边的话："你还是别问了，等下次伯劳让你去的时候就知道了。"

徐巍心中一惊，连忙点了点头。李旭举着招工的牌子朝前走去，不再搭理他。

晚上，郑兰亭将徐巍叫到了自己的房间。

"人招得怎么样？"

"今天招到七个人，已经全部交给小仓了。"徐巍答道。

"听说你也想去唐人街？"

徐巍扫了一眼站在旁边的李旭，知道李旭已经告了密，只得如实承认。

"你给赵兰买的补品，先让李旭送过去，等我们最终的覆海计划成功了，你们想去哪里都行，但不是现在。"

"就是，跟着站长，好日子在后头，别心急。"李旭补充道。

徐巍咬着牙点了点头。就在这时，外面传来特务的喊叫声。

"不好了！孟衡劫持了小仓，要逃走！"

郑兰亭闻言一惊，噌地从椅子上站起来，带着徐巍等人夺门而出！

当一行人跑到化工厂门口的时候，孟衡已经抢了一台货车开远了，被抛弃的小仓捂着脖子倒在地上。郑兰亭赶紧上前查看小仓的伤势，所幸没有切到动脉，暂时无生命危险。

"到底是怎么回事？！"郑兰亭愤怒地一把薅起小仓。

"我当时，当时以为他死了，要把他的尸体运出去。没想到他是装死，突然跳起来挟持了我。郑桑，我……"

郑兰亭根本懒得再听，将小仓甩在地上，顾不得平常温文儒雅的形象，狠狠对徐巍和李旭嚷道："愣着干什么？！还不追！他要是暴露了，覆海计划就全完了！"

路正阳带队一路驱车疾驰,终于在天黑之前来到一处居民区的小诊所。

"电话里说的是这儿吗?"

林少白点点头。下午接到的报案地址正是这里,报案人自称是诊所医生,下午两点多的时候,有个浑身溃烂的人冲进诊所,一直大喊自己感染了炭疽,还用枪逼迫医生给他打抗生素。医生在打完针之后,趁着对方不清醒,将其锁在了诊室里,这才立刻报了警。

公安民警用四五辆吉普车将小诊所唯一的正门团团围住,路正阳与林少白抽出枪谨慎地走进诊所,金妍则带着两名穿防护服的医生在后面跟着。

诊所里面乱糟糟的,文件和药品散落一地,一个医生和两个护士躲在门后,看见路正阳等人进来了,才连忙迎了过来。他们带着路正阳来到诊室门口,里面一片静寂,没有任何声响。

"患者你好!我是这间诊所的医生!"林少白作势高声道,"你说你感染了炭疽,我们特地从市里调来一批抗生素,需要给你尽快注射,你听到了吗?"

里面还是没有动静。

路正阳一声令下,李耀鸿踹开房门,大伙一窝蜂冲了进去,这才发现孟衡趴在地上,人已经昏迷了。林少白刚想查看,就被金妍制止了。

"别动!很可能会传染!交给我们!"

金妍戴上口罩穿过人群,把孟衡翻了过来。顿时一阵恶臭扑鼻而来,只见孟衡脸上身上全是溃烂的水泡,众人都不免大受震撼。

"感染得很严重,已经昏迷了,立刻转移隔离!"

小诊所不远处,徐巍和李旭躲在墙角,看着金妍带着两名医生,用担架将孟衡抬了出来。

"糟糕,孟衡还活着,化工厂马上就会暴露。"李旭顿觉不妙,"必须得除掉他。"

"你疯了?他们这么多人,凭我们俩,拿命都未必换得来!"徐巍连忙拦住李旭,"先回去请示伯劳再说。"

看着公安的吉普车越开越远,李旭只好愤愤地收起枪,瞪了一眼徐巍。徐巍心里清楚,这孙子是又要回去告自己的状了。这就是郑兰亭的权术,能让所有的手下都互相攀比猜忌,就像当年的王力群和杨辉一样。

各怀心思的两人回到化工厂,将所见所闻报告给郑兰亭。

"具体关在哪,知道吗?"郑兰亭急切地问。

"……当时的情况,我们不好继续跟踪,但我们会全力去查的。"李旭硬着头皮说。

"查?!还有时间查吗?!"郑兰亭一拍桌子,"根据小仓的估计,在有抗生素的情况下,孟衡最多再过四十八小时就有可能醒过来!你们必须在他醒过来之前干掉他!否则我们都得完蛋!"

看出郑兰亭是真生气了,可谁又能保证一定可以找到孟衡?徐巍和李旭都不敢接话。

过了好一会儿,郑兰亭叹了口气:"只剩最后一招了。既然我们找不到,就请公安帮我们找吧。"

"公安?"

"毛森临走前跟我说过一件事,没想到能在这时派上用场。联系刘贵珩,这件事需要他去做。"

根据金妍的研究,这种新型的炭疽病菌危害很大,就算侥幸能活下来,余生也会饱受病痛的折磨。而且这种病菌传播性强,活性强,一旦进入上海,后果不堪设想。而阻止这一切的突破口,就在昏迷的孟衡身上。

孟衡从小诊所被带走后,就被路正阳安排到了一个隐秘的隔离处,这个地方只有社会处的少数人和杨副局长知道。孟衡虽然已经被注射了抗生素,但人还没醒来。路正阳根据他身上密密麻麻的针孔和被殴打的淤青,推测出他是小仓的人体实验品之一,甚至很有可能知道实验基地的所在,因此保护他的安全是重中之重。路正阳特意安排林少白负责隔离处的安保工作,确保孟衡一转醒就立刻对他进行审讯。

可没想到第二天,路正阳一回到社会处,就被面色凝重的杨副局长叫进了办公室。

"你看看这个。"

杨副局长递过来一沓举报信,举报的内容是林少白在解放前投诚毛森,自愿留在公安机关内部潜伏。时间、地点、人物都能对得上,说得有鼻子有眼,并不像是杜撰的。路正阳越往下读,脸变得越黑。

"不仅局里接到了举报,军管会、市政府也都接到了。现在林少白人在哪里?"

"林少白在执行保护任务,受保护的对象感染了炭疽病菌,还在昏迷当中,背后很可能就是小仓,还有郑兰亭……"

"安排他立刻回来,接受审查。"杨副局长打断路正阳,不由分说道。

"杨副局长,林少白我还是了解的,一起工作了这么久,说他是特务,我不信。退一万步,如果他真的有问题,为什么早不举报晚不举报,偏偏在我们找到小仓线索的时候才举报?我怕是别有用心。"路正阳据理力争。

"正阳啊,说实话,我也不信。"杨副局长叹了口气,拍了拍路正阳的肩膀,"但事实是,解放后,敌人一直没有放弃对我们的渗透,杜冷泉就是活生生的例子。我知道这可能是敌人在搞阴谋诡计,但我们是讲纪律的。纪律,永远比个人好恶更保险。林少白既然是一名公安战士,服从纪律、接受审查也是他必须要尽的义务。我会让章队长带着精锐力量跟你一起去,加强对那个人体实验对象的防卫。"

路正阳看着手里厚厚一沓举报信,只能点点头。

一小时之后,路正阳与章队长带队的刑警一同出发,没过多久,就来到了秘密隔离处。

路正阳选择的位置并不在城郊,而是在观音桥附近的一条小街上,四周看上去挺日常的,偶尔还有居民走动。隔离处是个老旧的二层小楼,光从外观上看,根本看不出这里藏着重要的人体实验对象,而内部的居室则做了简要的医护改造,与一般诊所无异。

林少白此时正和金妍一起,守着昏迷不醒的孟衡。看到路正阳突然来了,他露出疑惑的神色。

"你们怎么都来了? 人还没醒呢!"林少白道。

章队长尴尬地看了一眼路正阳,不知道该怎么说。路正阳调整了一下心态,郑重开口:

"林少白同志,有人举报你是特务,现在必须暂停工作,回局里接受审查。"

"我是特务?! 开什么玩笑!"林少白一脸不可置信,连一旁的金妍也蒙了。

"路主任,这里边是不是有什么误会?"

路正阳没理会金妍,而是伸出手:"林少白,把枪交出来吧。"

林少白此时才意识到路正阳并没有在跟自己开玩笑,他笑了一声,脸一沉,赌气地掏出枪扔给路正阳。

"说我是特务,你们都信,行,好! 枪缴了,制服要不要脱?"林少白作势要脱衣服,章队长连忙上来拉住他。

"少白,例行程序,别闹脾气哈。"

"我不闹脾气,我是特务! 不配合调查罪加一等的!"

林少白嘴上虽然这么说,但眼睛却死死盯着路正阳,不解、愤怒,不言而喻。路正阳只好不再看他,转而对金妍说道:"金医生,也得请你跟我们回去一趟。林少白的情况,需要你帮助核实,我们带了广慈医院的医生来接替你。"

"没问题。"金妍简单地收拾了一下东西,跟着林少白往外走。

章队长的人已经部署在隔离处四周,路正阳吩咐虎子留下配合后,和林少白一起上车离开。

直到车开远了,徐巍、李旭和刘贵珩才从不远处的巷子里探出头。

林少白的举报信是刘贵珩寄的,信里的内容是毛森离开上海前对郑兰亭说的,七分真三分假。但信里什么内容不重要,这封信就是一个饵,用于把鱼引出来。从路正阳离开社会处开始,徐巍等人就在后面悄悄跟着,不费吹灰之力就找到了孟衡的藏身地点。

徐巍一边分析着秘密隔离处的防守布局,一边跟身后的刘贵珩说道:"你的人都到齐了没？别出什么岔子！要是孟衡醒来了，你和你的典当行也得暴露。"

"不用你提醒，这么着急的事，能召集来的都召集来了。"刘贵珩不耐烦地说。

"一会儿打起来，你的人打头阵，负责强攻！"

"凭什么？"

"就凭他是你的人，就该你解决！"李旭强硬地说道。

"要不是你们做事不周，能整出这么大一个幺蛾子吗？现在出了事就想起让我解决了？"

"你不想上，别跟我们说，跟伯劳说。"

"你！"

刘贵珩气得脸都变形了。他本就只想一心搞钱，不想参与这种行动，再加上现在连徐巍这种阿猫阿狗都能对自己呼来喝去，心里更加不爽，只是碍于形势不好发作而已。

徐巍从旁边的包里取出两套警服，一套自己穿上，一套递给了旁边的特务，让他换上。他心里清楚李旭不会去打头阵，要想任务不失败，只能自己冲锋。

"听我的命令，一会儿的计划……"徐巍换好衣服，低声对刘贵珩耳语。

过了一会儿，街道上走来了两个人，提着大包小包的东西，一看就是农民的打扮。他们停在小楼旁边，对着手里的地图讨论起来，似乎有些争执。

"同志，进城投奔亲戚，迷路了，能帮我看看怎么走吗？"其中一个憨憨的老汉，走到站岗的小战士旁，将地图递上去。

"你要去哪？"小战士自然而然地问道，却没看到那张地图底下被遮挡的手枪，还没反应过来，手臂就中了枪。

旁边另一名站岗的战士连忙开枪还击，受伤的小战士也忍着痛转向一旁的掩体，与特务交战。两名特务很快就被击毙，可紧接着数名特务一窝蜂地冲了出来，与战士们交火。

听到枪声的章队长带着几名刑警冲了出来，与特务混战，所幸章队长这边的人数更多，几轮交火下来，特务一方就呈现出了败势。

"鹰隼那个狗东西，怎么还不出来？！"刘贵珩和一个伙计躲在街角，急得直跺脚，"都给我上！杀了孟衡！五根金条！"

"站长，真有五根吗？"他身边的伙计瞪大眼睛。

"真有！你也上！"看着伙计还在犹豫，刘贵珩急了，"十根！"

伙计终于咬牙冲了上去，和章队长带头的刑警激烈对射，眼看情况危急，双方难分胜负之时，两个巡逻民警刚好路过，看到这一幕，立刻拔出手枪冲了过来，两枪就杀掉了一个特务，解救了一个处于劣势的刑警。

"你们哪个部门的？"被救的刑警问道。

"我们是附近观音桥分局的！正好巡逻过来，什么情况？"徐巍压着帽檐道。

"有特务！"被救的刑警显然并没有注意到徐巍的长相，还以为是自己人。

"一起上！"

徐巍喊了一声，拉着身边同样换了警服的特务，与刘贵珩的人激烈对射。有了他的加入，刘贵珩那边的特务很快陆续被击毙。刘贵珩看出形势不利，脚底抹油就要跑。一看自己的老大都溜了，其他的特务也没了斗志，慌不择路地溃退。

章队长赶紧吩咐剩下的几个人守好隔离处，自己带人去追。徐巍看着章队长走远，心里想着机会来了，趁着身旁的那个特务不备，一枪就打到他的大腿上。

特务哀号着倒在地上："鹰隼，你……"

"闭嘴！按我之前说好的做！"徐巍低声警告，随即又抬高了声音大喊，"这位同志受伤了！"

由于两人都穿着警服，刚才还帮忙打击敌人，因此留下的刑警并没有过多怀疑，一看徐巍搀着的同志血流如注，连忙回应："赶紧带他进去，里面有医生！"

徐巍搀扶着特务，朝屋里走去。屋里的医生以及公安见他们都穿着警服，还负了伤，没有防备。徐巍趁机问道："病房在哪？"

"在楼上。"

徐巍点点头，硬拖着特务向楼上走去，挨个房间迅速查找孟衡的踪迹。

"鹰隼，我快不行了……"特务的脸苍白，疼得快昏过去了。

"再坚持一会儿。"

徐巍好不容易拖着他走到了一处房间门口，隔着窗户看见孟衡躺在床上。

孟衡刚刚艰难地睁开眼睛，注射过抗生素之后他的机体恢复了运转，可他万万没想到，清醒后见到的第一个人竟然是徐巍。

孟衡挣扎着要说话，可却被口水呛了一下，发出剧烈的咳嗽声，惊动了在床边驻守的虎子和另外两名公安。虎子跳起来朝窗外望去，和徐巍四目相对。

"徐巍！！"

虎子大叫，抽出枪就朝徐巍射去。徐巍也不含糊，拽起边上的特务就拿来当挡箭牌，一连挡了好几发子弹，特务还没来得及吭一声，就成了替死鬼。

徐巍扔掉尸体，利用虎子换弹匣的工夫撕开外衣，抽出里面藏着的冲锋枪，"哒哒哒"就是一通扫射。虎子和另外两名公安被凶猛的火力压制，只得退到旁边的房间。

徐巍自知时间不多，趁势一脚端开孟衡的房门，还没等孟衡开口，就朝床上一通扫射。孟衡顿时被射得千疮百孔，死不瞑目。

话分两头，上车后，路正阳才有机会把举报信的事说清楚。林少白听完，骂声就没停过。

"什么陈芝麻烂谷子的事都被翻出来了？我当时是为了跟毛森周旋，不然他们就逼着我枪杀共产党了！我能怎么办?!"

"现在举报信不仅寄到了局里，还到了军管会，查是一定要查的。"路正阳此时只能这样说。

"哦！人家要查你就查我，让缴枪你就缴我是吧!"林少白不依不饶，"老路，我跟你一路拼杀到现在，我是什么样的人你会不清楚?!你跟局里说明一下情况，为我争取争取……老路！你还是不是我兄弟?!"

林少白说得眼睛都红了，路正阳不愿意为自己辩解，只能沉默，倒是金妍看出了路正阳的为难。

"少白，路主任能争取的，一定为你争取过的。"金妍轻声安慰。

"天晓得！我当初因为谁进的社会处？出生入死地抓特务，现在自己他妈的成特务了?!退一万步，你就不能等那个特务醒了，交代了，再查我?!这封举报信来得有那么及时吗……"

林少白抱怨到这里突然停住了，他瞪大眼睛，突然脸色一变："老路，他们真正的目标不是我！是我要保护的那个感染对象！他们诬告我，就是想利用你们来抓我，进而找到他的藏身位置！掉头，马上回去!"

"我接到的命令就是带你回局里。"路正阳攥紧拳头，他心里虽然知道林少白讲的可能性是存在的，可是自己已经安排了章队长的精锐代替，理论上不会出太大的岔子。

"老路，我知道你有准备。但你想想，章队长他们是搞刑侦的，对付特务有多少经验？万一呢？我就问你万一被特务得逞了怎么办?"

林少白的话让路正阳心头一颤，万一特务得逞了，他们就要再次与伯劳失之交臂了。

"掉头，回去!"

路正阳深吸一口气，终于下了决定。

军用吉普车在路上飞驰，隔着老远，路正阳就听到了枪响，顿时觉得不妙。很快，隔离处门口东倒西歪的尸体就出现在了眼前。

路正阳跳下车朝楼里奔去，林少白也赶紧跟了上去，可他们还是来迟了一步。孟衡已死，徐巍逃了，五六个公安刑警负伤。

大家失魂落魄地回到了公安局里，活着的特务在审讯下也陆续招供，但他们只承认自己是刘贵珩的人，对于伯劳一无所知，而如今刘贵珩的位置，他们也不甚了解。

"人是在我手里死的，我要负全部责任，请组织处分。"

会上，章队长像斗败了的公鸡一样，垂头丧气，向杨副局长做检讨。

"处分的事下一步再说，林少白呢？他怎么没回来?"

"我们赶回现场的时候，徐巍刚跑，他应该是去追踪徐巍，所以现在还没回来。"路正阳连忙站起来替林少白解释。

"应该？没你这么护犊子的！林少白的调查还没搞清楚，人又不见了，怎么就这么不让人省心？"杨副局长心里也猜到八九成，一定是路正阳故意放跑的，但嘴上也不好说什么，只能一脸怒其不争。

"我一定尽快把他找回来。"路正阳低声道。

夜幕降临，西雅钟表行里漆黑一片，一个人影打着手电，在里面慢慢摸索着，直到电筒的光束停留在一处被撬开的地板上。

"刘贵珩这个老狐狸，果然回来过。"

林少白自言自语说着，忽然觉得背后一凉，两个人影一左一右从后方出现，靠近林少白，他刚想还击，突然一个熟悉的声音传来。

"我就知道你会来这。"路正阳沉声说。

林少白一看是路正阳，旁边还跟着虎子，这才放松了紧绷的神经，往地上一坐，两手一摊，做出个摆烂的姿势。

"你们是来抓我的吧？"

"你就是这么看我的？"

"不是吗？反抗拘捕，逃跑，你老路一向铁面无私，没理由不抓我。"

"你没有逃跑，也没有反抗拘捕，你是去抓特务去了。"

林少白听着路正阳这么说，这才心里舒坦了点，转过来拍了拍路正阳的肩膀。

"这才是你老路！我就这么走了，杨副局长那边不好交代吧？"

"杨副局长其实真正担心的是你的安全，他让我告诉你，你的问题迟早会查清楚的。"

林少白内心有些感动，可想了想，还是说道："但我现在不能跟你回去。"

"理由。"

"我知道举报信是谁写的，是刘贵珩，因为当时只有毛森和他在现场。只有找到他才能为我证明。而且徐巍既然在上海，伯劳也一定在，顺着刘贵珩一定可以找到伯劳。"

"你单枪匹马怎么找？一有不慎，随时会丢了命。"路正阳叹了口气。

"我不找他，我要让他来找我。"林少白看着脚下的木板，"你记得吗，当时刘贵珩潜逃，他的伙计却死守这不放，跟我们火拼死掉后，我们在这底下搜出来很多金条。现在想来，很可能这些钱就是刘贵珩的家底，他回来就是因为还惦记着这些钱！这个被反复撬开过的木板就是证明！我打算登报，说这个房子要出租，他势必会再回来查探，到时候我就能顺藤摸瓜跟踪过去。"

路正阳没说话。林少白的计划虽然冒险，却有一定的可行性，可要拼上的却是他的安危,该怎么做,路正阳还在犹豫。

"老路,我知道你在担心我,但伯劳随时可能投放炭疽,只有通过刘贵珩这条线,才能最快把他挖出来。和满城老百姓比,我一个人的命没那么重要。"林少白看出了路正阳的心思,故作轻松一笑,"再说了,我命大得很,哪有这么容易死。"

林少白说完站起来,走到两人跟前,很自然地拍拍虎子的肩。虎子犹豫了一下,还是让开了一条路。

林少白大步离开,直到身影渐渐走远,虎子才向路正阳问道:"哥,他走了,咱们回去怎么交代?"

"还愣着干吗? 继续追啊。"

路正阳看了一眼虎子。这次虎子理解了他的深意,两人非常默契地转过头,朝道路另一头走去。

第十四章
自己人的圈套

刘贵珩这几天一直躲在典当行里头,什么都没干,心里满是懊悔。心想当初就不应该回来的,不应该贪那点钱,现在赔了夫人又折兵,手里的人都快死光了,眼看成了笼中困兽,斗不过伯劳,又没钱离开上海,这下全他妈完了。

一个伙计推门进来,看见刘贵珩丧气地瘫在沙发上,半晌才递过来一份报纸,鼓起勇气问道:"站长,今天的电报怎么写?"

"打开报纸看看,今天有哪座桥塌了,哪条铁路报废了,哪里有政府工作人员死了,别管是什么原因造成的,给上面的报告就说是咱们干的,尽快拿到经费才是重中之重!"

"那……前几天咱们折损的手足,怎么写?"对方又问。

"还能怎么写?! 就说我们虽然失去了一个支队,但会再拉起两个、三个支队! 坚持战斗! 屡败屡战! 越挫越勇! 你是新来的吗? 还要我教你?"刘贵珩不耐烦地呛道。

"可这么写,编得会不会有点太过了……"

"过什么?! 你只管大胆写就是! 现在是我教你还是你教我?"

刘贵珩心里清楚,无论他写什么,都不会有人来核实的,毛森更不会跟他较真。这么多年,他一直都这么欺上瞒下,夸大其词,如果不是如此,他刘贵珩也混不到今天这个位置。

伙计得了令,拿着报纸刚要退出去,刘贵珩眼睛一睁,突然喊道:"慢!"

一则报上的新闻,吸引了他的注意。

"商铺出租,位置上佳,租金低廉。"

地址写的是北护塘路32号,正是西雅钟表行的位置。

"死了人怎么还往外租? 我的钱说不定还在里面呢!"刘贵珩紧皱眉头,对伙计吩咐道:"你先去摸摸底细,看看到底怎么回事。"

　　登完报后,林少白就一直蹲守在西雅钟表行附近,直到晌午过后,才看见一个伙计模样的人,在店外盘桓了一阵,眼神有意无意地朝店里面打探。

　　林少白不动声色,直到日暮西垂之时,那人离开,林少白才跟了上去。两人一前一后转入一条小巷子。突然一个冰冷的枪口顶住了林少白的后背,林少白还没反应过来,就被打晕了过去。醒来的时候,他发现自己已经被五花大绑,关在了晟和典当行里。

　　"别来无恙啊,林少?"

　　刘贵珩慢悠悠地从沙发里直起身子,笑嘻嘻地道。

　　"你倒是别来无恙,我可被你坑惨了。那些举报信,是你写的吧?"

　　"怎么样,受用吧?"

　　"算你狠。现在跟我回局里说明情况,算你戴罪立功。"

　　"脑袋被驴踢了吧? 你以为你能活着出去?"刘贵珩都被气笑了,吩咐身边的伙计道,"动手的时候,别把血溅得到处都是。"

　　伙计举起枪对准林少白,可他倒是一点都不怕,反而哈哈笑了起来。

　　"你好歹也是毛森的秘书,够沉不住气的。杀了我,钱可就永远找不到了。"

　　林少白的话如同重磅炸弹,炸得刘贵珩差点跳起来。

　　"你知道我的钱在哪?!"

　　"我不但知道在哪,我还知道有多少。十根金条,五万美元,八块金表,我没说错吧?"林少白一脸揶揄地看着刘贵珩。

　　刘贵珩一把揪住林少白:"说! 我的钱呢! 在哪?"

　　"哎呀,刚才还记得呢,被你这么一吓,给忘了。"林少白讪笑着拖延时间,"也可能是绳子捆太紧,脑子缺氧了。"

　　"给他松绑。"刘贵珩无奈道,"现在行了吧? 想起来没有?"

　　"我正在想啊! 我可得为以后想想。你害得我现在做不了公安,只能做特务了,上海待不了,后半辈子可怎么办呢?"林少白道。

　　刘贵珩听出他的意思是要跟自己谈条件,纵使心里恨得牙痒痒,但为了自己的那点钱也不好撕破脸,只好正色道:"像林少这种人才,完全可以去台湾,我帮你安排个一官半职不是问题。"

　　"不太容易吧? 那边可是僧多粥少。"林少白故意装出一脸担忧的样子。

　　"啧啧,我现在已经荣升上海特别站站长了,在整个保密局我的话都是有分量的,连毛人凤都得给我面子,是真的!"

　　"哦?"林少白左顾右盼,走到酒柜前,"这酒看起来不错啊!"

　　路正阳带人攻进来的时候,刘贵珩正在给林少白倒酒,门被撞开那一瞬间,刘贵珩吓得手一抖,酒瓶摔在了地上。

"都不许动!"

路正阳带着十几个公安,火速把刘贵珩等人团团围住。

"老路,聪明啊,我们还是有点默契在身上的。"林少白欢喜道。

"你的广告一上报,路主任就安排我们潜伏在西雅钟表行附近了。这一路,我们是跟着过来的。"虎子说道。

"但你们来得太快了,我这酒还没喝够呢。"林少白晃晃酒杯,一饮而尽,然后朝路正阳说道:"怎么样?一枪不发,擒获上海特别站站长。"

"干得漂亮。"

林少白站起来,走到一脸怨怼的刘贵珩身边:"你的钱早上缴国库了。你坑我一回,我也坑你一回,咱俩扯平了。"

刘贵珩被带回了审讯室,路正阳还没开始审呢,刘贵珩两手一摊,表示全招。

"啥都不用说了,我一定知无不言,言无不尽,只求戴罪立功,将功折罪,只求缴枪不杀,求条活路。你们准备好啊,一会儿我说得快,可别记漏了哈。"要说这刘贵珩,不愧是秘书出身,出口成章不说,这墙头草倒得确实比谁都快。

路正阳也没想到他能这么配合,只好正了正脸色:"那你说吧。"

"首先,像我这个级别的国民党特务,不管是出于被动还是主动,手里一定是沾了共产党先烈的血的,我表示沉痛忏悔。"

刘贵珩一上来就认错,倒让审讯室的几个人都面面相觑。

"我想交代的第二点,是我早对国民党失望透顶了。我这次被派回来,其实就是被抛弃了!我被他们架在火上烤,被迫做了几件对不起人民的事,但请组织相信,我是有良知的,我也是身不由己。第三点,这点一定要记好,"刘贵珩拔高嗓音,"我要高呼——共产党必胜!共产党是真心实意想让人民群众过上好日子的,可他国民党却只会镇压和剥削人民。事实证明,与人民为敌注定要失败!人民万岁!我表态,绝不螳臂当车,做与人民为敌的坏分子!"

连林少白都被刘贵珩的巧舌如簧给气笑了,忍不住说:"你可是今天下午还要杀了我呢。"

"我有吗?"刘贵珩反问,"是你说你是国民党特务,我还被你迷惑了。"

刘贵珩这套洗白话术,让边上做笔录的岑小满都忍俊不禁。

"我总结一下。现在我只想真诚地投入党的怀抱,希望组织能挽救我,正如挽救中国四万万劳苦大众一样,而我已经幡然悔悟,现在就能替林少白同志正名……"

"刘贵珩!"路正阳忍不住敲了敲桌子,"你坦白从宽的诚意我们都知道了,现在你要告诉我们郑兰亭到底在哪。"

"郑狗贼在上海根本没走,不过具体在哪,我就不知道了。"刘贵珩答。

"行啊你刘秘书,说一大通废话,对关键问题却避而不谈。你可是上海特别站的站长,你能不知道他在哪?!"林少白生气道。

"我是真不知道,也没必要骗你。我跟他的过节,不比你们在座的人少。他从来不服我,也没有真正信任过我。他还把我的手下抓去做人体实验了。我要是知道他在哪,我早动手了!"刘贵珩辩解道。

路正阳和林少白对视一眼。孟衡的身份已经核实,确实是典当行的伙计,刘贵珩的部下,这点他倒是没撒谎。

"那你们平时是怎么联络的?"路正阳问。

"要不说路主任是领导呢,善于抓住问题的关键!"刘贵珩一脸讨好,"我们平常主要靠电报联系。我可以拍电报让他过来,作为站长,这点面子他还是要给我的。到时候你们就可以设下天罗地网,将他的人一网打尽。"

"他现在被通缉,不会轻易露面,你要怎么说他才会亲自来?"林少白问道,"你可得好好想想,不然戴罪立功的机会可就溜走了,只剩下枪毙一条路了。"

刘贵珩转了转眼睛,露出一个志在必得的笑。

郑兰亭坐在画架后面,用油画笔描绘着一个女人的画像,虽然身体已经画得七七八八了,但脸却只有模糊的轮廓。郑兰亭在女人的眉眼上撩了几笔,涂涂改改,最后叹了口气。

他已经在化工厂窝了几个月,都快透不过气了。阴冷潮湿的厂房没有任何美感,连笔意也大不如前。

肖云拿着电报推门进来,郑兰亭连忙收起沮丧的表情。

"怎么了?"

"老师,刘贵珩那边来电报了。"

肖云递过来一张纸条,上面是寥寥几个字:"毛局长电我站,利用炭疽执行天字特号暗杀令,明日下午三时,晟和典当行。"

郑兰亭瞳孔一震。

天字特号暗杀令,是毛人凤局长曾经亲自下达的,目标就是刺杀陈毅。可前去行刺的王牌杀手刘全德最终功败垂成,而这个命令至今仍然有效。毛人凤这是想用炭疽刺杀陈毅。

郑兰亭不免摇头:"哼,肉食者鄙,这些人从来都是成事不足,败事有余。这事只要一个不慎,我们的人就会全折进去。现在队伍本来就心不齐,不能再出岔子。"

"那怎么答复,不去吗?"肖云问。

"去还是要去的,必须亲自跟上面说明,我们的目标不是一个人,而是整个上海,在

266

覆海计划成功前不能有任何闪失,所有行动都要为覆海计划让路。"

"可是因为孟衡的事,刘贵珩所有的手下都几乎死光了,一定压了不少怨气。我怕他对老师不利。"肖云蹙眉。

"他现在还不敢跟我撕破脸皮。回复他,我会准时赴约。"

肖云心里不愿意,但还是点点头退了出去,可刚一转身,郑兰亭就拉住了她。

"老师,怎么了?"

郑兰亭没说话,而是仔细端详着她的容貌。

"别动。"

郑兰亭重新拿起笔,在油画布上画了几笔。

"老师你在画我? 我以为你是在画师娘……"肖云这才反应过来,一丝红晕从脸上掠过。

"走得急,她的画没带出来。或许,这也是一种天意。"

"天意?"

"就让她留在原来的地方吧! 这段时间,我想了很多。这几年,你我也算共患难多次了,"郑兰亭难得地冲肖云笑了笑,"等这一切结束,我们就去过普通人的日子。"

虽然明知道这或许只是郑兰亭随口说的,但肖云仍忍不住红了眼眶,点了点头,静静地陪在郑兰亭身边,就像这几年来的每一个日夜一样。

刘贵珩这一整天都待在晟和典当行,像热锅上的蚂蚁一样,坐立难安。

虽说路正阳已经跟他保证,在典当行四周都布下了人手,而他自己和林少白也躲在厕所里面,可刘贵珩还是不放心。郑兰亭是出了名的阴险狠辣,要是真的肉搏起来,光脚的不怕穿鞋的,他这一身白肉可挨不住枪子儿。

丁零零,一阵电话铃声响起,把刘贵珩吓得一个哆嗦。

"喂,晟和典当。"

"刘老板,店里生意怎么样?"电话那头,传来郑兰亭的声音。

"约好了见面,你怎么还有闲工夫打电话来?"刘贵珩嗔怪道,又突然脸色一僵,"什么? 你不来了? 你怎么说变就变? 还把我这个站长放眼里吗? 我还怎么跟上头汇报……"

"五点半,乐游原饭馆。"

郑兰亭打断刘贵珩的抱怨,简短地说了几个字就挂断了电话,只剩刘贵珩一脸蒙地站在原地。

"乐游原饭馆,我都不知道在哪,离他约定的时间就剩半小时……"刘贵珩不安地询问着路正阳,"路主任,你说他会不会是察觉到了什么?"

"不一定。他一贯谨慎、多疑。你尽快去乐游原饭馆,我们会跟着你。"

"让我单刀赴会，我……我不敢啊！"刘贵珩崩溃道。

"你怎么这么尿！"林少白吓唬他，"组织可是给了你挽救的机会，你不要，回处里等着接受审判吧。"

"别别别，你容我再想想……"

刘贵珩擦着脑门上的汗珠。林少白故意叹口气，拉着路正阳就往外走，一边走还一边做出一副可惜的样子："就他这情况，回去判个枪毙算轻的吧？"

"你说呢？干了那么多坏事，连自首都不算。"这回路正阳倒是接住了黑脸的角色。

"等等等等！领导我想好了！我还可以挽救的！我去见郑兰亭！我就算拼了我这条老命也把他抓住！我……要不还是给我配把枪？"刘贵珩赔着笑脸问道。

"你好歹也是响当当的站长！原来该怎样就怎样！！"林少白有些不耐烦了。

"什么响当当，穷得当当响还差不多……"刘贵珩一脸委屈。

想着该来的还得来，今天不去跟郑兰亭硬刚，明天就得被共产党枪毙，刘贵珩只好怀着忐忑的心情前往约定的地点。他来到乐游原饭馆的时候正是晚饭时间，里头人声鼎沸，客似云来，刘贵珩四下环顾，突然一个人从后头搭上了他的肩膀。

"后面没跟着尾巴吧？"徐巍低声问。

刘贵珩极力隐藏内心的慌张，摆出站长的架子："我入行的时候，你还不知道在哪呢。郑兰亭人呢？要是还见不到他我就走了。"

"跟我来。"

刘贵珩忍不住侧目朝窗外看了一眼，心里祈祷着路正阳一定会按照约定保护自己的安全，然后惴惴不安地跟着徐巍进了二楼包厢。

饭馆对面街道的二楼是一处民宅，此时路正阳和林少白正躲在民宅的窗帘后面，从缝隙里查看着饭馆的情况，看见刘贵珩跟着徐巍进入二楼包厢后，路正阳才微微松了口气。

郑兰亭果真是老奸巨猾，他挑的这一处约见地点交通复杂，到处都是出口，时间也卡在饭点上，人多繁杂，一旦动枪，他就可以把这些吃饭的普通老百姓都当成人质。路正阳虽然已经在各个路口和左右店铺都安排了人手，但并没有十足的把握，而且眼下也不知道刘贵珩能够拖多久。

"能不能等刘贵珩谈完，他们出来了再抓？"林少白说道。

"万一他携带了炭疽武器呢？"路正阳摇头，"等他们到了外面病菌顺风扩散，场面更加无法控制。眼下最好的办法，就是先把饭馆里的客人疏散掉，瓮中抓鳖。"

"可肖云此时就在二楼望风，我们的人她都见过，得找一个生面孔，机灵的……"林少白边说，边向身后的岑小满看去。

"毕竟我还是站长吧？你对我隐瞒炭疽研究基地,就是对保密局隐瞒！我怎么汇报工作,怎么制订行动计划……"

刘贵珩一进包厢,就开始一股脑地埋怨起郑兰亭来,虽然表面显得很生气,但实际上桌子底下的腿却情不自禁地抖动着。刘贵珩是文人出身,越紧张话越多,他知道郑兰亭城府极深,如果两人一问一答,对方突然试探,自己怕是兜不住露馅,索性装作生气的样子,讲些有的没的,拖延时间。

"当了站长,怎么越来越啰唆了?"郑兰亭终于不耐烦地打断他,"我只有一句话,麻烦你转告上面,新型炭疽是用来颠覆上海的,不是对付某个人的。至于研究基地在哪,你就别问了,知道太多不是好事,我说得够清楚了吧?"

你是说清楚了,但我也快撑不住了,刘贵珩绝望地在心里默念道:"路神仙,赶紧来救救我吧。"

此时肖云突然推开了门:"老师,好像有点不对,外面的客人都走了。"

郑兰亭心中一紧,凑到包厢门口,朝下看去。只见一个小个子站在大厅里,穿着厨房伙计的衣服,驱赶着剩下的数名客人:"厨房瓦斯泄漏了,你们赶紧离开吧。"

"偏偏这个时候瓦斯泄漏?"郑兰亭盯着岑小满的身影,突然意识到不对劲。

"糟糕,中计了!"

肖云立刻拔出枪,可路正阳与林少白已经率队冲进了饭馆,迅速朝楼上开了几枪,而二楼另一侧的窗户也被踹开,虎子带人从外面冲了进来。

郑兰亭气急败坏,一把薅起刘贵珩的衣服:"是你!"

"你要干什么,放开我……"

刘贵珩拼命挣脱,可郑兰亭对准他心口就是一枪,刘贵珩"哐当"一声倒在了地上。

"走!"

郑兰亭朝徐巍喊道。徐巍一脚踹开包厢中的酒柜,没想到这后头竟然还有两把冲锋枪和一个暗门！徐巍拿起冲锋枪,冲出去支援肖云,火力压制楼下的公安民警,为郑兰亭争取时间。

郑兰亭在徐巍的掩护下打开暗门,转头朝肖云大喊:

"小云！快撤!"

也就是这一喊,暴露了郑兰亭目前的位置,已经冲上二楼转角的林少白瞅准时机,瞄准了郑兰亭,毫不犹豫地扣动了扳机。

砰!

肖云在郑兰亭不可置信的眼神中,缓缓倒下。她在林少白开枪的那一刻,奋力朝郑兰亭身前扑去,用自己的身体挡住了子弹。

"小云！小云!"郑兰亭一把接住肖云,失声大吼。

肖云尝试着起身,但子弹贯穿了她的心肺,她知道自己已经不行了。

"老师，我走不了了，你们快撤！"

郑兰亭攥住她的手，这一瞬间，他不知道自己看到的是肖云，还是五年前死去的妻子。

"我扶你走。"郑兰亭艰难地吐出一句话。

肖云努力笑了笑，眼里却带着决绝。

"带着我，都走不了……老师，自从跟着你，我就做好了牺牲的准备。"

她最后一次握了握郑兰亭的手，也不知道哪里来的力气，一咬牙竟然站了起来，抢过徐巍手里的冲锋枪，朝包厢外猛烈开火，用尽最后的力气大喊："带老师走！走，走啊！"

徐巍拉着还没缓过神来的郑兰亭钻进暗门。眼看他们已经逃走，肖云终于露出一副释然的表情。她拼了命地胡乱扫射着，直到自己身中数枪，倒在地上。

弥留之际，她想起的，是郑兰亭画作上没画完的那张脸，她心里其实一直都清楚，那张脸，不是她的。

刘贵珩看见危险已经彻底解除，这才从地上爬了起来，喘着气从胸前抽出了一块钢板。

幸好林少白提前给他搞了这块装备，要不然今天这条老命就交待在这了。刘贵珩看见林少白冲进来，刚挤出一个笑脸想拍拍马屁，就被重新戴上了手铐。

"怎么又铐上了?!"

"你说呢?"虎子白了他一眼。

林少白和路正阳顺着暗门追了出去，可脚还没站稳，一辆车就在他们眼前来了一个大转向，然后朝远处飞驰而去。

这是处里的吉普车！林少白刚要追上去，突然看见后座上，郑兰亭正用枪指着金妍的头。一瞬间，林少白的心跌入谷底。

"妍妍！"

"敢追上来我就杀了她！"郑兰亭面目狰狞地大吼道。

吉普车在林少白惊愕又绝望的眼神中，扬尘远去。

第十五章
黎明前的决战

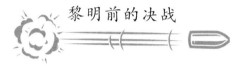

郑兰亭遁逃了,路正阳只好先率队回到处里。乐游原饭馆的底细很快被调查清楚,原来它的前身是军统使用过的一个据点,因此才会有暗门通道,但解放后几次易手,现在承租的老板并不知情。这个地点是郑兰亭早就备下以便在特殊关头使用的。

路正阳迅速向杨副局长做了汇报,杨副局长要求整个社会处不惜一切代价尽快抓捕郑兰亭,营救金医生,找到炭疽研究基地的位置。路正阳推测,既然炭疽病菌研究已经进入人体实验阶段,那么就绝不可能只有孟衡一个实验体,于是让老徐和李耀鸿尽快联系各分局调取近期失踪人口的档案,寻找蛛丝马迹。

林少白自从目睹金妍被带走后,就像变了个人,不吃饭不睡觉,唯一做的事情就是发了疯似的审讯刘贵珩,一遍又一遍让他交代去炭疽研究基地的经历。可这刘贵珩虽说进过实验室,却在路上被蒙了眼睛,颠来倒去说的都是些琐碎的记忆,对查清整个路线毫无帮助。但是林少白不依不饶,一天之内将他审了八遍,连听到什么、闻到什么都反复问了不下数十遍,不说刘贵珩崩溃了,连做笔录的岑小满都要崩溃了。

路正阳实在看不过去,连拖带拽把林少白拉了出来,给他弄了碗馄饨。可林少白连一口也吃不下去。

"你不吃东西,身体熬坏了,怎么抓郑兰亭?!你劝我的话都忘了?你以为自己是谁?能未卜先知吗?金医生的事不是你的责任!"路正阳终于生气了。

"我吃不下!我在这多耽误一秒,妍妍就会多一分被害的可能!金叔之前就要杀郑兰亭,郑兰亭一定不会放过他女儿的!"

"我们已经在城郊发现了被丢弃的吉普车!虽然人都不知去向,但里面没有血迹,金医生很可能还活着!如果郑兰亭真的要杀金医生,在他摆脱我们后就会动手了。而且金医生活着对他还有用!你先不要自乱阵脚!"

"你说妍妍对他还有用，是因为在他还没开始最后行动之前，妍妍能作为他的人质与我们制衡。可是一旦他的炭疽武器完成并开始投放，那妍妍对他就没有利用价值了！"林少白绝望地说道。

"我们一定会在这之前，找到炭疽研究基地，破坏他的计划，救出金医生！"路正阳的声音不大，却蕴含着一种莫名的力量。

郑兰亭回到化工厂就把自己关进了房间，盯着那张没画完的画沉默不语，直到李旭把金妍带进来。

"老师，她该怎么处置？"

"你说我该怎么处置你？"郑兰亭看着金妍，问道。

"你害死我父亲，只可惜我没能一刀杀了你！"金妍虽然被绑，但眼神中毫无畏惧。

"你父亲起了二心，该死。"

"靠杀人来树立威信，不过是极端虚弱的表现，你们一定会输的。"

金妍的话一针见血，直戳郑兰亭的痛处。他的眼中闪过一丝阴狠。

"是吗？可惜在此之前，被炭疽武器毁掉的是你们，不是我。把她带出去，处理干净。"

李旭抓起金妍就往外拖，倒是站在一旁的徐巍，侧身挡住了门。

"你干什么？没听到老师的话吗？"李旭瞪了徐巍一眼。

徐巍咬咬牙，转身对郑兰亭道："站长，留着她还有用。她是公安局法医科的人，还是金昂昌的女儿，万一跟公安交起火来，有她做人质，公安绝不敢轻举妄动。等我们计划完成，还能通过她搞到金家的船，离开上海。"

郑兰亭考虑片刻，点了点头："那就先留着，等计划成功了，再杀也不迟。"

徐巍生怕郑兰亭反悔，挤开身边的李旭，抓住金妍朝外带去。两人离开郑兰亭的房间，穿过逼仄的走廊，金妍忍不住低声问："为什么救我？"

徐巍不答，把金妍推进关押室的铁门："记住，逃跑只会让你死得更快。"

"徐巍，你是少白的兄弟，你知不知道自己在做什么？"金妍拽住徐巍的衣服。

"我的事不用你管。"

徐巍走了，独留金妍一个人在冷冰冰的关押室。金妍知道自己不能坐以待毙，至少要做点什么。她相信路正阳，也相信林少白，她有信心他们一定会很快找到这里。

金妍在墙上抠下一块碎砖，一边努力回忆着她来到化工厂后去过的地方，一边画下简略的地形图。

徐巍一个人沿着走廊，往工厂深处的实验室走去。他躲过站哨的特务，趁着没人注意，来到一处铁门前。徐巍掏出半根铁丝，插进门锁，轻轻一旋，门就开了，然后闪进屋，把门反锁。

这是李旭的房间。

自从躲进中天化工厂后,郑兰亭就让李旭负责唯一对外界接触的工作,平常寄来工厂的信件,也是他负责传递分发的。可已经过去一个多月了,徐巍都没有再收到赵兰和孩子的消息。他问过李旭很多次,但都被他打发了,他还劝徐巍说,赵兰每天忙着带孩子,没时间写信很正常。但徐巍心里的怀疑越来越深。

简易的房间里只有行军床和衣柜,徐巍没翻多久,就找出了一叠压在柜子底下的信件,上面是他熟悉的字迹。

"巍哥,给你写信总是不回,你是不是不管我们娘俩了?孩子病了,连续好多天发高烧……"

徐巍瞳孔一颤,当下就知道了怎么回事,忍不住一拳砸在了墙上。

郑兰亭看完桌上赵兰的信,并没有责怪旁边的李旭,而是将信轻轻对折,还给了一脸愤怒的徐巍。

"我知道了。我会给他们发电报,让他们一定要治好孩子的病。"

"站长!孩子才不到两个月大!病得这么重,我实在不放心。您就让我去一趟吧!"徐巍哀求道,"我把药送过去就马上回来。"

"现在是覆海计划的关键时期,我不想节外生枝。等一切结束后,我保证会让你和你的妻儿团聚。"

徐巍不好再说什么,只能转身离开,倒是李旭露出一脸小人得志的表情。

李旭也是郑兰亭身边的老人了,他心里清楚,郑兰亭正是因为不放心徐巍,才会把连接外界的任务交给忠心的自己,赵兰和小孩不过是他们握在手里制衡徐巍的工具之一,等事成之后,他们都会成为弃子,而他李旭,才会是真正的功臣。

李旭哼着歌回了房间,却没想到一开门,就看见徐巍布满阴霾的脸。

"徐巍?你干什么?!"李旭一惊,但还是故作镇定地问。

"是站长让你扣了我的信,还是你擅自做主的?"徐巍冷声问。

"我是不想让你分心。徐巍你搞搞清楚,老师对你的忍耐是有限度的,别不识趣。我要休息了,你出去……"

寒光一闪,一把匕首已经架在李旭的脖子上,徐巍的手上加了两分力道,血立刻顺着刀刃流下来。

"你他妈想造反吗?!"李旭这才慌了。

"说,赵兰他们在哪?!你要是敢说半句假话,我现在就杀了你!"

"我说我说!他们在嘉善……"

当郑兰亭发现李旭的时候,他被五花大绑在屋里,嘴里塞着袜子,正疯狂扭动着身体。

"走了多久了?"郑兰亭已经意识到发生了什么,把李旭嘴里的袜子拿出来问道。

"半夜走的,有几个时辰了,老师! 我就说徐巍这小子一定会反!"李旭啐了一口,嚷嚷道。

"你说了吗?"

"我……我再不说,刀子就进去了。"李旭的脖子还在流血,疼得龇牙咧嘴。

"没出息!"郑兰亭怒道。

"老师我……"

"我是说徐巍! 都什么时候了还顾及儿女情长。"

"我都跟他说了,赵兰那边有人照顾,不会有事的。没想到他突然就犯了浑,对我动手了,现在估计他已经往嘉善那边去了。我这就带人去追。"李旭赶紧请命。

"追不上了,等他们回上海吧。"

"等? 可他会带老婆孩子回来吗?"

"他无处可去,孩子有病,只能带到上海来治。"郑兰亭想了想,对李旭说道,"你去拍个电报给台湾,就说刘贵珩叛变,僵尸雀为党国壮烈捐躯了。我们的王牌很快就好,它会把上海的一切都毁掉。"

"是。"

李旭刚从地上站起来,突然外面传来一个特务着急的声音。

"不好了,关押室那边有情况……"

郑兰亭和李旭走进关押室,看到满室狼藉,餐具、食物撒了一地,金妍半蜷缩在地上,脸色发青,衣衫不整,雪白的领口大开,沾满斑驳的血迹。

"怎么回事?"郑兰亭看着金妍被撕碎的裙摆,沉声问。

"我们给金小姐送饭,不知道为什么她就发疯……"旁边一个脸上带伤的特务连忙解释,可话音未落,就对上了郑兰亭洞悉一切的眼神。

"说实话。"

"这……旭哥跟我们说,这个金小姐,只要留着命就行。来这化工厂也有几个月了,我们几个也憋得不行,看她细皮嫩肉的,就想跟她玩玩。"特务摸着被抓花的脸,"可我们也没想到她气性这么大,抵死不从,还挠花了我的脸,我这才掐了她的脖子。"

"死了?"郑兰亭心里一惊。

"好像没气了。"特务只好如实交代。

郑兰亭蹲下身查看,谁知金妍突然睁眼,也不知道她什么时候在身下藏了一块尖锐的盘子碎片,攥着就朝郑兰亭心口刺了过去。

郑兰亭连忙抬手格挡,碎片只划开了手心,李旭连忙赶来狠狠朝金妍胸口踹了一脚,把她踹向墙角铁架处,金妍一口鲜血吐了出来。

"哼,你跟你父亲一样,胆大包天,非要找死!"

郑兰亭捂着手心,一脸阴沉。这可是他用来创作艺术的双手,竟然被这个小姑娘给刺伤了。

"你不配提我的父亲。像你这种魔鬼,只配下地狱。"

金妍擦了擦嘴角的血,仰起高傲的脖子。纵然她已经被百般凌辱,但却没有露出一丝屈服。

"把她跟那些实验对象关在一起! 让她在炭疽的折磨中慢慢去死! 让她体会一下,什么才是真正的地狱!"郑兰亭恼羞成怒。

嘉善某个农村里,一个挑着杂货担子的货郎慢悠悠朝一处农家小院走去。

小院看上去十分普通,门口坐着两个农民模样正在抽旱烟的男人,他们看到货郎走过来,眼里流露出一丝农村人不应该有的警觉。

"干什么的?"其中一个男人问货郎。

"老乡,买点?"

徐巍一脸憨笑,放下扁担将货品摆在门口。特务反正也是无聊,就顺手翻看了起来。也就是这个空隙,徐巍从货物下摸出一把枪,两下就把那个特务打翻在地。没等另一个摸出枪来,徐巍就已经用枪抵住了他的小腹。

"别动! 赵兰在哪?"

徐巍看到赵兰的时候,她正抱着哇哇大哭的孩子在煎中药。

"巍哥!"看到丈夫,赵兰的眼泪哗地就流了下来。

"这是咱儿子? 快让我看看!"

徐巍从赵兰手里接过儿子,百感交集,从孩子出生他就没有见过一面。可孩子却因为不认识他,离开了母亲的怀抱就哇哇大哭,一张小脸憋得紫红。徐巍一摸孩子的额头,烫得缩开了手。

"这么烫?! 怎么病成这样?"

"没有药,村里的赤脚大夫倒是拿了些中药来,可孩子太小,喝一口吐三口。我只能把所有药都喝了,通过奶水过一点给他,可还是……"赵兰摇摇头,委屈地擦着眼泪,"我们天天盼啊盼啊,你可总算来了,呜呜……"

"赶紧跟我走!"

徐巍当机立断,一手扶着赵兰,一手抱着孩子,离开了农家小院。徐巍在村口找了辆马车,把他们一家人带到了车站。徐巍给司机塞了几个银圆,对方因此没有查他们的证件,他们便一路坐车来到了上海,直奔广慈医院,挂了儿科急诊。医生一看孩子的病况就安排住院。几袋抗生素打进去,孩子终于退了烧,沉沉地睡去。

徐巍看着熟睡的孩子实在可爱,尤其是一张小脸长得跟自己小时候一模一样,不由摘掉了孩子的虎头帽,用自己的胡须蹭着孩子的脸,贪婪着嗅着孩子身上奶香的味道。

"睡得真香!按医生说的,再打个几针,开的药坚持吃,应该就能好了。"

"让他睡吧。"赵兰倒了杯热水递给徐巍。经历了这么多,她就算是普通人,也多少能感觉到徐巍对自己有所隐瞒,一番犹豫后,还是开了口:"巍哥,你有事,能不能不要再瞒着我。在浙江农村的时候,总有人盯着我们,还都带着枪。巍哥,我不想每天都提心吊胆的。"

"你别瞎想,"事到如今,徐巍也只能继续隐瞒,"之前不是跟你说了,我在公安这边有特殊的任务,暂时还不能说。等任务完成,我们就能一家团聚了。"

"真的吗?"赵兰问。

"真的。兰儿,我一定会让你,还有我们的儿子,过上好日子的。"徐巍说这话的时候,却下意识地躲避开赵兰的眼神,随后岔开了话题,"这次组织给了我一些钱,我去给孩子买点营养品,你想吃什么水果?"

"不用买,钱省着花,将来还要过日子的。"

看着赵兰消瘦的脸庞,徐巍心里感到一阵愧疚,还想再说些什么的时候,医生推门进来了。

"该打针了。"

徐巍连忙压低帽子走了出去,但医生的余光,还是注意到了他的长相与最近通缉令上的犯人一模一样。

徐巍离开医院,在确定没有人跟踪后,这才来到百货商店里,给孩子买了麦乳精和其他一些营养品,还给赵兰买了一袋水果。

付完账,徐巍提着东西回到医院,却在上楼的时候,看到了一个熟悉的身影,正往赵兰和孩子的病房走去。

徐巍立刻闪到一边,他知道自己已经被公安发现了,只能最后远远看了看病房的方向,一咬牙,果断离开。

眼下他的通缉令贴得满城都是,只有一个地方能容得下他。

徐巍刚进中天化工厂,李旭就带着特务将他团团围住。此时的李旭不再给他面子,带人搜了他的身,还在他面前吐了一口痰,这才带他去见了郑兰亭。

"回来了?坐吧。"郑兰亭倒是不意外。

"站长,我一时冲动,违抗了你的命令,我认罚。"

徐巍自知他胁迫李旭、不顾禁令离开化工厂的严重性,回来的路上已经做了最坏的打算。可郑兰亭没接他的话,而是柔声关切道:"娘俩都好吗?"

一听郑兰亭这么问,徐巍眼睛微红:"孩子病得很重,送去医院好多了。我把他们都安顿好了,很安全。站长,我……"

"罢了，你也是为了你的妻儿，骨肉至亲，可以理解。我的家庭已经散了，但你不一样。是他们娘俩一直支撑你走到了今天的，是要好好珍惜的。"

郑兰亭的话，让徐巍有些感动。

"处罚的事，不提了。你肯回来，而不是带着妻儿逃走，这就是忠诚。我心里有数，下去吧，别再有下一次。"

徐巍点点头，转身离开。看着他的身影消失在门后，郑兰亭叹了口气。他虽然嘴上这么安抚徐巍，但他心里知道，徐巍的忠诚是打了折扣的，因为他没有把自己的妻儿也带回来。

可眼下正是用人之际，他还需要鹰隼，需要他协助自己完成覆海计划。只是为了要确保他不动摇，赵兰母子就必须握在自己手里。想到这里，郑兰亭把李旭叫了进来。

"你去找到赵兰母子，将他们带回来。孩子的病要治，就一定会去医院。上海有儿科的医院不多，一家一家去摸。"

"可要是赵兰不配合呢?"李旭问道。

郑兰亭深深看了李旭一眼:"你清楚该怎么办。"

李旭会意，嘴角微微冷笑。

接到广慈医院的电话后，路正阳就带队包围了医院，可却再也没有发现徐巍的踪迹。而赵兰自从看到林少白之后，眼泪就没断过。

林少白把一切都告诉了赵兰，包括特务用赵兰母子的性命胁迫徐巍的事，以及徐巍现在的处境。

"我只问一句，你巍哥，能不能活命?"赵兰强忍悲痛问道。

"如果巍哥肯合作，帮我们抓到郑兰亭，按政策是可以减轻处罚的。"林少白安慰道，"就算要服刑，但也总有团聚的一天。"

赵兰想了想，这才点点头:"少白，我配合你们。"

赵兰把自己这一年的经历如实相告。笔录做到了下午，路正阳得知被郑兰亭扣押的手下特务的家人，都被集中看管在嘉善的尧头村，就连忙带队前往。因为赵兰还在哺乳期，男人进进出出不方便，因此路正阳让岑小满留下陪伴赵兰，并让虎子带领几名便衣在病房外警戒，相信这下连苍蝇也飞不进来。直到后半夜，孩子又哭闹了起来，赵兰一摸，孩子的额头又开始发烫。

"又开始烧了，得去诊室看医生。"

虎子和岑小满陪着赵兰来到儿科诊室，医生一看这么乌泱泱一大堆人冲进来，不免皱起眉头。

"这是医院，这么多人进来干什么? 出去!"

虎子不想把动静搞大，只好在门外把守，赵兰带着孩子进了屋。

医生接过孩子,掀起他的衣服摸了摸肚子,又将他翻过来听了听背部,一脸严肃。

"孩子情况比较严重,建议转院治疗。"

"转院?"赵兰一惊,"转去哪?"

"转去你们一家三口能团聚的地方。"

李旭脱下口罩,露出冰冷的脸,赵兰顿时如坠冰窟,下意识就想去抢儿子,可李旭一把捏住了孩子的脖子。

"嫂子,你别出声,乖乖听我的,不然我就掐死他。"

赵兰吓得紧紧捂住嘴,极力控制住自己不要喊出来。

李旭重新戴上口罩,抱着孩子,带着赵兰朝外走去。一见门开了,岑小满和虎子就迎了上去。

"孩子怎么样了?"岑小满关切地问道。

"要再去做个检查。"李旭说道,"家属在这儿等着,那边要求很高,人越少越好。"

虎子看着医生抱着孩子,而赵兰的眼眶旁却有一道没干透的泪痕,顿时觉得十分可疑。眼看李旭已经走到门口,虎子大声问道:"医生等一下,请问厕所在哪?"

李旭眼看前面伪装成清洁工的特务正走过来接应自己,随手朝一个方向一指:"那边。"

"错了。"

虎子突然拔出枪,朝其中一个刚掏出枪的清洁工打去。李旭眼见自己暴露,抱着孩子朝大厅跑去。

李旭三两下就跑到了大厅,两个公安便衣反应过来,连忙掏枪围捕,虎子在后面着急喊道:"小心伤到孩子!"

李旭掏枪朝虎子还击。一时间整个大厅陷入混乱,病人和医护尖叫着躲闪。虎子顾及孩子还在李旭手上,不敢开枪,这可让李旭有了还击的机会。他一边对准公安民警射击,一边朝门口跑去。

赵兰眼看李旭就要跑走,一着急,不顾一切就冲上去抢孩子,李旭冷笑一声,抬手就给了赵兰一枪,赵兰应声倒地。

虎子此时也得了空隙,他举枪瞄准李旭的头就要扣动扳机。李旭情急之下,突然将孩子抛向空中!

虎子心下一惊,顾不上开枪,就冲过去接孩子。可与此同时,李旭一枪就打中了虎子的胸口。

孩子平安落入虎子的怀里,可虎子的鲜血却顺着他的胸口喷涌而出。李旭趁乱在特务的掩护下离开,岑小满扑到虎子身边。

"虎子哥!"

"小满,孩子……没事吧?"

虎子嘴里全是血,虚弱地问道。

"他没事,虎子哥你撑住啊。"

"我没事,小满,等哥来了,告诉他,我这次,没出岔子……"虎子笑笑,最后看了一眼孩子,闭上了眼睛。

岑小满的眼泪瞬间决堤。

经过了一夜的抢救,虎子最终还是没有抢救过来,他甚至没有撑到见路正阳最后一面。这个在长征时期就一直跟着的哥哥,是他最后的亲人了。

路正阳不知道自己是怎么从医院出来,独自回到社会处发呆到天亮的。虎子的桌子很干净,他留在这个世界上的东西不多,只有一个用了很多年的行军饭盒。他才二十出头,对他来说,蓝色的天空是最好看的,能吃饱肚子就很开心。

哦,对了,他还盼着除了自己之外,中国的每个老百姓都能吃饱饭。

北方汉子不喜欢甜食,虎子却总喜欢在饭盒里偷偷藏一块高粱饴。他喜欢干果铺子里那个卖糖的小姑娘,远远看到她就会脸红。

他还说过,等过阵子忙完了,要借林少白的培罗蒙,带她去看一场《红娘子》。

路正阳把饭盒里那块高粱饴取出来,剥开糖纸放进嘴里,嚼着嚼着,眼泪再也忍不住地流下来,直到一个电话铃声将他从悲痛中抽离出来。

"喂?"

电话那头,传来林少白的声音。

"你在哪?"路正阳问道。

"我从医院出来了。我一定要亲手抓住伯劳,给虎子报仇。"林少白的声音冷静得像一汪看不见底的池水。

"可是他现在在什么地方,我们还没有线索。"路正阳的声音中则第一次有种挫败感。

林少白之前又审了刘贵珩十几次,还重新把他带回典当行,蒙起眼睛,一遍遍重演当天他去伯劳处的一切经历。虽然这确实帮助刘贵珩想起了部分细节,可偌大的上海有千百条道路,就算凭借这些细节也是大海捞针,最终一无所获。于是他只能寻找其他线索。

"昨天下午我和石鹏飞去上海周边的贫民区暗访,发现了疑点。我认为是目前破案的关键。"

电话那头,林少白把暗访的经历向路正阳娓娓道来。按照路正阳之前的分析,伯劳很有可能会选择无家无口的贫困流民作为人体实验的对象,因此林少白这几天都在跟石鹏飞前往各处贫民区,打探失踪人口的信息。功夫不负有心人,他们终于在城郊一处贫民区打听到一个可疑的招工信息,虽说从招工条件来看跟其他临时工无异,但对方却专拣孤家寡人，甚至脑子有些问题的孤儿，规模控制得很小，一旦超过十人就会用卡车运走。根据邻里街坊的描述，负责招工的人的样貌，与徐巍、李旭的相似度有七八成。

"他们有可能易容了。不要紧，我们就埋伏在附近，只要他们再来招工，就立刻逮捕。"路正阳道。

"不行！徐巍和李旭的身手很好，强行逮捕，一旦让他们逃脱一个，郑兰亭就会立即转移炭疽研究基地，甚至会刺激他提前释放炭疽武器！"林少白立刻否定。

"我知道你想干什么！又想逞能，搞孤军深入！你别忘了，上次你的对手是刘贵珩，这次可是郑兰亭！"路正阳一下就看穿了林少白的计划。

"老路，我不是逞能，我是深思熟虑后才决定的。第一，金妍现在还在他们手上，打入内部才有更大的把握把她活着救出来。第二，我了解徐巍，我相信徐巍心底还有良知，他也最看重家人。劫持赵兰的是李旭，很有可能这个行动瞒住了徐巍，如果他知道李旭竟然对赵兰下杀手，他还会跟郑兰亭一条心吗？进去后我想争取他，我有把握！"

"有把握也不行！你死了这条心吧！"路正阳生气道，"虎子已经牺牲了，我不能再让你去冒险！你现在赶紧回社会处……"

"老路，我的桌子，第一个抽屉。"林少白说完这句，就挂断了电话。

路正阳走向林少白的办公桌。他的抽屉里躺着一封信，标题是用遒劲的字体写着的五个字：入党申请书。信里的内容如下：

> 我，林少白，自愿要求加入中国共产党，愿意为共产主义事业奋斗终生……
> 在社会处的经历，让我明白了什么是真正的信仰，也就是路正阳同志说的……
> 信仰，是一个人愿意付出所有，去坚信的真理，是你为它做任何事都会认为值得……
> 是枪指着脑门，刀架在脖子上都不会退缩……
> 信仰，是即便死了，心都永远是光明的，自豪的……
> 我也要做这样的人。

林少白戴着破帽子，穿着破衣衫，故意把自己打扮成乞丐的样子，在徐巍招工的队伍后面排好。徐巍在前面面试着应招的人，旁敲侧击地摸着对方家庭成员的底细，但凡说自己孤身一人的，就安排特务接上车，直到看见林少白，一个眼神的交接，徐巍就变了脸。

"没事吧？"一个特务看出徐巍的反常，正要走过来，徐巍连忙做出一个恶心的动作，捂住了鼻子朝林少白喊，"头上生疖子就把帽子戴好！"

林少白用帽子遮了遮脸，跟着前来的特务上了车。

人装满后，车子便摇摇晃晃朝远处开去。开了将近二十分钟，在郊区转了一圈却没有停下来，而是折返往虹桥原租界开去，进入了淮海路附近的工厂区。

林少白不免感叹郑兰亭的诡计多端。社会处曾就郑兰亭窝藏小仓的地方进行了多次推断，毕竟郑兰亭的通缉令现在已经发给了所有分局，杯弓蛇影，他一定会选择人烟稀少、相对隐秘的地方藏身，甚至是码头、港口等容易撤退的地方。可没想到大隐隐于市，郑兰亭根本没打算逃，而是就在他们眼皮子底下。

车在中天化工厂停了下来。特务打开车斗，把工人一个个赶下车。看到特务手上的枪，众人这才惊慌起来，但此时已经没有退路，只能被押着走进了工厂里。

林少白跟着人群往里走，一直走到关押处，正要进去，一只手从后面揪住了他。

"你！过来！"

徐巍避开其他的特务，把林少白押到一个没人的转角，压低声音吼道："林少白你疯了？进来就是死！"

"知道，但我必须来。"林少白直视昔日老友，目光坚定。

"为了救金妍？还是想毁了这个炭疽研究基地?!"

"为了告诉你，赵兰中枪了！还在抢救！"林少白一把抓住徐巍的手。

"你……你说什么……"徐巍愣住了，过了几秒才缓过神来，伸出手死死卡住林少白的脖子，"祸不及妻儿，你们把他们娘俩怎么了？你说！"

林少白的脸憋得通红，他极力控制着自己的音量："你该问郑兰亭把他们娘俩怎么了！是李旭带人下的手！为了救孩子，我们的人也牺牲了！"

"孩子……我的孩子呢!?"

"孩子没事，你放心。"

徐巍嘴里喃喃说道："不可能，我根本没告诉站长他们在哪……"

"你没说，他不会去查吗？"林少白反驳，"醒醒吧巍子，他为了钳制你什么都做得出来，得不到就杀死！赵兰和孩子现在就在广慈医院，你不信我，你自己去看！"

两人的眼睛对视着，终于，徐巍松开了林少白。

"你要是敢骗我，后果你知道。"

"我就在这儿，到时候你再杀我也不迟。金妍呢？"

徐巍一怔，刚想说什么，就看到不远处有特务走过来，只能抓起林少白，一边把他往关押室带，一边简短地说："她还活着。"

徐巍失魂落魄地走在工厂走廊里。这条密不透风的甬道黑暗潮湿，实验对象的惨叫和哭号沉闷地回荡在四周，无休无止，就像他心中绝望和痛苦的回音。

他真的没得选吗？他有过选择的机会的，在鹰隼死去的时候。可他还是选择了相信郑兰亭,甘愿背负血腥和罪孽,跟随在他左右。但随着计划的深入,当他亲手将那些实验对象推入牢笼开始,他的内心已经动摇了。郑兰亭对他有知遇之恩,但同时也是将他推向深渊的刽子手。郑兰亭口中描述的光明未来究竟是否存在,他的心中不是没有答案,只是他不想面对。

眼前这条黑暗的甬道,似乎暗喻了他破碎的人生,再也看不到一丝光明。

徐巍进屋时,李旭正在跟郑兰亭汇报台湾方面的回复。

"究竟用不用炭疽武器,台湾的回电并没有给出明确的态度。"

"哼,他们这是既希望我们使用,又不想承认是他们支持的。倒是把自己摘得一干二净。"郑兰亭冷笑道,"怕在国际上担责任,只好把脏活扔给我们做……无所谓了,罪人还是圣人,谁又说得清楚?"

徐巍轻咳了一声,郑兰亭注意到他进来,转身问:"招工的情况怎么样了?"

"一切正常。站长,炭疽武器小仓那边已经量产了,怎么还要招人做实验?"

"上海只是开始,只有不断地实验,才能让炭疽的杀伤力达到极限。李旭,方圆五公里布置好暗哨,一旦察觉有任何风吹草动,马上汇报。"

"明白。"

"最后的时刻就要到了,事情一完,就安排你们和家人离开。"

郑兰亭看着徐巍和李旭,露出一个看似温暖的笑,可徐巍却感受到了一阵彻骨的凉意。

广慈医院,赵兰躺在病床上,半垂着眼睛,看着窗外空洞洞的天空发呆。

一名清洁工拿着拖把,从病房外的走廊一路拖过来,一直走到窗外,脚步略微迟疑。

布防在外的便衣疑惑地看了他一眼,清洁工低声说:"打扫卫生。"

便衣让开一条路,让他走了进去。赵兰转头看了一眼,眼泪就下来了。

"巍哥……"

徐巍刚想说些什么,余光就瞥见门口站着的路正阳,但他并没有进来,而是站在窗外,有意给徐巍两口子留出了一点空间。

徐巍此时也想不了那么多了,他看到赵兰的胸口密密麻麻的绷带,不由紧紧握住她的手,好半天才声音哽咽地问道:"兰儿,谁干的……"

"是李旭。要不是有公安,咱们的孩子也没了……"

赵兰不会说谎,从她的眼神徐巍就能看出来,她没骗自己。

"儿子……儿子呢?"

赵兰还没回答,身后传来一声轻响,路正阳推开门,怀里抱着一个婴儿。孩子的小肉手紧紧抓着奶瓶,情绪稳定,心无旁骛地吃着奶。

路正阳将婴儿塞进徐巍手中，徐巍小心翼翼接了过去，就像是捧着一件珍贵的宝物。

"小家伙挺能吃的，轻点，别呛着了。"

徐巍的眼眶顿时红了，眼泪再也忍不住流了下来。

路正阳转身离开，带上了房门。

他在外面安静地等待着，屋里偶尔传来赵兰的哭声，和徐巍逗孩子的笑声。

虎子的离开对路正阳打击很大，所以他一开始不同意林少白独自行动。可冷静下来之后，他也清楚地认识到，林少白的计划虽然有危险，却是目前最可行的。要在郑兰亭的眼皮子底下摧毁炭疽研究基地，相当于在老虎嘴里拔牙，稍有不慎就可能被它撕碎。除非有人能打进内部，摸清情况，知己知彼，然后里应外合，才能将他们真正一网打尽。

林少白对徐巍非常了解，他的命门就是家人，一旦他知道郑兰亭要杀他的老婆孩子，一定不会坐视不管。如果能争取到徐巍，他就会成为整个计划的突破口。

过了好一会儿，徐巍才从病房里走出来。他无视在门外布防的李耀鸿和岑小满等人，径直走到了路正阳的面前。

"谢了，你让我见了妻儿。"

"只要你愿意，以后还是能常见。"路正阳说，"他们的遭遇，你都知道了。我希望这一次，你能做出正确的选择。"

徐巍沉思良久，终于像下了某种决心一般抬起头，看着路正阳。

林少白蹲在关押室里的角落，两个特务端着枪把铁门打开，像赶鸭子一样将里面的人赶了出去。林少白跟在队伍后面，一路来到实验室所在区域，隔着玻璃，看到几间实验室的病床上都躺着数名实验对象，他们被捆绑了手脚，哀号着接受注射，暴露在外的表皮已经溃烂，而特务们还在他们的伤口上喷洒着炭疽粉末。

两个特务把抖得像筛糠一样的实验对象扔进不同的实验室，林少白也被推到了一个穿着防护服的特务面前。那人看着林少白，以为他也不过是痴傻无知的流民，竟然还朝他笑笑说："老弟，打针了，打了这针，保证你浑身使劲，快活似神仙哈。"

林少白也顺势装傻，边解开裤带边说："好呀好呀，打针喽！"

特务被他的傻样逗笑了，转身就去拿注射器。林少白眼瞅着屋里只剩下那个特务了，身子一扭，猛地将对方撞倒在地，随即抄起手术架上的剪刀，抵住了对方的喉咙。

"金妍在哪？快说！"

特务大惊失色："金妍？那个女的……她跟染病的关在一块……"

林少白心中一沉，给手里的剪刀加重了两分力道："怎么走？"

"出去往东走一段，左手边就是。"

林少白一拳将特务打昏死过去,随即脱下他的防护服和面罩给自己穿戴上,然后将特务放在手术台上,用拘束带捆好,拿来白布盖住他的脸,将他伪装成实验对象,随即揣了特务的枪朝门外走去。

感染者的监牢里有十来个人,有的刚刚病发,还有的已经全身千疮百孔,有进气没出气了。金妍将一些情况严重的搬到相对干燥的地方,用裙子上撕下来的布,为他们溃烂的伤口做简单包扎,帮他们排出嘴里的呕吐物。

"金医生,如果你能出去,能不能给我家人带个信,我老家在徐州……"一个老者用最后的力气拉住金妍的手说道。

其他的感染者听到老人在交代身后事,也连忙费力地吐出自己的遗言:"我老家在南通……""我老家在芜湖,我还有个孩子叫……"

金妍不免心中难受。她虽然只被关进来短短数日,但已经对这些无辜的人有了一定的了解。他们有些一辈子都没吃饱过,有些甚至还没成年。

"不要说这些,真有什么话想说,就要努力活下去,等出去了,再跟家人说。"

门外突然传来脚步声,原本已经垂死的感染者们,纷纷流露出恐惧的表情,下意识缩成一团。

"日本鬼子,日本鬼子的人又来了!"

金妍把一个十四五岁的孩子护在身后,只见两个特务把门打开,一个身穿防护服的人走了进来,朝自己一指。

"这个女的,起来,跟我走。"

金妍瞪大眼睛,这是林少白的声音!

林少白知道金妍已经认出了自己,连忙用眼神示意她不要轻举妄动,金妍随即装出冷漠的表情,缓缓站了起来。边上的特务听到林少白这么说,有点狐疑:"这女的不是要关到死吗?"

"小仓要用她做个实验,走。"

林少白掏出手枪,指着金妍,将她朝外押去。

两人绕过巡查的特务,一路走到一个无人的拐角,金妍这才压低声音问:"你怎么进来的? 其他人呢?"

"就我一个。"林少白说。

"你脑子坏了?! 这里是魔窟,你不想活了?"

"想,但你还在里面。"

林少白的话,让金妍一阵感动,她动了动嘴唇,却什么都没说出来。

"我先带你离开这儿,然后我就去毁掉炭疽武器……"

林少白边说边去拉金妍的手,可金妍像触电般抽了回去。林少白一愣,这才看到金妍破碎的裙子,和上面斑驳的污渍,顿时猜到七八分,眼睛一下红了:"我要杀了他们！"

"你听我说。你没有专业知识，如果接近他们的实验区和病菌车间，很容易露馅，我去。"

"不行，我不准……"

林少白话音未落，突然警铃大作！空荡荡的走廊里传来一阵小仓的尖叫声：

"有人混进来了！偷了一套防护服！通知外围门岗，任何人都不许离开！将穿防护服的集中起来，仔细检查！"

"糟糕，"林少白顿觉不妙，"应该是小仓发现刚才我打晕的特务了。"

"所以我们不能浪费时间！"金妍大喝，"你想办法拖住郑兰亭和小仓，我去找炭疽武器！"

林少白只得点头："那你千万小心。"

"放心，我来这里比你久，对地形也比你熟。"金妍眼里带着信心，"我们一定会一起出去的。"

看着林少白离开，金妍这才拢了拢衣袖。她对林少白之前的抗拒，是因为她不想让林少白看到自己手臂上已经溃烂的水泡。

她心里知道，自己目前的身体情况，已经接近极限了。

小仓一发现病床上的特务，就预感到大事不妙。他迅速召集特务们去所有牢房查看，这才得知一名穿着防护服的人带走了金妍。

李旭也闻风而至，和小仓把所有穿防护服的特务集中起来，挨个摘掉他们的面罩，却没发现异常。

"那个女人和救她的人，一定还在厂区，继续搜查，所有房间和角落都不要放过。"李旭说道。

"是！"

"你们也回去工作吧，实验不能停下来。"小仓对已经查验过的特务吩咐道，却没注意到身后实验室床上躺着的实验对象，多了一个。

金妍身上盖着白布。她在五分钟前趁小仓勒令所有人出去接受检查时溜了进来，趁乱抓了一件白大褂穿上，然后一直装成实验对象躺在床上。等所有穿防护服的特务被检查完，小仓和李旭也离开后，金妍才从床上溜下来，跟在其他特务后面，从架子上随意拿下一个面罩戴上，装作刚被检查完的样子，混入实验台前忙碌起来。但她面罩下的眼神却在不停扫视，寻找着可能储备炭疽武器的地方。

话分两头，李旭和小仓盘查了所有实验室后，却一无所获，于是分头行动，小仓去查看武器库，而李旭则带着特务去搜查工厂。

李旭顺着车间一个个查过去，经过徐巍的房间时，突然看到里面亮了灯。

"徐巍什么时候回来的？"李旭立刻问道。

"没见他回来啊。"特务面露疑惑。

"你在这儿等着，我进去看看。"

李旭拔出枪，走到徐巍房间门口，耳朵贴在上面一听，果不其然，里面有声音。李旭一脚踹开房门，却没想到里面的人是林少白，此时正坐在桌前，翻看着一本《蜀山剑侠传》。

徐巍的房间没有别的出口，甚至没有窗户，里面的布置一览无遗。李旭见林少白手里并没有武器，有些惊讶，但随即露出了志在必得的表情。

"臭小子，你还真的混进来了。落在我手里，只好送你去见阎王了。"

"来得正好，我等你半天了。"林少白没有动，而是反问道，"李旭，徐巍一直把你当兄弟，你却连他的老婆孩子都下得去手，你就没有一点人性吗？"

"兄弟？"李旭像听到笑话一样笑起来，"那是他自己太天真。实话告诉你吧，老师根本没有信任过他。自己的人性是绊脚石，他人的人性是垫脚石。徐巍就是还有人性才变得软弱，他不配当鹰隼！"

李旭举起枪正要朝林少白开枪，突然寒光一闪，一把匕首插入了李旭的喉咙！

李旭惊讶地转过头，这才看见徐巍已经站在他身后，门口还有两个倒在地上的特务。

鲜血从李旭的咽喉喷涌而出，然而他却没有立刻死去，而是倒在地上不甘心地看着徐巍。徐巍一拳又一拳地朝他脸上砸去，几下就将李旭打得血肉模糊，直到没了气息。徐巍却还没有缓过神来，林少白终于忍不住上前拦住了他。

"巍子，够了。"

徐巍喘息着，渐渐从愤怒中平静了下来。他伸出手，和当年一样，跟自己的兄弟紧紧相握。徐巍心中的千言万语，都化成了一句话：

"兄弟，谢了。"

"没事，你回来就好，"林少白问道，"你见到老路了？"

徐巍点点头："但只有我一个人回来了，我没有让他跟着。化工厂方圆五公里，都有郑兰亭布置的暗哨，连我也不知道具体在哪，所以我让他按兵不动，等一切就绪，我们再给他信号。"

说完，徐巍捡起李旭的手枪递给林少白，又从柜子里拿出几把手枪和几颗手雷，将它们别在腰上。两个人边收拾弹夹边装填炸药，林少白觉得像是回到了从前，他们一起并肩奋战的时候，不免开起了玩笑。

"你怎么也看起还珠楼主的书了？"

徐巍想起上次林少白被手钩帮绑了，还用《蜀山剑侠传》里的名字胡诌出一个自己所谓的大哥,幸亏自己听出来了,不免露出一丝久违的轻松笑容:"还不是因为你老看,我才跟着看看。"

"你就直说你想我得了。"林少白也笑了。

"少白,原以为咱俩走到今天,是因为你跟了路正阳,我跟了郑兰亭,是他们把我们带上了不同的路。其实一切都是自己的选择,谁也怪不了。"徐巍将自己的表情藏在柜门后面,并不想让林少白看到他眼中的决绝。他也害怕再说下去自己的声音会暴露,于是连忙换了个轻松的话题:"对了,孩子的名字取好了,叫徐克疾,一是希望他健健康康,平平安安的,二是希望他不要走得那么急,能慢下来。我这辈子,就是太想出人头地了,对荣华富贵要得太急了,才走上不归路。"

"射出去的子弹回不了头,人可以。"林少白听出了徐巍心中的悔意,安慰道。

"你说得对,至少在这里,至少在面对郑兰亭的时候,我们……"

"还是兄弟!还和以前一样!并肩作战!"

林少白伸出手,再次跟徐巍击掌。武装完毕,两人昂首挺胸朝外走去!

"喂,你发什么呆呢?干活啊!"

实验室里,一个身穿防护服的特务正朝金妍嚷嚷。他俩此时正站在手术台旁边,本应该配合着要将炭疽注射到实验对象的体内。金妍看着躺在床上的那人痛苦的脸,手里拿着的针却迟迟扎不下去。

"等会儿,你怎么看上去有点面生……"

金妍的反常让特务留意到她的样貌,虽然隔着面罩,但金妍眼里闪过的一丝迟疑却让他突然反应过来眼前的人有问题。特务刚要大喊,金妍反手就用针筒顶住他的脖子,将他拽到身前。周围的特务一看情况,立刻冲了过来。

"别过来!再过来我就注射进去了!"金妍握着针筒的手在微微颤抖,汗水顺着额头流下来。

虽然作为人质的特务哀号连连,但其他特务不过片刻犹豫,就决定不顾他的死活围了上来。特务们将金妍逼至角落,眼看她只能束手就擒的时候,实验室的门突然被打开了。

徐巍走了进来,特务们看到是他,连忙邀功。

"鹰隼,我们抓到那个女人了……"

猝不及防地,徐巍抬手就是数枪,朝特务们射去,林少白也冲了进来,一口气和徐巍解决掉了所有威胁。

金妍得救,她看看林少白,又看看徐巍,面露怀疑。林少白连忙解释道:"妍妍,徐巍现在是自己人。"

金妍闻言点了点头,也顾不得细问,忙说道:"这里我都看了,只有样本,真正的炭疽武器不在这里。"

"我知道在哪,跟我来。"徐巍边说,边带着他们往外走。

此时的郑兰亭正在房间里烦躁地踱着步子。徐巍出门久久未归,工厂里又出了事,不过一个女人,竟然动用了这么多人、花了这么长时间还没找到,不免让他隐隐觉得不安。

此时一个特务大吼着推开房门:"站长! 不好了,李旭……李旭他……"

郑兰亭一怔:"谁杀的?"

"他死在鹰隼的房间里。"

"徐巍反了!"郑兰亭当机立断,"召集所有人去实验室,炭疽武器不能有任何闪失!"

工厂的走廊错综复杂,厂房车间鳞次栉比,若不是靠徐巍带路,就算没有敌人,一时半会儿也很难找到。林少白和金妍跟着徐巍走了半天,终于来到一条狭窄的走廊。

"就在尽头,那里就是存放炭疽武器的地方。"徐巍说道。

三人正打算过去,突然身后一声枪响,子弹擦着林少白的脸皮而过,在水泥墙上擦出火花。林少白连忙掩护金妍,和徐巍寻找遮蔽点反击。只见后面冲上来一堆特务,纵然前面的中枪倒地,后面仍有人不断地扑上来。

"怎么办?"徐巍问,"人越来越多了!"

"硬顶!"林少白一咬牙,将金妍往后推去:"你赶紧去找炭疽武器! 我们给你争取时间!"

金妍不再犹豫,以最快速度,朝存放炭疽武器的储藏室里跑去。

金妍闪身进屋,随即将门死死关上,顾不得外面传来的密集枪声,掏出林少白交给她的手枪,慢慢搜索着。

办公桌上,是一张展开的地图,金妍低头查看,只见南京路上画了个红圈,旁边写着一行触目惊心的字:"先施百货大楼。"

金妍突然感到一阵晕眩。她其实在见到林少白之前就已经开始高热,此时身体里的水分几乎要完全蒸发,就像是置身于烤炉中一样。

金妍使劲掐了一下自己,强行清醒过来,继续向前走。她看到一排排架子上整齐地码放着很多瓶瓶罐罐,应该都是些日军当年留下的实验材料,成分比较寻常,比如石灰石、浓硫酸、盐酸、液压凝固剂,等等。金妍一排一排看过去,突然看到架子上有两个手提箱上面并没有贴标签,她取下来打开一看,里面放着两个密封的不锈钢金属罐,上面贴的标签写着"炭疽芽孢"。

金妍刚想伸手去拿罐子，突然一声枪响，她的腰部中枪，连一声都来不及吭，就倒在了地上。

黑暗中走出一个矮个子的人，不是别人，正是小仓。

金妍出事之后，他就立刻赶来查看炭疽武器的安全，但他心中的打算并不是为郑兰亭保护炭疽武器，而是想趁乱拿着炭疽武器逃跑。小仓心里知道，一旦实验完成，自己也将失去价值，只有把炭疽武器带在身边，才有机会保命。可他还没来得及出去，就听到了外面的交火声，这才一直躲在这里。

小仓走到金妍旁边，一脚踢开了她的枪，正想蹲下去提起箱子，金妍却突然睁开了眼睛，从袖子里伸出刚才在手术室里拿的针筒，将满满一针管炭疽，扎进了小仓的动脉。小仓做梦都没想到，自己会死在亲手研发的炭疽上。

小仓痛苦地滚到地上，金妍抢过他的手枪，对准他的脑袋射去。随即强撑着站起来，用小仓身上的防护服为自己做了简单的包扎。

没时间了，金妍心想，她咬着牙，从箱子里拿出了装着炭疽病菌的金属罐。

虽说金妍只进去了一会儿，但对徐巍和林少白来说却是度日如年。短短数分钟，他们已经几乎打光了所有子弹，两人都分别受了不同程度的伤，但所幸没有伤及要害。

"妍妍，找到了吗？"看到金妍出来，林少白赶紧问道。

"里面都处理好了，赶紧撤。"

三人默契地互相看了一眼，徐巍大喊了一声："跟着我，撤！"

说完，他掏出一颗手雷朝前扔去，然后在烟雾中带着林少白和金妍朝外冲去。

三人好不容易逃出了化工厂，天已经全黑了，不知道是谁切断了电闸，工厂的外围陷入一片黑暗，一时间难辨方向。徐巍指着一台车喊道："上车！赶紧走！"

可没等三人跑到汽车边上，一道手电光不知从何处照了过来，随即是更多的手电光束，晃得三人睁不开眼睛，随后十多名特务从四面八方围了过来。

郑兰亭从特务身后走了出来，眼神复杂地看着徐巍。

"竟然连你也背叛我！"郑兰亭的声音透露着极大的失望。

徐巍冷笑一声："你连我的老婆孩子都要杀，还想要我忠于你吗？"

郑兰亭没有理会徐巍的质问，而是自顾自说道："但凡出类拔萃扬名立万者，哪个不被人看作是异类？那又怎么样？历史只会记住胜利者，也只有胜利者，才配拥有不被谴责的权利！炭疽武器我已经研制完成了，我会把它们……全部投放在上海，想来一定是一幅美妙的图画。"

"你疯了。"林少白咬牙道。

郑兰亭无所谓地挥了挥手："可惜，更疯狂的你们看不到了。"

郑兰亭转身离去，随即特务们举起枪就要围剿他们三人。就在特务们要扣动扳机之际，徐巍突然大吼一声。

"我看谁敢开枪！"徐巍手里不知何时多了一颗手雷，手雷的拉环已经被半拉开，"我只要一拉，大家一起死！"

说着，他撩开自己的上衣，林少白惊讶地发现，徐巍竟然在腰间绑了一排炸弹。特务们看到炸弹，不自觉地退后了两步。

郑兰亭不可置信地看着徐巍，他跟了自己那么久，为了生存，他杀人不眨眼，什么样的任务都不计一切代价完成，只为了活下来跟妻儿团聚，他没想到鹰隼竟然在此刻愿意牺牲自己，以如此不要命的方式来救两个不相干的人。

"……条件？"郑兰亭最终还是开口了。

"放他们两个走。"徐巍道。

郑兰亭听出了徐巍赴死的决心，但此刻他不关心谁走谁留，而是任谁都不能干涉自己即将执行的覆海计划。郑兰亭打量了一下林少白和金妍，金妍的身体情况他心里已经有数，就算放了她，她也等同于一个死人，而仅凭林少白一己之力，此刻已经掀不起更大的波澜。想到此处，郑兰亭朝周围的特务颔首示意。

"让他们走。"

特务们让出了一条路。徐巍用牙齿咬着手雷的拉环，摸出一把车钥匙扔给金妍："赶紧走。"

林少白也从震惊中缓过来，连忙大喊："巍子！一起走！"

"少白，你还记得我们本打算坐船去香港的那天，在码头上，咱们是怎么说的吗？"徐巍看向林少白，他的眼神中没有一丝疯狂，只有祥和与平静。

"……以后赵兰嫂子就是我亲姐，徐克疾就是我亲侄儿。"林少白明白，这是徐巍在向自己托孤。

"这辈子，只有你，一直都想拉我一把！以后记得告诉我儿子，他爹最后总算也做了一件对的事。他爹只是走错了路，但绝不是孬种！走啊！"

林少白双眼通红，死死咬住牙齿，却仍不肯离开。金妍忍着悲痛，将林少白拽上了车。

车子发动，看着林少白不舍地回望，徐巍朝他们挥了挥手，露出了一个释然的笑。

"徐巍，其实我一直很欣赏你，所以当初才把你从岛上救回来。我无数次忍受你的失误，可是你最终还是背叛了我。"郑兰亭一边说，一边迅速与徐巍身后的特务眼神交接。他的意思非常明确，就是让对方寻找时机开枪。

"你真的确定要跟我同归于尽吗？"

徐巍刚想说什么，身后"砰"的一枪，他的身形一顿，一朵血花逐渐从胸口沁出来。

"这条命，还你。"

徐巍倒下的瞬间，用最后力气拉开了手雷的拉环。"砰"的一声，徐巍和周围的特务，都被爆炸的火焰所吞没。

金妍驾驶着汽车向前开着。听到身后传来的爆炸声,林少白的情绪终于在一瞬间爆发。

"巍子!"

金妍强自镇定,加快了车速。她调整了下坐姿,怕林少白看到自己腹腔的血已经染红了整个座位。

"少白,他们暴露了,却没有追过来,很可能是去投放炭疽了。"

林少白一怔:"他们会去哪?!"

"我在存放炭疽武器的储藏室里看到了一张地图,他们的预定投放地是先施百货,必须马上通知路主任他们。"

此时的车已经转入了大马路。凌晨四五点钟的夜路虽然黑暗,却能看到不远处南京路的霓虹闪烁。林少白想了两秒,朝金妍说道:"妍妍!停车!等老路过去,时间上肯定是来不及了,我先去先施百货咬住郑兰亭,你赶紧去通知老路。"

"不,你一个人去很危险……"

"但必须去! 否则郑兰亭就可能跑了!"

林少白刚打开车门,金妍突然叫住他。

"少白我……"金妍顿了顿,苍白的脸上,努力露出一个笑,"没什么,我只是想说,你做到了,成为这个城市的铜墙铁壁。"

林少白朝她回以一笑,朝前跑去。此时他还没意识到,这或许是金妍对他说的最后一句话了。

金妍发动汽车,一个转向朝反方向驶去。她的鲜血已经浸湿了整个车座,却凭着对林少白的承诺坚持着。她不知道路正阳的车队会隐蔽在哪里,因此不停地按动着喇叭,企图引起他们的注意。

喇叭的声音她逐渐也听不见了,耳畔渐渐只剩下嗡鸣,她突然想起来那次跟林少白去看的一场电影。

那时还没解放,少白还是刚入职的小警察,而自己也只是广慈医院的实习医生。那场电影叫什么来着,哦,《卡萨布兰卡》。

那是她长这么大,第一次单独跟男孩子去看电影。以前她留学的时候,那些外国男女的第一次约会,也往往是去看电影。

从电影院出来,她跟林少白讨论着剧情,她说,这部电影关于爱情。

"不,是关于事业。"林少白微笑地看着她,眼神清澈干净,在黑暗中闪闪发光,"不想放弃事业,也想拯救自己的爱人。"

"那你会选择事业还是爱情?"金妍记得自己当时问道。

"我是这座城市的铜墙铁壁。"

这句答案,她一直记到现在。她尊重他的选择,而她也找到了自己的选择。只是……到了这一刻,她突然有些许后悔。

如果当初告诉他,自己的心意,该多好啊。

直到看见前面连排的车灯,金妍才终于呼出一口气,心念一松,趴在了方向盘上。

她模糊地听到了路正阳的声音,微弱地吐出了几个字:"先……先施百货……"就再也坚持不住,昏死过去。

五点一刻,早起的人们已经陆陆续续拥上了街头,天光从地平线上微弱地透出一层紫红,照亮了先施百货大楼的天台。

郑兰亭看着朝霞,由衷地感叹道:"多好的一天啊,可惜它不属于我们了,那就只能毁了! 开始吧!"

穿着防护服的特务们,将罐子里的炭疽芽孢粉末迎风挥撒。

"飞吧,飞吧! 僵尸雀、鹦鹉、麻雀、雨燕、百灵……我的鸟儿们,尽情飞吧!"郑兰亭也拿起一罐芽孢,疯魔般朝下撒去。他什么防护服都没有穿,对他而言,只要覆海计划完成,就是他最好的结局。

"上海公安! 谁也不许走!"

郑兰亭转过头,看见满身是伤的林少白。

"郑兰亭,有我在这儿,你们一个也别想逃!"

"林少白? 可惜啊,你来晚了,所有的炭疽都已经投放完毕了,你能把它们再从空中收回来吗?"

郑兰亭得意地笑了。此时的他感到自己就是神一样的存在,是他亲手打开了地狱之门,而林少白现在无论做什么,都等于螳臂当车,没有意义了。

可让郑兰亭没想到的是,林少白也笑了起来,笑声中的嘲讽与鄙夷,让郑兰亭勃然大怒。

"你笑什么? 死到临头你还笑得出来?!"

"我笑你就是个跳梁小丑! 你们根本没把真正的炭疽病菌带上来! 标签早就被妍妍换掉了。你们撒下去的,不过是冷凝剂而已……哈哈哈……"

郑兰亭的脸色迅速变化着,从愤怒,到震惊,再到不可置信……他突然发了狂一样地叫起来:

"不可能! 不可能! 给我杀了他!!"

"杀了我,你也拿不回你的炭疽武器! 我们的人早就已经到工厂了! 而你们,也被包围了!"

特务们听到林少白这么说,连忙朝楼下看去。果不其然,看到大量公安从四面八方拥过来,正冲进先施百货的一楼大堂。

"站长,大楼要被包围了,我们快撤吧!"其中一个特务喊道。

郑兰亭又气又恨,一枪就结果了他的命,随即朝林少白打去。林少白大腿中枪,一个踉跄,摔在地上。

郑兰亭一把揪起他:"都是因为你!我要杀了你!杀了你!"

可林少白没有丝毫畏惧,沾满鲜血和污渍的手,反抓住了郑兰亭干净的白衬衫。

"我说过,我是公安,你走不了!"

"为了抓我,把命搭上,值吗?!"郑兰亭的枪口顶着林少白的脑门,"你不过就是一个小警察!"

"是,我过去就是个小警察,但我现在不是了!我是人民公安!心里装着初心,装着信仰!"

"你根本不懂什么是信仰!"

郑兰亭愤怒地一拳打在林少白脸上,随即又狠狠踢向他的腹部。

"不许动!郑兰亭!放下枪!"

路正阳终于赶到了天台,他举枪对准郑兰亭大吼道。

"老朋友来了。路正阳,我是党国的军人,只有死了才能放下武器。"郑兰亭看了一眼路正阳,却平静了几分。

"你已经输了,无谓的挣扎不过是负隅顽抗,给不了你尊严。"

郑兰亭看着渐亮的天光,叹道:"时来天地皆同力,运去英雄不自由。时运不济而已。"

"你是个画家,能够分辨所有的色彩,却唯独分不清黑暗与光明。你难道看不到吗?这座城市,这个国家,黎明早到来了!"

路正阳的声音,像朝阳一样带着力量,如利剑般刺穿仅剩的一点黑暗。

郑兰亭知道自己大势已去,缓缓叹了口气:"也是,暗夜怎么能赢得了黎明呢?但我郑兰亭,毋宁死,也不会接受任何人的审判。再见了。"

说罢,他将枪口对准林少白,扣动手里的扳机,可就在同一秒,路正阳的子弹,打穿了他的眉心。

郑兰亭倒在了林少白身边。路正阳走过去,捡起郑兰亭的手枪,这才发现里面并没有子弹。

林少白看到路正阳也放心了,身子一软就朝下歪去,路正阳赶紧扶住他。

"坚持住,马上送你去医院。"

"放心,我没事,就是有点困。入党申请书帮我交了吗?"

"交了!"

"你说,我算是这个城市的铜墙铁壁吗?"

"算!当然算!"

林少白听见路正阳这么说，才放心地枕在他的肩膀上，睡了过去。

温暖的太阳照在院子里，墙上挂着鲜红的党旗，旁边摆着数排座位，公安局的领导坐在下面，微笑地看着党旗下站着的一排即将宣誓入党的新党员。

处里今天有两位新党员顺利通过了入党申请，其中一个是岑小满，这会儿正戴着大红花，和其他人有说有笑地站在台上，可另一个林少白，却迟迟没有露面。

"他不会是去医院看金医生了吧？"章队长问。

金妍经过三天两夜的抢救，总算是保住了生命，炭疽感染也在林少白的精心护理下逐渐好转，只是由于当时失血过多导致脑缺血，至今仍在昏迷，一直没有醒过来。

但只要还活着，就有希望。

林少白每天都会去看望金妍，一陪就是好几个小时。这次他拥有了足够时间，把他从小到大不敢对妍妍说的话都说了一遍，他还跟金妍保证，等她醒来的那一天，他们就是真正的同志了，拥有比青梅竹马更加高尚的革命友谊。

"说好了等入党仪式之后，大家一起去看的。"路正阳急得直跺脚，"他呀，每回不整出点幺蛾子，都不叫林少白了。"

"老路，话可不能那么说。他那不叫幺蛾子，叫不按常理出牌，打的就是叫一个出其不意。"李耀鸿护犊子的口气已经很明显了，惹得章队长和路正阳都笑了。

"二爸！我们来了！"

路正阳转过头，只见飞航正微笑地朝自己跑来，双颊露出健康的红润，而身后跟着的是林少白的两位妈妈。

"你怎么来了？"

飞航做完心脏手术还没多久，尽管医生说已经没有大碍，但路正阳这个当爹的还是焦虑得很，硬按着她在家静养，让她没事不要出门。

"少白入党这么大的事，我们一定得来沾沾喜气呀！放心，我们会看好飞航的。"林母激动地搓着手。她的手臂上是专门戴着的袖章，上面写着鲜红的大字"太平里居委会委员"。自从有了这个袖章，以前的什么珍珠胸针、玛瑙项链儿的，林家妈妈都不兴戴了，仿佛这个袖章才是最好的装饰。

"看到你林叔叔没有？"路正阳拉着飞航问道。

"他一大早就出门了，说是要去理发！他说要跟二爸一样理个平头，才像是公安！"

"哦？"

时间又过了半小时，可林少白还是没有出现，连台上的其他新党员也骚动起来。路正阳无奈地想起自己第一次跟林少白的合作。他还是没规没矩的，这么大的事都能错过。无奈之下，路正阳只好走上台大声道："入党仪式现在开始！"

新党员们全体立正，庄重而严肃地面向党旗，跟着路正阳朗诵入党誓词。

"我志愿加入中国共产党……"

"承认党纲、党章,遵守党的纪律,服从党的决议……"

众人的脸上满是专注和真诚,声音渐渐嘹亮,汇聚在一起。

"全心全意为人民服务,不屈不挠,为共产主义事业奋斗到底!"

蔚蓝的天空下,一群白鸽振翅高飞。

林少白坐在车上。虽然只能远远地看着众人庄严宣誓,但他的内心早就飘到了他们身边,和他们站在了一起。

杨副局长轻轻拍了拍林少白的肩膀。

"你这么努力争取的,我不让你去,不怪我吧?"

林少白摸了摸自己的寸头:"我知道,只要我在心中宣了誓,无论身在何处,都是共产党员。"

"事发突然,这么做的目的,是希望你隐藏身份,去执行一项绝密任务。除了我和少数几个高层,没人知道你的真实身份,也没人知道你的去向。你会非常危险,甚至有可能会牺牲,而我们,却没办法向你提供任何帮助。所有一切,都要靠你自己。"

林少白沉默不语。

"你愿意吗?"杨副局长最后问道。

林少白抬头望着杨副局长,灼灼目光中满是坚定和热切。

"我愿意!"